Nossa Culpa

MERCEDES RON

Diretor-geral
Alessandro Gerardi

Gerente editorial
Marcia Batista

Produção editorial
Letícia Nakamura
Raquel F. Abranches
Victoria Viana

Tradução
Wallacy Silva

Preparação
Marina Constantino

Revisão
Bia Bernardi
Juliana Gregolin
Tássia Carvalho

Arte
Renato Klisman

Diagramação
Nadine Christine

Dados Internacionais de Catalogação na Publicação (CIP)
Angélica Ilacqua CRB-8/7057

R675n

Ron, Mercedes
Nossa culpa / Mercedes Ron ; tradução de Wallacy Silva.
-- 1. ed. -- São Paulo : Universo dos Livros, 2025.
416 p. (Série Culpados ; vol 3)

ISBN 978-65-5609-780-0
Título original: *Culpa nuestra*

1. Ficção argentina 2. Literatura erótica I. Título II. Silva, Wallacy III. Série

25-3378 CDD AR863

Universo dos Livros Editora Ltda.
Avenida Ordem e Progresso, 157 — 8º andar — Conj. 803
CEP 01141-030 — Barra Funda — São Paulo/SP
Telefone: (11) 3392-3336
www.universodoslivros.com.br
e-mail: editor@universodoslivros.com.br

Nossa Culpa

MERCEDES RON

São Paulo
2026

Grupo Editorial
UNIVERSO DOS LIVROS

Para a minha prima Bar.
Obrigada por me acompanhar
durante toda esta trajetória.
Este livro é tão seu quanto meu.

PRÓLOGO

Seguia me perguntando o motivo pelo qual eu continuava chorando como se eu e Nick tivéssemos acabado de terminar, sendo que já fazia mais de um ano. Uma hora, precisei sair da estrada, desligar o motor e abraçar o volante para soluçar sem correr o perigo de bater o carro.

Chorei por tudo o que fomos, chorei por tudo que poderíamos ter chegado a ser... Chorei por ele, por tê-lo decepcionado, por ter partido o coração dele, por tê-lo feito se abrir ao amor e, em seguida, mostrar que o amor não existia, pelo menos não sem dor, e que essa dor era capaz de deixar marcas por uma vida inteira.

Chorei por aquela Noah, a Noah que fui ao lado dele: uma Noah cheia de vida e que, apesar de carregar tantos demônios dentro de si, soube amar de todo o coração. Aprendi a amá-lo mais do que a qualquer um e isso também era motivo para chorar. Quando se conhece a pessoa com quem se quer passar o resto da vida, não há como voltar atrás. Muitos nem chegam a conhecer esse sentimento, até acham que encontraram a pessoa certa, mas depois percebem que estão errados. Eu sabia, e sei, que o Nick era o amor da minha vida, o homem que eu queria como o pai dos meus filhos, o homem que queria ao meu lado na alegria e na tristeza, na saúde e na doença, até que a morte nos separasse.

O Nick era *meu*, minha cara-metade, e já estava na hora de aprender a viver sem ele.

PRIMEIRA PARTE

REENCONTRO

1

NOAH

Dez meses depois...

O barulho no aeroporto era ensurdecedor, as pessoas iam e vinham em frenesi, arrastando malas, arrastando crianças, arrastando carrinhos. Encarei a tela sobre minha cabeça, em busca do nome do meu próximo destino e da hora na qual eu deveria embarcar. Não gostava muito de ter que ir sozinha até lá, nunca fui muito fã de aviões, mas não me restavam muitas opções: agora eu estava sozinha, era só eu e mais ninguém.

Consultei o relógio e voltei a olhar para a tela. Ótimo, tinha chegado com tempo de sobra e conseguiria tomar um café no terminal e ler um pouco, com certeza isso me deixaria mais tranquila. Me encaminhei aos detectores de metal. A verdade é que eu odiava que me revistassem na hora de passar por eles, o que sempre acontecia, porque eu sempre tinha algo que fazia o alarme disparar; talvez, como já me disseram, eu tivesse um coração de metal: simplesmente por isso achava tão desagradável ir a qualquer lugar com detectores.

Deixei minha mochila pequena em cima da esteira, tirei o relógio e as pulseiras, além da correntinha que sempre usava no pescoço, mesmo achando que deveria ter me livrado dela havia algum tempo, e coloquei tudo na bandeja com meu celular e umas poucas moedas que estavam no meu bolso.

— Os sapatos também, senhora — o jovem segurança me lembrou, parecendo cansado. Dava para entender, aquele trabalho era um ótimo exemplo de algo entediante e monótono, a mente provavelmente ficava letárgica por sempre fazer e falar a mesma coisa. Coloquei meu par de All Stars brancos na bandeja e fiquei aliviada por não estar usando meias com desenhos nem nada parecido, o que me mataria de vergonha. Enquanto minhas coisas tomavam seu rumo pela esteira, passei pelo detector e claro... O alarme disparou.

— Fique aqui, por favor, e afaste os braços e as pernas — me falaram, e eu suspirei. — Está com algum objeto metálico, pontiagudo ou...?

— Não estou com nada disso, sempre acontece a mesma coisa e não sei por quê — respondi, deixando o segurança me revistar de cima a baixo. — Deve ser alguma obturação.

O rapaz achou graça na minha resposta e, de repente, quis que ele tirasse as mãos de mim.

Quando ele se afastou e me deixou passar, peguei minhas coisas e fui direto para o *duty free*. Sabe? Toblerones gigantes? É isso mesmo. A única parte boa de estar em um aeroporto. Comprei dois, os guardei na mala de mão e fui atrás do meu portão de embarque. O LAX, o aeroporto de Los Angeles, era enorme, mas, por sorte, meu portão não era muito longe. Andei por aquele chão meio atapetado, caminhando sobre várias indicações e setas sob meus pés, passei por milhares de plaquinhas que diziam "Adeus" em dezenas de idiomas diferentes e cheguei ao meu destino. Ainda não havia muita gente esperando no portão, então entrei sem problemas depois de mostrar meu passaporte e minha passagem. Quando cheguei à sala de embarque, me sentei, peguei meu livro e comecei a comer um tablete de Toblerone.

Estava tudo indo bem até que a carta que havia colocado dentro do livro caiu no meu colo, evocando lembranças que tinha jurado esquecer e enterrar. Senti um nó no estômago enquanto as imagens voltavam à minha mente e meu dia tranquilo ia por água abaixo.

Nove meses antes...

A notícia de que o Nicholas estava indo embora chegou até mim de maneira inesperada. Ninguém queria me contar nada que tivesse a ver com ele, e sem dúvida era porque ele dera instruções bem claras a respeito disso. Nem mesmo a Jenna comentava sobre o Nick, e eu bem sabia que os dois tinham se encontrado algumas vezes. Sua cara de preocupação era o reflexo do que devia presenciar quando ela e o Lion visitavam o apartamento do Nick. Minha amiga estava entre a cruz e a espada, e isso era só uma das várias coisas pelas quais me sentia culpada.

Nunca mais vi o Nicholas, mas as ações dele quanto a mim não demoraram a surgir. Algumas caixas com coisas minhas chegaram duas semanas depois do nosso término, e quando vi o N em uma caixa de transporte tive um ataque de ansiedade que me deixou desmaiada sobre a cama, depois de tanto chorar. Nosso pobre gatinho, agora meu gatinho... Tive que deixá-lo com a minha mãe na minha antiga casa porque minha colega de apartamento era muito alérgica. Foi difícil desapegar dele, mas não tive escolha.

Batizei esse momento da minha vida, em que eu só chorava e chorava, como "minha época obscura", porque era exatamente isso: eu não via luz no fim do túnel, estava mergulhada em uma escuridão completa da qual não dava para escapar, mesmo com a luz de um novo dia ou do pequeno abajur que ficava ao lado da minha cama. Tive ataques de pânico quase que diariamente até que uma médica enfim me encaminhou para um psiquiatra.

A princípio, eu não queria nem ouvir falar de psicólogos, mas acho que, no fundo, a terapia me ajudou, porque comecei a sair da cama de manhã e a fazer as coisas básicas de um ser humano... isso até aquela noite, na qual entendi que, se o Nick fosse embora, estaria tudo acabado, e daquela vez seria para sempre.

Fiquei sabendo por uma simples conversa na cafeteria do *campus*. Meu Deus, naquela época até aquelas universitárias atiradas estavam sabendo mais sobre o Nick do que eu.

Uma garota que ficava se oferecendo para o meu namorado, quer dizer, ex-namorado, me informou, sem perceber, que ele partiria para Nova York em alguns dias.

Foi então que algo se apoderou do meu corpo, me obrigou a entrar no carro e ir até o apartamento dele. Estava evitando pensar naquele lugar, em tudo o que acontecera, mas não podia deixá-lo ir, pelo menos não sem antes vê-lo, não sem ter uma conversa. Eu não o tinha visto desde a noite em que terminamos.

Com as mãos trêmulas e as pernas bambas, ameaçando me fazer cair sobre o asfalto, entrei no condomínio do Nick. Fui até o elevador, subi até o andar dele e fiquei diante da porta do apartamento.

O que eu iria falar? O que poderia fazer para ele me perdoar, para ele não ir embora, para que ele voltasse a me amar?

Toquei a campainha e senti que estava prestes a desmaiar. Sentia medo, angústia e tristeza, e foi assim que ele me encontrou quando abriu a porta.

No começo ficamos calados, apenas nos olhando. Ele não esperava me ver ali, e digo mais, aposto que o plano dele era ir embora sem olhar para trás, se esquecer de mim e fingir que eu nunca existi. Só não contava com o fato de que eu não ia facilitar.

A tensão era quase palpável. Ele estava incrível, usando calça jeans escura e uma camiseta branca, e com o cabelo levemente bagunçado. Incrível era pouco — praticamente seu estado natural —, mas aquele olhar, aquela luz que sempre aparecia em seu rosto quando me via chegar, não existiam mais, se apagaram. Não havia mais aquela magia que nos enfeitiçava quando estávamos frente a frente.

Ver como era tão bonito, tão alto, tão meu... foi como se esfregassem na minha cara o que eu tinha perdido, quase como um castigo.

— O que você está fazendo aqui? — A voz dele saiu dura e gélida como um *iceberg*, o que me fez sair da minha paralisia.

— Eu... — titubeei. O que eu poderia falar? O que poderia fazer para ele voltar a me olhar como se eu fosse sua luz, sua esperança e sua vida?

Ele nem sequer parecia querer me ouvir, prestes a querer fechar a porta na minha cara, mas então tomei uma decisão: se tivesse que lutar, eu lutaria. Não pretendia deixá-lo ir, não podia perdê-lo, pois sobreviver sem ele seria impossível. Minha alma doía por vê-lo diante de mim sem poder pedir um abraço, nem que ele acalmasse aquela dor que me consumia todos os dias. Dei um passo à frente e, com agilidade, passei pela fresta que restava, entrando no apartamento e invadindo seu espaço.

— O que você está fazendo? — ele perguntou, me seguindo na direção da sala. O lugar estava irreconhecível: havia caixas fechadas por todos os lados, lençóis brancos cobrindo o sofá e a mesinha de centro. Vieram lembranças de nós dois tomando café da manhã, de beijos roubados no sofá, de carinhos enquanto assistíamos a filmes, de ocasiões em que ele cozinhara para mim, dos meus suspiros de prazer entre aquelas almofadas enquanto ele me beijava até me deixar sem ar...

Tudo aquilo tinha acabado. Não restava mais nada.

Então as lágrimas começaram a surgir nos meus olhos e, incapaz de me segurar, eu me virei para ele.

— Você não pode ir embora — sentenciei com a voz entrecortada. Ele não podia me deixar.

— Vai embora, Noah, agora não tem volta — ele respondeu, ficando imóvel enquanto contraía a mandíbula.

O tom de voz dele me pegou desprevenida, e minhas lágrimas foram para outro patamar. Não... Que merda, não, eu não ia embora, não sem ele.

— Nick, por favor, eu não posso te perder — supliquei com a voz chorosa. Minhas palavras não eram nada de outro mundo, mas eram sinceras, completamente sinceras: não sobreviveria sem ele.

A respiração do Nicholas parecia cada vez mais rápida, eu tinha receio de pressioná-lo demais, mas, agora que já estava na boca do leão, iria até o final.

— Vai embora.

Sua ordem foi clara e concisa, mas eu era especialista em desobedecê-lo, era o que eu sempre fazia... e não iria mudar àquela altura.

— Você não está com saudade de mim? — indaguei, e minha voz falhou na metade da pergunta. Olhei ao redor e depois voltei a encará-lo. — Porque eu mal consigo respirar... mal consigo me levantar pela manhã. Vou deitar pensando em você, acordo pensando em você, choro por você...

Sequei as lágrimas com impaciência, e o Nicholas deu um passo adiante, mas não com a intenção de me acalmar, pelo contrário. Ele me agarrou pelos braços com força. Força até demais.

— E você acha que eu faço o quê?! — ele disse com raiva. — Você acabou comigo, porra!

Sentir as mãos dele na minha pele, por pior que fosse o gesto, foi o suficiente para me dar forças. Estava com tanta saudade daquele contato que senti um pico de adrenalina no fundo da alma.

— Desculpa — falei, abaixando a cabeça, porque uma coisa era sentir o toque dele e outra, muito diferente, era aguentar o ódio vindo daqueles lindos olhos claros. — Cometi um erro, um erro imenso e imperdoável, mas você não pode deixar isso acabar com o que a gente tem. — Ergui os olhos. Naquele momento eu precisava que ele acreditasse nas minhas palavras, que visse no meu olhar que eu estava falando de coração. — Eu nunca vou amar ninguém do jeito que amo você.

Minhas palavras pareceram queimá-lo, porque ele tirou as mãos do meu corpo e se virou, segurou os cabelos com desespero e os puxou antes de voltar a me olhar. Parecia transtornado, como se travasse a pior batalha da vida dele.

Um silêncio tomou conta do ambiente.

— Como você pôde? — ele perguntou, alguns segundos depois, e meu coração se partiu de novo ao ouvir a voz dele falhar na última palavra.

Dei um passo, hesitando. Ele estava machucado por minha culpa, e eu só queria que ele me abrigasse em seus braços, me desse carinho outra vez e me dissesse que tudo ia ficar bem.

— Eu nem me lembro do que aconteceu... — admiti com a voz trêmula de angústia. Era verdade, eu não me lembrava, minha mente havia bloqueado tudo. E, pior, naquela fatídica noite eu estava absolutamente destroçada por achar que ele tinha feito o mesmo que eu, que nem sequer fui capaz de interromper o ato, apenas deixei acontecer. Naquele momento estava tão acabada que simplesmente me desconectei do meu corpo e da minha alma. — Não me lembro de nada que não tenha a ver com você. Nick, preciso que você me perdoe, preciso que volte a olhar para mim da mesma maneira que antes. — Comecei a engasgar de um jeito patético, meu coração doía tanto por tê-lo diante de mim e ao mesmo tempo tão longe... — Só me fala o que posso fazer para você me perdoar...

Ele me olhou incrédulo, como se eu estivesse pedindo algo impossível, como se da minha boca só estivessem saindo bobagens e incoerências.

E, claro, me senti ridícula, porque não sabia se conseguiria perdoar uma traição. Será que eu perdoaria uma traição do Nick?

Senti uma dor imensa no peito e isso foi resposta o suficiente... Não, claro que não, só de pensar já me dava vontade de puxar os cabelos para apagar a imagem do Nick nos braços de outra mulher.

Sequei as lágrimas com o antebraço e entendi que aquilo tudo era inútil. Ficamos em silêncio por alguns instantes, e percebi que eu deveria ir embora. Não suportava aquela sensação de perda, porque sim, eu o perdera e por mais que eu implorasse não havia nada que pudesse fazer a respeito.

As lágrimas continuaram escorrendo em silêncio por minhas bochechas... Percebi que teríamos uma despedida silenciosa. Despedida... Minha nossa, me despedir do Nick! Como era possível fazer algo assim? Como se despedir da pessoa que você mais ama e de quem mais precisa na vida?

Comecei a ir na direção da porta, mas, antes que eu passasse por ele, o Nick se mexeu, ficando diante de mim, e, para minha surpresa, os lábios dele foram direto para os meus, as mãos dele me seguraram pelos ombros, me apertaram contra ele, e fiquei imóvel ao receber um beijo que eu jamais sonharia.

— Por quê? Que maldição! — ele se lamentou, um segundo depois, apertando meus braços com força.

Coloquei as mãos no rosto dele e não tive tempo de analisar o que aconteceu porque minhas costas se chocaram contra a parede da sala e ele me prendeu ali com força, procurando com a boca dele na minha o ar que nos faltava. Eu o puxei para mim com desespero, e a língua dele entrou na minha boca enquanto suas mãos percorriam meu corpo. Mas, de repente, algo mudou na atitude dele, o beijo se tornou mais insistente, mais duro. Ele se afastou dos meus lábios e me manteve contra a parede, sem deixar eu me mexer.

— Você não deveria estar aqui — resmungou com raiva, e ao abrir os olhos notei as lágrimas que deslizavam pelas bochechas dele. Nunca o vira chorando daquele jeito, nunca.

Senti que estava sem ar, percebi que precisava de distância, que não estávamos fazendo as coisas do jeito certo, que aquela situação parecia péssima, bem péssima. Fiquei com vontade de fazer carinho nas bochechas dele, de abraçá-lo com força e pedir desculpa mil e uma vezes. Não sei o que o meu olhar dizia naquele momento, mas, quando os fitei, os olhos do Nick pareceram refletir algo que podia ser interpretado como raiva, raiva e dor, uma dor profunda que eu conhecia muito bem.

— Eu te amava — ele afirmou, enterrando o rosto no meu pescoço. Percebi que ele estava tremendo e o abracei como se minhas mãos nunca mais fossem soltá-lo. — Eu te amava, porra! — ele repetiu, gritando e se afastando de mim.

Nicholas deu um passo para trás, olhou para mim como se estivesse me vendo pela primeira vez, cravou os olhos no chão e depois os ergueu até meu rosto.

— Vai embora deste apartamento e nem pense em voltar pra cá.

Olhei-o diretamente nos olhos e entendi que estava tudo perdido. As lágrimas lutavam para sair, mas ali não havia nenhuma gota de amor, apenas dor, dor e ódio, e eu não podia fazer nada para reverter a situação. Achei que conseguiria ganhá-lo de volta, achei que o amor que sentia por ele seria capaz de recuperar o que ele sentia por mim, mas estava errada. Parece que apenas um passo separa o amor do ódio… e era exatamente esse passo que estava presenciando.

Foi a última vez que eu o vi.

— Senhorita. — Uma voz soou perto de mim, me fazendo voltar à realidade.

Ergui os olhos da carta e vi uma comissária me fitando um pouco impaciente.

— Pois não? — respondi me ajeitando, enquanto o livro e o Toblerone que estavam no meu colo caíam no chão.

— Quase todo mundo já embarcou, você poderia me mostrar a sua passagem?

Olhei ao redor. Que merda! Eu era a única que ainda estava na sala de embarque. Olhei para as duas comissárias que me mediam de cima a baixo na porta da ponte que me levaria ao avião e levantei da cadeira. Meu Deus!

— Desculpe — falei, pegando minha mochila e a vasculhando para encontrar o passaporte e a passagem. A mulher os pegou e foi até a porta. Eu a segui, dando uma olhada rápida na sala de embarque para ver se não estava esquecendo nada, e esperei.

— Seu lugar fica no fundo, do lado direito... Bom voo!

Assenti com a cabeça enquanto entrava na ponte de embarque e sentia um mal-estar na boca do estômago.

Seis horas de voo para Nova York, era isso que ia encarar.

A viagem pareceu eterna. Não queria nem imaginar o calor que encontraria em Nova York, já que estávamos em meados de julho, e fiquei grata por minha estadia ser bem curta, já que se devia a um simples motivo.

Ao desembarcar, fui direto para a estação. Ainda faltava um breve trajeto de trem do aeroporto até a estação Jamaica, onde eu pegaria outro trem que me levaria até East Hamptons. Ainda não estava acreditando que iria visitar um lugar tão esnobe e que nunca tinha chamado a minha atenção, mas a Jenna — ah, a Jenna — sempre quis se casar em um lugar como aquele. Foram meses de planejamento para poder se casar nos Hamptons, tal qual uma estadunidense ricaça. A mãe dela sempre tivera uma mansão naquela região exclusiva, onde a família costumava passar o verão, e a Jenna amava o lugar, que preservava todas as suas lembranças da infância. Pesquisando na internet, descobri quantos milhões custava uma casa ali: fiquei boquiaberta.

Jenna falou que me queria por lá uma semana antes do casamento. Era uma terça-feira, e no domingo a minha amiga não seria mais solteira. Muita gente falou que se casar aos dezenove anos era uma loucura, mas como seria possível julgar o amor de um casal? Os dois se amavam, estavam preparados e seguros do amor que sentiam, então as convenções que fossem para o inferno.

Então lá estava eu, saindo do trem na estação Jamaica para encarar o trajeto de pouco mais de duas horas, no qual teria que me acostumar não apenas com a ideia de que estava indo ver minha melhor amiga se casar, mas que também voltaria a ver Nicholas Leister depois de dez meses sem saber nada sobre ele além das poucas coisas que descobri pesquisando na internet.

Nick era o padrinho, eu era uma das damas de honra... Já dava para imaginar o constrangimento. Quem sabe o tempo tivesse curado as feridas, talvez o tempo tivesse trazido um perdão. Eu não tinha certeza, mas algo parecia claro: nós dois ficaríamos frente a frente de novo, e o mais provável era que se iniciasse uma terceira guerra mundial.

2

NOAH

Cheguei na estação de trem por volta das sete da noite. O sol ainda não havia desaparecido no horizonte — em pleno mês de julho ele não iria embora antes das nove, e foi agradável sair do trem, esticar as pernas e sentir o cálido cheiro do mar e a brisa fresca vindos da costa. Fazia tempo que eu não ia à praia, e estava com saudade. Minha faculdade ficava a quase duas horas do litoral e eu fazia o máximo para não ir para a casa da minha mãe. Minha relação com ela mudara muito, e, mesmo passados tantos meses, não havíamos resolvido nada. Conversávamos só de vez em nunca por telefone e quando entrávamos em algum assunto que não estava disposta a encarar, eu simplesmente encerrava a chamada.

Jenna estava me esperando no carro, em frente à estação. Ao me ver, ela saiu do conversível branco e foi correndo na minha direção. Fiz o mesmo, e nos encontramos no meio da rua. Nos entrelaçamos em um abraço típico de garotas e começamos a pular que nem doidas.

— Você está aqui!

— Eu estou aqui!

— Eu vou me casar!

— Você vai se casar!

Caímos na gargalhada, até que as buzinas insistentes dos carros que estávamos atrapalhando nos obrigou a nos separarmos.

Entramos no conversível e fiquei observando a minha amiga se pôr a falar sobre como estava preocupada e sobre todas as coisas que tínhamos que fazer antes do grande dia. Na verdade, teríamos poucos dias só nós duas, já que os convidados não iam demorar a chegar. Os amigos mais próximos ficariam na casa dela. O restante tinha sua própria casa nos Hamptons — e quando digo "casa" quero dizer uma "mansão" — ou ficaria na casa de algum amigo na região.

Jenna escolhera aquela época do ano justamente por isso. Para não obrigar as pessoas a irem até lá só para o casamento, marcou a data justamente na época de férias, quando metade de seus amigos e conhecidos já estaria pelos Hamptons ou nos arredores.

— Preparei um roteiro incrível pra gente, Noah. Pelos próximos dias vamos ficar só deitadas na praia, ir para o spa, comer e beber margaritas. Vai ser a despedida de solteira relaxante que eu tanto queria.

Assenti enquanto meus olhos iam vagando pelos arredores. Meu Deus, que lugar lindo! Senti como se tivessem me jogado no século XVII. As casinhas eram de tijolos brancos com telhas largas e bonitas, com alpendre e cadeiras de balanço junto à porta. Estava tão acostumada com o estilo prático e simples de Los Angeles que esquecera como alguns lugares poderiam ser tão pitorescos. À medida que íamos nos afastando do bairro, comecei a vislumbrar as impressionantes mansões que surgiam imponentes em imensos terrenos. Jenna entrou em uma estrada auxiliar em direção ao mar e dali, ao longe, consegui ver o alto telhado de uma mansão espetacular branca e marrom-clara.

— Não me diga que essa é a sua casa...

Jenna riu e tirou um aparelhinho do porta-luvas. As imensas grades do portão se abriram quase sem fazer barulho quando ela apertou um botão. E lá estava: uma casa impressionante de grande e linda.

Era ao estilo colonial, como todas as construções da região, nada moderna, mas muito bem-acabada e imponente em um terreno que desembocava no mar. Dava até para ouvir as ondas. Uma série de luzes difusas iluminavam o caminho que conduzia à garagem, com espaço para pelo menos dez carros.

A mansão de tijolos brancos contava com um lindo alpendre que ostentava colunas imensas. Os jardins que a rodeavam eram de um verde que há muito eu não via e neles se destacavam dois carvalhos enormes que pareciam me recepcionar com sua presença majestosa.

— Você vai se casar aqui? Caramba, Jenna, é tudo muito lindo mesmo — exclamei, saindo do conversível sem conseguir tirar os olhos daquela construção sublime, e isso porque eu já estava acostumada... Claro, havia morado na casa dos Leister, mas aquilo era completamente diferente... Era mágico.

— Não vou me casar aqui. Esse era o plano inicial, mas, conversando com meu pai, percebi que ele queria que fosse em um lugar do qual sempre falava: há um vinhedo a cerca de uma hora daqui, aonde meu pai me levava quando eu era criança. A gente costumava ir a cavalo e lembro que uma vez ele disse que queria que eu me casasse naquele lugar, porque tinha uma magia difícil de encontrar. Lembro que eu mal tinha completado dez anos e já estava sonhando em ter um casamento de princesa. O meu pai ainda lembra desse dia.

— Com certeza deve ser um lugar incrível, se chega a ser melhor do que aqui.

— E é mesmo, você vai amar. Fazem muitos casamentos por lá.

Dito isso, nós duas nos aproximamos para subir juntas os dez degraus que levavam até o alpendre. Senti o sutil ranger da madeira sob meus pés, que foi como música para os meus ouvidos.

O interior era ainda mais fantástico: mal havia paredes, era um imenso espaço aberto com piso de madeira de carvalho. No meio havia um conjunto de sofás dispostos em círculo em volta de uma lareira moderna e redonda. Uma biblioteca com poltronas pequenas ocupava outro espaço, que dava em uma escada que subia ao andar de cima, onde a balaustrada permitia enxergar o andar de baixo.

— Quantas pessoas vão ficar por aqui, Jenn?

Jenna deixou sua jaqueta em cima do sofá de maneira desleixada, e fomos até a cozinha. Também era enorme: havia uma espécie de copa, com cadeiras amarelas e uma mesinha para o café da manhã. Através das grandes janelas, consegui ver que a porta dava para um imenso jardim que havia na parte de trás. Alguns metros depois ficava a praia, de uma areia branca imaculada, que competia com a grande piscina quadrada.

— Bom, vejamos... Acho que, no total, são umas dez pessoas, contando nós duas, o Lion e o Nick. Os demais vão ficar em outras casas da região ou no hotel que fica no porto.

Desviei o olhar para a janela ao ouvir o nome do Nick e assenti de maneira despreocupada para que ela não notasse quanto me afetava ouvir aquele nome.

Mesmo assim a Jenna percebeu e, pegando duas garrafas de *ginger ale* da geladeira, me obrigou a olhar nos olhos dela.

— Já se passaram dez meses, Noah... Sei que ainda dói, e de certa maneira esperei todo esse tempo por vocês, porque não me casaria sem a presença dos meus melhores amigos, mas... você acha que vai ficar bem? Quero dizer... Você não o vê desde...

— Eu sei. E sim, Jenna, não vou mentir falando que não ligo e que já superei, porque não é assim que funciona, mas nós duas sabemos que isso ia acabar acontecendo. Somos praticamente uma família... Nosso reencontro era questão de tempo.

Jenna assentiu, e eu precisei desviar o olhar. Não gostava do que estava vendo. Quando o assunto era o Nick, parecia que as pessoas pisavam em ovos. Eu sabia lidar com a minha dor, já vinha lidando com ela e era um trabalho diário, não precisava da compaixão de ninguém. Eu tinha acabado aquele relacionamento e ficar sozinha e de coração partido era o castigo.

Minha amiga não demorou a mostrar o meu quarto e fiquei grata, já que estava exausta. Depois de me ensinar como funcionava o chuveiro, ela me abraçou, muito feliz, e saiu do cômodo gritando que era melhor eu descansar porque, no dia seguinte, ninguém iria nos parar. Abri um sorriso e, quando ela saiu, fui tomar um banho quente e relaxante.

Sabia que os próximos dias seriam difíceis. Eu ia precisar manter a compostura pela Jenna, para que ela não visse como eu estava arrasada.

Durante toda a semana, eu precisaria ser uma atriz como nunca fui... e não apenas na frente da Jenna, mas também do Nicholas, porque se ele percebesse minha fragilidade ia conseguir terminar de destroçar minha alma e meu coração... No fim das contas, foi a isso que ele se propôs.

Acordei bem cedo, principalmente porque a cortina do meu quarto estava aberta. Eu me aproximei da janela, e as ondas do mar pareceram me dar bom-dia. Estávamos tão perto da praia que quase dava para sentir a areia sob meus pés.

Corri para colocar o biquíni e, chegando na cozinha, vi que a Jenna estava acordada, conversando com uma mulher que tomava café diante dela.

Ao me verem chegar, as duas sorriram.

— Noah, vem cá para eu te apresentar — a Jenna falou, levantando e me pegando pelo braço. A mulher que estava com ela era muito bonita, com traços asiáticos e o cabelo castanho bem penteado. Ela era... limpa. Sim, essa era a melhor palavra para descrevê-la. — Essa é a Amy, que está organizando o casamento.

Eu me aproximei da mulher e lhe ofereci a mão, sorrindo.

— Muito prazer.

Amy ficou me olhando de modo aprovador e tirou um livro da bolsa, onde começou a procurar alguma coisa passando pelas páginas de maneira rápida e segura.

— A Jenna me falou que você era bonita, mas agora que estou te vendo... O vestido de dama de honra vai ficar espetacular em você.

Sorri enquanto sentia minhas bochechas ficando vermelhas.

Jenna se sentou ao meu lado e colocou um pedaço de torrada na boca.

— Olha lá, hein? A mulher mais linda da festa tem que ser eu. — Quase não deu para entender o que ela dizia de boca cheia, mas eu sabia que ela estava brincando. Jenna era tão linda que sempre se destacaria, por mais que houvesse várias garotas bonitas perto dela.

— Olha, Noah, esse é o seu vestido — a Amy falou, me mostrando uma foto com a assinatura da Vera Wang. Era um vestido vermelho lindo, com decote em V e duas tiras finas que se cruzavam nas costas. O decote da parte de trás era impressionante. — Gostou?

Era impossível não gostar! Quando a Jenna me chamou para ser sua dama de honra eu quase chorei, mas fizemos um pacto: se eu seria dama de honra dela, ela teria que escolher um vestido que não me fizesse parecer um bolo de aniversário. E pelo visto ela levou meu pedido a sério: o vestido era incrível.

— Quem vai ser a outra dama de honra? — perguntei, sem tirar os olhos daquela peça fascinante.

Jenna me olhou com um sorriso.

— No fim das contas, decidi que vou ter só uma dama de honra — ela contou, me deixando paralisada.

— Espera aí... O quê?! — exclamei, incrédula. — E a sua prima, a Janina? Ou era Janora? Enfim...

Jenna se levantou e foi direto para a geladeira, ficando de costas para mim. Amy não estava dando a mínima para nós duas, e até foi para um canto da cozinha para ouvir melhor uma ligação que acabara de atender.

Minha amiga tirou morangos e leite da geladeira e colocou tudo em cima de um dos balcões. Enquanto pegava o liquidificador, com a clara intenção de fazer uma vitamina, ela deu de ombros.

— A Janina é insuportável. Foi a minha mãe quem quase me obrigou a chamá-la para ser dama de honra, mas quando entendeu que isso não ia rolar, admitiu que entre haver duas damas de honra ou só uma, preferia que fosse só uma... Sabe como é, vai ser mais harmonioso, como ela mesma disse.

Revirei os olhos. Que ótimo, agora eu ia ser o centro das atenções sozinha, em pé diante de centenas de convidados que estariam na cerimônia, sem ter ninguém do meu lado para compartilhar o meu martírio.

— Além disso, você sabe... O Lion vai ter só um amigo no altar, então não preciso me preocupar: vai ficar tudo perfeitamente proporcional.

Antes que eu compreendesse o que minha amiga acabara de falar, o liquidificador preencheu o repentino silêncio, abafando meus pensamentos desencontrados.

Espera aí... Só um amigo e só uma amiga no altar...

— Jenna! — gritei, ficando de pé e atravessando a cozinha até ficar do lado dela. Minha amiga mantinha os olhos fixos no copo do liquidificador. Desliguei aquele troço sem pensar duas vezes e a obriguei a olhar para mim.
— Eu vou ser a madrinha, não é?

O rosto da Jenna estava cheio de culpa.

— Desculpa, Noah, mas o Lion não tem mais o pai, e obviamente você sabia que o Nick seria o padrinho. Você entende, eu não ia colocar a minha mãe de madrinha sem o pai do Lion para acompanhá-la, não me pareceu certo, e por isso decidimos que os padrinhos seriam os nossos melhores amigos.

Fechei os olhos bem apertados.

— Você tem noção do que está me pedindo?

Eu não apenas teria que entrar na igreja com o Nicholas, mas também ficaríamos responsáveis por garantir que tudo saísse como o planejado. Além de nos vermos durante a cerimônia, também nos encontraríamos nos dias dos ensaios.

Isso nem havia passado pela minha cabeça, porque achei que a Jenna já havia escolhido a madrinha, já havia me conformado com a ideia de ter que ver o Nick à distância... Achava que estaríamos no mesmo ambiente, mas sem ter que interagir um com o outro. Mas estava descobrindo que ia precisar ficar junto dele durante toda a cerimônia, inclusive no jantar que aconteceria depois.

Jenna pegou nas minhas mãos e me olhou nos olhos.

— Vão ser só alguns dias, Noah — disse, tentando transmitir uma calma que me parecia inatingível. — Essa história é página virada, já faz tantos meses... Vai dar tudo certo, você vai ver.

"Página virada..."

Acho que só um dos dois tinha conseguido virar essa página. Eu, por outro lado, ia resistindo, tentando não me afogar com as pequenas lufadas de ar que tomava ocasionalmente, quando conseguia chegar à superfície.

3

NICK

Olhei para o relógio que ficava na mesa do meu escritório. Eram quatro da manhã e eu não conseguia pregar os olhos. Minha cabeça não parava de pensar no que aconteceria nos próximos dias. Que merda... Eu teria que encontrá-la de novo.

Revirei os olhos ao encarar o fatídico convite de casamento. Naquele momento, não havia nada que eu odiasse mais no mundo do que uma cerimônia idiota na qual duas pessoas juravam amor eterno. Que babaquice.

Aceitei ser o padrinho porque não era tão idiota a ponto de recusar o convite, sabendo que o Lion não tinha mais o pai e que o Luca, o irmão dele, era um ex-presidiário que talvez fosse até impedido de entrar na igreja. Mas, à medida que a data se aproximava, eu ficava mais nervoso e o meu mau humor só piorava.

Não queria vê-la... Tinha chegado até a falar pessoalmente com a Jenna, tentado colocá-la contra a parede para que escolhesse, ou ela ou eu, mas o Lion quase me deu uma surra por tê-la colocado nessa situação.

Pensara em mil e uma desculpas para não ter que ir, mas nada justificaria tamanha falta de consideração com os meus melhores amigos.

Eu me levantei da cadeira e me aproximei da imensa janela que me permitia contemplar aquela incrível vista da cidade de Nova York. Ali, de pé, no sexagésimo segundo andar, eu me sentia tão distante de todos... Tão distante de qualquer pessoa que um frio glacial me percorreu por inteiro. Eu era isso, um enorme *iceberg*.

Os dez meses anteriores foram um pesadelo, eu tinha descido ao inferno, e fizera aquilo sozinho, ardi em chamas e ressurgi das cinzas, me tornando uma pessoa completamente diferente.

Acabaram-se os sorrisos, acabaram-se os sonhos, acabou-se a sensação de sentir mais que um mero desejo carnal por alguém. Ali, de pé, longe do mundo, eu me tornei a minha própria prisão, só minha e de mais ninguém.

Ouvi passos atrás de mim e depois senti mãos me rodeando por trás. Eu nem sequer me surpreendi, eu não sentia mais nada, apenas existia.

— Por que você não volta pra cama? — me perguntou a voz daquela garota que eu conhecera apenas algumas horas antes em um dos melhores restaurantes da cidade.

Minha vida agora se reduzia a apenas uma coisa: o trabalho. Eu trabalhava e trabalhava, ganhava cada vez mais dinheiro, e depois recomeçava.

Haviam-se passado apenas dois meses do aniversário da Leister Enterprises quando o meu avô Andrew decidiu que já estava cansado deste mundo e que queria ir embora. Tenho que admitir que foi naquele momento, quando me ligaram para dar a notícia do falecimento dele que eu desmoronei por completo. Foi naquele instante, quando a vida me tirou mais uma pessoa que eu amava, que entendi que era tudo uma merda: entregamos o coração para alguém, deixamos que cuidem dessa nossa parte, e logo descobrimos que, além de não cuidarem dela como esperávamos, também a dilaceraram até sangrar. E depois, as pessoas que nos amaram de verdade, que nos protegeram desde que nascemos, um dia decidem deixar esse mundo sem aviso, vão embora sem deixar rastro, e então ficamos sozinhos, sem nem entender o que aconteceu, nos perguntando por que as pessoas têm que ir embora...

Meu avô, no entanto, não foi sem deixar rastro: ele deixou um documento muito importante para trás, um documento que virou a minha vida de cabeça para baixo.

Meu avô havia deixado absolutamente tudo o que tinha para mim. Não apenas sua casa em Montana e todas as suas várias propriedades, mas também a Leister Enterprises como um todo. Nem sequer o meu pai recebera parte da herança, não que fosse fazer falta, ele já era o cabeça de um dos maiores escritórios de advocacia do país, mas o meu avô deixara para mim todo o império dele, incluindo as Corporações Leister, a empresa que, junto com a do meu pai, dominava grande parcela do setor de investimentos do país. Eu sempre quisera fazer parte do mundo das finanças com o meu avô, mas nunca quisera que tudo simplesmente caísse do céu.

Assim, de repente me vira obrigado a ocupar esse posto que eu tanto desejava e me tornei oficialmente o dono de um império, e tudo isso tendo apenas vinte e quatro anos de idade.

Estava tão mergulhado no trabalho, preocupado em demonstrar que era capaz de superar qualquer obstáculo e que podia ser o melhor, que ninguém mais duvidava das minhas capacidades. Chegara ao topo do mundo... e ainda assim, não dava para ignorar quanto eu estava perdido.

Eu me virei para observar a mulher de cabelos castanhos que tentara me entreter por algumas horas. Era magra, alta, tinha os olhos azuis e seios perfeitos, mas não passava de um corpo bonito. Eu nem lembrava o nome dela. Na verdade, ela já deveria ter ido embora, porque eu deixara bem claro que só queria transar e que, quando terminássemos, teria prazer em chamar um táxi para que ela voltasse para casa. No entanto, ao vê-la ali, me sentindo tão perdido e bravo por ter que enfrentar uma situação que me enfurecia mais do que eu estava disposto a admitir, senti a urgência de pelo menos liberar parte da tensão que o meu corpo parecia acumular.

As mãos dela subiram pelo meu peito enquanto seus olhos procuraram os meus.

— Tenho que admitir que os boatos a seu respeito não eram infundados — ela disse, se aproximando de mim de maneira tentadora.

Eu a segurei pelos punhos e detive as carícias dela.

— Não me interessa o que dizem sobre mim — rebati, taxativo. — São quatro da manhã, e em meia hora vou chamar um táxi pra você, então é melhor você aproveitar o tempo que tem.

Apesar da frieza das minhas palavras, a garota esboçou um sorriso.

— Claro, senhor Leister.

Cerrei a mandíbula com força e simplesmente deixei que ela continuasse. Fechei os olhos e me deixei levar pelo prazer momentâneo e pela simples satisfação física, tentando não sentir o vazio que me preenchia. O sexo já não era a mesma coisa que fora para mim... e parecia ser melhor assim.

4

NOAH

A calma que marcara os últimos dias que passara com a Jenna foi embora assim que a campainha tocou, bem cedo, naquela manhã. Tínhamos vivido bons momentos indo ao *spa* de Sag Harbor, comendo mariscos frescos em restaurantes charmosos e torrando no sol durante horas, deixando nossa pele com o bronzeado que tanto queríamos e que com certeza nos causaria rugas no futuro.

Amy, a organizadora do evento, nos deixou sozinhas para viver aquele momento de amigas do qual tanto precisávamos, mas, a poucos dias do casamento e com a chegada iminente de vários convidados, foi impossível continuar com nossa rotina de sombra e água fresca.

Jenna parecia estar ficando cada vez mais nervosa, algo que demonstrava falando sem parar e, principalmente, ligando para o Lion a cada ataque de ansiedade. Depois de meses se preparando para um teste em uma das empresas do pai da Jenna, ele conseguira o merecido posto de administrador de uma das sucursais, e tudo parecia estar entrando nos eixos. Os dois conseguiram se perdoar pelo passado e estavam mais apaixonados do que nunca.

Naquela manhã, enfim pude ver o vestido de noiva. A estilista chegou com a Amy para providenciar os ajustes necessários na peça enquanto a Jenna a experimentava pela última vez. O vestido era simplesmente incrível, de renda branca e rente ao corpo até a altura da cintura, onde se abria uma saia bem volumosa. Parecia um vestido de estrela de cinema ou de modelos que aparecem nas revistas, daqueles que sempre nos deixam babando. A mãe da Jenna havia desenhado o vestido junto com uma das estilistas mais caras de Los Angeles, e a roupa ficara espetacular na minha amiga.

Logo chegou um grupo de fornecedores que se encarregaram de colocar flores na entrada da casa. Segundo a Jenna, os arranjos combinavam com os motivos florais do casamento. Enquanto isso, outro grupo organizou os quitutes com que seriam recebidos todos os amigos e familiares que chegariam ao longo do dia: tinha comida para dar e vender. Resumindo, no imenso jardim, estavam preparando uma recepção pré-nupcial digna de admiração.

O jantar de ensaio aconteceria dentro de dois dias, em um salão perto da baía. Não preciso nem falar sobre como estava nervosa. Eu não estava preparada para reencontrar o Nick e muito menos para passar mais de dois dias na mesma casa que ele.

O local logo virou um formigueiro, cheio de parentes e amigos que não paravam de chegar e que, empolgados, se aproximavam da Jenna para perguntar sobre detalhes da cerimônia ou apenas fofocar sobre o vestido e sobre tudo mais.

Minha amiga havia convidado os amigos mais íntimos para ficarem na mansão, junto com os familiares mais próximos, especialmente os mais jovens, já que os adultos preferiam se hospedar em hotéis, preservando sua tranquilidade bem longe da empolgação e da bebedeira que certamente rolaria naquela noite.

Jenna estava cercada por algumas de suas primas enquanto o pessoal da comida, gente que não acabava mais, seguia entrando pela porta principal. Era bem ali que eu estava, com a clara intenção de subir ao meu quarto em busca de um pouco de tranquilidade, quando um carro conhecido estacionou. Usei a mão como anteparo para conseguir enxergar o irmão do Lion saindo do carro, com aquele sorriso perigoso que parecia tatuado no rosto dele.

Ele girou a chave do carro ao redor de um dos dedos e cravou o olhar no meu quando percebeu que eu o olhava do alpendre.

— Olha só quem está por aqui — disse, com um sorriso torto, se aproximando da escada. — A princesinha desaparecida em combate.

Revirei os olhos. O meu santo nunca bateu com o do Luca. Ele já tinha passado anos na cadeia e, segundo o que a Jenna me contara, continuava se metendo em confusão, e sempre sobrava para o Lion resolver esses problemas. Precisava admitir que o Luca estava diferente da última vez que o vira, meses antes, naquele racha terrível que culminou com o término da Jenna com o Lion. Eu e o Nick também tivemos uma briga monumental. Uma briga que, como sempre, terminou com a gente transando, uma transa que não resolvia nada, uma transa que simplesmente nos ajudava a ignorar o inevitável: que estávamos nos destruindo aos poucos.

— Como você tá, gata? — ele perguntou, ficando diante de mim e me obrigando a erguer um pouco o olhar. Lion era alto, mas o Luca não ficava devendo nada nesse quesito. Seus braços tatuados poderiam espantar qualquer pessoa de bem, mas ele os exibia com orgulho e eu não me incomodava em nada com aquilo.

— Estou muito bem, Luca, fico feliz de te ver — respondi, dando um passinho para trás, já que ele estava mais próximo do que eu me sentia confortável. — A Jenna está lá dentro, se quiser cumprimentá-la.

Luca olhou por cima do meu ombro parecendo desinteressado. Seus olhos verdes, iguaizinhos aos do irmão, procuraram os meus, percorreram descaradamente o vestido branco que eu usava e se estreitaram ao sorrir para mim outra vez, me fitando no rosto.

— Vou ter tempo para cumprimentar a noiva, e falando em noivado e namoros… É verdade que você está solteira?

O interesse dele me pegou de surpresa, e como não estava interessada em falar da minha vida sentimental, ainda mais com o irmão brutamontes do melhor amigo do meu ex, que com certeza já sabia de tudo o que acontecera, principalmente a respeito de tudo o que eu fizera, a minha vontade de sair correndo dali e de me trancar no quarto aumentou consideravelmente.

— Tenho certeza de que você já sabe a resposta dessa pergunta — afirmei, com bastante frieza. O lembrete da minha situação atual só serviu para me fazer sentir uma pontada no peito.

Jenna apareceu naquele exato momento. Um sorriso muito mais agradável que o meu recebeu o Luca, que abriu os braços para abraçá-la bem forte.

— E aí, futura cunhada? — ele a cumprimentou, dando tapinhas nas costas dela. — Você engordou? Cuidado, hein? Assim você não vai caber no vestido.

Luca deu risada e a Jenna se remexeu nos braços dele, dando um salto de supetão e o fulminando com o olhar.

— Você é um idiota — ela soltou, dando-lhe um tapa no braço. Luca voltou a se concentrar em mim:

— Estava aqui perguntando para a Noah onde fica o meu quarto… Você sabe que não estou acostumado a morar em castelos à beira-mar, e estou muito cansado da viagem…

Jenna revirou os olhos.

— Só você mesmo para atravessar o país de carro. Você já ouviu falar de um meio de transporte chamado avião?

Arregalei os olhos com surpresa.

— Você veio da Califórnia até aqui de carro?

Luca assentiu, recolocando nas costas a mochila que antes estava pendurada em seu ombro.

— Eu adoro os restaurantes de beira de estrada — ele falou, passando entre nós duas e entrando na casa. — Para onde devo ir?

Jenna balançou a cabeça, sorrindo. Naquele exato momento, a chamaram da cozinha.

— Noah, sobe com ele e fala para ele ficar no quarto da direita, o que fica perto da varanda.

— Mas...

Minha amiga não ficou para ouvir meus protestos: desapareceu pelo corredor em direção à cozinha e me deixou sozinha com o Luca.

— Vamos, princesa, não tenho o dia todo.

Depois de mostrar o quarto para ele, me virei para sair pela porta, com a clara intenção de perdê-lo de vista, e enfim ir para o meu quarto, que ficava a apenas duas portas de distância, mas o Luca se pôs no meu caminho, se colocando entre mim e a porta.

— Vamos para a praia — propôs com um olhar confiante.

— Não, obrigada — respondi, tentando me esquivar dele e alcançar a maçaneta.

— Não quero ficar aqui... Vamos lá, não seja chata, eu te pago um cachorro-quente.

Eu o observei com atenção, tentando adivinhar quais eram as intenções por trás do convite. Luca era uma pessoa inquieta, alguém difícil de controlar. Eu tinha certeza de que, para ele, ficar ali, com todos os convidados que chegavam sem parar, era mais estressante do que ele queria admitir.

— Não quero saber de cachorro-quente, só quero ir para o meu quarto e ler um bom livro, então sai da frente, por favor.

Ele não deu a mínima.

— Ler? — Ele pronunciou a palavra como se fosse um insulto. — Você pode ler quando estiver morta. Vamos dar um rolê por esse lugar de bacana.

— Luca, eu não posso sair assim, a Jenna precisa da minha ajuda. Além do mais, não conhecemos o local muito bem, e não estou a fim de me perder com você pelos Hamptons.

Luca colocou na cabeça o capuz que estava abaixado e me olhou fixamente.

— Olha, se perder comigo seria a melhor coisa que poderia te acontecer, gata, mas não é algo que me interessa agora. Só quero sair para comer alguma coisa em boa companhia, e a sua até que serve, apesar desse ar de princesinha metida.

Cruzei os braços e por muito pouco não dei um tapa nele, assim como a Jenna tinha feito, mas ele deu uma gargalhada que interrompeu o insulto que eu estava prestes a berrar.

— Eu tô brincando! Vamos lá, não venha com essa, eu prometo que te trago de volta sã e salva. Não queremos que a Jenna fique sem dama de honra.

Bem na hora, um grupo de parentes da Jenna começou a subir a enorme escada, e em seguida o corredor se encheu de pessoas conversando animadamente, e a ideia de sair dali, dada pelo Luca, já não estava parecendo tão horrível.

— Eu vou com você, mas com uma condição — falei, olhando fixamente para ele, sem esboçar nenhum sorriso.

O Luca me devolveu um sorrisinho malicioso.

— O que você quiser.

— Eu dirijo.

Diferente do que eu esperava, o Luca não se importou nem um pouco que eu ficasse na frente na direção de seu Mustang preto lustroso. Ele parecia até feliz de não precisar ficar de olho na pista e poder aproveitar um pouco a paisagem litorânea. O sol ia se pôr em breve e havia uma brisa bem agradável.

Estávamos envoltos em um silêncio nada incômodo, e gostei de dirigir por aquelas estradas pequenas com a simples disposição de quem está passeando. Eu sabia que Luca estava em parte se contendo comigo: ele não era do tipo que sai com uma garota só para passar o tempo, mas as intenções dele não me importavam muito. Finalmente, depois de um tempo dirigindo sem rumo, quando a noite já caíra, parei ao lado de um carrinho de cachorro-quente perto do mar. No entorno havia mesas, onde havia dois casais e uma família com duas crianças pequenas.

— Estou com fome — anunciei, tirando a chave do contato.

Luca sorriu e saiu do carro. Eu o observei pelo retrovisor e me apressei para alcançá-lo.

— Não sabia que você dirigia tão bem — ele comentou, tirando o capuz, passando a mão pelo cabelo cortado quase no zero e voltando a vestir o capuz.

— Bom, não dá para dizer que a gente se conhece superbem, então é normal que não soubesse.

Fui logo para o carrinho que vendia aquela porcaria que cheirava tão bem. Pedi um cachorro-quente completo, batatas fritas e uma Coca-Cola. Luca pediu a mesma coisa, mas com uma cerveja. Quando o pedido saiu, sentamos a uma das mesas. Achei um pouco estranho estar ali com o irmão do futuro marido da minha melhor amiga, um ex-presidiário de fama bem ruim, mas tinha que reconhecer que, até o momento, ele tinha se comportado muito bem.

— Você não é muito de dieta, né? — ele disse, reparando no meu cachorro-quente caprichado.

— Eu faço exercício — rebati, dando uma mordida no lanche. Estava delicioso.

Luca assentiu enquanto dava um gole em sua cerveja, se jogou para trás e ficou me observando.

— Você comentou que a gente não se conhece muito bem. Por que não brincamos do jogo das vinte perguntas?

Com cuidado, deixei o cachorro-quente no prato e desviei o olhar por um momento.

Uma fração de minha mente captou o flerte escondido na proposta, mas outra escapou para recuperar uma lembrança de muito tempo atrás, uma lembrança que me aproximara do Nick de uma maneira bem íntima, de quando fizemos essa brincadeira estúpida para nos conhecermos melhor.

A lembrança daquela época, de quando mal nos conhecíamos, a lembrança de estar com ele, sem que ele soubesse de nenhum dos meus problemas, sem que eu soubesse dos dele, quase me fez levantar e sair correndo para me trancar no meu quarto, de onde eu não devia ter saído, mas fiz o mais apropriado para aquela situação: fechei os olhos por um segundo, respirei fundo e me concentrei em outra coisa qualquer.

Diante de mim havia um rapaz atraente, um rapaz com quem eu não queria ter nada e que só traria mais problemas para mim, que estava numa situação complicada. Mas o que ele não sabia era que, não importava o que fizesse ou falasse, nada conseguiria me levar até às nuvens como um simples olhar do Nicholas Leister. Às vezes sentia saudades simplesmente disso, do olhar dele, daqueles olhos presos nos meus daquela maneira única e inconfundível.

Luca acenou diante do meu rosto para me fazer reagir, e voltei a prestar atenção nele, naquelas tatuagens e nos olhos verdes repletos de curiosidade.

— Deixo você me fazer só uma pergunta — respondi para não soar antipática.

Ele sorriu, passou a mão no queixo e se inclinou sobre a mesa.

— Se vai me dar só uma pergunta, vou ter que ir direto ao ponto — ele comentou.

Eu me remexi no lugar, um pouco incomodada. Acho que era a primeira vez em meses que eu estava a sós com um cara, e não gostei da sensação na boca do estômago, parecia que eu estava fazendo algo de errado.

— Quer sair comigo amanhã à noite?

A pergunta dele foi bem direta, e mais direta ainda foi a minha resposta.

— Não.

Estava sendo clara e concisa. Além disso, eu me levantei, perdendo completamente o apetite, mas ele me segurou pelo pulso, me obrigando a ficar parada perto dele, que se virou para me olhar de frente.

— Por que não?

— Porque eu não consigo.

Ele me devolveu um olhar confuso.

— Como assim, não consegue? Que tipo de resposta é essa?

Eu me remexi, um tanto inquieta, mas ele continuou me segurando pelo pulso.

— Eu não quero — afirmei, repousando o olhar no ombro direito dele. Alguns segundos se passaram antes que ele voltasse a falar.

— Entendi... Você ainda está apaixonada por ele — o Luca falou, mais em tom de afirmação do que de pergunta. Eu me soltei com um puxão bem forte e dei um passo para trás.

— Isso não te interessa, está ouvindo?

Luca ergueu as mãos e deu uma gargalhada.

— Noah, eu só ia te chamar para correr, tá bom? Não é nada de mais... Meu Deus, me falaram que você era difícil, mas... — Meu olhar pareceu adverti-lo de que era melhor não seguir por esse caminho. — Era só um rolê de fim de tarde, quando não estiver mais tão quente. Assim escapamos da loucura que vai ser amanhã, com todos os convidados que ainda vão chegar. Estou só atrás de desculpas para sair daquela casa, e nada mais. Pode guardar essa cara feia e continuar apaixonada por quem você quiser, eu não me importo nem um pouco.

A resposta dele me fez analisar o convite. Era do Luca que estávamos falando, um descarado, que não dava a mínima para a minha vida pessoal, e que falava a primeira coisa que lhe passasse pela cabeça quando abria a boca.

Correr... Até que era possível... Parecia algo entediante... entediante e impessoal. Além do mais, quem convidava outra pessoa para correr querendo algo mais que companhia? Eu estaria suada e horrorosa, então não tinha nenhum perigo... né?

— Só correr? — perguntei, e me senti mal pela voz insegura que não parecia ser minha.

Luca franziu a testa, soltou o meu pulso e assentiu, forçando um sorriso com seus lábios grossos.

— Só correr.

Suspirei por dentro e voltei a me sentar para esperar que ele terminasse de comer.

Durante a meia hora seguinte, ficamos conversando sobre o casamento e sobre coisas sem importância, mas mesmo assim me sentia um pouco exposta diante dele, como se tivesse exibido a insegurança que passara meses tentando esconder, e não gostei nem um pouco daquilo.

Faltava apenas pouco mais de um dia e meio para o casamento, e o Luca só andava grudado em mim. Tínhamos saído para correr, como ele havia me convidado e, para minha surpresa, percebi que aquilo não me incomodava: cada um colocava o seu fone de ouvido e corríamos juntos até chegar ao porto antes de voltarmos pela praia. Tenho que admitir que era nossa maneira mais sutil de fugir da casa. Estavam chegando tantos convidados que mal havia quartos livres. Os pais da Jenna tinham chegado na noite anterior e eu enfim me sentia um pouco mais livre para sair de perto dela. A mãe da minha amiga era uma anfitriã nata e parecia feliz por receber tantos amigos e parentes para celebrar o casamento de sua filha mais velha.

Eu já estava quase no limite das minhas forças, pois o Luca insistira para irmos mais longe daquela vez, e minhas pernas não aguentavam mais, ameaçando me fazer voltar andando.

— Vamos, vamos! — ele gritou, empolgado enquanto corria para trás a fim de me ver e ao mesmo tempo me zoar. Mostrei o dedo do meio para ele e tentei ignorá-lo, mas tive que parar para beber água e recuperar o fôlego. Faltavam poucas horas para o anoitecer e teríamos que estar de banho tomado e vestidos para jantar com o restante dos convidados. O pai da Jenna contratara uma empresa para cuidar de todas as refeições. Era uma celebração contínua, com uma tenda montada do lado de fora e comida disponível pelas vinte e quatro horas do dia. A casa dos Tavish se transformara em um hotel cinco estrelas, e todos pareciam encantados.

— Não seja molenga!

Expirei devagar e joguei água na minha cabeça. Meu top rosa ficou encharcado, mas consegui secar parte do suor que descia pela minha barriga e pelos meus seios. Sequei o rosto com as mãos e decidi que voltaria andando, tinha exigido demais do meu corpo em uma única tarde.

— Pode continuar, cretino!

Luca balançou a cabeça, parou e voltou para o lugar onde eu estava empacada.

— Achei que a sua resistência estava aumentando, princesa. Estou decepcionado.

— Vai logo, cala a boca.

Começamos a andar juntos pela calçada em direção à casa da Jenna. Estávamos em uma grande ladeira, e ao longe o sol se punha rapidamente, tingindo o céu com cores alucinantes.

— Falta pouco para o grande dia. Você está nervosa? — o Luca me perguntou enquanto me imitava e jogava o restante da água de sua garrafa sobre a própria cabeça. Ele se sacudiu, e gotas de água misturadas com suor salpicaram o meu corpo e o meu rosto. Eu o empurrei e ele sorriu como um idiota.

— Não sou eu que vou casar, Luca — respondi, dissimulando.

Mesmo com o pouco que havíamos conversado durante aqueles dias, estava bem claro que certo assunto era intocável, ainda que eu entendesse a curiosidade dele, levando em conta que faltava muito pouco para o casamento.

— Você vai ser a madrinha... É um papel importante — ele afirmou, olhando para a frente.

Não respondi, mas o nervosismo que eu vinha reprimindo ressurgiu de maneira vertiginosa, me embrulhando o estômago. Não tivera vontade de perguntar para a Jenna quando ele chegaria. E mais: eu nem sabia se ele ia aparecer antes do grande dia... Ou mesmo segundos antes do casamento de nossos melhores amigos. Para mim, até que seria melhor assim. Eu tremia só de pensar na possibilidade de reencontrá-lo.

Naquele momento, um carro passou tão rápido por nós que o Luca me puxou para o lado.

— Babaca! — ele gritou, mas o Lexus preto rapidamente se tornou um pontinho escuro distante na pista.

Fiquei com uma sensação estranha no estômago e quis chegar logo em casa.

5

NICK

Já eram seis da tarde e eu ainda estava em Nova York. A secretária que organizava minha agenda cometera um erro e marcara uma reunião com dois idiotas esnobes que só me fizeram perder tempo.

Precisei ficar duas horas respondendo a perguntas ridículas e quando a reunião finalmente terminou, eu me tranquei no escritório. Olhei para o relógio de pulso e percebi que chegaria mais tarde do que havia imaginado. Sair para os Hamptons um pouco depois do horário de pico era uma loucura, mas eu não podia me atrasar ainda mais.

Steve estava me esperando do lado de fora quando enfim me livrei do trabalho.

— Nicholas — ele disse, baixando a cabeça e pegando a pequena maleta que eu lhe entreguei.

— Como está o trânsito, Steve? — perguntei no momento que meu celular começou a vibrar.

Ignorei a chamada por alguns instantes e entrei no carro, me sentando no banco do passageiro. Naquele momento, eu precisava fechar os olhos por alguns minutos e fugir do turbilhão de pensamentos que se passava pela minha cabeça.

— O de sempre — o Steve me respondeu, assumindo o volante e saindo em direção ao leste da cidade. Restavam mais de duas horas de viagem, isso se não ficássemos presos em algum engarrafamento.

Steve se tornara o meu braço direito, e se ocupava de me levar para todos os lugares no horário, cuidar da minha segurança e me ajudar com tudo mais de que eu precisasse. Ele trabalhava para a família desde os meus sete anos, então era um dos poucos homens que me conheciam e sabiam quando podiam falar comigo e quando era melhor se calar. Ele, melhor do que ninguém, sabia o que eu enfrentaria pelos próximos dias, e por isso fiquei grato quando ele colocou uma música bem tranquila, nem muito lenta nem muito acelerada, com o ritmo ideal para permitir que eu começasse a me convencer de que não perderia o controle naquele casamento. Eu precisava assumir as rédeas da situação, tomar conta do meu gênio difícil e de qualquer outra coisa que ameaçasse a torre de marfim na qual eu estava me escondendo, bem alta e distante... distante de todos, principalmente dela.

Uma hora e meia depois paramos para abastecer em um posto perdido no meio da estrada. Depois de ter tirado um cochilo, comecei a me sentir mais inquieto e insisti para trocar de lugar e assumir o volante, o que não pareceu incomodar o Steve. Além disso, de repente senti a necessidade de conversar sobre qualquer coisa.

Indo um pouco mais rápido do que o limite de velocidade, começamos a falar sobre a partida dos Knicks contra os Lakers e assim, sem nos darmos conta, já estávamos entrando nos Hamptons.

Várias emoções me invadiram quando chegamos naquela parte do estado de Nova York que me trazia muitas lembranças. Meus pais compraram uma casa por ali, perto da praia. Bom, na verdade tinha sido um presente de casamento. Era uma casa pequena, que não tinha nada a ver com as mansões da região, e eu me lembrava dos verões que havíamos passado por lá, nós três juntos.

Foram poucas ocasiões, é bem verdade, mas, se a minha memória não estivesse me enganando, acho que aquela casa fora um dos poucos lugares onde tínhamos sido uma família de verdade. Meu pai me ensinou a surfar nas praias de Montauk, e eu me empenhei para que ele sentisse orgulho de mim.

Com isso em mente, além de outros pensamentos mais amargos, entrei na estrada que levaria até a casa dos pais da Jenna. Depois que a minha mãe foi embora, meu pai começou a me levar para Hamptons em todos os verões para passarmos uma semana com os Tavish. Foi lá que demos nosso primeiro beijo... Meu Deus, eu estava tão nervoso, e a Jenna parecia tão tranquila. Para ela parecia ter sido um simples experimento; eu, por outro lado, quase saí correndo.

Foi debaixo de uma das árvores enormes do jardim na parte de trás da casa. Estávamos brincando de esconde-esconde e, quando a encontrei, ela me puxou pela camiseta e me obrigou a me esconder com ela atrás de um tronco imenso.

— Vai ter que ser agora, Nick, senão vai ser tarde demais.

Naquele momento não entendi do que ela estava falando, mas anos depois descobri que, debaixo daquela árvore, sob as folhas de sua copa, o pai da Jenna tinha pedido a mãe dela em casamento. A Jenna ficara sabendo disso naquele mesmo dia, e a menina sonhadora e romântica que ela costumava esconder resolveu mostrar as caras. Segundo ela, nosso beijo foi asqueroso... mas para mim foi o começo de tudo, e eu não parei desde então.

Com tudo isso em mente, pisei no acelerador. Estava tão perdido nos meus pensamentos que demorei alguns segundos para reagir e frear ao ver um casal que parecia estar passeando no meio da pista. Trajavam roupas esportivas e, quando o carro passou voando do lado deles, transformando-os em um borrão no espelho, senti uma pressão incômoda na boca do estômago. Olhei melhor pelo retrovisor, e a pressão se transformou em um calafrio.

6

NOAH

Saí do banho deixando uma imensa nuvem de vapor para trás. Tinha demorado mais tempo que o recomendado, mas foi para tentar evitar que meus músculos continuassem tão tensos quanto as cordas de um violino.

Eu me aproximei da janela, enrolada na toalha, e vi que o jardim dos fundos estava lotado de gente. Estavam todos vestidos de branco, ideia do pai da Jenna que tinha se espalhado pela casa, de modo que o jantar estava parecendo uma festa de Ano-Novo, mas na verdade era em homenagem aos futuros noivos.

Assim que nós dois havíamos chegado de volta na casa, suados e fedidos, dei de cara com o Lion e a Jenna dando um abraço de urso junto à escada do alpendre. Aparentemente, ele acabara de chegar, e a Jenna parecia estar completa.

Lion nunca chegou a fazer nenhum comentário sobre o meu término com o Nicholas. Mais ainda, ele se negou com veemência a fazer parte de qualquer coisa que tivesse a ver com o nosso rompimento. Por um momento, logo após a nossa separação, acabei enchendo o saco do coitado do Lion para ele me passar o número novo do Nick. Não tive sucesso, e a Jenna entrou na mesma onda de imparcialidade e nenhum dos dois voltou a falar do Nick na minha frente, a não ser para me dar apoio quando eu mais precisava.

Então, basicamente, os momentos que passava com o Lion agora se resumiam àqueles encontros quando eu estava com a Jenna.

Eu me afastei da janela e comecei a me arrumar com pressa. Não tinha nenhum vestido branco além do que eu usava como saída de praia, então vesti uma saia branca bem leve que ficava um pouco acima dos meus joelhos e uma regata justa da mesma cor. Sequei um pouco o cabelo com a toalha, para que não ficasse pingando, mas o deixei úmido, sabendo que a brisa que vinha do mar o secaria em questão de minutos.

Conforme descia as escadas, pretendendo ir para o jardim dos fundos da casa, onde todo mundo estava, o barulho da campainha me fez parar perto da balaustrada. A Jenna estava lá fora com amigos e parentes, e a casa parecia ter ficado deserta, apenas com os garçons que entravam e saíam da cozinha para levar mariscos para os convidados do quintal.

Eu me aproximei da porta e, repetindo o mesmo gesto que estava fazendo desde que os convidados começaram a chegar, a abri e obriguei meus lábios a darem um sorriso de boas-vindas.

Meu sorriso congelou quando o Steve me devolveu o olhar. Ele pareceu tão surpreso quanto eu, mas me cumprimentou cordialmente um segundo depois. Senti um nó na garganta ao vê-lo ali parado, segurando algumas malas.

Com o coração a mil por hora, vi que um pouco mais atrás havia um homem de terno descendo de um Lexus preto, usando óculos de sol e com um celular pressionado contra a orelha esquerda. O Nick tirou os óculos de sol enquanto falava algo de maneira cortante com quem estava do outro lado da linha. Ao fazer isso, os olhos dele encontraram os meus, e tive receio de desmaiar ali mesmo.

Ele estava tão diferente... De cabelo bem curto, sem estar despenteado como eu me lembrava, do jeito que ele acordava todas as manhãs. Agora levava o cabelo bem penteado, o que lhe conferia um aspecto sério e até intimidador. O terno apenas reforçava essa nova imagem de empresário. Carregava um blazer em um dos braços, levava aberto os dois primeiros botões da camisa, cujas mangas estavam puxadas acima dos cotovelos, exibindo os antebraços bronzeados e muito mais musculosos do que eu me lembrava.

Fiz toda essa análise em apenas alguns segundos, alguns meros segundos, porque os olhos dele se cravaram de maneira tão feroz nos meus que precisei desviar o olhar para o chão, no intento de me recuperar do impacto de reencontrá-lo.

Quando voltei a erguer os olhos, ele não estava olhando para mim. O Nick se despediu da pessoa com quem estava conversando e guardou o celular no bolso enquanto se aproximava da porta onde eu me encontrava.

Prendi o fôlego, sem saber o que fazer nem o que falar, quando ele ficou diante de mim, durante os dois segundos efêmeros que, sem titubear, ele usou para desviar de mim e passar pela porta sem olhar para trás. Eu senti como se estivesse morrendo outra vez, como se tivesse passado meses, anos, caminhando por um deserto e de repente tivesse me deparado com um oásis... e, um segundo depois, perceber que era apenas uma miragem fazendo caso do pouco de juízo que ainda me restava.

Graças a Deus, a Jenna apareceu para me salvar. Só consegui entrar de volta na casa quando ouvi o Nicholas e o Steve se afastando pelo corredor até o andar de cima. Fui logo para o jardim ficar com os outros convidados, queria me perder entre as pessoas, queria desaparecer dali, queria cavar um buraco no chão para me esconder.

Agora estava começando a perceber o tamanho do erro que havia cometido ao ter ido. Sabia que a Jenna era minha melhor amiga, mas aquilo era difícil demais. Mesmo depois de tantos meses, um simples olhar do Nick era capaz de deixar o meu mundo de cabeça para baixo.

Uns dez minutos depois eu o vi descer a escada enquanto conversava amigavelmente com os noivos. O Nick era o único que tinha decidido ignorar a besteira de se vestir de branco. Continuava do mesmo jeito que tinha chegado, com sua calça social escura e camisa azul com as mangas arregaçadas, mas sem a gravata. Senti uma pontada de dor no âmago do meu corpo ao ver o quanto ele era atraente, mesmo de longe.

Ele não demorou para se misturar com as pessoas. Muitos se aproximaram para cumprimentá-lo, e ele parecia conversar com todos de maneira distante, mas com a elegância que era sua marca registrada.

Vi o Luca conversando com o Nick e com o Lion e me dei conta de que estava sozinha: aquele lugar não era meu, aqueles não eram meus amigos... Tinha certeza de que a Jenna era a única que gostava de mim por lá. Fiquei tão triste que precisei de todo o meu autocontrole para não começar a chorar. Decidi que, já que não havia nada que eu pudesse fazer, ou, melhor dizendo, nada que eu pudesse desfazer, iria me esforçar ao máximo para engolir tudo o que ainda sentia por ele. Talvez o tempo tivesse curado as feridas do Nicholas, talvez o tempo o tivesse feito deixar de me odiar, talvez pudéssemos encarar aquela situação como adultos, nos tratando com cordialidade e respeito, e quem sabe algum dia pudéssemos tentar ser amigos.

Eu sei, parecia ridículo, mas era isso ou me jogar da varanda, e a segunda opção, por mais atraente que fosse, obviamente não ia me fazer bem. Então comecei a conversar com as pessoas e me obriguei a relaxar. Se ficasse longe dele, nada de ruim me aconteceria e nem precisaria submeter o meu coração a uma tortura insuportável.

Os pais da Jenna me apresentaram para um amigo da família, um sócio do Greg que, muito educadamente, iniciou uma conversa comigo sobre meus estudos e sobre o que eu gostaria de fazer no futuro. Dava para ver de longe que era alguém importante, e quando ele me ofereceu o cartão dele eu agradeci o gesto. Estava mais do que perdida em relação ao futuro, então, quanto mais opções eu tivesse, melhor.

Eu só não suspeitava que Lincoln Baxwell era amigo de Nicholas Leister. Estávamos conversando amigavelmente quando o senhor Baxwell acenou para chamar alguém que estava atrás de mim. Ao me virar, dei de cara com o Nicholas.

Eles se cumprimentaram com um aperto de mão e, quando o Baxwell começou a fazer as apresentações, vi o tremor no pescoço do Nick: ele estava muito tenso, como poucas vezes vira, tanto que eu tive que ser a primeira a falar:

— Já nos conhecemos, senhor Baxwell — eu disse, me odiando pelo tremor da minha voz que, em meio segundo, evidenciou como eu me sentia insegura e incomodada.

Baxwell sorriu e ficou olhando de um para o outro. O olhar do Nicholas encontrou com o meu por alguns instantes, e me doeu ver a frieza com que ele falou:

— Sério? Já nos conhecemos? — perguntou, sem tirar os olhos de mim. Senti um calafrio percorrer a minha espinha ao voltar a ouvir aquela voz grave que continuava fazendo parte dos meus sonhos, aquela voz que tantas vezes me havia dito “eu te amo”, que tantas vezes havia sussurrado frases doces em meus ouvidos.

O olhar dele me deixava tão hipnotizada que só consegui ficar boquiaberta.

— Você me lembra de alguém que conheci há muito tempo… — ele comentou, agindo de maneira fria e impessoal.

Ele acenou com a cabeça na direção do amigo, se virou e foi embora, voltando a se misturar com os convidados.

O som que houve em seguida foi o barulho do meu coração se espatifando no chão.

Na manhã seguinte, acordei ao amanhecer. Mal consegui pregar os olhos, não consegui dormir de jeito nenhum... O dia em que eu pus fim a tudo, aquele maldito dia em que fiz a coisa que ainda não sabia como fora capaz de fazer, voltou a se repetir na minha mente.

"Não tem mais volta."
"Não consigo nem olhar pra você..."
"Terminamos aqui."

Levava gravada na minha memória a expressão do Nicholas quando ele entendeu o que tinha rolado com o Michael, e não conseguia nem pensar naquele nome sem me sentir culpada.

Eu me levantei e me vesti depressa, queria tentar sair da casa antes que alguém levantasse e me visse. Não pretendia nem avisar para o Luca que ia sair para correr, estava precisando ficar sozinha para espairecer e pensar, mas, sobretudo, necessitava ir me acostumando com a ideia de que teria que ver o Nicholas pelos próximos dias. Não só isso: ia precisar caminhar até o altar ao lado dele.

A corrida acabou sendo maravilhosa e, além disso, o resto da manhã passou voando porque tivemos que fazer milhares de coisas. Os convidados continuavam bem à vontade e o jantar de ensaio já estava sendo preparado do lado de fora.

O maldito jantar de ensaio.

Tinha me safado do almoço e por isso não havia reencontrado nem o Nicholas nem o Steve desde a noite anterior. Naquele instante, eu estava esperando com os pais da Jenna que ela descesse com o Lion, para que fôssemos até o vinhedo onde se celebraria o casamento. Todos que participariam da cerimônia precisavam ensaiar o cortejo de entrada, e precisávamos sair antes que escurecesse, o que aconteceria em breve.

Justo enquanto a Jenna e o Lion estavam descendo a escada, a porta de entrada se abriu e um Nicholas imaculadamente vestido apareceu, usando calça jeans e uma camisa branca. Eu não sabia o que ele andara fazendo durante todo o dia, mas estava claríssimo que seu principal objetivo fora me evitar.

— Nick, até que enfim, já estava me perguntando aonde você tinha ido parar — a mãe da Jenna falou, se aproximando e dando um beijo na bochecha dele. O Nick esboçou um sorriso para corresponder ao gesto e, tenso como estava, começou a girar a chave do carro no dedo.

Jenna lançou um olhar estranho para ele, e eu voltei a me sentir enjoada. Que merda, aquilo tudo estava sendo um inferno.

Ao sairmos da casa, percebemos que éramos muitos para ir em um carro só. Ali estavam os pais da Jenna, a mãe do Lion — uma mulher com sorriso sincero de quem eu gostei muito, e que inclusive tinha me passado sua receita especial de bolo de maçã —, além do Lion, da Jenna e do primo dela, que não devia ter mais de cinco anos e seria o pajem. E, claro, o Nick.

No total éramos oito, e só me restava rezar para que não me colocassem no carro junto com o Nick, mas foi em vão: os pais da Jenna e a mãe do Lion foram direto para a Mercedes que havia com os outros carros estacionados por lá. Olhei para a Jenna, que se aproximou de mim com uma expressão sugestiva de mãos dadas com o priminho.

— Jenna, nem pensar — falei, começando a ficar brava. O Nicholas deixou bastante claro que não queria ficar perto de mim, então não me imagino indo no mesmo carro que ele. Não, nem pensar.

A minha amiga me olhou com culpa no olhar.

— O Nick é o único que tem uma cadeirinha... você sabe... por causa da Maddie, e eu tenho que ir com os meus pais...

O Nicholas a interrompeu, se aproximando naquele instante. Claramente me ignorando, ele levantou o pequeno Jeremy e o fez voar acima de sua cabeça antes de agarrá-lo com força.

— Pronto para ser o meu copiloto, baixinho?

Jeremy deu risada, se divertindo. Nick foi na direção do carro segurando o menino no colo. A Jenna me devolveu o olhar, mordendo o próprio lábio.

Balancei a cabeça e passei por ela para ir na direção do Lexus. Não fazia ideia do que tinha acontecido com o 4x4 dele, e também não pretendia perguntar. Eu me acomodei no banco da frente, enquanto o Nick colocava o pequeno na cadeirinha do banco de trás e dava algum jogo para ele brincar no celular. Tentei ignorar meu nervosismo por enfim estar a sós com ele. O comentário que ele fizera na festa tinha sido um golpe duro, e eu tinha tanto curiosidade como medo de pensar no que aconteceria na meia hora seguinte.

Quando ele se sentou em seu lugar, começou a ajustar alguns comandos do carro e arrumou o retrovisor. Em seguida, saímos.

Logo os cheiros da loção pós-barba e da colônia dele tomaram conta do carro, e a atração que sempre senti por ele ressurgiu. Meu Deus, aquele homem estava sentado do meu lado, o homem de quem tanto eu sentia saudades... Estava morrendo de vontade de tocá-lo, de beijá-lo, tinha mais necessidade de senti-lo do que precisava de ar para respirar. Um calor começou a tomar conta do meu corpo, e o simples movimento da mão dele no câmbio me deixava nervosa... Seus braços, sua mão relaxada sobre o volante, enquanto a outra repousava na manopla... Caramba, por que era tão terrivelmente atraente ver um homem dirigindo?

Não estava me aguentando e abri a janela para que o ar entrasse e levasse embora aquele aroma, mas, assim que baixei o vidro, ele usou o painel para fechá-lo. Eu me virei para ele.

— Estou com calor — falei, dirigindo-lhe a palavra pela primeira vez depois de quase um ano. Apertei novamente o botão para abrir a janela, mas, no mesmo instante, percebi que o comando já estava bloqueado.

Sem dizer uma única palavra, ele ligou o ar-condicionado, e o potente ar frio atingiu meu rosto em cheio. Nossa, aquilo ia diminuir a minha temperatura corporal, mas o cheiro dele continuava impregnado em cada centímetro daquele carro e eu estava me sentindo enjoada. Eu me retorci inquieta no banco de couro e vi de soslaio que o olhar dele se desviou por alguns segundos da pista para fitar as minhas pernas.

Não me demorei pensando no que iria vestir, mas escolhi um short que deixava minhas pernas à mostra, e foi impossível não perceber a maneira como ele apertou com força o volante um segundo depois de voltar a olhar para a frente.

O barulho do jogo do Jeremy nos acompanhou por todo o caminho, e percebi que aquela era uma oportunidade única para falar com ele sem ficar com medo de que ele me largasse na estrada. Com o menino no banco de trás, ele ia ter que controlar o temperamento... e as palavras.

— Nicholas, eu queria te falar que...

— Não me interessa — ele me interrompeu enquanto fazia uma curva que nos deixou de frente para um lago imenso.

Respirei fundo, com a clara intenção de falar com ele.

— Você não pode continuar me ignorando.

— Não estou te ignorando.

Olhei para ele, lamentando o tom duro que ele usava. Fazia quase um ano que não conversávamos, eu precisava que ele me dissesse algo, precisava conversar com ele.

— Você não pode continuar me odiando desse jeito.

Um sorriso amargo saiu dos lábios dele.

— Se eu te odiasse, poderia dizer que ainda sinto alguma coisa por você, Noah, mas não precisa se preocupar, o nome disso não é ódio, é indiferença.

Analisei o semblante dele, tentando detectar qualquer sinal que indicasse que ele estava mentindo... mas não encontrei nada.

— Você só está falando isso para me machucar.

— Se eu quisesse te machucar, teria ficado com outra mulher enquanto estávamos juntos... Ah, espera, quem me traiu foi você.

Foi um golpe baixo, mas eu não podia negar que merecia.

— Para sobrevivermos pelos próximos dias, a gente devia estabelecer algum tipo de trégua... Não vou conseguir continuar com isso se nem consigo ficar no mesmo cômodo que você.

Não conseguia decifrar o que se passava pela cabeça dele. Na verdade, nunca tive essa habilidade. Era algo complicado, que só parecia possível em momentos pontuais, momentos íntimos, um tipo de intimidade que, em toda a minha vida, só partilhara com ele.

— E o que você propõe, Noah? — ele disse, virando-se para mim, permitindo que eu visse a raiva em seus olhos. — Vamos fingir que nada aconteceu? Andamos de mãos dadas e eu finjo que te amo?

Usei o silêncio como resposta. "Finjo que te amo..." As palavras dele fizeram o meu coração já machucado sangrar um pouco mais.

Um silêncio repentino se fez atrás de nós, e, ao me virar, vi que o Jeremy nos encarava com os olhos arregalados.

— Já estamos chegando? — ele perguntou, fazendo biquinho.

"Que merda! Não, por favor, não vai começar a chorar agora."

— Falta pouco, Jeremy. Quer que eu coloque alguma música? — o Nicholas ofereceu, ao mesmo tempo que esticou o braço e colocou um *rap* para tocar com o volume bem alto.

O menino sorriu, se divertindo, e voltei a olhar para a frente: estava claro quem ele queria calar ao fazer aquilo.

7

NICK

Para mim, a Noah sempre foi uma droga, uma maldita droga que me entorpecia apenas com sua presença. Tudo nela me convidava a me aproximar, tudo nela me transformava em um dependente, em alguém fraco.

Foi muito difícil me separar dela, doeu muito saber que não voltaria a tocá-la, que não ia mais cuidar dela nem a encher de beijos, que ela não seria a mulher da minha vida… E a dor se transformou em ódio de uma maneira assustadora. Eu me abrira com ela, entregara minha alma e meu coração, e ela fez o que eu mais temia: me traiu. Tantas vezes pensei no que poderia dar errado, e nunca passou pela cabeça a possibilidade de a Noah deixar que outro cara encostasse nela. Eu não conseguia nem pensar no maldito psicólogo. Só de lembrar o nome dele eu já era tomado por um turbilhão de raiva e loucura incontroláveis.

Aquele cara tinha tocado na minha namorada, tirado a roupa dela… Acho que foram essas imagens, essa realidade impossível de apagar, que acabaram por me destruir. Nunca antes, em toda a minha vida, eu me sentira tão mal, tão mergulhado em sofrimento… O muro que se ergueu ao meu redor era tão alto que uma outra pessoa surgiu no meu lugar. Não havia mais espaço para nada além dos sentimentos de um homem sem alma. A pequena capacidade de amar que ainda me restava era dirigida toda para minha irmãzinha, e não havia nada além disso.

Eu havia tomado tantas precauções para garantir não ter que reencontrar a Noah que toda aquela situação me deixava irritado. Estava tão furioso com ela… tão bravo… pois só de vê-la eu tinha voltado a sentir algo, meu coração acelerou e minha respiração se tornou entrecortada. Odiava aquela sensação, odiava qualquer sensação que fosse, eu não sentia mais nada, me acostumara a não sentir, e voltar a vê-la era uma tortura que me fazia ter vontade de arrastá-la comigo para o meu inferno pessoal.

E lá estava ela, incrivelmente irresistível como sempre, tão incrivelmente atraente... e ainda por cima parecia se encolher na minha presença, me olhava sem o brilho nem o ar de superioridade que sempre acompanhavam cada uma de suas palavras. A Noah que estava na minha frente também tinha mudado, já não era mais a mesma. E eu odiava sentir pena, odiava testemunhar o que tinha acontecido com a gente e odiava colocar a culpa nela.

Ela saiu do carro assim que estacionei. Soltou o cinto da cadeirinha do Jeremy, tirou o menino do carro e foi andando até o vinhedo sem me esperar. Ela estava vestindo um short curto e uma simples blusa amarela, e com isso já conseguira abalar e enfraquecer todas as minhas defesas.

No carro, sentira o cheiro dela, aquele aroma tão característico, o cheiro com que eu sonhava de noite e que me fazia acordar com uma ereção descomunal e vontade de matar alguém... Aquele maldito cheiro agora estava em todos os cantos do meu carro e o pior de tudo, o que mais me irritava, era que uma parte de mim tinha gostado, como um alcoólatra que toma um gole de conhaque depois de anos de abstinência. Eu nem sequer abrira as janelas, nem sequer pude conter a sucessão de imagens que se passaram pela minha cabeça sobre o que faria para saciar aquela necessidade que tinha, e que sempre teria, de estar com ela.

Olhei para o local onde meus melhores amigos iam se casar e não consegui acreditar que aquilo ia acontecer. Ficara sabendo que o Lion pedira a Jenna em casamento um mês depois do meu término com a Noah. Meu amigo guardou o segredo de maneira quase profissional, e em partes fiquei grato por isso. Estava feliz por eles mas, por outro lado, sentia como se tivessem jogado álcool nas minhas feridas.

O vinhedo de Corey Creek era um lugar lindo para se casar, eu já passara muitas vezes por ali para passear em meio às videiras e comprar um bom merlot. Lembro de ter visitado o local com a Jenna e o pai dela, de ter andado a cavalo pelos campos e de observar à distância os casamentos que aconteciam por lá.

Um dos donos do lugar era amigo do meu pai e do Greg, então tínhamos certas regalias.

Jenna não demorou para indicar aonde deveríamos ir, passando pela bonita recepção do lugar, com vigas altas de madeira e tapetes de pele de animais que certamente foram caçados pelo proprietário. Havia lamparinas a óleo e lustres de cristal suspensos bem alto sobre nossas cabeças de uma maneira um pouco intimidadora. Jenna estava junto de uma mulher asiática que parecia estressada. Alguns minutos depois, me apresentaram para a Amy, a organizadora do casamento.

Quando saímos pela parte traseira, onde ficavam os vinhedos, tive a certeza de que o casamento seria magnífico, assim como aqueles do passado que eu havia espiado de longe, ou até mais bonito.

O altar de flores estava posicionado bem de frente para os imensos vinhedos que se estendiam quase infinitamente sob o quente sol de julho. Os bancos e as flores ainda não estavam completamente arrumados, mas dava para ter uma ideia de como ficaria quando estivesse tudo pronto.

— Os padrinhos? — Amy perguntou, olhando para o grupo.

A Noah deu um passo à frente, olhou para mim de soslaio e passou a prestar atenção nas palavras da organizadora. Um minuto depois, me pegou pelo braço e me indicou onde deveríamos ficar. A mulher fez uma fila de casais. Os primeiros a entrar seriam o Lion e a mãe, depois viriam a mãe da Jenna de mãos dadas com o Jeremy, que parecia querer fazer de tudo, menos prestar atenção na Amy. Em seguida seríamos nós dois e, finalmente, a Jenna e o pai dela.

Fiquei perto da Noah e tentei de todas as maneiras disfarçar meu descontentamento.

Quando a Amy parou na nossa frente, claramente consciente de que éramos os únicos que mal estavam se encostando, franziu a testa e nos olhou fazendo careta.

— Que diabos vocês estão fazendo?

"Não tenho a mínima ideia, gata."

Senti os olhos da Noah no meu rosto e tive que contar até dez para não dar o fora e mandar tudo aquilo para o inferno.

8

NOAH

Parecia que eu estava contaminada. Pelo menos era assim que o Nicholas estava me tratando. Quando a Amy ficou nos olhando como se fôssemos dois idiotas, juro que quase morri de vergonha.

— Noah, segura no braço dele, vamos lá — ela disse, com um tom enérgico. Virei o rosto para ele, receosa de qual poderia ser sua reação.

Ele simplesmente continuou olhando para a frente e, ao mover o braço, indicou que eu devia fazer o que era pedido.

Senti a firmeza do braço dele debaixo do meu e uma corrente elétrica pareceu nos percorrer. Ergui o olhar e notei que ele fechou os olhos por um segundo. Depois disso, não tive tempo para pensar sobre nossos sentimentos, porque a Amy nos fez ir e vir umas dez vezes, exigiu que andássemos em sincronia, todos começando com o pé direito, não muito devagar, mas também não muito rápido... Foi ainda mais difícil para o pequeno Jeremy, que, na terceira vez que repetimos o cortejo, decidiu que aquilo era muito entediante e que queria ir brincar.

Estava achando aquilo péssimo, o Nicholas mal olhava para mim — pior, fingia que eu nem existia, o que me deixava tão tensa que meu braço estava formigando. As outras pessoas, por outro lado, estavam rindo e conversando, fazendo brincadeiras quando a Amy não estava olhando.

A noite finalmente caiu e não conseguimos continuar com o ensaio. Amy não parecia muito convencida, mas pelo menos para a Jenna e para o Lion havia ficado claro qual era o plano e o que eles deviam fazer em cada momento da cerimônia.

Jeremy acabou caindo no sono, e voltou completamente adormecido no banco de trás do carro, o que significava que eu e o Nicholas estávamos praticamente a sós.

No início, reinou o silêncio, já que ele não se incomodou nem de ligar o rádio. A estrada era uma só reta e o céu estava tão sombrio quanto meus pensamentos. Estando ali juntos, em um espaço tão pequeno e com tantos sentimentos à flor da pele, senti que estava me afogando, não suportava tanta indiferença, precisava que ele soubesse o que eu continuava sentindo. Não importava que ele não quisesse mais me ver, não importava que o amor dele tivesse se transformado em algo tão feio, eu precisava fazer alguma coisa.

— Nick... — falei, olhando para a frente. Percebi que ele tinha me ouvido, mesmo que minha voz tenha saído como um levíssimo sussurro. — Eu continuo apaixonada por você.

— Cala a boca, Noah — ele ordenou, soltando o ar entre os dentes cerrados.

Eu me virei com o coração na mão. Ele continuava olhando para a frente, com a mandíbula tão tensa que senti medo do que ele falaria em seguida, mas não me deixei abalar, precisava falar tudo.

— Eu continuo apaixonada por você, Nicholas...

— Já falei para você calar a boca — ele resmungou, virando-se para mim e me fulminando com toda a ira do seu olhar. — Acha que eu me importo com o que você sente por mim? — continuou, completamente fora de si. — Suas palavras não valem nada, então é melhor guardá-las para si. Vamos participar da merda da cerimônia de amanhã e depois não vamos precisar nos ver de novo.

Eu fora uma idiota. O que achava que iria acontecer? Que ele diria que também era apaixonado por mim?

Notei uma lágrima escorrendo pela minha bochecha e a sequei depressa, mas outras começaram a cair quase que imediatamente depois.

Ele não me amava mais, o Nicholas não me amava mais, e, pior, queria que eu sumisse completamente da vida dele. Não mais importava nada do que tínhamos vivido juntos, todas as vezes que ele jurou me amar mais do que tudo... Ele acabara de deixar bem claro que o que tínhamos acabara para sempre.

Sei que estávamos separados havia dez meses, mas naquele período nós nunca nos encontramos, nunca conversamos, e uma parte de mim se recusava a achar que nossa história tinha terminado, uma parte de mim queria reencontrá-lo para descobrir se ele continuava apaixonado por mim, assim como eu continuava apaixonada por ele.

Doce ilusão...

Durante o jantar de ensaio, fiquei sem conversar com ninguém. Eu me sentei perto do Luca, e ele se encarregou de falar por nós dois. Quando tive oportunidade, saí correndo para o meu quarto e enfim chorei entre os travesseiros, chorei até adormecer com minha mente me pregando uma peça, já que não consegui evitar relembrar cada momento, cada carinho, cada palavra dita e também cada erro cometido.

Aquela distância me causava tanta dor que eu sentia o coração sangrando, como se cada lágrima que caísse sobre o travesseiro fosse uma gota de sangue vinda diretamente do meu peito.

Na manhã seguinte, acordei exausta, e para piorar era justamente o dia do casamento, o dia em que meu sorriso deveria ser esplendoroso, em que teria que mostrar minha melhor versão. Precisava ser a melhor madrinha da história, aguentando até de noite, algo que, considerando o meu cansaço, estava parecendo uma façanha quase impossível.

Lavei o rosto com água fria e me olhei no espelho. Ao fazer aquilo, percebi como eu tinha mudado ao longo dos meses anteriores. O meu olhar, sim, o meu olhar estava diferente, era um olhar triste e sem vida. Queria, com todas as minhas forças, acreditar que ia conseguir sair daquela, minha psicóloga conversara comigo durante horas, dissera inúmeras vezes que o que tinha acontecido com o Nicholas não deveria marcar o meu futuro, que havia milhares de homens no mundo, que eu era jovem e bonita e que todos se apaixonariam por mim, mas só de pensar em me aproximar de alguém eu já estremecia dos pés à cabeça. Acabava me lembrando de tudo o que acontecera da última vez que estive com outro homem, era só olhar para mim naquele momento para perceber o quanto era perigoso se relacionar com outro cara que não fosse o Nicholas. Cravei o olhar no espelho e me obriguei a recobrar a compostura. Não dava para continuar daquele jeito, só faltava um dia: um dia e depois não voltaria a vê-lo... Ao sentir essa pontada atravessar o meu peito outra vez, me fulminei com o olhar e me esforcei para ficar mais calma.

"Acabou, Noah, é melhor esquecê-lo, e fazer isso agora... ou então você nunca vai superá-lo."

Aquela voz dentro de mim me perseguiu durante toda a manhã. Por sorte, o Nicholas estava com o Lion no vinhedo, já que eles se arrumariam por lá. Eu permaneci na casa com a Jenna, seríamos as últimas a sair, nem mesmo os pais dela iriam conosco no carro. Quando a Jenna estava pronta, tão deslumbrante que me deixou sem ar, não consegui segurar a lágrima que escorreu pelo meu rosto, e fiquei grata porque os maquiadores usaram na gente produtos à prova d'água e à prova de qualquer agente conhecido capaz de estragar uma maquiagem.

O vestido vermelho feito sob medida para mim caiu como uma luva. Usaria essa cor porque todo o local estaria decorado com rosas vermelhas, como as do buquê que a Jenna levaria em mãos. O vestido era lindo, de seda e renda, ia até o chão e em um dos lados havia uma fenda, deixando minha perna à mostra. Tinha um decote em V, de onde saía um fino tecido que cobria o topo do meu busto e os meus braços, idêntico ao que havia no vestido branco da Jenna. O vestido dela era incrível e não tenho nem palavras para descrever como combinou com a pele escura dela e lhe caiu bem no corpo. Tinha certeza de que o Lion ia ficar maluco quando a visse.

Jenna me olhou muito feliz. Durante aqueles dias, eu tinha tentado, com todas as minhas forças, fazer com que ela não notasse o quanto eu estava sofrendo. Havia dedicado todos os meus esforços a cuidar dela, apoiá-la e lhe passar tranquilidade. Havíamos dado risada e bebido champanhe, e eu ouvira atentamente todas as preocupações dela, tentando ajudá-la da melhor maneira possível.

De repente, a Amy entrou no quarto da Jenna para avisar que já estava na hora de sairmos.

Até eu estava nervosa, mas tentei esconder. O casamento teria centenas de convidados, incluindo algumas pessoas muito importantes. Ao pensar nisso, percebi que, se aquele fosse o meu casamento, não aguentaria ter tanta gente me olhando na caminhada até o altar. Nunca tinha parado para imaginar como seria o dia do meu casamento, mas com certeza não seria aquela loucura.

A limusine branca nos esperava à porta, e ajudei a Jenna a descer a escada para que ela não tropeçasse. Quando nos instalamos no banco de trás do veículo, rodeadas de tule e de renda, não contive uma gargalhada.

— Quem diria que estaríamos aqui depois da bofetada que você deu no Lion naquela noite? — comentei, sem conseguir me segurar.

Jenna começou a rir junto comigo, e estava tão magnífica que acabei fotografando mentalmente aquele momento. Aquela cena seria inesquecível:

nós duas rindo juntas, em uma limusine, um pouco alteradas por causa do champanhe e completamente histéricas de tanto nervosismo. Naquele momento, minha amiga era a imagem de uma pessoa perdidamente apaixonada e feliz.

Quando chegamos ao vinhedo, a organizadora nos indicou aonde teríamos que ir para sair perto do altar, no lugar onde os convidados estavam esperando. De onde estávamos, dava para ouvir o burburinho das pessoas, nervosas, claro, como nós duas. Quando vimos o pai da Jenna se aproximando, até eu respirei com um pouco mais de tranquilidade. A presença de um adulto responsável, por mais que insistíssemos que não éramos mais adolescentes, sempre era tranquilizadora em momentos como aquele.

O sorriso do sr. Tavish iluminou o ambiente, e ele olhou para a filha de um jeito tão especial que meu coração chegou a doer. A Jenna deu um beijo na bochecha do pai e, depois de darem os braços, eles seguiram a organizadora na direção das portas pelas quais sairiam majestosamente. Claro que, antes, eu e o Nicholas passaríamos por ali.

Comecei a procurá-lo, mas ele não estava naquela sala. Então fui até a porta e quase trombei com ele. Ergui os olhos, que encontraram os dele. Apesar da dor que sentia sempre que o via, naquela ocasião a dor veio acompanhada de rancor, rancor e raiva pelo que ele me dissera na noite anterior. Eu me apeguei a esse rancor para conseguir aguentar aquela noite, ou pelo menos me propus a isso.

Ele me encarou rapidamente, percorrendo todo o meu corpo. Pareceu surpreso quando voltou aos meus olhos e viu meu cenho franzido.

— Saímos em dois minutos — falei e me virei na direção da porta. Eu o senti atrás de mim, e também senti seu olhar cravado nas minhas costas e na minha nuca. Eu estava com o cabelo preso em um coque alto do qual caíam algumas mechas cacheadas que chegavam até a metade das minhas costas. Conhecendo os gostos dele, e sabendo que ele ainda me odiava com todas as forças, tinha certeza de que o meu vestido estava o deixando doido.

Apesar de tudo o que tinha acontecido entre nós, nunca íamos deixar de nos desejar. Só de olhar para aquele terno azul, combinado com gravata cinza e camisa branca, e aquele corpo incrível, aquela presença... eu já ficava à beira de um ataque de nervos, meu Deus! Por que ele estava sempre tão gostoso?

Não dava para ele ter emagrecido uns sete quilos, como eu? Não dava para ele ter perdido aquele maldito ar de superioridade? Ou ter ficado com os olhos inchados de tanto chorar, como eu, em vez de permanecer com aqueles incríveis olhos celestes que pareciam ter sido projetados para fazer as garotas se apaixonarem?

Quando cheguei na salinha, vi a organizadora ajudando a Jenna com o vestido, e sua assistente nos avisava que deveríamos sair em alguns minutos. A música começou a tocar do outro lado da porta, e então senti uma mão enorme encostar bem baixo nas minhas costas, diria que baixo até demais.

Antes que eu pudesse falar qualquer coisa, a Amy fez um sinal para que nos adiantássemos, e o Nicholas me empurrou suavemente até que ficássemos diante da porta fechada.

Respirei fundo, tentando ficar calma.

— Dá o seu braço, Noah — o Nicholas me pediu, e juro por Deus que a voz dele, sussurrando o meu nome, me deu calafrios. Havia tanto tempo que eu não o ouvia me chamando…

Fiz o que eu precisava fazer e entrelacei o meu braço no dele, o que me permitiu perceber seus músculos ficando tensos. Juntos, esperamos o início da marcha nupcial. Quando a música começou, caminhamos até o altar naquele que seria o nosso último ato como casal.

A cerimônia foi linda, o Lion quase não conteve as lágrimas quando viu a Jenna, e eu me acabei de chorar. Maldição, por que eu precisava ser tão manteiga derretida?

Meus amigos leram os votos matrimoniais, disseram o "sim, aceito", e, com aquelas palavras, foram unidos até que a morte os separe. Quando se aproximaram para dar um beijo incrível que fez alguns convidados ficarem vermelhos, não pude evitar olhar para o Nicholas e, para minha surpresa, ele também parecia corado. Sustentamos nossos olhares e mergulhamos em um daqueles instantes mágicos nos quais tudo o que está ao redor parece desaparecer e só importa a pessoa que está diante de você. Será que aquela seria a última noite em que nos veríamos? Enfim desviei o olhar, porque a intensidade com que ele me fitava fez as minhas pernas bambearem.

Tivemos que sair atrás dos pombinhos e, daquela vez, quando entrelaçamos nossos braços, temi que aquele fosse o meu último contato físico com ele, um simples contato em que nem estávamos nos encostando de verdade. Aquele seria o último evento no qual eu estaria na companhia dele. Aquilo me doeu tanto que, ao atravessarmos a porta, me desvencilhei dele quase que imediatamente e fui correndo na direção contrária. Eu precisava me acalmar, bastante e bem rápido.

9

NICK

Eu a observei indo embora com um nó na garganta. Não tinha conseguido sequer desviar os olhos dela durante a cerimônia, não estava prestando atenção nem quando falaram o "sim, aceito", até que os aplausos me fizeram despertar.

Que merda... Por que ela precisava ser tão estonteante? Por que precisava me deixar maluco daquele jeito tão insuportável? Minhas mãos coçavam de vontade de tocá-la, e saber que não podia fazer isso, que eu não o faria, me deixou de péssimo humor. Ao vê-la parada na frente do salão, onde todos se preparavam para sair, com aquele vestido que lhe caía no corpo de modo tão espetacularmente perfeito, com aquelas malditas rendas marcando cada uma de suas curvas, minha mão quase agiu por conta própria ao tocá-la, e encostar na lombar dela me fez sentir vivo pela primeira vez em dez malditos meses.

Eu não via a hora de acabar com todo aquele teatrinho entre nós dois, precisava ir embora, voltar para a minha vida, onde tudo estava sob controle. Noah sempre conseguira mexer com o meu mundo, fizera tudo ficar de cabeça para baixo e me transformara em um homem completamente à sua mercê. E isso não voltaria a acontecer. Quando ela se afastou de mim, ao chegar ao salão, me senti grato. Não aguentava ficar perto dela.

A festa não demorou para começar. Do outro lado do vinhedo havia uma impressionante tenda branca, com mesas vestidas de branco e milhares de rosas vermelhas por todos os lados. Estava claro qual era a flor favorita da Jenna, e, ao vê-la junto com o Lion conversando com os convidados, acabei sentindo uma pitada de inveja. Muitos casais se uniram a eles no salão principal enquanto os garçons andavam entre os convidados oferecendo canapés e taças geladas de champanhe *rosé*.

Logo iríamos para o salão de jantar e eu, como um idiota, só conseguia procurar a Noah. Ela não estava em lugar nenhum.

"Porra, ela não é mais problema seu, esquece essa garota."

Ouvindo a minha consciência, dei de cara com uma garota de cabelo castanho e olhos verdes enormes que não demorou a começar a usar todas as suas armas de sedução para cima de mim. Mal lhe dei atenção, mas, quando ela afirmou que já nos conhecíamos, tive que olhar para ela para não ser mal-educado.

— Desculpa... Não estou lembrando... — falei, sem fazer muito esforço para reconhecê-la.

A garota se aproximou mais de mim, invadindo o meu espaço pessoal e me impregnando com seu perfume caro e forte demais para o meu gosto.

— Não se faça de tonto... foi uma das melhores noites da minha vida — ela disse, e lamentei ao me lembrar que tínhamos transado cerca de um mês antes.

Não fazia ideia de qual era o nome dela e estava quase me despedindo sem me importar em ser grosseiro quando enfim a vi do outro lado do salão, de braços dados com o Luca e sorrindo de um jeito que só ela fazia.

Os ciúmes, adormecidos havia muito tempo, despertaram com a força de um leão faminto, e tive que expirar lentamente para não perder o controle.

Não era a primeira vez que acontecia desde que tinha chegado nos Hamptons. E pior, quando percebi que era a Noah que estava correndo com aquele cara na estrada, fui dominado por tamanha ira que precisei ficar duas horas esmurrando um saco de pancada do spa do Hilton antes de me sentir pronto para ir para a casa dos Tavish.

Steve me falou um monte, deixando claro que eu não podia dar nenhum showzinho, que não podia brigar com ninguém e que, definitivamente, precisava ser um santo. Eu era o dono de uma empresa, não podia provocar nenhum escândalo, muito menos por causa de ciúmes. Por isso me mantive distante de todos, só trabalhando e me encontrando com economistas, banqueiros e investidores, e só de vez em quando levava alguma mulher para casa, tudo com o objetivo de manter meus problemas sob controle. Problemas que podiam ser resumidos em uma única palavra: Noah.

— Sério que você não se lembra de mim? — a garota de cabelo castanho insistiu, chamando a minha atenção de novo.

Noah continuava perto do Luca, e a mão dele repousava nas costas dela. Eu precisava de uma distração.

— Claro que lembro — afirmei, segurando-a pelo braço e movendo-a estrategicamente para conseguir conversar com ela e monitorar a Noah ao mesmo tempo.

Naquele momento, como se soubesse que eu estava a observando, a Noah ergueu os olhos para mim.

Sorri, como o babaca que eu era, e desviei o olhar para a outra.

— Quer dançar? — perguntei, desviando novamente o olhar para a Noah, que agora parecia concentrada no Luca.

Ele a puxara de canto, e ela estava rindo de uma maneira que eu sabia ser por pura formalidade.

Coloquei as mãos na cintura da garota e tentei me concentrar nela, algo difícil sabendo que a Noah estava perambulando por lá. Agora, mais próximo dela, lembrei onde nos havíamos conhecido: em uma balada no centro, onde transamos — mais precisamente, em um espaço reservado do local —, e foi algo rápido e frio.

Irritado, subi a mão pelas costas da garota até chegar à nuca dela.

— Quer ir lá pra cima? — ela sussurrou para mim.

"Lá pra cima." A oferta era tentadora, mas o problema era que eu não sentia absolutamente nada por ela comparado ao que a Noah me causava: só de triscar na mão da Noah, algumas horas antes, ficara tão excitado que mal pude esconder minha ereção, enquanto aquela garota... era o oposto da Noah, oposto em todos os sentidos.

— Agora não, talvez mais tarde — respondi, parando de dançar quando a música acabou.

Naquele exato momento fomos avisados de que poderíamos ir jantar.

Por sorte, eu não estava sentado à mesma mesa que a garota de cabelo castanho, mas me colocaram na mesa dos recém-casados, com os pais da Jenna, a mãe do Lion, a Noah e o Luca. Ela mal olhou na minha direção quando todos nos sentamos e o primeiro prato foi servido. Ficou o jantar inteiro conversando com o Luca e com os demais, fingindo que não me conhecia, fingindo que eu não existia.

Desde que a reencontrara, dois dias antes, sempre que eu me virava acabava me deparando com ela me olhando. Sempre que estávamos juntos ela parecia querer falar comigo, de fato o fez, e quase saí de mim quando ela falou que continuava apaixonada por mim.

"Apaixonada? Porra nenhuma!"

Minha taça fez um barulho estrondoso quando eu a bati na mesa e quase todos os presentes pararam de conversar para olhar para mim. Pedi desculpas e me levantei para ir ao banheiro.

Por que será que eu, de repente, ficara bravo porque a Noah não estava correndo atrás de mim? Havia odiado a sensação de ser perseguido pelo olhar dela, odiado ver o arrependimento nos olhos dela, a dor que ela estava sentindo... Havia odiado me sentir culpado, mesmo sabendo que eu não tinha culpa de nada, e então, ainda por cima, estava irritado, porque parecia que ela estava testando as minhas reações.

Eu só sabia de uma coisa: era melhor ela ter cuidado.

10

NOAH

Tentei me manter distante dele, me obriguei, com todas as minhas forças, a não ficar o espiando toda hora. Luca me ajudou muito: ele tinha me encontrado longe do pessoal logo depois da cerimônia. Depois que tive uma recaída, precisei de uns minutos a sós para me recuperar. Luca me estendeu a mão, me ajudou a me recompor e fez algum comentário absurdo que me fez sorrir.

Quem diria que o brutamontes do irmão do Lion seria tão divertido? Ele prometera não me deixar sozinha naquela noite, dera risada de mim falando que eu parecia um cachorrinho abandonado pelo Nicholas, toda hora olhando para ele com olhos de quem quer alguma coisa. Eu não era assim, e se o Luca percebera, certamente não passara despercebido para o Nick.

Não queria que ele se sentisse na obrigação de cuidar de mim, e também não queria que ele, nem ninguém, ficasse com pena de mim. Então fizemos um trato: Luca seria o meu salva-vidas naquela noite, ficaríamos juntos para evitar que eu tivesse alguma recaída, ou até mesmo tentasse implorar pelo perdão do Nicholas, algo que tinha passado pela minha cabeça inúmeras vezes desde que nos reencontramos.

Quando eu o vi dançando com aquela garota, quando o vi de papinho com ela, senti como se meu coração tivesse sido espremido até sangrar. E se me sentia assim só por causa de uma dança, não pude deixar de pensar no que ele deve ter sentido ao saber que eu dormira com outro.

Eu não era tonta, era óbvio que o Nicholas não tinha virado um monge depois de terminar comigo. Com certeza ele deve ter transado com uma infinidade de mulheres.

Luca me flagrou o observando e chamou a minha atenção com um beliscão. Depois eu simplesmente o perdi de vista e só prestei atenção nas pessoas que estavam na minha frente. Claro, ficou mais difícil depois que nos sentamos juntos na mesma mesa. De vez em quando meus olhos se desviavam para ele, e, sempre que eu fazia isso, recebia um beliscão por debaixo da toalha. O último foi no meu quadril, o que me fez dar uma gargalhada de cócegas. Foi aí que o Nicholas quase quebrou a taça dele ao baixá-la com força sobre a mesa. Ele se levantou e desapareceu em direção aos banheiros.

— Ele ficou com ciúmes — o Luca declarou, observando o Nick a contragosto.

"Com ciúmes?"

— Não ficou... Ele simplesmente não aguenta ter a mim por perto — respondi, deprimida. Em seguida, dei um gole na minha taça de champanhe.

Depois o Nicholas reapareceu de braços dados com uma garota. As pessoas começaram a se levantar das mesas, porque já havia música convidando todos a dançar. Os recém-casados tiveram sua primeira dança e pouco depois o ambiente se transformou por completo: a iluminação mudou, a pista ficou cheia de gente sacudindo o esqueleto, em sua maioria segurando drinques muito alcoólicos.

Luca me puxou para dançar e fiquei grata por poder me afastar do Nicholas e não ter que vê-lo praticamente passando a mão naquela garota de cabelo castanho por baixo da mesa. Meu Deus, eu estava com nojo e com muitos ciúmes. Começamos a dançar como amigos. Luca estava se comportando, em nenhum momento chegou a insinuar nada. Logo nos aproximamos do Lion e da Jenna, e nós quatro começamos a dançar juntos na pista, dando risada e nos divertindo. Foi, de verdade, o momento mais legal até então. Naquela hora o Nicholas estava longe de mim, fazendo sabe-se lá o que com aquela garota, e, por mais que o meu sangue estivesse fervendo de raiva, as bebidas me ajudaram a encarar a situação com mais leveza.

O que aconteceu depois... tenho que admitir que foi minha culpa.

Em um dado momento, girei na pista e o vi... o vi beijando o pescoço da garota que estava sentada no colo dele, e essa não foi a pior parte: ele ainda estava olhando para mim enquanto seus lábios percorriam o pescoço dela. Ele fez tudo isso com os olhos cravados nos meus. Então sorriu e, de repente, eu parei de dançar. E o que eu fiz... Que maldição! Será que eu nunca ia aprender?

Luca se aproximou de mim, notando para onde eu estava olhando, e foi falar algo ao meu ouvido, já que a música estava muito alta... e foi aí que a antiga Noah tomou conta de mim. Tudo o que eu aprendera durante os meses anteriores, todas as sessões de terapia e todas as minhas lamentações foram para o inferno quando peguei o Luca pelo pescoço, puxei-o para baixo e carimbei meus lábios na boca dele.

O mais estranho foi que ele não me afastou; pelo contrário, senti a língua dele entrando na minha boca e a mão dele nas minhas costas, me puxando para perto.

O que ele estava fazendo?

Não tive muito tempo para pensar nisso porque, de repente, alguém o puxou e só vi o Luca estatelado no chão com o lábio sangrando. Ergui os olhos e me deparei com um Nicholas completamente transtornado. Ele encarou o Luca, sacudindo a mão com dor, e depois olhou para mim. Senti um calafrio ao ver aquele olhar magoado... e possesso. Ele apertou a mandíbula com força e me deu as costas. Pouco depois, o Luca começou a se levantar, ou melhor, o pessoal que estava ao nosso redor o ajudou a se levantar, e pude ver o Nick se afastando na direção oposta da festa.

Não sei o que se passou em minha cabeça — talvez o alto teor alcoólico daquele champanhe exclusivo tenha afetado o meu juízo —, mas fui atrás dele, claro que fui atrás dele, e não foi para pedir desculpas.

Ele tinha ido para o local onde ocorrera a cerimônia, onde as cadeiras continuavam perfeitamente posicionadas, assim como as flores. O lugar já estava deserto, mas não era imune ao som ensurdecedor da festa.

— Pra onde você tá indo, Nicholas? — perguntei, gritando. Cambaleei um pouco ao descer a pequena escada. E ele se virou com o rosto vermelho de ira ao perceber que eu tinha ido atrás dele. — Você não tem nenhum direito de fazer isso! — bradei, furiosa.

Claro, eu estava doida e um pouco bêbada... também estava irritada, e essa não parecia ser uma boa combinação.

Fui andando até ele, que parecia estar refletindo muito bem sobre o que fazer comigo... Meu Deus, dava até medo! Mas não me acovardei: na verdade foi o contrário. Era evidente que o ataque de ciúmes que ele acabara de ter queria dizer alguma coisa... Ele não podia ter me esquecido, eu me negava a acreditar naquilo, e enfrentaria a ira dele se necessário para que ele confessasse tudo.

Eu o empurrei quando cheguei ao seu lado.

— Você é um mentiroso! — berrei. Meus punhos voltaram a se mover, dessa vez para bater no tórax dele com todas as minhas forças. — Você é um mentiroso de merda, Nicholas!

No começo ele permaneceu mudo, mas, alguns segundos depois, percebi como o peito dele baixava e subia. Ele só me deixou atingi-lo mais umas duas vezes, até que agarrou meus punhos com ambas as mãos. Aquele contato só me inflamou mais.

— Você disse que me esqueceu, não disse? Mas seus atos dizem o contrário! Você disse que nada conseguiria nos separar!

Ele me olhou, incrédulo.

— Foi você quem descumpriu todas as suas malditas promessas, foi você quem estragou tudo, porra! Você não vale nada, Noah, para mim você não vale mais nada. — As palavras dele detiveram meu ataque, me paralisando, e senti um nó no estômago.

Engoli em seco para limpar a garganta. Meus olhos procuraram os dele e o olhei contrariada. Eu não o estava enxergando bem, ele parecia borrado... Demorei mais que o necessário para perceber que não conseguia enxergá-lo porque as lágrimas estavam inundando os meus olhos.

— Como você pode falar isso? — eu disse, engasgando duas vezes.

Nicholas me olhou. Ali de pé, plantado diante de mim, ele parecia tão revoltado, tão acabado quanto eu... Diante da situação, como ele pôde dirigir aquelas palavras... a mim?

— Falo porque é a verdade.

Ele me deu as costas, indiferente, e começou a se afastar.

— Eu cometi um maldito erro, Nicholas! — gritei, mas ele continuou andando. — A louca da sua ex-namorada me fez acreditar que você tinha me traído! Você estava de graça com a Sophia na minha frente, e a culpa recai toda sobre mim? Assuma a sua responsabilidade! Você me obrigou a cometer o pior erro da minha vida! Você deixou as pessoas me usarem, todos me usarem como se eu fosse... como se eu fosse...!

Não consegui continuar, o choro não me deixou. Maldição, eu estava tão brava, tão destroçada por dentro... No entanto, estava falando a verdade: se não fossem as mentiras dele, eu nunca teria me colocado naquela situação de pedir a ajuda de alguém que se aproveitou da minha fragilidade e de tudo que eu contara de maneira confidencial. Quando ergui o olhar, lá estava ele, diante de mim, tendo desviado de seu caminho. Olhou para mim furioso, com uma raiva tão pura, tão aterradora que quase dei um passo para trás, mas foi aí que ele fez algo inesperado: o braço dele rodeou a minha cintura e seus lábios repousaram sobre os meus. Por um instante, achei que estivesse em um dos pesadelos que andavam me assombrando quando eu conseguia pregar os olhos, nos quais em um segundo eu estava com o Nicholas como antes, éramos felizes, nos beijávamos, e um segundo depois ele ia embora e sem que eu conseguisse fazer nada para impedi-lo. Eu só corria e corria atrás dele, mas as minhas pernas não se mexiam rápido o bastante.

Mas aquilo não era um sonho, de jeito nenhum. O braço dele me levantou do chão, colando meus seios no corpo incrivelmente musculoso dele, enquanto sua língua faminta invadia a minha boca. Demorei alguns segundos para assimilar o que estava acontecendo, mas o meu corpo inteiro parecia inflamado pelo contato. Meus braços rodearam o pescoço dele com força, o puxando para mim. Meu Deus, como eu precisava daquilo! Foi como se toda a energia do meu corpo estivesse de volta depois de ter me abandonado por meses.

O outro braço dele me segurou por trás, me levantando de vez, e a língua dele acariciou a minha de modo voraz, com vontade. Agarrei o cabelo dele com força, mas não foi como costumava ser: o cabelo dele estava curto demais para ser puxado, como eu gostava de fazer. Com a respiração entrecortada, ele foi subindo uma das mãos até chegar à minha nuca, e foi ali que ela permaneceu enquanto a boca dele se separava da minha e nossos olhares se encontravam... As pupilas dele estavam dilatadas por conta da excitação, do desejo, do puro desejo carnal que eu achava que nunca mais ia experimentar.

Olhamos fixamente um para o outro, eu queria falar tantas coisas... Mas então, algo mudou... Algo passou pela mente dele, algo voltou a atormentá-lo, e tive certeza de que tudo estava perdido de novo. Desesperada, eu puxei o pescoço dele para mim e voltei a colocar os meus lábios nos dele, mas não obtive a mesma resposta. Senti os braços dele se enfraquecendo e depois me colocando no chão. Fiquei em pânico, com medo de que ele fosse embora, medo de que ele voltasse a me abandonar.

Minhas lágrimas ressurgiram, nossas bocas se afastaram e enterrei o rosto no pescoço dele. Meus braços permaneciam em torno dele e me neguei a soltá-lo, me recusei a deixá-lo ir embora.

— Não consigo fazer isso, Noah — o Nicholas declarou com todas as letras, mesmo com a voz falhando por conta dos sentimentos confusos.

— Não — neguei, segurando-o com força. Minhas lágrimas deviam estar molhando a camisa dele, mas eu não me importava, não podia deixá-lo ir embora: eu precisava dele e ele precisava de mim, tínhamos que ficar juntos.

Em seguida, as mãos dele largaram a minha cintura e subiram até os meus punhos. Fizeram força até que eu o soltasse. Ele segurou minhas mãos diante de si, olhando para o meu rosto.

— Não me deixe — eu implorei. Sabia que estava praticamente suplicando, mas no dia seguinte ele iria embora e eu não voltaria a vê-lo, e aquele sentimento me matava por dentro.

— Quando fecho os olhos, eu te vejo com ele — o Nick confessou, engolindo em seco. Os olhos dele pareceram fraquejar diante dos meus, que clamavam para que ele ficasse, para que me ele me amasse e voltasse a me proteger.

— Eu nem me lembro de nada, Nicholas — rebati, resistindo para que ele não me soltasse. Era verdade, eu nem sequer me lembrava do que havia acontecido naquela noite. Sabia que tínhamos transado, mas nem tinha feito parte daquele ato, simplesmente me deixara levar porque não tive forças para dizer não... Naquele momento nada me importava porque a minha vida tinha se tornado um inferno.

Vi os olhos dele se enchendo d'água e morri um pouco por dentro.

— Eu não consigo... Desculpa — ele soltou.

Depois deu meia-volta e se afastou, me deixando para trás...

Jenna não demorou a ficar sabendo sobre o que tinha acontecido na pista e me encontrou duas horas depois, sentada em uma das cadeiras do lugar onde ocorrera a cerimônia, abraçando minhas próprias pernas e tentando me recompor. Aquele beijo, aquelas palavras... não me fizeram bem. Percebi os braços dela ao meu redor de repente, e me senti ainda mais culpada por saber que a estava incomodando naquele dia tão especial para ela.

— Desculpa, Jenna — falei, tentando parar de chorar.

— Eu é quem tenho que pedir desculpas, Noah, tudo isso foi culpa minha — ela disse, e olhei para ela sem entender. — Toda essa situação, de vocês serem os padrinhos, de colocá-los no mesmo carro, eu até coloquei vocês em quartos próximos. — Minha amiga me olhava com pena e mesmo assim continuava parecendo espetacular. — Eu queria que vocês tivessem outra oportunidade, achava... achei que se eu forçasse um pouco...

— A gente se beijou — eu confessei, sabendo que, apesar do beijo, daquele último beijo, as coisas entre nós não iam se ajeitar, por maior que fosse o empenho da Jenna.

Jenna pareceu surpresa e confusa. Ela olhou ao redor, tentando entender o que acontecera e por que o Nick não estava comigo.

— O que tínhamos acabou, Jenn — afirmei, e tive que tapar a boca para abafar meus soluços. Meu Deus, como eu era patética... Mas, que maldição, como estava doendo... perdê-lo me causava uma dor terrível!

Jenna voltou a me abraçar e eu deixei que ela me consolasse. Lá estávamos nós: ela no dia mais feliz da vida dela, eu afundada em tristeza.

Enxerguei certa determinação nela quando a Jenna voltou a olhar nos meus olhos.

— Não deveria falar isso para você, Noah, de verdade, mas eu conheço o Nick, e vi que nos meses que vocês estiveram juntos ele parecia uma pessoa feliz de verdade. Mesmo com os problemas que vocês tinham, ele nunca foi tão focado, tão... Como posso explicar? Tão normal. A vida dele foi uma merda, eu o vi chorar quando era pequeno e a mãe dele foi embora. Ele passou meses chorando pelos cantos, então foi ficando mais fechado e criou essa carapaça que agora exibe em tudo quanto é lugar e se tornou alguém impenetrável... Você conseguiu entrar nessa carapaça... Não estou dizendo que vai ser fácil, Noah, mas, porra, ele é o amor da sua vida! Quero que os meus melhores amigos sejam tão felizes quanto eu me sinto nesse instante, eu preciso disso. Na verdade, estou te pedindo, Noah, te peço para não o deixar ir embora. Por mais que ele te fale tudo isso, por mais que diga que não te ama mais ou que é impossível te perdoar... Tem que existir algum jeito de resolver isso.

Eu me levantei da cadeira e olhei para ela. Um sorriso triste se desenhou nos meus lábios.

— Sei que você quer acreditar no que está falando, Jenn... eu também quero que isso seja verdade — declarei, olhando para o lugar por onde ele tinha ido embora —, mas eu parti o coração dele... Achei que ia morrer quando pensei que ele tinha me traído, de verdade, então sei como ele deve estar se sentindo... Ele nunca vai me perdoar.

Jenna ia me falar algo, mas permaneceu calada, e acho que foi a primeira vez em que a vi sem palavras. Eu me aproximei e dei um beijo no alto da cabeça dela.

— Aproveita o seu dia.

Depois disso, tentei de todas as maneiras voltar a ser quem eu tinha sido durante toda a semana. Eu me negava a deixar o Lion e a Jenna sem os dois melhores amigos, então fiquei na festa o tempo que foi necessário.

Eu me obriguei a dançar e a curtir tudo o que acontecia ao meu redor. Em um determinado momento, fiquei frente a frente com o Luca. Seus olhos verdes me observaram com cuidado, mas sem nem um pingo de rancor por eu tê-lo usado para causar ciúmes no Nicholas.

— Desculpa — falei com sinceridade, esperando que minhas palavras fossem o suficiente para obter o perdão dele. Eu me comportara como uma completa imbecil, como a garota imatura que tinha jurado deixar para trás, e lamentava profundamente se eu tivesse dado falsas esperanças para o irmão do Lion.

— De boa — ele respondeu e, em seguida, pegou na minha mão e me puxou até me aproximar do peitoral dele. — Fica tranquila — disse, antes que eu tentasse fugir ou entrasse em pânico por não saber o que estava acontecendo. — Não me importo de ser usado para fazer aquele idiota ficar com ciúmes, mas a verdade é que você pode me servir para exatamente a mesma coisa. — Ele me rodopiou, me obrigando a colar minhas costas no tórax dele. Mexendo-se ao som da música, ele se aproximou do meu ouvido para que eu pudesse ouvi-lo com clareza. — Está vendo aquela garota ali? — ele me perguntou, erguendo dissimuladamente o dedo até um grupinho de garotas que estava perto do balcão do bar. Assenti, me divertindo, de repente entendendo o que ele ia me falar. — A loira que está ali nos observando, na expectativa de saber o que vou fazer com você — indicou, me fazendo girar novamente e colocando as mãos dele descaradamente na minha lombar, quase roçando no meu bumbum, o que me fez fulminá-lo com o olhar. — Nós transamos há mais ou menos um mês. Na verdade, a gente transa desde que eu me conheço por gente, ou desde que eu faço certas coisas, se é que você me entende… — Revirei os olhos. — Eu perdi o contato com ela quando fui pra cadeia e nos reencontrarmos em uma das festas do meu bairro. Ela é filha da melhor amiga da minha mãe e quero que ela fique completamente doida enquanto eu passo a mão em você, como estou quase fazendo.

Dei uma gargalhada e o empurrei. Luca reagiu levando uma das mãos ao coração, como se eu o tivesse ferido profundamente. Depois, bem devagar, ele me puxou e sussurrou algo ao meu ouvido, em um tom bem distinto.

— Você não precisa se humilhar, Noah — disse, e depois olhou nos meus olhos. — O que você fez foi errado, mas todo mundo comete erros.

O conselho do Luca não foi nenhuma grande revelação, mas me fez entender que não havia passado despercebido como fora patética sempre que o Nicholas estivera por perto naqueles dias.

Não havia muito mais que eu pudesse fazer e, apesar de saber que cometera um erro grave, o mais difícil de perdoar, eu também sabia que nem tudo era minha culpa: as mentiras, nossos passados e a intensidade da nossa relação nos levaram, quase que à força, a um ponto sem volta.

Continuei dançando com o Luca e com outros convidados até o momento que os recém-casados decidiram ir embora, depois de mais dois rituais obrigatórios de um casamento: cortaram o bolo, que eu mal provei, e a Jenna também jogou o buquê. Quanto a isso, tenho que esclarecer que, na verdade, ela não jogou nada. Depois de vários segundos nos fazendo acreditar que o jogaria, ela se virou e se aproximou de mim com um sorriso nos lábios. Sem entender nada e quase por reflexo eu aceitei o buquê quando ela me entregava.

— Isso é para que você saiba que ainda confio que o seu dia vai chegar, Noah, e que vai ser com a pessoa que eu e você bem sabemos quem é.

Senti um nó na garganta e não soube como responder. Eu admirava a determinação e a esperança dela, mas aquele gesto só conseguiu me afundar ainda mais em tristeza. De repente, eu chegara no meu limite, não dava para ficar ali, rodeada por aquelas pessoas. Então, quando a Jenna me deu um beijo na bochecha e correu com o Lion para a limusine que os levaria para um hotel de luxo antes de partirem para a lua de mel paradisíaca do dia seguinte, entrei em um dos vários carros que estavam à disposição dos convidados e pedi para o motorista me levar para casa.

Eu precisava colocar um ponto-final naquela noite.

11

NICK

Eu sabia que tinha feito besteira ao beijá-la na noite anterior, mas não consegui me segurar, ela estava lá, gritando comigo, jogando toda a culpa em mim! Ela tinha me chamado de mentiroso! Mentiroso? Não fazia ideia do que ela estava falando, mas se eu não a beijasse, ia sair dos eixos por completo.

Ver as mãos asquerosas do Luca no corpo dela, os lábios dele sobre os dela... A Noah decidiu acabar com o pouco de autocontrole que me restava. Vê-la com outro me fez reviver todas aquelas imagens que tinha quase conseguido eliminar da cabeça. Estava claro que, agora que eu a vira de novo, depois de tanto tempo, ela trouxera junto tudo de ruim de volta, e me senti exatamente como naquela maldita noite na qual descobri que ela me traíra.

Sentir o contato do corpo esbelto dela, lindo e muito mais magro do que eu me lembrava, me fez enlouquecer por alguns instantes. Fiquei completamente fora de mim, por alguns segundos voltei a ser o mesmo de antes, voltei a ser aquele rapaz perdidamente apaixonado e completamente sem rumo por causa daquela garota. Quando me afastei para olhar para ela, para me encher daquela luz que ela sempre emanava, vi a mesma sensação refletida nos olhos dela, o mesmo anseio, o mesmo desejo reprimido, aquele desejo que nos atraía... mas também vi outras coisas: arrependimento, desespero, nostalgia... Como se tivessem girado uma faca cravada no meu coração, voltei a sofrer como quando soube de verdade.

As imagens... As malditas imagens da minha imaginação que me torturavam voltaram a projetar um filme em minha mente. A Noah pelada, na cama, suspirando de prazer, daquela maneira tão sensual, tão inocente e tão plena... Aqueles sons que soltava pelos lábios, aqueles sons que me deixavam doido, que conseguiam me deixar de joelhos. Aqueles sons sensuais, no entanto, não eram provocados por mim, mas por outro homem. Eu via as mãos dele acariciando o corpo dela de um jeito brusco, não devagar, querendo o prazer dela: as carícias eram descuidadas, não tinham o amor que eu colocava em cada toque. Mas a Noah parecia gostar delas, e gemia um nome que não era o meu…

Naquele momento, senti um balde de água fria caindo sobre mim e tive que me afastar, apesar de que ela se agarrava com todas as forças ao meu pescoço, recusando-se a ficar longe de mim. Talvez ela tenha achado que eu não conseguiria me afastar, mas foi o que eu fiz, sem me arrepender.

E então, depois de ficar a noite inteira sem conseguir dormir, estava sofrendo com mais um episódio de fraqueza, um daqueles episódios que me faziam querer mandar tudo à merda, me esquecer de tudo, ir para a porcaria do quarto dela e suplicar para continuarmos o que tínhamos começado.

Entendi que era a hora de ir embora.

Fiz minha mala, saí do meu quarto em silêncio e, como o completo idiota que sou, me detive por um instante à porta do quarto da Noah. Fechei os olhos por um segundo, irritado por saber que ela estava a poucos metros de mim, que certamente tinha passado a noite chorando pelo nosso encontro e que nada seria capaz de resolver nossa situação. Quando reuni forças, fui embora.

Coloquei minha pouca bagagem no porta-malas e lavei o rosto, para despertar, com o conteúdo de uma garrafa d'água que eu encontrei no carro. Não tinha conseguido dormir nada: depois de sair da festa, peguei minha prancha e fui para a praia de Georgica, onde surfei durante horas sem parar, tentando me acalmar e procurar um sentido em todas as razões que supostamente me mantinham distante da Noah, todas as que pareceram desaparecer quando eu a beijei. Fiquei surfando até começar a amanhecer. Então decidi voltar para a casa, tomar um banho e encerrar de vez aquela viagem.

12

NOAH

Não o ouvi indo embora, mas senti a ausência dele. Era isso, estava tudo acabado, agora só me restava voltar para a mesma rotina de sempre.

Eu me despedi de todos os convidados que ainda estavam na casa, dispostos a passar mais alguns dias ali. A mãe da Jenna me deu um abraço, e o pai dela se ofereceu para me levar até a estação, onde eu pegaria o trem até Nova York. Durante o trajeto, ele me perguntou quais eram os meus planos para o verão, e contei que, além dos dias que ficaria em Nova York, eu passaria o restante do verão trabalhando. Não queria dar muitas explicações sobre o meu emprego, já que estava conversando com um magnata do petróleo que certamente não entenderia por que diabos eu trabalhava como garçonete se era a enteada de seu melhor amigo milionário. No entanto, ele teve discrição, e fiquei grata por isso.

— Onde você vai ficar hospedada nesses dias, Noah? — ele me perguntou enquanto dirigia por aquelas ruas tão bonitas. Era bem cedo, mas já havia bastante movimento. Algumas pessoas passeando com seus cachorros, outras carregando grandes sacolas de marcas chiques... Quase todo mundo usava óculos de sol. Lamentei por ir embora dali sem conseguir conhecer bem a região. Não tive muito tempo com todos os preparativos do casamento.

Olhei para o pai da Jenna e falei o nome do hotelzinho no qual eu tinha reserva. Não me importava que fosse um local meia-boca, eu mal ficaria por lá, precisava apenas de um lugar para dormir e tomar um banho. Nas outras horas do dia, pretendia explorar aquela cidade enorme que era Nova York.

O pai da Jenna me encarou um pouco perplexo quando falei o nome do lugar, do qual ele nunca tinha ouvido falar, o que era estranho, levando em consideração que ele era dono de inúmeros imóveis na cidade, além da casa nos Hamptons.

Fiquei um pouco envergonhada quando ele insistiu em me pagar um quarto de um hotel no centro: nada mais e nada menos que no Hilton. Agradeci a oferta, mas não precisava da caridade de ninguém. Essas pessoas, as que tinham dinheiro de sobra, acham que as outras, que não desfrutam do mesmo luxo, são infelizes, o que não é verdade. Eu não me importava de ficar em um hotelzinho qualquer... Meu Deus, não era para tanto!

— Noah, desculpa me intrometer, mas Nova York não é Los Angeles. A cidade pode ser perigosa, ainda mais se for andar por lá sozinha, sem conhecer nada.

Ele continuou insistindo até chegarmos na estação de trem.

— Senhor Tavish, não precisa. Eu sei me cuidar, vou ficar bem, de verdade... Além do mais, não vou estar sozinha, vou me encontrar com uma amiga, então não precisa se preocupar. — Bom, estava contando uma mentirinha, mas uma bastante inofensiva. O pai da minha amiga não pareceu nada convencido. Pior do que isso, se mostrou incomodado e preocupado de verdade, como se fosse o meu pai.

— Bom, você tem o meu número se precisar de alguma coisa. Vou ficar pelos Hamptons nessa semana, mas tenho muitos amigos em Nova York, amigos que estariam dispostos a te fazer companhia, se você precisar.

Amigos... Sim, claro, eu já sabia a quem essas pessoas se referiam quando falavam em "amigos". Era só olhar para o Steve e o papel que cumpria na vida dos Leister. Eu não precisava de um guarda-costas, muito obrigada.

Eu me despedi dele amavelmente e fui correndo para a estação, antes que ele inventasse de ligar para a minha mãe ou algo parecido... Eu não duvidava mais de nada.

Entrei no vagão, entreguei minha passagem para uma senhora bastante gentil e me acomodei no meu lugar, olhando pela janela e torcendo para chegar logo naquela cidade magnífica. Tentei me livrar da lembrança do Nick prometendo que ia me mostrar Nova York, que ele seria o responsável por me apresentar àquela grande metrópole. Isso tinha sido há quase uma vida, ou pelo menos era o que parecia.

Quando cheguei ao destino, a primeira coisa que fiz depois de desembarcar foi pegar um táxi para me levar ao hotel no qual reservara um quarto. Enquanto circulávamos pela cidade, fiquei embasbacada com tudo o que eu via pela janela. Os arranha-céus impressionantes pareciam não ter fim, e havia tanta gente nas ruas que me senti uma formiguinha, um grão de areia... Era espetacular, espetacular mas, ao mesmo tempo, sufocante.

Fiquei um pouco tensa quando o taxista entrou em uma ruela um pouco escura, mesmo sendo umas quatro da tarde. No entanto, não havia nenhuma má intenção por parte dele: era ali que ficava o hotel que, apesar de não ser horripilante, não tinha nada a ver com as fotos que eu vira na internet.

O taxista me ajudou com minha mala e foi embora depois que eu lhe dei uma mísera gorjeta, me deixando ali, perdida na Big Apple. Respirei fundo e entrei no estabelecimento, que tinha mais cara de abrigo para pessoas em situação de rua do que de hotel.

A garota que estava no balcão mal tirou os olhos de sua revista quando parei diante dela, arrastando a minha mala.

— Nome? — ela disse, mascando seu chiclete de maneira sonora e repugnante. Eu sempre odiei chicletes.

— Noah Morgan. Tenho uma reserva — respondi, olhando ao redor. Estava claro: aquilo não era um hotel, era apenas um prédio caindo aos pedaços onde reservavam quartos.

Suspirando, a garota abriu uma gaveta e pegou uma chave em meio a tantas outras.

— É essa aqui. Cuida dela porque só temos uma. O café da manhã é tudo o que você quiser dessas máquinas. O almoço e o jantar são por sua conta.

Assenti, tentando não ficar deprimida em minhas primeiras horas em Nova York. Bom, eu só precisava de uma cama. Além do mais, ao passar pelas tais máquinas, vi que havia pacotes de Oreo... O que mais eu poderia querer?

Deixei minha mala no quarto minúsculo que me deram e saí para dar uma volta. Deixei para trás a rua escura e claustrofóbica onde ficava o hotel e comecei a andar pela cidade. Descobri que a algumas quadras dali, como indicado no site do hotel, ficava o Central Park.

Não consigo descrever aquele lugar, depois de apenas uns dez minutos passeando por ali e já queria me mudar para lá. Fazia calor, e as pessoas estavam deitadas na grama tomando sol, as crianças jogavam bola, outras pessoas brincavam com seus cachorros... Além delas, havia gente correndo ou praticando outros exercícios. O ambiente era incrível, um pedaço de natureza no meio de uma cidade poluída e cheia de engarrafamentos.

Cheguei ao lago, onde havia patos percorrendo as águas, e muitos lhes davam de comer. Por um segundo, ergui a cabeça para ver o céu azul de julho e me deixei levar por aquela sensação de estar sozinha, mas feliz, num lugar onde ninguém me conhecia, nem a mim e nem a minha história. Onde nem o Nicholas, nem a minha mãe, nem o William, nem as pessoas que me julgaram por nosso término podiam me olhar com cara de pena ou irritação. Tinha sido horrível, a notícia se espalhara pelo campus da universidade, onde o Nicholas era uma lenda. Éramos o casal que todo mundo admirava e acompanhava, e o fato de ter sido eu a que fez merda... Bom, mostrava a face mais cruel das pessoas.

Passei o restante da tarde ali no parque, onde li um pouco, comprei um cachorro-quente e passeei bastante. Qualquer um podia achar que eu estava doida: com tantos lugares para conhecer, por que ficar ali, sem ir para outros pontos turísticos? Só porque às vezes é bom tirar um tempo para simplesmente estar, simplesmente ser mais uma na multidão, e, naquele instante, a única coisa que queria era aquilo, um pouco de paz... Paz e tranquilidade.

Mas isso durou pouco.

Quase tive um ataque do coração quando, ao dobrar a esquina para entrar na rua do hotel, vi aparecer um homem alto, de terno, que surgiu do meio das sombras. Quase saí correndo, mas depois o reconheci e levei a mão ao peito, tentando me recuperar do susto.

— Que merda! Steve! — soltei sem nem perceber. Que diabos ele estava fazendo ali?

— Noah — ele disse simplesmente, me olhando com cara de desaprovação. Envolveu o meu braço com a mão dele e quase me obrigou a entrar no hotel. — Pegue as suas coisas, por favor.

Franzi a testa, deixando-o me acompanhar até a porta. Passamos pela recepcionista, que parecia tão desconcertada quanto eu. Consegui me recuperar da minha letargia e me soltei para confrontá-lo.

— Que história é essa, Steve? — indaguei, notando a irritação crescer dentro de mim. — O que você está fazendo aqui?

— O Nicholas pediu para eu vir te buscar, esse lugar é perigoso — o Steve respondeu à sua maneira, sendo um homem prático e de poucas palavras. O senhor Leister mandava e seus lacaios obedeciam. Sorte a minha de não pertencer mais àquele circo!

— Não vou a lugar nenhum — respondi, passando por ele e abrindo a porta do meu quarto.

No que eu estava pensando? Em simplesmente deixar o Steve ali e fechar a porta na cara dele? Ele não tinha culpa de trabalhar para um idiota.

— Noah, esqueça o Nicholas: você não deveria andar sozinha por Nova York, muito menos por esta região, que é perigosa. Só deixe-me levá-la para um lugar seguro.

Meu Deus, que absurdo!

— Mas como é que vocês me encontraram?! — Não consegui evitar gritar. Dei as costas para ele e levei as mãos à cabeça.

A janela que ficava ao lado da cama dava para uma rua sem saída, com escada de incêndio incluída. Dali era possível ver grandes lixeiras e algumas pessoas fumando na esquina. Tenho que admitir que o lugar não era muito legal e que até tinha pensado seriamente em gastar minhas últimas economias para ficar em um lugar mais decente, mas me irritava a ideia de ser obrigada a sair de lá, principalmente pelo Nicholas. Ele não tinha mais direito nenhum de se preocupar comigo, mas ainda vinha com essa?

— O que exatamente o Nicholas te falou? — perguntei, me virando para o Steve, que me devolveu o olhar, impassível.

— Ele me pediu para te tirar deste lugar e te levar para um hotel de verdade.

Me levar... Ou seja, enviara o Steve e nem sequer daria as caras. Nada feito.

— Quero falar com ele — exigi, cruzando os braços.

Steve olhou para mim com cara de interrogação.

— Hoje ele tem compromisso depois do trabalho, uma reserva de jantar...

Senti uma pontada no coração, e o meu juízo quase me deu um pontapé. "O que você achava, sua idiota, que ele tinha se transformado em um monge ou em algo assim?"

— A que horas é esse compromisso? — indaguei, tomando cuidado para não deixar a minha voz falhar.

Steve suspirou.

— Em meia hora — respondeu.

— Então ligue para o celular dele. Daqui você não me tira.

Steve me observou por alguns segundos e assentiu. Antes de fazer a ligação, no entanto, ele pegou a mala, que eu ainda não havia desfeito, e me acompanhou até a rua, onde o carro estava estacionado. Abriu a porta para que eu entrasse e, assim que se acomodou no banco do motorista, ligou para o Nick no viva-voz.

— Nicholas, a Noah quer falar com você — anunciou quando o Nick atendeu.

— Não quero falar com ela — declarou ele, sem titubear. Tirei o celular do viva-voz e o coloquei na orelha.

— Você não pronuncia mais o meu nome? — eu o recriminei, sem conseguir me segurar.

— Só se for estritamente necessário — ele me respondeu. Eu sabia que ele podia desligar na minha cara a qualquer momento, então tentei me acalmar, mas não consegui conter o que soltei em seguida:

— Você não pronuncia o meu nome, mas manda o Steve vir me buscar para me levar para um hotel de verdade... Você vai ter que me explicar isso, Nicholas, porque garanto que estou bem confusa.

Senti que minhas palavras o afetaram de alguma maneira, porque o consegui ouvir suspirando do outro lado da linha.

— O Greg me ligou para me contar que ficou preocupado depois que ficou sabendo onde você ia passar os próximos dias hospedada — ele comentou, meio que tirando o corpo fora.

Maldito Greg Tavish! Não podia ir cuidar das coisas dele? Ele não era o meu pai.

— Você fez isso pelo Greg, então? — perguntei, e até eu percebi a decepção na minha voz.

— Para com isso, Noah — Nick disse, e notei a mudança na voz dele, que se inundou de raiva. — Você tem uma reserva no Hilton no seu nome. Tá a fim de usá-la? Ótimo! Não está a fim? Não me importo nem um pouco.

Não tive tempo para dizer mais nada porque ele desligou antes.

Steve ficou me olhando em silêncio, na expectativa do que eu ia decidir. Não queria fazer o que o Nick estava me pedindo. Ele tinha me beijado e depois ido embora sem falar mais nada. E então se dava ao trabalho de reservar um quarto de hotel para mim... e depois fingia que não tinha nada a ver com a história? Ele podia mentir o quanto quisesse, podia me falar que não se importava com o que eu fizesse ou deixasse de fazer... mas eu o conhecia: era o Nicholas, um falastrão.

Naquele momento, tomei uma decisão arriscada.

— Me leva para a casa dele.

Steve não pareceu muito empolgado com a ideia, mas eu falei que eu não iria para mais lugar nenhum. Eu me senti um pouco culpada por colocá-lo sem opção, mas não cedi: seria a única maneira de me fazer sair daquele hotel.

Aproveitei o passeio para olhar a paisagem. Mesmo sem querer admitir, estar no carro com o Steve me fazia sentir mais segura, protegida. Precisava reconhecer que ir a uma cidade como Nova York sozinha e sem ninguém com quem compartilhar a experiência era bastante deprimente, e que também dava um pouco de medo.

— Estamos chegando — o Steve me informou, um pouco depois.

Comecei a ficar nervosa, e fiquei ainda mais quando paramos perto de um edifício incrível, alto como os outros e com uma vista impressionante do Upper East Side. O rio estava à minha direita, e, um pouco além, dava para ver claramente as copas das árvores do Central Park. Nosso trajeto tinha demorado pouco mais de meia hora, e supus que aquela parte do parque estava do lado oposto ao que eu visitara naquela manhã.

Comecei a brincar com o meu cabelo e pensar. O que ia falar para ele? Na verdade, não estava nervosa só pelo que diria, mas também porque iria descobrir como era a vida dele agora, vê-lo naquele ambiente, vê-lo sendo o Nicholas Leister que morava sozinho num apartamento no coração de Nova York, um advogado e empresário em estado puro... Eu ainda não conhecera essa faceta dele, conhecia só o Nick que ia para baladas, que me abraçava, que me tocava em locais escondidos, que arriscava o pescoço em rachas e que se metia em brigas para ganhar dinheiro... O Nick que estava apaixonado, que me adorava e que não aguentava ficar mais de vinte e quatro horas sem saber de mim, sem falar comigo e sem me ver.

Por onde andava esse Nick?

Steve entrou na garagem daquele prédio imponente e comecei a notar o nervosismo tomando conta de mim.

— Ele está em casa? — perguntei depois de sair do carro, enquanto seguia o Steve até o elevador.

— Não.

Respirei fundo e vi o Steve digitar uma senha em um teclado que ficava perto dos botões do elevador. Fiquei assustada ao ver que eram sessenta e dois... Minha nossa, sessenta e dois andares... E a senha era para a cobertura.

O elevador parecia subir na velocidade da luz e, quando o sinal sonoro da porta ressoou na cabine, rompendo o silêncio que se havia instalado entre nós dois, não pude deixar de me sobressaltar.

As portas se abriram diretamente para um *hall* bem grande, com um espelho que refletiu o meu olhar. Tenho que dizer que demorei para me reconhecer ali, eu parecia realmente receosa, e por isso me apressei para mudar de cara: eu não podia aparentar nervosismo, precisava demonstrar mais segurança.

Queria estar vestindo outra coisa, e não uma simples saia jeans, All Star rosa e uma camiseta branca básica. Estava parecendo uma menina de quinze anos.

Antes de seguir o Steve, tirei o elástico que prendia o meu cabelo e deixei as mechas caírem soltas nas minhas costas... Isso ajudaria, não?

Fui atrás do Steve pelo apartamento. Nossa, aquele lugar não tinha nada a ver com o lugar que ele alugara em Los Angeles... Aquilo era... era um outro patamar. Eu sabia que ele tinha herdado uma grande fortuna do avô e também sabia, obviamente, que dinheiro nunca fora problema para ele, mas aquele apartamento era fantástico.

Era enorme, praticamente sem paredes além de alguns pilares distribuídos estrategicamente para criar espaços concretos. A cozinha ficava à direita, e os sofás no centro encaravam as imensas janelas que exibiam a cidade em todo o seu esplendor. O piso de madeira reluzia, e partes dele estavam cobertas por grossos tapetes beges que pareciam tão macios que apostaria que dava até para dormir sobre eles. Em uma ponta, perto de um minibar de vidro, havia uma escada imponente de mármore escuro.

Então era ali que o Nicholas morava agora? Aquilo era tudo dele? Será que estava morando sozinho?

Steve suspirou de novo e olhou para mim com a testa franzida.

— Tem certeza de que é isso que quer, Noah? Ele não vai gostar nada disso.

— Por favor, Steve — falei, quase suplicando. — Me deixa fazer isso do meu jeito... Eu só... só preciso de uma chance para falar com ele.

Steve me olhou como alguém que olhava para uma criança que acabou de descobrir que o Papai Noel não existia: com pena.

Ele assentiu, sem parecer concordar, pediu que eu falasse com ele se precisasse de algo e foi embora. Subi a escada e de repente me senti muito cansada. Abri a primeira porta que encontrei: era um quarto. Não sabia se era o quarto do Nick ou um quarto de hóspedes, mas me joguei na cama e fiquei olhando para o teto.

Eu o esperaria... esperaria acordada até ele voltar, e faria de tudo para que ele voltasse a acreditar em mim, em nós, no perdão e no amor.

13

NICK

Entrei no carro e saí do estacionamento do trabalho pisando fundo no acelerador. Eu devia ter cancelado o jantar, deveria ter ido até lá, deveria ter falado para ela todas as coisas que estava morrendo de vontade de dizer, todas as coisas que ainda estava guardando e que tinha certeza de que algum dia sairiam dolorosamente.

Pincei o nariz, tentando me acalmar. Eu não podia aparecer daquele jeito no jantar, não seria certo... nem justo.

Eu precisava tirar a Noah da cabeça. Tinha certeza de que ela não recusaria ir para o hotel. Ela não era tonta, sabia que seria uma loucura ficar naquele bairro horrível, e já que eu não me importava, não era problema meu. Uma vozinha dentro de mim gritou "mentiroso!" bem alto, mas eu a ignorei enquanto atravessava a cidade em direção a um dos restaurantes mais famosos do momento, esperando que fosse uma noite tranquila.

Quando dei a chave do carro para o manobrista, vi a garota de cabelos castanhos que estava junto à porta. O vestido que estava usando era elegante e claro, as sandálias de salto que levava a faziam parecer muito mais alta do que realmente era, e o cabelo escuro dela brilhava ao cair em cascata por suas costas.

Seu olhar se iluminou ao me ver, mesmo tendo se esforçado para disfarçar. Senti uma pontada de culpa no peito, mas eu já havia deixado tudo muito claro, e ela parecia ter entendido.

— Olá — eu disse, forçando um sorriso cálido.

Os dentes brancos dela brilharam quando a envolvi pela cintura com o braço e me inclinei para dar um beijo rápido na bochecha dela. Cheirava a framboesa com um toque de limão... Ela sempre tinha cheiro de alguma fruta, e eu gostava daquilo.

— Achei que você não vinha — ela confessou enquanto eu a empurrava de leve para entrarmos no restaurante. As coisas estavam complicadas, e a última coisa que eu queria era que algum fotógrafo nos visse.

— Tive um imprevisto, desculpa — comentei, e depois falei o meu nome para o garçom, que se apressou a nos levar até a mesa que eu havia reservado com quase um mês de antecedência.

O lugar era agradável, aconchegante e com uma iluminação tênue. Havia um pianista tocando ao vivo. Por algum motivo estranho aquela luz e a música agradável me relaxaram... Respirei fundo e aproveitei o momento ao me ver sentado diante daquela mulher, a mulher que vinha me ajudando desde que eu terminara com a Noah, que esteve do meu lado e tinha se tornado uma boa amiga.

— Você está linda — eu disse, sabendo que o comentário arrancaria um sorriso dela. Pelo menos para mim, era muito claro por que as coisas eram diferentes com ela.

Sophia sorriu com timidez e pegou o menu com delicadeza. O garçom se aproximou e cada um pediu um tipo de vinho diferente. Ela preferia vinho branco, enquanto eu adorava vinho tinto, mais precisamente um bom Bordeaux de 1982. Por um instante, eu me lembrei da Noah, de como ela não conhecia nada de vinhos, nem de comida, nem de muitas coisas, na verdade. A simplicidade dela sempre me cativara, me fazendo acreditar que eu tinha algo para ensinar para ela, e que poderia lhe oferecer um mundo de possibilidades...

Tossi, me obrigando a voltar para a realidade.

Será que ela já estava no hotel? Será que estava tomando banho? Será que estava chorando? Dormindo? Comendo? Será que estava com saudade?

"Chega!", ordenei a mim mesmo, e passei a me concentrar na minha bela companhia.

As coisas com a Sophia foram evoluindo naturalmente. No início, depois de toda a história com a Noah, acabei me tornando alguém que mal conseguia manter uma conversa. Tudo me irritava, estava intragável, revoltado com o mundo, machucado e sem querer interagir com nada nem ninguém.

Eu me enfurnara no apartamento, dominado por um sentimento de autocomiseração... O telefone tocava e eu o ignorava, os e-mails se acumulavam não lidos na caixa de entrada... Acabei me tornando uma pessoa totalmente autodestrutiva. Eu bebia até quase cair inconsciente na cama, quebrei móveis, bati nas coisas... Cheguei até a machucar as mãos algumas vezes. Entrei em uma briga em um bar, que por sorte não teve consequências mais graves. Minha mente só divagava, eu imaginava coisas, imerso em um poço de ódio, tristeza e decepção. Ninguém, nem mesmo o Lion, foi capaz de me fazer voltar ao normal, nem me ajudar. O meu pai me visitou, gritou comigo, depois tentou conversar de maneira civilizada, voltou a gritar e depois desapareceu. Eu não queria dar ouvidos a ninguém, não estava interessado... Naquele momento, sentia uma dor insuportável no peito, me sentia traído. Até que, um dia, a Sophia apareceu no meu apartamento.

Ela sempre foi uma mulher sensata, lúcida. Ela gritou bastante comigo, não vou mentir, e não porque se importava nem porque estava preocupada comigo, mas porque dependia do meu trabalho e eu mal estava aparecendo no escritório. Gritando, ela me disse que, se eu estivesse mesmo tão mal, era melhor ir embora para Nova York, jogou muitas coisas na minha cara, estava furiosa com a minha postura, que, segundo ela, era imatura e irracional, e só me ocorreu uma maneira de fazê-la calar a boca.

Eu a peguei pela cintura e a coloquei contra a parede. Ficamos olhando um para o outro, eu destroçado, ela confusa, e simplesmente fiz o que me deu vontade naquele momento, o que o meu corpo estava precisando e o que a minha mente debilitada quis fazer para se vingar da Noah.

Transamos a noite inteira, sem parar, sem descanso, sem trégua, e o melhor de tudo foi que, quando terminamos, a Sophia se levantou, se vestiu e foi embora sem falar nada.

No dia seguinte, eu fui trabalhar. Ela se dirigiu a mim como se nada tivesse acontecido, como se continuássemos sendo os mesmos colegas de trabalho que apenas se suportam e dividem uma sala. Eu agi da mesma maneira, como se nada tivesse rolado, até que um dia ela se levantou, trancou a porta da nossa sala, se aproximou de mim e, sentando-se no meu colo, me convenceu a repetirmos a dose.

Que uma coisa fique clara: nós dois tínhamos noção que isso não ia dar em nada. Sophia sabia que eu estava destruído por causa da Noah, e ela simplesmente precisava de alguém que esquentasse a cama dela às vezes. Quando conversamos a respeito, ela não falou nada e aceitou minhas condições: que seria só sexo e que poderíamos fazer tudo o que quiséssemos.

Eu saía com outras, evidentemente, e a Sophia era livre para ter encontros com outros homens, se quisesse, mas nunca falávamos sobre isso. Ela sabia de tudo o que eu fazia e parecia aceitar, e eu não me importava se ela estava se encontrando, dormindo ou saindo para tomar um café com outras pessoas. Mas fazia questão de tratá-la com o respeito que ela merecia. Ela era minha amiga, a única que me ajudou, que me obrigou a sair da cama e conseguiu fazer que eu me voltasse para o trabalho.

E pouco depois que aceitei o posto em Nova York, o meu avô faleceu, e o resto é história.

Agora estávamos jantando em um lindo restaurante, ela me dissera que precisava conversar comigo e eu só conseguia pensar no fato de a Noah estar na cidade, na minha vontade de ir encontrá-la e de fazer amor com ela do nosso jeito, para que se lembrasse de quem havia traído e do que estava perdendo.

Passei a mão pela testa e me concentrei na Sophia.

— Preciso te pedir um favor — ela me falou, depois de conversarmos sobre alguns assuntos banais, principalmente relacionados a trabalho. Sophia parecia nunca descansar, a ambição dela não tinha limites e, além do mais, agora o pai dela estava se candidatando ao cargo de governador da Califórnia. Ela era uma mulher disputada e conhecida por todos. Eu não me importava muito com aquilo, mas, quando ela começou a falar, tive que redobrar a atenção: — Preciso que a gente formalize o que temos.

Olhei para ela sem entender nem uma única palavra que saíra da boca dela.

— Um relacionamento de fachada, é claro — ela esclareceu, levando sua taça aos lábios. — O meu pai está exigindo que a gente demonstre uma certa estabilidade e uma união forte. Ele não para de me apresentar para outros caras, filhos dos amigos dele que só querem ficar comigo porque sou filha do senador Riston Aiken. É horrível, eu não aguento mais.

— Espera aí — falei, tentando entender. — Está dizendo que você quer divulgar que estamos juntos? Como casal oficial e tudo mais?

Sophia assentiu, levando um ravioli à boca.

— Claro, você pode continuar fazendo o que bem entender... se for discreto. Mas para o público, eu preciso ter um namorado oficial. Você faria isso por mim?

Em algum outro momento eu teria rido na cara dela, mas bem naquele dia, justo depois de ter falado com a Noah, de tê-la beijado no casamento da Jenna e notado como o passado estava voltando para me assombrar... o que a Sophia me pedia não parecia ser má ideia.

Ouvi uma vozinha na minha cabeça me lembrando das consequências de aceitar a proposta da Sophia. Eu sabia que, se aceitasse, se confirmasse que estava saindo com ela, se a imprensa noticiasse o nosso relacionamento, a Noah ia sofrer muito... Aceitar a proposta me transformaria em um verdadeiro babaca, mas talvez aquela fosse a melhor maneira de a Noah entender, de uma vez por todas, que precisávamos virar a página.

Voltei para casa por volta de uma da manhã. Sophia me perguntou se eu queria dormir com ela no hotel — ela estava em Nova York resolvendo algumas questões da minha antiga empresa, mas iria embora no dia seguinte. Eu recusei o convite porque não estava de bom humor.

Cheguei ao apartamento, que estava iluminado apenas por luzes difusas, que conferiam aconchego ao espaço. Deixei minhas chaves em cima da mesa da cozinha e voltei a me servir de mais uma taça de bebida.

Aquele apartamento pertencera a um amigo do meu pai que, quando soube que eu estava de mudança para Nova York, me ofereceu o imóvel por um preço irrecusável. Eu queria começar do zero, em um lugar que poderia considerar só meu, recusando as ofertas do meu pai para que eu me instalasse em um apartamento dele no Brooklyn, perto de vários escritórios espalhados por Manhattan. Não queria relembrar o que tinha vivido naquela cidade quando eu era criança.

Ao descobrir que o meu pai havia traído a minha mãe durante praticamente todo o casamento, o ódio que eu sentia por ela se transformou em algo diferente. Entendi em partes, mais ou menos, porque tudo dera errado, e passei a odiar o meu pai por me fazer sentir pena dela. Eu ainda odiava a minha mãe, isso não mudara, mas toda aquela história dele com a mãe da Noah me fez repensar se aquele ódio era justificável ou não.

Traições... Como eu poderia culpar minha mãe por ter perdido a cabeça depois de ter terminado com a Noah pelo mesmo motivo?

Eu nunca perdoaria ter sido abandonado pela minha mãe, isso sim era injustificável, mas quem eu era para julgar as reações dos membros de um casal depois de passar por algo assim? Voltei a pensar na Noah... era difícil ver o futuro que havia planejado com alguém, todas aquelas imagens do que estava por vir, evaporando diante dos meus olhos.

Tinha imaginado uma vida do lado dela... Sabia que não seria um relacionamento fácil... Eu não era idiota, nossa relação não era um mar de rosas, mas os principais problemas tinham a ver com outras pessoas. Eu teria colocado a mão no fogo pela Noah se alguém insinuasse que ela tinha me traído, acharia que a pessoa estava maluca...

E lá estávamos nós...

Terminei a taça e fui para o meu quarto.

Entrei sem me preocupar em acender as luzes e tirei a camisa sem hesitar, deixando-a jogada de qualquer jeito no chão. Os funcionários arrumariam tudo de manhã.

Eu me virei para a cama com a intenção de acender um dos abajures e fiquei literalmente paralisado quando vi quem estava entre os meus lençóis.

Meu coração começou a bater acelerado no peito, quase doendo, quase causando um zumbido nos ouvidos. Minha respiração se acelerou, o meu corpo inteiro reagiu àquela imagem da Noah dormindo na minha cama, foi uma volta ao passado, à época que eu voltava para casa e a encontrava no quarto, esperando por mim, com suas pernas tão macias enroscadas em um travesseiro, com seus braços jogados por cima dos lençóis, com seus cabelos espalhados pelo colchão...

Fechei os olhos por um segundo e quase consegui sentir o que seria me deitar junto com ela, afastar os lençóis brancos dela e deixar meus dedos acariciarem sua pele... Eu a viraria para mim, bem lentamente, ela abriria os olhos, ainda meio adormecida, mas sorrindo, feliz por me ver, com aquele brilho que ela sempre emanava quando eu encostava nela. "Estava te esperando", ela diria, e me preencheria com todo aquele amor que achei que nunca seria capaz de sentir. Eu ficaria em cima dela, afastaria seus cabelos loiros com cuidado e, bem devagar, colocaria os meus lábios sobre os dela, inchados por estar dormindo, suaves e ansiosos pelo meu contato. Meu braço desceria pelas costas dela, percorrendo as curvas de sua coluna, e eu a levantaria de leve do colchão para conseguir unir o corpo dela ao meu sem chegar a esmagá-la. Beijaria suavemente seu pescoço até chegar à orelha, depois sentiria o aroma da pele dela, um aroma que não era frutado, nem doce nem nada parecido com nenhum perfume caro, era o simples cheiro da Noah... e só dela.

Abri os olhos me obrigando a voltar para a realidade. Quase torci para que aquela imagem dela, na minha cama, entre os meus lençóis, fosse uma alucinação. Não podia ter uma recaída, por mais que estivesse com vontade de tocar nela, eu não planejava ceder. Não sabia o que ela estava fazendo ali, mas deixei a raiva devorar qualquer outro sentimento que havia e saí do quarto pisando firme.

14

NOAH

Ouvi um barulho e meus olhos se abriram quase sem que percebesse. Por um momento, não sabia onde estava, mas o cheiro que me rodeava me tranquilizou: eu estava em casa. Estava com o Nick.

Demorei alguns segundos para entender que aquela última frase não fazia o menor sentido... pelo menos não mais. Eu me sentei naquela cama desconhecida e consegui dar uma olhada ao meu redor graças a uma luz fraca que entrava pela fresta da porta. Por fim, sentindo um frio na barriga, saí da cama e fui até a sala. Estava tudo apagado, havendo apenas luzinhas fracas, dessas que só servem para não tropeçar ao levantar de madrugada para beber um copo d'água. Fui andando descalça até o encontrar: estava sentado no sofá, diante de uma mesinha de vidro onde estava um copo e uma garrafa pela metade, com os cotovelos apoiados nos joelhos e a cabeça afundada entre as mãos. Certamente fora um baque para ele me encontrar na cama dele, sem mais nem menos, como se aquele apartamento fosse meu e eu tivesse o direito de dormir enquanto o esperava chegar. Eu me sentia uma intrusa.

Devo ter feito algum barulho, ou ele apenas sentiu a minha presença, porque ele se virou lentamente na minha direção. Os olhos dele brilhavam, e ao ver como ele apertava a mandíbula com força, quis sair correndo na direção contrária. Mas eu o conhecia o suficiente para saber que, por trás de todo aquele ódio que parecia consumi-lo, o amor que ele sentia por mim, ou o amor que sentira, continuava naquele coração, assim como se passava no meu, esperando o momento certo para que voltássemos a nos amar.

— O que está fazendo aqui, Noah? — ele me perguntou, e eu quase desmoronei ali mesmo ao notar como a voz dele soava destruída.

— Estou aqui por sua causa — respondi, dando de ombros levemente. Minha voz parecia um eco da voz dele. Nicholas se recostou no sofá e fechou os olhos, suspirando com força.

— Você precisa ir embora... Você tem que sair da minha vida — ele disse, ainda sem olhar para mim.

Ele se curvou com a intenção de se servir de mais bebida, mas eu não queria que ele ficasse bêbado, de jeito nenhum, ele precisava estar sóbrio, eu precisava que ele entendesse o que eu ia falar.

Abreviei o espaço que nos separava, peguei a garrafa, roçando os dedos nos dele no processo, e a arranquei das mãos dele para colocá-la de volta na mesa, longe dele, longe de nós.

Ele ergueu o olhar até pousá-lo em mim, de pé, posicionada entre as pernas dele, e vi que ele estava com os olhos vermelhos, mas não era só por causa do álcool.

Estiquei o braço com a intenção de fazer carinho no cabelo dele. Meu Deus, como precisava tirar aquela expressão de dor do rosto dele, aquela dor que estava ali por minha culpa, mas ele me segurou pelo pulso antes que eu tivesse chance de fazer aquilo. Para mim, dava no mesmo, porque sua mão estava em contato com a minha pele, e aquilo era o suficiente para mim. A faísca, aquela faísca que sempre se acendia entre nós dois, aquela sensação de fogo e puro desejo carnal, aquele mesmo desejo que persistia desde o momento em que entrei na cozinha da antiga casa dele pela primeira vez e o encontrei procurando algo na geladeira. Desde aquele momento, sabia que algo que era meu já não me pertencia.

Ele hesitou por alguns segundos que pareceram eternos, mas depois me puxou para si, meu corpo colidindo contra o tórax dele, e com as mãos ele me fez sentar no colo dele, com os dois joelhos no sofá, perto de suas coxas. Usei as mãos para o agarrar pela nuca enquanto as dele me seguravam pela cintura. Nossos olhos se encontraram na penumbra e fiquei com medo de continuar. Eu titubeei e ele também, era como se estivéssemos a ponto de nos jogar de um precipício, poderíamos ter a sorte de cair na água ou o azar de cair sobre as pedras, e só descobriríamos se pulássemos. Ele me olhou por um segundo que pareceu eterno e depois me beijou tão repentinamente que não assimilei... Meus lábios se abriram por causa do impacto e a língua dele inundou o interior da minha boca, me fazendo estremecer. Ele não demorou a encontrar a minha língua, que se enroscou na dele sem resistir, como se a minha vida dependesse daquilo. Minhas mãos empurraram a nuca dele para mais perto de mim enquanto as dele acariciavam minhas coxas, do joelho até o bumbum, onde permaneceram, me apertando com força e fazendo nossos corpos se chocarem naquela fricção prazerosa. Quase revirei os olhos, havia passado tempo demais... Era muito tempo sem sentir nada, absolutamente nada. Cheguei a achar que o meu corpo estava morto, que minha libido tinha desaparecido com o término, mas eu estava muito errada! Bastou um carinho, um simples triscar da mão daquele homem, para que eu perdesse a cabeça.

Eu me afastei da boca dele para conseguir respirar, e os lábios dele desenharam um caminho de beijos pela minha mandíbula, o que me causou calafrios. Ele estava com o torso despido, e meus dedos desceram do pescoço para acariciá-lo. O abdome dele ficou tenso com o contato das minhas unhas na pele dele.

Nicholas emitiu um grunhido gutural e se afastou do meu pescoço, procurando os meus olhos.

— O que você quer de mim, Noah? — ele perguntou, segurando minhas mãos e as afastando do corpo dele quase à força.

Olhei para o corpo dele, para o suor que escorria, fruto da tensão que ambos sentíamos ao pensar que o que estava prestes a acontecer deixaria nossos mundos de cabeça para baixo... novamente.

— Só... me faz esquecer... — pedi com um nó na garganta. — Por alguns minutos... Só finge que você me perdoou.

Notei que o peito dele estava subindo e descendo rapidamente, e também como foi se afrouxando a tensão com a qual ele me segurava. Soltei as minhas mãos e as enredei no cabelo dele outra vez, obrigando-o a se concentrar em mim e não em tudo o que nos cercava. Daquela vez, fui eu quem reuni nossos lábios. Meu Deus, que sabor delicioso! Beijá-lo era o que me dava mais saudade, era viciada naqueles beijos e precisava de mais, precisava sentir aqueles lábios em todas as partes, precisava dele de uma maneira quase dolorosa.

— Vou fazer isso... — ele garantiu, tirando as costas do sofá para se juntar a mim. Nossos narizes estavam quase se roçando. — Vou esquecer por alguns minutos o que você fez com a gente... mas amanhã você vai embora, vai sair da minha vida e me deixar em paz.

Meu coração parou, acho que literalmente, mas me obriguei a ignorar o que ele acabara de trazer à tona. Ele iria esquecer... Era o que tinha dito, não? Aquilo me bastava, o restante eu resolveria no dia seguinte.

Assenti, mesmo sabendo que estava mentindo, mas não queria desperdiçar aquela oportunidade de estar com ele. Em menos de meia hora, ele conseguira fazer com que me sentisse viva outra vez, não podia renunciar àquilo.

As mãos dele me seguraram com força pelas coxas e ele se levantou do sofá, me erguendo junto com ele. Eu o envolvi pelo pescoço e coloquei meus lábios nos dele. Que sabor incrível! Que cheiro maravilhoso! Estava sentindo o cheiro dele, do meu Nick, da pessoa que eu amava perdidamente, de maneira quase desesperada.

Ele me levou para o quarto dele e me deitou sobre a cama quase com reverência, com muito cuidado, como se estivesse com medo de que eu desaparecesse. Ele ficou aos pés da cama, me observando. Ao perceber, eu me apoiei nos meus cotovelos para me erguer e também olhar para ele. Como ele podia ser tão perfeito? O cabelo dele estava bagunçado, seus lábios pareciam mais grossos depois dos meus beijos. A barba, que parecia não ser aparada havia uns dois dias, caía-lhe muito bem. Aquela barba por fazer já havia me arranhado, mas para mim não tinha problema. De repente, fiquei com vontade de senti-lo esfregando a barba em outras partes do meu corpo. Eu estava trêmula, tremendo de desejo, puro e carnal, por aquele homem.

— Não vamos transar — ele sentenciou, enquanto tirava o cinto da calça e o deixava cair no chão. A surpresa em meu rosto deve ter sido perceptível, assim como a decepção, porque ele sorriu, mas não como costumava fazer, não com calidez, luxúria e amor, mas como alguém que está esclarecendo algo óbvio para uma menina de dez anos que ele acha adorável. — Mas podemos fazer outras coisas.

Ele se aproximou de mim, se acomodando entre as minhas pernas, colocou a mão na minha barriga e, com certa pressão, me fez deitar por completo. Em seguida, inclinou-se sobre mim e puxou minha saia até se livrar dela, jogando-a no chão de qualquer jeito. Com o joelho, separou minhas pernas, e logo suas mãos subiram minha camiseta até tirá-la pela minha cabeça e fazê-la desaparecer das vistas.

Por um instante, os olhos dele repousaram sobre o meu corpo, sobre os meus seios, cobertos por um sutiã rendado rosa que não era nada de outro mundo, mas era confortável, ou pelo menos era o que eu pensara ao vesti-lo naquela manhã quando saí para conhecer a cidade. Ele franziu levemente a testa, e a palma da mão dele, que ainda estava na minha barriga, deslizou para as minhas costas e me levantou de leve, até que os lábios dele pousaram sobre o meu umbigo.

— Você está mais magra — disse, em um sussurro que eu mal consegui assimilar.

A boca dele foi descendo até chegar no topo da minha calcinha. Enquanto isso, suas mãos acariciavam minhas pernas, de cima a baixo. Os olhos dele procuraram os meus e quase colapsei ao ver a luxúria desmedida que pareciam emanar. Ele saiu da cama, se ajoelhou e, sem demora, tirou a minha calcinha.

Fiquei um pouco acanhada. Não é que estivesse com vergonha, simplesmente fazia muito tempo que ninguém me tocava, meses, e muito mais desde a última vez que o Nick o fizera. Eu me remexi, um pouco inquieta, e ele pareceu perceber, porque, apesar da respiração que denunciava que ele estava morrendo de vontade de continuar, cravou os olhos em mim por um segundo, pedindo que eu me acalmasse. Foi por um mero segundo, mas naquele instante vi o Nick... foi o Nick de antes quem me devolveu o olhar. Fechei os olhos e guardei aquele gesto, visualizei-o mentalmente por um instante até ficar mais tranquila.

— Nick...

— Quietinha.

A boca dele foi percorrendo minhas coxas, primeiro apenas com beijos, mas depois senti os dentes dele na minha pele, e de fato ele estava me mordiscando antes de passar a língua em mim de um jeito sensual. Eu me remexi na cama e a mão dele pressionou minha barriga contra o colchão, me imobilizando.

— Por favor... — quase supliquei, perdendo a vergonha e me contorcendo com as carícias dele.

Ele me ignorou e continuou me beijando por todas as partes, menos onde eu mais queria.

— O que você quer, Noah? Me fala, quero ouvir você me pedindo.

Fechei os olhos com força e neguei sobre o colchão. Meu Deus, por quê?

Senti a boca dele roçando na minha pele, mas sem chegar a tocá-la, e me sacudi frustrada.

— Pede, Noah, me fala o que você quer pra eu te obedecer.

Eu não parecia ser capaz de falar, não em voz alta, e ele sabia disso. Será que estava me castigando à sua maneira? Abri os olhos e o vi ali, esperando.

— Me beija... — pedi num sussurro entrecortado.

Ele se ergueu e ficou sobre mim. Os lábios dele se chocaram contra os meus, ele me beijou de maneira brusca, e gemi de frustração. Quando o quadril dele começou a fazer pressão sobre o meu, tive alguns segundos de alívio, mas só alguns segundos, porque ele logo percebeu e se afastou, apoiando-se sobre as mãos.

— Isso não é mais do mesmo jeito que antes, Noah — disse, erguendo meu queixo. — Você não é mais a doce e inexperiente Noah, para quem tenho que mostrar tudo o que deve ser feito...

Perscrutei os olhos dele e vi que a raiva que ele estava contendo começava a escapar. Não gostei do que vi, então me ergui até que meus lábios voltassem a encontrar os dele. Em seguida, rapidamente, puxei os ombros dele para que ele grudasse o corpo ao meu, para voltar a senti-lo encaixado em mim. Minhas pernas o envolveram pela cintura e notei como ele arfava. De repente, eu queria que as coisas fossem mais rápidas, não havia mais lugar para dúvidas nem para reprovações.

Coloquei a mão na calça jeans do Nicholas e percebi que ele tinha perdido a batalha. Já havia esquecido como era tê-lo em minhas mãos, como era notar que ele estava perdendo o controle, como a respiração dele se agitava com minhas carícias. Queria voltar a sentir essa conexão, queria que nos mexêssemos em sincronia, que déssemos prazer um ao outro sem brincadeiras, simplesmente nos tornando um só e deixando as coisas acontecerem.

Giramos no colchão e fiquei sobre ele. Fiquei um pouco insegura naquela posição, mas não ia deixá-lo perceber. Com as mãos trêmulas, puxei a calça dele para baixo e, ao ver que eu não estava conseguindo tirá-la, ele me ajudou. Segundos depois, ele estava completamente nu e eu ficara só de sutiã. Giramos de novo na cama e ele me encurralou contra o corpo dele.

— Já falei que não vamos transar — esclareceu, segurando minhas mãos acima da minha cabeça.

— Que merda, Nicholas... — protestei, frustrada, precisando do toque dele, precisando daquele contato mais do que tudo no mundo.

Sem aviso prévio, um dos dedos dele me invadiu. Fiz uma careta involuntária. Para minha surpresa, e também a dele, ele me machucou.

— Você não...?

Fiquei vermelha de vergonha... O que eu poderia dizer? Que desde o ocorrido, eu não tinha deixado mais ninguém, muito menos um cara, se atrever a olhar para mim? Que meu apetite sexual tinha evaporado como a água no deserto? Que desde a última vez que fizemos aquilo na casa dele, quando eu desenhara na pele dele, eu não voltara a sentir mais nada?

Nem pensar, eu não era tão patética assim. Mas o meu corpo me delatou.

Algo mudou na expressão dele, não sei se foi alívio, mas ele hesitou: voltou a se ajoelhar ao lado da cama, me puxou para perto e começou a traçar círculos com a língua sobre a parte mais sensível da minha anatomia. Gemi de modo audível, e isso o incentivou a continuar.

Ele parecia tão necessitado quanto eu. Seu dedo voltou a entrar em mim, dessa vez com mais cuidado, e, em vez de dor, senti alívio. A pressão foi ficando mais forte, a boca dele continuava trabalhando, a mão dele subiu pela minha barriga até invadir o meu sutiã e apertar o meu seio com força.

Tudo era demais... Era tempo demais sem aquilo, emoções demais reprimidas, estímulos demais... Minhas costas se descolaram da cama e gritei sem nem sequer conseguir me controlar. O orgasmo acabou com tudo, me levou até às nuvens e me deixou em chamas como o fogo do inferno.

Nicholas continuou me acariciando até que senti dor com o contato, e ele se afastou para deixar que me recuperasse. Eu consegui, e bem rápido. Precisava de mais, e ele também, já que começara a se acariciar com a mão direita, com os olhos cravados nos meus e a expressão dura de quem quer ceder mas não pode. Não íamos transar naquela noite, mas eu não pretendia deixá-lo daquele jeito. Então me levantei, o puxei e o obriguei a se sentar. Ele estava ofegante, e não me importei de assumir as rédeas da situação daquela vez.

Tomei distância e me ajoelhei entre suas pernas, sem tirar os olhos dele.

— O que vai fazer? — ele me perguntou com a voz rouca. Não havia mais volta, entramos naquele jogo de paixão, amor e ódio simultâneos, e não sairíamos dele tão facilmente.

Não respondi e comecei a fazer algo que nunca tinha feito.

Não sabia muito bem como proceder, mas ele parecia estar gostando. Abri os olhos e o procurei com o olhar. Isso pareceu deixá-lo maluco. Em seguida, ele me segurou pelos cabelos e começou a fazer um movimento contínuo com a mão.

— Nossa...

Ele não me deixou terminar. Ele me afastou dele e me puxou para me jogar na cama. Depois se esfregou em mim, e, em seguida, a mão dele assumiu o controle, e comecei a imitá-lo. Os olhos dele ardiam em direção ao meu corpo e notei um segundo orgasmo ameaçando me fazer perder os sentidos.

Gozamos ao mesmo tempo com os olhos cravados um no outro, mal nos tocando, simplesmente nos encarando e nos perguntando como havíamos chegado àquele ponto.

Adormeci em sua cama, mas abraçada a um travesseiro, não junto dele, que, ao acabar, simplesmente foi para o banheiro, tomou um banho e saiu do quarto.

Imagino que os minutos de perdão tenham chegado ao fim, e a verdade é que eu não estava em condições de pensar a respeito. Tinha os sentimentos à flor da pele e só queria fechar os olhos, fechá-los e não pensar no que tinha acontecido, porque, se o fizesse, me daria conta de que tudo esteve nublado por um véu de frieza, que não, não houvera amor, apenas alívio carnal. Havíamos deixado que nossos sentimentos e emoções se escondessem em um lugar inalcançável de nossas almas para permitir que nossa versão mais primitiva viesse à tona.

Eu teria gostado que o Nicholas me abraçasse com força, que me apertasse em seus braços e me dissesse que tudo ficaria bem. No entanto, ele apenas se afastou, e não tive forças para ir atrás dele.

Deixei o sono e o cansaço assumirem o controle, fechei os olhos e me deixei levar.

15

NICK

Eu me arrependi no exato momento em que saí do quarto. Acabei sucumbindo, caindo na tentação, voltando a morder o fruto proibido, e as consequências certamente seriam terríveis.

Meu coração doía, se é que isso era possível. A dor era tão forte e tão profunda que precisei me obrigar a me manter longe dela. Eu me tranquei no escritório, tentei fingir de todas as maneiras que a Noah não estava na minha cama, tentei me esquecer daquele corpo nu, daquelas mãos suaves me acariciando, da boca dela me dando prazer… Ela fizera tudo de um jeito tão gostoso que chegou a me dar raiva.

Será que tinha treinado com outros caras?

Aquele pensamento mexeu comigo. Não importava que, na cama, estivesse parecendo a mesma de sempre… A mesma Noah pura que eu conhecera tinha dormido com outra pessoa mesmo estando comigo. Imagina então o que devia ter feito estando solteira?

A Noah nos braços de outro homem… Que merda, eu precisava sair dali, precisava me esquecer da sensação de tê-la sob o meu corpo, da suavidade de sua pele, da doçura de seus beijos.

A fragrância dela ainda me impregnava, mesmo depois de ter tomado banho. De repente, o apartamento pareceu pequeno, e meu corpo só parecia querer entrar naquele quarto para terminar o que ficara pela metade.

Vesti uma calça esportiva, uma camiseta branca da Nike e tênis, e saí para correr no Central Park. Eram quase cinco da manhã, mas já havia pessoas se exercitando na rua. Não enrolei muito, nem me preocupei em me aquecer, simplesmente corri, corri e desejei com todas as minhas forças que, ao chegar em casa, a Noah já tivesse ido embora, que cumprisse com o que eu havia pedido e desaparecesse da minha vida.

Será que eu realmente queria isso? Sim. Era a única coisa que estava clara para mim. Estar com ela era muito doloroso e eu não tinha forças para perdoar o que ela fizera, simplesmente não conseguia.

Cheguei em casa duas horas depois, e tudo parecia idêntico a antes. Entrei no meu quarto e voltei a encontrá-la entre os lençóis.

Ela estava adormecida de bruços, um lençol a cobria apenas pela metade, e as costas dela à mostra imploravam para que eu as acariciasse até despertá-la. Eu a beijaria, faria amor bem devagar com ela, e depois tomaríamos café da manhã em uma das melhores cafeterias da cidade. Eu lhe compraria chocolates, mostraria os lugares lindos que a cidade parecia esconder e, finalmente, quando ela já estivesse cansada de turistar, voltaríamos para casa e eu me perderia novamente entre as pernas dela, fazendo-a gritar o meu nome até ficar sem ar.

Tive que dar um tapa no rosto para cair na real: nada daquilo iria acontecer, estava tudo acabado desde a noite que descobrira que ela esteve nos braços de outro homem.

Fui para o banheiro e tomei um banho gelado. Ao sair, vestindo só uma calça cinza de pijama, eu a encontrei sentada, com as costas apoiadas na cabeceira e o lençol bem preso a suas mãos, cobrindo qualquer indício de nudez. Ela me observava com dúvida nos olhos, como se não tivesse ideia do que fazer. Eu me agachei e peguei a camiseta branca que tinha jogado no chão. Depois a joguei na direção dela.

— Coloca sua roupa — ordenei, tentando soar tranquilo e ao mesmo tempo me controlar.

Noah pareceu hesitar e, ao olhar em seu rosto, para seu cabelo despenteado e aquela boca que eu queria morder com força, me obriguei a sair do quarto. Fui direto para a cozinha, peguei o celular e liguei para o Steve. Ele havia se mudado para Nova York e estava morando em um prédio não muito distante dali. Meu pai insistira para que, de agora em diante, ele trabalhasse para mim, e fiquei feliz por ter alguém de confiança para cuidar de mim.

— Preciso que você a leve embora daqui — disse, notando o desespero na minha voz.

Steve respirou fundo do outro lado da linha, e soube que ele faria o que eu estava pedindo. Ele me devia isso. Não deveria nem tê-la levado para o meu apartamento, para começo de conversa.

Encerrei a chamada, fiz café e, um minuto depois, ela apareceu na cozinha. Não tinha se vestido, pelo menos não com as roupas dela. Estava usando a minha camiseta branca, que nela chegava até os joelhos, mas parecia ter passado pelo banheiro, já que seu cabelo não estava mais tão despenteado e seu rosto parecia ter sido lavado, sem rastros dos beijos da véspera.

— Liguei para o Steve vir te buscar — comuniquei a ela enquanto me servia de uma xícara de café. Estava tentando falar com calma, como se aquilo fosse o que ela esperava de mim, como se mandar embora a pessoa pela qual um dia fui apaixonado fosse a coisa mais normal do mundo.

— Não quero ir embora — ela respondeu, sussurrando. Eu a observei, analisando como ela mudara depois do nosso término. Estava tão magra... perdera tanto peso que tinha ficado até com medo de machucá-la naquela noite que passamos juntos. Ela não era mais a Noah de quem eu me lembrava, a menina valente que sempre batia de frente comigo, que tornava a minha vida muito mais interessante.

As brigas com ela sempre tinham sido brutais, mas naquele instante... parecia haver um cachorrinho assustado à minha frente, e isso só me deixava ainda mais irritado.

— O que você está planejando, Noah? — perguntei, assumindo um tom de voz gélido. Eu não queria chegar ao ponto de me descontrolar e liberar toda a raiva acumulada que sabia haver dentro de mim, mas precisava fazê-la entender que nada iria mudar. — Não tem nada que você possa falar nem fazer para mudar o que aconteceu. A noite foi muito legal, mas o que a gente fez eu consigo com qualquer outra, não quero continuar brincando com você.

— Você ainda está apaixonado por mim — ela afirmou, dando um passo à frente. Ela tinha a intenção de me tocar, e por isso me afastei, sentindo nojo de mim mesmo, nojo por não ter me controlado na noite anterior. Não queria dar falsas esperanças a ela, não era a minha intenção.

— Eu já fui apaixonado por você — eu a corrigi, com calma. — Já *fui*, Noah, no passado. Você me traiu, e sei que alguns casais conseguem superar isso, mas você me conhece o suficiente para saber que não sou igual às outras pessoas.

— E eu sou? — ela rebateu, abraçando-se quase de maneira involuntária. — Não dá para fingir que o que aconteceu há algumas horas não mexeu com você como mexeu comigo... Eu vi isso nos seus olhos, Nicholas, vi nesta noite e vi no dia do casamento da Jenna: você continua sentindo algo por mim, continua...

— O que você quer que eu te fale, Noah? — exclamei, furioso. Na verdade, não estava furioso com ela, mas comigo, furioso por não ter conseguido me conter, furioso pela minha fraqueza, não apenas um momento, mas dois; furioso por não saber fingir que não sentia nada por aquela garota, apesar de me esforçar tanto. — É óbvio que você sabe brincar disso melhor do que eu.

Noah pestanejou sem entender.

— Não estou de brincadeira, eu só quero...

Ela não terminou a frase, e nem precisava, porque eu sabia perfeitamente o que ela queria de mim.

— Você tem que ir embora — falei, alguns segundos depois. Peguei a xícara que estava na minha frente e me virei para deixá-la na pia, uma desculpa para não ter que continuar olhando para o rosto da Noah.

— Como você consegue? — ela me perguntou, então, e seu tom de voz me fez virar para encará-la de novo. Uma faísca de ira dera as caras naqueles olhos cor de mel. — Como consegue continuar com a sua vida? Porque eu não consigo!

Aquilo era ridículo. Eu nem tinha mais vida, minha vida consistia em uma avalanche de trabalho sem fim que não deixava espaço para o amor. Eu era feliz daquela maneira, sem tanta carga emocional. O amor era uma merda: eu me entregara por amor e olha só o que tinha acontecido.

Sabia que se quisesse afastá-la de mim, de uma vez por todas, teria que fazê-la entender que nada ia mudar. Se eu quisesse vê-la saindo pela porta para nunca mais voltar, precisava ser duro, teria que colocar o dedo na ferida.

Olhei fixamente para ela, e algo que até então me havia passado despercebido chamou a minha atenção: ela estava usando a correntinha de prata que eu lhe dera de presente quando fizera dezoito anos.

Eu me aproximei, sem tirar os olhos dela. Minha mão foi até a nuca dela e encontrou o ganchinho quase sem esforço. Perdida no meu olhar, a Noah não se deu conta do que eu fizera até que me afastei segurando a correntinha a coloquei no bolso de trás da calça.

— Me devolve! — ela pediu, incrédula, sem entender muito bem o que eu tinha feito.

Apertei a mandíbula com força.

— Que merda. Você tem que parar de se apegar a algo que não existe mais.

— Me dá essa correntinha, Nicholas — ela insistiu, com os dentes cerrados.

— Pra quê? — perguntei, então, elevando o tom de voz e a deixando sobressaltada. — Por que diabos você continua usando isso? Está querendo mexer nas nossas lembranças? Ou me deixar abalado? Não está funcionando.

Noah pestanejou várias vezes, surpresa com minhas palavras, e depois empurrou o meu peito com força.

— Quer saber por que estou usando isso?! — ela gritou, furiosa. — Simplesmente porque me lembra de você — disse. — Não gostou de ouvir essa? Mas é a porra da verdade! Tenho saudades de você!

Eu não queria ouvir a verdade, pelo menos não aquela, não queria me sentir culpado, não queria admitir em voz alta que eu também estava com saudades dela... Maldição, não queria aceitar que também doía em mim lhe tirar algo que eu dera de presente para ela se lembrar de mim para sempre, um gesto com o qual tentara demonstrar quanto eu a amava.

Precisava acabar com aquilo de uma vez por todas.

— Estou com outra pessoa — anunciei, cravando meus olhos nos dela.

Noah ficou congelada no lugar, e a ira de antes foi aos poucos abandonando seus olhos profundos enquanto ela assimilava minhas palavras lentamente. Ela pareceu perdida por alguns segundos, mas depois recuperou a voz.

— O que você... o que está querendo dizer?

Fechei os olhos e, cansado, passei a mão pelo rosto. Será que eu precisava fazer aquilo? Era mesmo necessário? Precisávamos nos machucar ainda mais?

Sim, pelo visto.

— Estou em um relacionamento, Noah. Um relacionamento com a Sophia.

Minhas palavras pareceram a apunhalar no peito, diretamente no coração. Os olhos dela se arregalaram ao ouvir aquele nome e ela me olhou como se tivesse sido traída, como se eu tivesse sanado todas as dúvidas dela.

Minhas mãos coçaram de vontade de abraçá-la enquanto falava que era tudo mentira, mas não podia fazer aquilo, precisava colocar um ponto-final naquela história e era melhor que fosse rápido, sem dar margem para dúvidas.

Ela baixou o olhar e o deixou ali, no espaço que havia entre nós dois. Estava amanhecendo lá fora, e os primeiros raios de luz inundaram o lugar, levando com eles a escuridão das mentiras e as sombras do que tínhamos feito horas antes. O dito estava dito, não dava para voltar atrás. Quando ela voltou a olhar para mim, vi que estava arrasada.

— Sempre foi ela, não é? — A voz dela falhou três vezes... e o meu coração mais umas três. Fiquei com raiva ao ver a facilidade com que ela acreditou na minha mentira. Será que não demonstrei o suficiente o quanto a amava? Era tão fácil acreditar naquilo e tão difícil saber que, para mim, só me importava ela, e mais ninguém?

Apertei os punhos com força.

— Sim — disse em alto e bom som. — Estou apaixonado pela Sophia desde que a conheci, desde o instante em que ela apareceu na minha frente. Ela é bonita, inteligente, temos gostos e ambições em comum. Desculpa, Noah, mas com ela tudo é mais fácil. Não existe drama, não existe problema. A Sophia é uma mulher, não uma menina.

O sarcasmo estava tão evidente... evidente até demais, qualquer um que estivesse ouvindo teria percebido.

Bom, menos a Noah, pelo visto. Ela cerrou a boca e pestanejou para manter os olhos livres das lágrimas.

— Durante todo esse tempo... — respondeu, dando um passo na minha direção, na intenção de me empurrar. Não conseguiu, mas foi uma tentativa inofensiva de me fazer voltar ao normal. Agora, refletindo sobre o momento, acho que foi nesse instante que terminamos o que nós dois tínhamos começado: estávamos destruídos, destroçados... e a única maneira de resolver tudo foi descartada.

— É melhor você ir — adicionei, com as últimas forças que me restavam.

Ela nem sequer olhou para mim, só passou por mim e foi embora, desaparecendo em direção ao meu quarto.

Depois disso, só me certifiquei de que o Steve a deixou mesmo no hotel.

SEGUNDA PARTE

SUPERAÇÃO... OU ALGO PARECIDO

16

NOAH

Dá para dizer que eu tinha sido trouxa, burra... ou melhor, que a pouca autoestima que me restava não era o suficiente para me ajudar a seguir adiante. As palavras do Nick, no entanto, me pegaram de jeito. Acreditei nelas sem titubear.

Depois da viagem a Nova York, não saí do quarto até o dia em que tive que ir para o aeroporto. Voltei para o meu apartamento me sentindo a pessoa mais estúpida e infeliz da face da Terra.

Nick e Sophia... Sophia e Nick... Que merda, como doía pensar naquilo, como doía pensar que ele me enganara por tanto tempo. Eu não era burra, sabia que o Nicholas tinha me amado, não havia dúvida quanto a isso: nem o melhor ator do país poderia fingir tão bem sentir o que ele havia sentido por mim, mas era muito fácil imaginá-lo se apaixonando pela Sophia.

Cheguei em Los Angeles destroçada, sim, mas também calejada. Ter passado todo o ano sem ter visto o Nick até o casamento me deixara esperançosa, eu acreditava que, se nos víssemos de novo, ele não ia conseguir continuar ignorando o que sentia por mim. Eu fizera de tudo, mas depois entendi que não havia mais a fazer.

Quando entrei no meu apartamento, vi que havia uma chamada perdida da minha mãe. Sem dúvida, ela queria saber se eu chegara bem. Mesmo sabendo que ela não iria me perguntar, também tinha certeza de que ela queria verificar se reencontrar o Nick depois de tanto tempo não tinha me destroçado de novo.

Recuperar a relação com a minha mãe não tinha sido nada fácil. Nos meses que se seguiram ao término, eu não tive apenas que encarar que o Nick me havia deixado, mas também precisei lidar com uma situação familiar desfavorável. Naquela noite, a noite da grande festa dos

Leister, descobri verdades que mudaram minha maneira de ver as coisas e a forma como eu enxergava a minha mãe, detalhes que me levaram até a odiá-la com todas as forças.

Voltar a falar com ela foi difícil. No início eu não queria vê-la, me neguei veementemente a deixá-la entrar no meu apartamento. Se não fosse pela ajuda da Jenna, não sei como teria saído daquele fundo do poço no qual me enfiara. Alguns meses depois de o Nick ter ido embora para Nova York, decidi atender a uma ligação dela, e, depois de horas conversando, acabou me explicando sua versão da história. Ela contou que a relação dela com o William começou quase por acidente. Quando eu tinha apenas seis anos, ela trabalhava em um hotel e as coisas com o meu pai já estavam começando a desandar. Um dia pediram que levasse a refeição de um dos hóspedes, algo que não fazia parte das atribuições dela, mas uma das funcionárias estava doente, e minha mãe precisou cobrir algumas funções. Acontece que o hóspede era o William, um William Leister com treze anos a menos, com o mundo nas mãos, rico, bonito e atraente. Bastava olhar o Nick para imaginar com o que a minha mãe deve ter-se deparado. Naquela época, ela tinha só vinte e quatro anos, nunca havia estado com outra pessoa além do meu pai, de quem engravidara ainda muito jovem. Ela não pôde aproveitar a juventude, precisou assumir responsabilidades muito cedo na vida, logo que ficou sabendo que ia ter um bebê. Quando o William começou a flertar com ela, seu mundo virou de cabeça para baixo. Ela nunca tinha ouvido coisas tão bonitas, nunca tinha ganhado flores... O meu pai era um babaca, isso ele sempre foi, mesmo antes de perder o juízo de vez.

Desde então, os dois passaram a viver uma aventura, e o William só ficou sabendo da minha existência e da do meu pai seis anos depois. Os dois tinham um caso, mas o William achava que só ele estava num relacionamento extraconjugal. Eles se viam pouco, só quando ele viajava para o Canadá, e os encontros eram praticamente só para... bom, dá para imaginar.

Na noite do dia D, quando ligaram para ela avisando que eu estava no hospital, com uma hemorragia, o William descobriu tudo o que a minha mãe havia escondido dele. As marcas das agressões que sofria, ela disfarçava com maquiagem: o meu pai nunca a acertava no rosto, ou pelo menos disso ela conseguia se safar, tudo para que ninguém descobrisse o que acontecia dentro da nossa casa, e a minha mãe sempre pedia para o William apagar todas as luzes.

Foi um choque para ele, algo inimaginável, descobrir que a mulher que o deixava doido — que tinha mexido com ele, a mulher pela qual ele daria tudo — era casada, tinha uma filha e ainda por cima era agredida pelo desgraçado do marido...

A partir de então, tudo se complicou. Minha mãe perdeu a minha guarda na justiça, e a culpa a deixou num estado terrível. Além dos maus-tratos que ela sofrera, ainda por cima não deixaram que ela cuidasse de mim... Ela desistiu de tudo, do William e do mundo, começou a beber, tanto que precisou passar por um processo de desintoxicação que foi pago pelo William. Depois de meses de tratamento, meses em que ela esteve em uma clínica, permitiram que ela recuperasse a minha guarda.

Minha mãe nunca mais quis ver o Will, nunca mais, foi o que ela disse. Ela não voltaria a cometer o mesmo erro. A partir daquele momento, jurou viver por mim e para mim.

— Nunca consegui me perdoar pelo que aconteceu naquela noite, Noah — minha mãe confessou com a voz abatida. — O seu pai nunca tinha encostado em você, e eu... fui idiota, estava cega com o amor que sentia pelo Will, que naquela época era a única coisa, além de você, que me fazia seguir em frente. A gente se via tão pouco, e quando nos encontrávamos eu me sentia tão feliz, me sentia tão especial... tão viva. O William ia ficar só aquela noite na cidade e eu precisava vê-lo... precisava tanto quanto precisava de ar.

Naquele dia, enquanto apertava o celular contra a orelha, não pude deixar de pensar que o relato da minha mãe descrevia a mesma coisa que eu sentia pelo Nick. Eu a compreendi, compreendi pelo menos essa necessidade dela de fugir, e também percebi que não deveria castigá-la: ela sempre estivera do meu lado, sacrificara-se para que eu pudesse estudar e ter uma vida melhor.

No fim das contas, eu a perdoei, tive que fazer isso, ela era a minha mãe. Não era como se a relação tivesse melhorado a ponto de voltar a ser como era antes, mas pelo menos voltei para casa, comemos juntas, chorei... chorei bastante, ela me abraçou e se desculpou, e também disse que sentia muito pelo que acontecera com o Nick. Eu me convenci de que tudo o que vivera com o Nicholas havia sido real, os problemas e a falta de confiança podiam ter separado a gente, mas tudo tinha sido de verdade.

Deixei as malas sobre a cama e busquei a correntinha que me servira de âncora por tanto tempo. Quando lembrei que ela não estava mais comigo, deixei minha mão pender ao lado do meu corpo com pesar.

No fim das contas, eu precisava seguir em frente. Ele já tinha conseguido.

Os meses subsequentes foram melhores do que o esperado. A faculdade, as aulas e o trabalho me deram outras coisas em que me concentrar. Não ouvi mais falar do Nicholas, pelo menos não em primeira mão, porque a notícia de que Nicholas Leister estava saindo com a filha do senador Aiken não tardou a sair nas páginas de alguns jornais.

Vê-los juntos, de mãos dadas, foi bem difícil. Como não sentir dor? Mas também ajudou a transformar minha tristeza em rancor, dando lugar a um frio distanciamento. Me convenci de que seria melhor assim, de que já não me importava nem um pouco... obviamente estava me enganando, mas foi o que me ajudou a passar pelos dias e semanas. Assim era mais fácil.

Num piscar de olhos, o feriado de Ação de Graças foi chegando, e, depois de pensar muito, falei para minha mãe que iria para casa, já que a havia frustrado muito no ano anterior. Partiria no dia seguinte para a casa do William, um trajeto de pouco mais de uma hora, tempo que eu passaria ouvindo música e fazendo contas para saber o que precisava pagar no fim do mês e como ia fazer para comprar o livro novo que estavam pedindo na matéria de direito. Por sorte, não tinha que pagar pelo apartamento. Havia me recusado a deixar o William continuar pagando o meu aluguel e comecei a procurar um lugar novo, mas a proprietária me informou que as contas do ano estavam quitadas: a Briar, ou melhor, os pais dela, pagaram dois anos adiantado e não pediram o dinheiro de volta quando ela saiu de lá, então consegui ficar no lugar dela e não demorei a conseguir uma nova colega de apartamento. Apesar de a questão da moradia estar resolvida, pelo menos por enquanto, o fim do mês estava próximo. Tinha arranjado um trabalho em uma cafeteria do campus, mas dois dias antes meu chefe me informara que não renovaria o meu contrato. Outro bar abrira a duas quadras do local e perdemos muitos clientes. Precisavam cortar gastos e eu tinha sido a última a chegar.

Então eu ia precisar começar a me mexer, e sem demora.

Como ia passar o fim de semana na casa da minha mãe e do Will, peguei uma mala pequena do armário e, distraidamente, fui enfiando algumas roupas nela. Eu não ia me arrumar muito e, se fosse necessário, usaria o que tinha ficado no meu armário por lá. Também coloquei na mala os livros de direito, já que teria uma prova logo depois do recesso e ia precisar estudar, mesmo que a contragosto. Eu odiava aquela matéria, não sabia se era porque ela me lembrava do Nicholas ou só porque memorizar leis não era a minha praia, mas, meu Deus, era um assunto que acabava com o meu bom humor! Infelizmente, era uma matéria obrigatória, abordando principalmente direitos autorais e direitos de imagem, coisas assim, e aguardava ansiosamente pelo dia que pudesse esquecer de todas aquelas besteiras que eu poderia descobrir facilmente no Google caso precisasse delas no futuro.

Como eu não tinha mais usado aquela mala desde o casamento da Jenna, nos Hamptons, não estranhei encontrar algumas coisas jogadas nela, como uma escova de dentes que achava ter perdido, umas calcinhas pretas de renda, minha máscara de cílios à prova d'água e, para a minha surpresa, um cartão com o nome do Lincoln Baxwell. Ali dizia que ele era advogado, publicitário e gestor de comunidades.

Eu lembrava dele. Era um dos amigos da Jenna que estivera no casamento e fora bastante simpático. Se eu não estava enganada, me dera o cartão dele para o caso de eu querer trabalhar no setor algum dia. Meu Deus, eu não estava acreditando. Eu me esquecera por completo da proposta dele, principalmente porque o Nicholas acabou se aproximando da gente e soltando um comentário inapropriado que me obrigou a sair de perto dos dois.

Não fazia ideia de que tipo de trabalho ele poderia oferecer para uma universitária de dezenove anos como eu, mas não custava nada tentar. Olhei para o meu relógio no pulso e vi que já estava tarde para ligar, então decidi que faria isso no dia seguinte, a caminho da casa do Will — se o mundo não me odiasse tanto quanto parecia, eu poderia conseguir um trabalho antes do que imaginava.

Na manhã seguinte estava fazendo muito frio, e o ar quente do meu carro não era nada de outro mundo. Minha mãe insistira muito para eu voltar a usar o meu Audi, mas não me sentia confortável. Dissera que o carro tinha sido um presente, que ele era meu e que eu não queria usá-lo por puro orgulho. Talvez ela tivesse razão: o meu carrinho já estava nas últimas e eu não teria condições de comprar um carro novo. Então decidi aproveitar a viagem para fazer a troca. No fim das contas, era verdade que fora um presente, e o carro estava lá parado, sem uso, e, fala sério, era um Audi.

Já na estrada, quando achei que era um momento oportuno, decidi ligar, nervosa, para Lincoln Baxwell. De início o telefone só chamou várias vezes, e, quando eu estava quase desligando, uma mulher me atendeu dando bom-dia.

— Bom dia, eu gostaria de falar com o Lincoln Baxwell, por favor. Sou Noah Morgan, enteada de William Leister — falei em voz baixa. Não estava acostumada a usar o nome do Will para dar carteiradas, mas, nas condições em que me encontrava, não ia perder a oportunidade.

— Um segundo, por favor.

O senhor Baxwell me atendeu alguns minutos depois.

— Perdão pela demora, é a Noah, certo? — Baxwell se desculpou de maneira amigável e educada, um comportamento compatível com a atitude que tivera na festa. Fiquei com vergonha de falar o motivo da minha ligação, mas ele me dera o cartão dele por algum motivo, né?

— Bom dia, senhor Baxwell. Sim, é a Noah Morgan, nos conhecemos...

— No casamento da Jenna Tavish, sim, sim, eu lembro, você é a irmã postiça do Nicholas Leister, não é?

Fechei os olhos por um segundo.

— Sim, sou eu mesma — afirmei, com um pouco de repulsa.

"Vamos lá, Noah, fica calma".

— Como posso ajudá-la?

Era chegado o momento de mendigar, se é que posso chamar assim.

— Estou ligando justamente porque no dia em que conversamos, no casamento, eu me interessei muito por aquele projeto que você mencionou... LN... — E então veio o momento de ficar em dúvida.

— LRB — ele me corrigiu amavelmente.

Que merda, eu não podia pelo menos ter memorizado aquele nome? Sem dúvida ele ia me achar uma tonta.

— Sim, perdão, LRB. Pois bem, na verdade, eu aceitaria com prazer a sua oferta para trabalhar em uma empresa importante prestes a abrir as portas. Tenho pouca experiência fora do campus e queria conhecer várias áreas antes de decidir no que me especializar...

O que eu queria ficou claro, né?

O senhor Baxwell gostou da ideia e pareceu encantado.

— Sem problemas, Noah, vou mexer alguns pauzinhos e pedir para a minha secretária te ligar. Estou surpreso com a sua ligação, mas será um prazer ter você na equipe, com certeza você é uma menina trabalhadora. Peço que mande para a minha secretária um comprovante de matrícula, os horários das suas aulas e todas as referências que tiver. O meu setor é essencialmente comercial, preciso de uma boa equipe que esteja disposta a facilitar a minha vida, então se você for boa em lidar com papelada podemos encontrar algo para você fazer por algumas horas ao dia sem atrapalhar as suas aulas na faculdade, tudo bem?

Eu estava quase gritando de alegria, meu Deus, foi tão fácil que ficou difícil de acreditar! Claro, eu poderia ter pedido esse favor para o Will, mas era melhor daquele jeito. Além do mais, foi o Baxwell quem me dera o cartão.

Eu me despedi depois de agradecê-lo pela oportunidade e quase bati no carro da frente, que parou num semáforo fechado, de tão distraída e feliz que fiquei.

Não estava mais desempregada!

17

NICK

Fiquei olhando para a tela do meu computador, sem saber muito bem o que sentir, considerando que tudo aquilo me parecia uma loucura completa.

Era um e-mail da Anne, assistente social da Maddie, no qual ela me explicava que, tendo em vista que não havia nenhuma dúvida sobre a real paternidade da minha irmã, e dando seguimento às ações legais que meu pai tomara contra a minha mãe pelo fato de ela ter ocultado essa informação dele durante anos, a guarda da Maddie agora ficaria com meu pai. As visitas que eu tinha marcadas com ela estavam todas canceladas e, a partir de então, eram meus pais quem me dariam ou não permissão para vê-la. Os mesmos pais que mentiram para mim, para mim e para a minha irmã, fazendo-a acreditar que o pai dela era outra pessoa e depois contar a ela que tudo o que achava ser verdade até então era uma mentira tão gigante quanto a casa dela em Las Vegas.

Eu fiquei feliz quando soube de tudo aquilo, droga, claro que fiquei feliz, minha irmã enfim era minha de verdade, por inteiro, nada de meia-irmã. Sempre odiei pensar que, por ela ter um pai diferente, não éramos irmãos por completo, odiava os horários de visita e a cara feia do Grason sempre que eu levava a Maddie comigo. Era óbvio que agora as coisas seriam muito mais fáceis, ou pelo menos era o que eu achava.

Minha irmã não entendeu nada. Nas poucas vezes que o meu pai foi visitá-la, ela só chorou e chorou até ficar sem ar. Ela não queria ir embora com um desconhecido, não queria sair da casa dela, não queria saber do novo pai.

Respirei fundo, levando a mão à cabeça. Naquele momento, eu era o intermediário entre a Maddie e o meu pai, que parecia ter perdido todo o trato com crianças pequenas. Na verdade, ele nunca teve muita paciência, era só ver a relação que tinha comigo. O que me surpreendeu mesmo foi o esforço e a determinação que ele demonstrava para ganhar o afeto dela.

Meu pai não hesitou um instante sequer em fazer tudo que estava ao seu alcance para conseguir a guarda compartilhada, e para que ficasse bem claro que Madison Grason agora seria Madison Leister. Ainda havia algumas pendências... talvez muitas pendências, mas quem mais estava sofrendo era a Mad e isso me deixava bem irritado.

O pai dela, quer dizer, o cara que foi chamado de pai dela durante mais de cinco anos, simplesmente tirou o corpo fora, não queria saber nada nem da minha mãe e nem da menina que vira crescer. O filho da puta não quis nem participar do processo de adaptação pelo qual a minha irmã teria que passar. Tivemos que explicar de uma maneira muito delicada, mas bem clara, que ele na verdade não era o pai dela, e que agora ela teria um novo pai que a amava muito. O que normalmente acontece nesses casos é que o pai não biológico luta pela guarda da criança que pensava ser sua, ou pelo menos se esforça para continuar fazendo parte da vida dela por todo o tempo necessário. Mas não foi isso que aconteceu, e a minha irmã só repetia que queria o pai, o pai dela de verdade, e que não entendia por que o pai não a amava mais e a dera de presente para um outro pai.

Minha irmã estava irritadiça e deixara de ser aquela menina adorável e sempre sorridente para se tornar uma menina magoada e ressentida com todos.

A minha mãe tinha se mudado para a cidade, deixara Las Vegas e estava morando em um bonito apartamento no centro, e a Maddie não estava conseguindo se adaptar a tantas mudanças. Eu era a única pessoa que ela queria ver, e era para mim que ela ligava tarde da noite para conseguir dormir. Ela estava assustada, não gostava da casa nova, falava que os brinquedos já não eram os mesmos, que os amigos dela estavam longe e que não queria ir para a nova escola horrível: ela queria vir morar comigo, sim, era isso que ela me falava sempre que conversávamos.

— Quando você vem me buscar, Nick? — ela me perguntava, fazendo biquinho. — Quando vamos andar de roda-gigante? Quando o papai vai voltar? Quando a mamãe vai voltar ao normal?

As perguntas dela me machucavam e ao mesmo tempo me deixavam bravo, porque por meio delas eu entendia como a minha mãe a deixara desamparada. Claro, não faltava nada a Maddie, ela tinha o que comer e estava com saúde, mas e todo o resto?

Continuei lendo o e-mail em que a Anne dizia que meu pai pedira para a Maddie passar o dia de Ação de Graças com ele e sua família. O juiz deixara que eles decidissem onde ela passaria os feriados, e a minha mãe aceitou. Depois a Anne se despediu de mim, declarando que, a partir daquele momento, não haveria mais visitas e que, se eu tivesse qualquer dúvida em relação a minha irmã mais nova, deveria falar com o meu pai. Ele também me mandara um e-mail pedindo, por favor, que eu passasse o feriado na casa dele. Dissera que a Maddie ia se adaptar muito melhor com a minha presença e que precisávamos fazer o melhor possível pensando nela.

Sinceramente, eu não pretendia passar nenhuma festividade naquela casa. Para mim, aqueles banquetes em família, os encontros e outros eventos já não faziam mais sentido. Por que me sentaria à mesa com alguém que mentira para mim durante anos, com a mulher que causara o divórcio dos meus pais e fizera minha mãe me abandonar?

Nada disso. Além de tudo, ir àquele lugar só me causava dor, não apenas por causa das lembranças de infância, mas também graças a eventos ainda mais dolorosos que superavam as recordações mais antigas.

Para mim, aquela casa significava ver a Noah por todos os lados: descendo a escada de pijama, ou então com vestidos bonitos e sandálias de salto, e quando chegasse ao fim dos degraus, ela se jogaria nos meus braços para nos beijarmos de maneira apaixonada... a Noah na cozinha tomando café da manhã, a Noah no quarto dela, dormindo, na primeira vez que estive lá e percebi que, ao vê-la, o meu coração acelerava... a Noah na minha cama, nua, na primeira vez que fiz amor com ela, na primeira vez que fizemos amor, nós dois, porque também foi uma primeira vez para mim, a primeira vez que amei de verdade.

Não tinha muitas notícias dela, só sabia o que o Lion me contava de vez em quando, mas tinha certeza que ela sabia de mim. Como não saber, já que eu tinha me tornado o alvo de todos os fotógrafos, que não paravam de nos perseguir.

Eu não saíra nas malditas revistas só por causa do meu relacionamento com a Sophia, mas também pelas demissões na minha empresa. Em muitos jornais, fui chamado de uma pessoa ruim e sem coração, o que somado a tudo pelo que eu estava passando, estava me deixando muito estressado.

Sempre soube que tocar o negócio não seria fácil, algo tão grande quanto a empresa do meu avô nunca seria fácil de administrar, mas agora que as informações estavam ao alcance de todos, agora que as pessoas pareciam saber sobre absolutamente tudo... era da intimidade que eu mais sentia falta: queria fazer minhas coisas sem que as pessoas se intrometessem, publicassem matérias ou fizessem comentários. Sim, precisei demitir muitas pessoas; sim, tive que fechar duas empresas, mas também abri outra, para a qual muitas pessoas seriam realocadas em menos de um mês, uma empresa que geraria muito mais empregos no futuro, com salários muito melhores do que recebiam por causa de problemas de escassez de recursos e má gestão.

O difícil era explicar isso para quem só quer dar uma boa manchete.

Eu me afastei do computador. No dia seguinte, ligaria para o meu pai para falar que passaria o feriado por lá. Que outra opção me restava? A minha irmã era a pessoa mais importante da minha vida naquele momento, a única pessoa que merecia o meu melhor. Eu precisava cuidar dela e tentar fazê-la confiar nos adultos.

Maddie já estava ficando grandinha, com sete anos e meio, e era capaz de entender melhor as coisas: estava cada vez mais inteligente, e não dava para a enrolar com sorvetes e brinquedos. Tudo pelo que ela passara naqueles últimos meses deixara marcas, fazendo com que amadurecesse cedo demais e transformando-se em alguém que tem receio de confiar nos outros.

Saí do escritório e fui pegar um copo d'água. Já era tarde e eu estava bem acordado, precisava fazer algo. Entrei no meu quarto uns minutos depois e fiquei olhando para as costas da Sophia, que estavam à mostra. Ela já deveria ter ido embora... a primeira regra era que não dormiríamos juntos, uma regra que parecia mais difusa a cada dia. Eu me sentei no pequeno sofá que havia diante da cama e a observei: seu cabelo escuro no meu travesseiro, suas curvas sob os lençóis brancos de seda... Ela era muito bonita e decidida até demais, mas de uma maneira bem agradável... não era um terremoto que acabava com tudo que estivesse a seu alcance, parecia mais alguém que mexia com tudo usando as palavras, argumentos e enormes sorrisos sedutores.

Eu gostava dela, claro que gostava, afinal não era tonto. Uma mulher alegre, vinda de boa família, inteligente, decidida e muito boa de cama. Nesse aspecto, estávamos quase no mesmo nível: às vezes eu assumia o controle, e às vezes era ela quem me dominava.

Sophia seria uma namorada perfeita, uma companheira de vida perfeita, o tipo de mulher que está sempre disponível, que ajuda e dá conselhos, que abraça quando é necessário e que dá beijos de tirar o fôlego. Também seria uma boa mãe, uma mãe trabalhadora, claro, o tipo de mãe que matricula os filhos na melhor escola, que se certifica de que estejam sempre bem cuidados, bem-vestidos e muito saudáveis, o tipo de mãe que sabe de tudo mas que ao mesmo tempo não sabe de nada, o tipo de mãe que chega tarde, quando as crianças já estão dormindo, e vai cobri-los e dar um beijo de boa-noite neles antes de poder descansar.

Sophia era tudo isso e muito mais… mas ela não era a Noah.

18

NOAH

Cheguei à casa do Will umas onze da manhã, a tempo de tomar alguma bebida saborosa e bem quente no café da manhã. Minha mãe saiu para me receber, enrolada em um xale de crochê que imaginei que seria mais caro do que parecia. Estava loira e com o cabelo mais curto do que da última vez que a vira, mais ou menos na altura dos ombros, e os olhos azuis dela me olharam com carinho e esperança quando saí do carro e me aproximei para dizer oi. Subi a escada e deixei que ela me abraçasse.

Fazia uma eternidade que eu não voltava àquela casa, mais especificamente, desde antes do término com o Nick. Nesse meio-tempo, eu e minha mãe só nos encontramos no meu apartamento ou em algum restaurante bonito. As lembranças do Nick me perseguiam, e por isso eu evitava aquele lugar com todas as minhas forças.

Agora, teria que passar dois dias na companhia da minha mãe e do marido dela, mas pelo menos eu podia ficar tranquila em relação à possibilidade de o Nick aparecer para confraternizar com a gente: ele odiava aquele lugar. Era uma luta fazê-lo aparecer por lá inclusive antes, quando estávamos juntos. Nicholas não passaria o Dia de Ação de Graças com o pai dele. Melhor para mim.

Entrei na cozinha, onde o Will conversava amigavelmente com a Prett. Ela me abraçou com um sorriso afável e ele também sorriu, se aproximou e me deu um abraço que me pareceu muito mais aconchegante do que eu esperava. Não conseguia deixar de pensar no que a minha mãe me contara sobre ele. Apesar de ser a pessoa com quem a minha mãe traía o meu pai, ele soubera cuidar muito bem dela e o fizera em um momento muito sombrio. Não gostava nem de imaginar o que poderia ter acontecido com a minha mãe se o William não a tivesse internado naquela clínica de reabilitação.

O mais provável era que ela continuasse cambaleando pela vida, tentando seguir adiante depois que, após tantos anos de maus-tratos, perdeu a guarda da filha. Eu certamente teria passado muito mais tempo em abrigos e talvez nunca conseguisse voltar a morar com ela.

Passamos a manhã inteira colocando o papo em dia. Ainda não queria contar para ninguém que tinha sido despedida, não queria ver minha mãe revirando os olhos nem o Will tentando me convencer a simplesmente me concentrar nos estudos, reafirmando que para ele seria um orgulho me ajudar financeiramente.

Então conversamos sobre outras coisas e, quando acabaram os assuntos banais, um comentário do Will chamou bastante a minha atenção.

— Tive que batalhar muito para que a minha filha pudesse passar o feriado comigo e, quando enfim consigo, percebo que não tenho nem ideia de como ganhar a confiança dela.

"Ahh... A Maddie, que droga. Será que ela ainda era um assunto delicado?" Olhei para a minha mãe, que parecia relaxada, muito mais relaxada do que naquela maldita noite em que todas as verdades vieram à luz ao mesmo tempo.

— A Maddie vai passar o feriado aqui? — perguntei, meio como quem não quer nada.

A última coisa que tinha ficado sabendo pela minha mãe foi que o Will já conseguira a guarda dela e que estavam tentando fazer a menina entender a situação.

— Já está na hora de recuperar o tempo perdido — o Will respondeu, levantando-se da mesa e sorrindo amavelmente para mim. Ele saiu da cozinha, não sem antes beijar a minha mãe na bochecha. Aproveitei para me aprofundar no assunto.

— O que está acontecendo, mãe? — indaguei, levando minha xícara de café aos lábios.

Minha mãe se sentou diante de mim e suspirou.

— O William está se sentindo culpado por tudo o que aconteceu. Ele quer organizar a vida dele de uma vez por todas... Agora está tudo de pernas para o ar, acho que ninguém gostaria de descobrir, de uma hora para outra, que tem uma filha de sete anos com a louca da sua ex-mulher.

Arregalei os olhos um pouco surpresa. Minha mãe falou com um tom que nunca a vira usar, pelo menos não na minha frente. Sabia que para ela tinha sido um golpe duro. Nos anos que se seguiram ao que aconteceu comigo, o relacionamento dela com o William não estava às mil maravilhas. Na verdade, viraram um casal bastante instável: eles se encontravam, discutiam, chegaram a terminar várias vezes. No entanto, descobrir que, nesse meio-tempo, ele engravidara a ex-mulher foi um golpe do qual ela nunca ia se recuperar.

— E você, como está? — perguntei, sentindo um pouco de pena dela.

— Quando tem criança envolvida, é sempre tudo uma merda — respondeu. Ela devia estar péssima para usar aquele vocabulário. — A menina não entende absolutamente nada, o Will sempre fez todo o possível para conquistá-la durante todas as visitas, mas ela não quer saber de nada.

Coitada da Mad... tão pequena, tão doce, tão linda. Eu me lembrava de todas as vezes em que acompanhei o Nick até Las Vegas para buscá-la. Nick sempre se comportava como um autêntico pai perto dela: ele a adorava, era sua filhinha, a única pessoa com a qual parecia ter uma paciência infinita. Deve ter sido horrível para ela ficar sabendo que o pai não era o pai dela de verdade. Como será que se conta isso para uma criança? Como se explica? Até para mim era complicado... Então algo se passou pela minha cabeça, uma conclusão bastante lógica e que deixou todos os meus sentidos em alerta.

— Mãe, o Nick não vai...?

Senti um nó na garganta ao ver a minha mãe erguer os olhos da mesa em busca dos meus. Será que tinha percebido como estava aos poucos entrando em um pânico doloroso?

— Pode ficar tranquila, o Nicholas odeia vir pra cá. Sei que o William o convidou para passar o feriado aqui, como em todos os anos, mas duvido que ele aceite.

A resposta dela não me convenceu, ainda mais considerando que a irmã dele estava envolvida.

— Quantos dias a Maddie vai ficar aqui? — perguntei, tentando acalmar os batimentos enlouquecidos do meu coração.

— Vai passar o fim de semana.

O Nick com certeza iria... e para ficar. Que merda, eu ia reencontrá-lo.

O Dia de Ação de Graças amanheceu frio e chuvoso. O céu estava muito nublado, e fiquei triste ao perceber que o sol não ia dar as caras em um dia como aquele. No Canadá, o Dia de Ação de Graças era comemorado em outubro, não em novembro, então havia mais chance de o clima estar razoavelmente bom. Eu acordei cedo, cedo até demais, vesti um roupão bem quentinho, cor de lavanda, e calcei minhas pantufas.

Minha mãe comentou que muitas pessoas viriam, e que entre os convidados estaria um casal de amigos do Will com seus filhos pequenos. "Pelo menos a Maddie vai ter com quem brincar", pensei.

Ela não chegara a confirmar que o Nick ficaria por lá, então tentei me convencer de que ele chegaria, deixaria a irmã para trás e iria embora com sua nova namorada para cuidar de seus superprojetos de megaempresário.

Fui para a cozinha tomar café da manhã e encontrei a Prett bastante atarefada. Ela estava dando uma olhada no peru, que, como eu bem sabia, precisava ficar algumas horas no forno. No balcão da cozinha havia batatas, ervilhas, temperos e todo tipo de alimentos, já separados para serem preparados.

— Oi, Prett — eu a cumprimentei com um sorriso, me sentando diante dela e sentindo aquele aroma tão delicioso.

A cozinheira limpou as mãos no avental e sorriu para mim de modo afetuoso. Eu sempre soube que ela gostava de mim, apesar de ficar do lado do Nicholas nas nossas brigas. Havia recorrido a ela muitas vezes para reclamar dele, principalmente durante os primeiros meses de namoro. A Prett era cozinheira dos Leister fazia muitos anos, desde que o Nick era criança, e o conhecia muito bem. Ela chegava até a mimá-lo, o que de vez em quando me tirava do sério.

— Precisa de ajuda?

Eu não me importava de cozinhar. Pelo contrário, até gostava, principalmente em dias especiais como aquele. Inicialmente, ela disse que não precisava, que daria conta de tudo, mas eu insisti e duas horas depois estávamos as duas superatarefadas, descascando batatas, fervendo água para fazer o purê, abrindo a massa para fazer a torta de abóbora com maçã, dentre muitas outras coisas.

A manhã passou voando e quando estava quase tudo pronto a Prett serviu taças de sidra para brindarmos pelo trabalho bem-feito junto com salgados de queijo maravilhosos: nós duas merecíamos, tínhamos cozinhado como verdadeiras profissionais.

Quando fui ver que horas eram, me levantei de um salto da banqueta. Se quisesse ficar apresentável antes que os convidados chegassem, era melhor me apressar. Então, me despedi da Prett, prometendo que voltaria para dar uma última ajuda com o peru quando terminasse de me arrumar.

Como eu estava com cheiro de comida e temperos, me dei ao luxo de encher a banheira e colocar na água sais com as fragrâncias de limão e de manga que eu tanto adorava. Enquanto o nível da água ia subindo, fui dar uma olhada nas minhas roupas para escolher algo para vestir. Encontrei uma saia cor de vinho, levemente rodada, que se amarrava na cintura com duas faixas pretas. Era bonita e a combinei com uma blusa clara, ajustada ao corpo e com botõezinhos nas costas.

Quando desci, vi que a minha mãe já estava recebendo o primeiro casal de convidados e seus filhos, gêmeos de oito anos, os dois com o cabelo loiro penteado para trás e usando bermudas e gravatas azul-claras. Tinha uma lembrança vaga dos pais deles, talvez de outras festas. Supus que eram muito amigos do Will, porque a minha mãe os recebeu com entusiasmo. Eu também devia conhecê-los, já que eles vieram me cumprimentar de modo caloroso. Forcei um sorriso que não se apagou até que foram todos para a sala, onde estavam os outros convidados. Naquele instante, a campainha voltou a tocar e, para fugir deles, fui abrir a porta sem nem pensar.

Quando a abri, vi aqueles olhos cor de gelo profundos se cravarem nos meus. Fiquei paralisada, sem falar nada, só o observando como uma menina tonta e assustada. Senti uma infinidade de emoções contraditórias — anseio, desejo, rancor, amor — tomando conta do meu peito e me deixando sem palavras.

Fazia mais de três meses desde a última vez que nos vimos, mas cheguei a suspirar ao lembrar de maneira vívida de tudo o que fizemos naquela última noite. Senti calor só de pensar naquilo, e logo me policiei para bloquear qualquer pensamento não recomendado para menores de dezoito anos.

Que droga.

Ele estava incrível... Vestindo uma calça jeans escura e uma camisa branca, com os dois botões de cima abertos, e calçando All Star cinza. A expressão dele foi de surpresa: estava claro que ele não esperava me ver ali de jeito nenhum.

Estava junto da irmã, que já batia na cintura do Nick. A mãozinha dela ficava escondida em meio à mãozona dele, e o corpinho daquela menina de sete anos estava coberto por um vestido cinza de tartã com listras vermelhas e brancas. Calçava sapatos de verniz pretos e usava uma faixa vermelha na cabeça, combinando com o vestido.

Toda essa minha análise durou apenas alguns segundos, porque quando a Maddie me reconheceu, soltou a mão do Nick e pulou nos meus braços.

— Noah! — ela gritou animada, abraçando as minhas pernas e rodeando minha cintura com os bracinhos dela.

Por um instante, meus olhos se encontraram com os do Nick, que já havia trocado a expressão inicial de espanto por uma máscara fria e impassível. Minhas mãos foram automaticamente para os cabelos bem-penteados da Maddie e me esforcei com afinco para deixar de olhar para ele.

— Oi, linda! — eu a cumprimentei, notando como ela crescera desde a última vez que a vira. Aquela menina ia ser uma verdadeira musa quando ficasse mais velha, e agora que eu sabia que ela também era filha do Will, conseguia enxergar certos traços que compartilhava com Nick e que, erroneamente, achei que tivessem puxado da mãe... Agora não havia dúvida, aqueles olhos enormes e cílios quilométricos eram características do Will, com certeza. A mãe do Nicholas era loira demais para ter aqueles cílios, e apostava que os dela eram postiços.

Maddie se desgrudou das minhas pernas e, com um sorriso, ficou olhando de mim para o Nick, como se estivesse esperando por algo.

Fiquei tensa quando o Nick deu um passo à frente, colocando uma de suas grandes mãos na minha cintura enquanto os lábios dele pousaram sobre a minha bochecha. Foi um beijo fugaz, um leve triscar na minha pele, mas que me deixou arrepiada.

— Feliz Dia de Ação de Graças, Noah — ele disse enquanto se afastava.

— Feliz Dia de Ação de Graças, Noah! — a Maddie gritou em seguida, dando pulinhos e agarrando a minha mão com força.

E eu logo entendi: o Nick não queria que a irmã mais nova percebesse o que se passava entre nós, mais especificamente como ele mal conseguia olhar para mim sem fazer careta de tanto desgosto. A Maddie nos havia visto muitas vezes juntos, visto como o Nick me abraçava, como me beijava, como dávamos risada... O Nick falou diversas vezes para a Maddie que nós duas éramos as garotas dele, suas garotas preferidas, e que ele nos amava loucamente.

Agora havia tensão no ar, assim como frieza. De fato, aquele beijo que ele me dera tinha sido completamente falso e forçado. Não fazia ideia se a menina ia perceber, mas se ele estava esperando que eu o tratasse como antes, estava muito enganado. Franzi a testa, brava. Não pretendia fingir nada na frente dela, não iria passar por aquilo. Nicholas me machucara, sim, e eu fizera o mesmo com ele, mas pelo menos os meus sentimentos sempre estiveram muito claros.

“Desculpa, Noah, mas com ela tudo é mais fácil. Não existe drama, não existe problema. A Sophia é uma mulher, não uma menina.”

Apertei os lábios com força e lancei um olhar cheio de veneno para ele. Depois forcei um sorriso e puxei a Maddie para dentro da casa.

Nicholas entrou atrás de mim, tirou sua jaqueta preta e a deixou no mancebo. Ao entrar, a Maddie já não parecia tão alegre, e a carinha dela se transformou em uma careta que ia do medo ao desgosto. Eu me ajoelhei ao lado dela para pegar sua jaquetinha vermelha. Estiquei o braço para entregá-la para o Nicholas, que a pegou e a pendurou junto com a jaqueta dele.

Então o Will e a minha mãe apareceram no *hall*. O Nick se aproximou da Maddie, que ficou entre nós, escondendo a cabecinha atrás do meu corpo. De repente, ela ficou nervosa e tímida.

— Oi, Maddie! — a minha mãe a cumprimentou, aproximando-se da gente. — Eu sou a mamãe da Noah. Posso ver esse vestido lindo que você está usando?

Ao ouvir que ela era a minha mãe, a Maddie ergueu os olhinhos na minha direção e eu sorri com tranquilidade, tentando incentivá-la a sair do esconderijo.

— Você é a mamãe da Noah? — ela perguntou, olhando para a minha mãe de cima a baixo e se aproximando um pouco, com curiosidade.

— Sim, sou a mãe dela, e também sou casada com o seu papai, o Will — ela respondeu enquanto ele chegava mais perto. O nervosismo do Will era perceptível. Eu nunca o vira daquele jeito e imaginei que aquele fim de semana seria muito importante para ele.

Maddie ergueu os olhinhos azuis para o pai e depois fez um biquinho.

— Ele não é o meu papai.

A voz dela foi taxativa. Nossa, com apenas sete anos ela já conseguia congelar quatro adultos com suas palavras! Então o Nick decidiu intervir. Ele se inclinou, pegou a Maddie nos braços e começou a fazer cócegas nela. A pequena se distraiu e começou a dar risada.

Enquanto isso, o Will pareceu se recuperar do choque da rejeição tão descarada da filha e forçou um sorriso.

— Vamos comer! — propôs alegremente. — Temos comida para um exército, então espero que todo mundo coma até explodir!

Fomos todos para a sala, onde estavam os outros convidados. Maddie pareceu se alegrar ao ver que havia dois meninos para brincar com ela, saiu correndo na direção do trenzinho de brinquedo que o Will tinha arranjado para as crianças e se sentou para olhar como os dois faziam para brincar. Percebi que o Will não conseguia tirar os olhos da Maddie e me perguntei o que ele faria para ganhar a aceitação de sua filha.

Estava a prestes a segui-la para me sentar com as crianças quando o Nick me segurou pelo cotovelo e me guiou de volta para o *hall*, me afastando do grupo.

— Você vai passar o fim de semana aqui? — ele me perguntou, e notei por sua expressão que ele também não estava gostando da ideia de ficarmos juntos de novo sob o mesmo teto.

— Vou embora na segunda, tenho uma prova de direito na quarta — expliquei, como se ele fosse se interessar. O certo era que agora que ele estava outra vez na minha frente, não conseguia parar de pensar nas últimas palavras que compartilhamos e nas fotos que vira dele com a Sophia. A raiva que eu sentia por dentro, e que tentara enterrar em algum lugar bem fundo, ressurgiu impedindo que eu mantivesse o controle.

— Tinham que ter me avisado — ele disse, mais para si do que para mim.

Aquilo me irritou. Ele não era o único incomodado com aquela situação.

Comecei a andar, querendo me afastar dele, mas ele voltou a me segurar pelo braço. Odiei aquele contato e me desvencilhei com força. Parei na frente dele e vi que ele me observava de maneira estranha, entre envergonhado e bravo.

— Antes de entrar na sala... — ele começou a falar, sem olhar nos meus olhos. — Quero te falar que a minha irmã não sabe nada do nosso término.

Bem como eu tinha previsto.

— Você não contou para a sua irmã que não estamos mais juntos? — eu o acusei, me agarrando à raiva que sentia.

— Ela é só uma criança, não entenderia.

Olhei para o teto, bufando.

— E qual é o seu plano, Nicholas? Que a gente finja que nada aconteceu? Acho que já tentamos fazer isso e não deu muito certo.

Que merda, eu não deveria ter mencionado nosso encontro acalorado de Nova York, mas não estava me referindo exatamente ao que fizemos. O Nicholas desviou o olhar quase involuntariamente para o meu corpo antes de subir os olhos para o meu rosto, o que o deixou ligeiramente alterado, mas ele tentou esconder ao passar a mão no cabelo.

Quando voltou-se outra vez para mim, parecia um pouco nervoso e preocupado.

— Sei que não deveria te pedir isso, mas não quero contar pra ela, pelo menos não agora, já que os pais dela acabaram de se separar e ela precisa se adaptar à nova família... — Eu me acalmei um pouco ao vê-lo tão preocupado. A angústia era perceptível nos olhos dele e eu sabia o motivo: a irmã mais nova, aquela menina adorável, estava sofrendo. — A Maddie é louca por você, ficou perguntando de você o tempo inteiro e eu só...

— Omitiu a verdade. — Terminei a frase por ele.

— Uma maneira bonita de dizer que menti para ela, mas sim — ele disse, com um leve sorriso.

Observei os lábios dele... Não lembrava da última vez que ele sorrira para mim e por um instante me perdi naquele sorriso.

— Não quero que a gente fique fingindo nada, tá bom? É só a gente se dar bem nesse fim de semana, pela Maddie e por nós mesmos. Prometo que não vou me comportar como um babaca.

Mordi o lábio, nervosa. "A gente se dar bem." Será que seria possível?

Não sabia se ia conseguir fazer o que ele estava me pedindo. Não quando o simples fato de olhar para ele me causava tanta dor, uma dor que só crescia ao saber que ele estava apaixonado por outra e que mentira para mim. Eu me afastei dele e me virei para observar a sala. Maddie estava sozinha, deslocada, em meio a uma família que mal conhecia, e me lembrei de mim mesma logo que cheguei naquela casa.

— Tudo bem — falei, evitando o olhar dele. — Vamos nos dar bem. Pela Maddie.

Ele quis me falar algo, mas dei as costas com a intenção de me afastar.

Ao voltar para a sala, percebi que, apesar de nossa conversa ter sido no *hall*, o Will e minha mãe notaram nossa ausência e estavam nos observando, nervosos com relação ao nosso estado de ânimo. Ignorei os olhares questionadores deles e me apressei em me sentar à mesa, onde a Prett já estava servindo a comida. Nick fez o mesmo e se virou para a irmã que, durante aqueles minutos da nossa ausência, tinha começado a chorar.

— Não me deixa aqui sozinha, Nick — ela pediu, enquanto ele a pegava no colo.

— Eu só precisava falar com a Noah, pequena, mas já estou aqui. Quer comer batata? — ele disse com carinho.

Observei o Nick esperar pacientemente que a menina comesse. Ele secou as lágrimas das bochechas dela com dois beijos suaves, o que me lembrou das vezes nas quais ele beijara todas as minhas lágrimas antes de colocar os lábios dele sobre os meus. Ele dizia que meus lábios ficavam macios quando eu chorava... Como se tivesse lido meus pensamentos, ele ergueu os olhos e me fitou. Senti um nó na garganta e desviei o olhar para o prato. Fiquei brincando com a comida e, quando trouxeram a sobremesa, só consegui beliscar a torta de abóbora com maçã, que estava uma delícia.

Depois de comer, voltamos todos para a sala. Assim que passamos pela porta, a Maddie saiu correndo para começar a brincar com o trenzinho. Nick se sentou em um dos sofás enquanto o Thor, o cachorro dele, se aproximava para ganhar carinho atrás das orelhas.

Sem aviso prévio, o N, nosso gatinho, que já tinha crescido e se transformado em uma enorme bola de pelos, e que não podia ficar comigo no apartamento porque minha nova colega era alérgica, pulou no colo do Nick, fazendo o Thor grunhir irritado. Os dois não eram melhores amigos, mas pelo menos se toleravam. Nick pareceu surpreso ao ver o N por lá, e juro que vi culpa nos olhos dele quando se encontraram com os meus. No fim das contas, aquele era o nosso gato, e ele o abandonara.

— Meu Deus... O que você fez com o verdadeiro N? — ele disse franzindo a testa, enquanto o gato perambulava ao redor dele, ronronando sem lembrar que aquele era o nosso inimigo em comum.

Traidor!

Maddie largou o trenzinho e foi correndo brincar com o gatinho. Fiquei feliz de saber que ela teria um bichinho como companhia agora que ia passar mais tempo naquela casa. Nick olhou para mim, mas, antes que ele conseguisse falar ou perguntar alguma coisa, eu saí da sala rumo à cozinha. Não queria ter que explicar por que eu também perdera o N.

Dez minutos depois, eu já estava de avental, conversando amigavelmente com a Prett na cozinha enquanto a ajudava a secar a louça. Apesar de tudo, estava rindo com uma história de quando o Nicholas era criança.

— Um dia ele teve a brilhante ideia de encher o bolso de gafanhotos, dezenas de pequenos gafanhotos. Quando fui dar banho nele e ele tirou a roupa, os malditos bichinhos fugiram e, pulando, invadiram o banheiro, entrando até na água da banheira. Eu e o Steve demoramos quase três horas para tirar os bichos de casa. Por sorte, quando o senhor Will voltou do trabalho, o menino já estava na cama, alimentado e exausto. Eu me lembro até que o senhor Will me parabenizou por estar fazendo um bom trabalho de tentar domar aquele pequeno monstro. Se ele soubesse...

Dei risada imaginando um pequeno Nick, com grandes olhos azuis e cabelo bagunçado, vestindo shorts e caçando gafanhotos para a próxima travessura. Eu tinha certeza absoluta, e por isso colocaria a mão no fogo, que a intenção dele tinha sido justamente aquela: chamar a atenção da Prett e do Steve.

Ouvi uma tosse atrás de mim e nós duas nos viramos, sobressaltadas. Ali estava ele, apoiado na parede e sem tirar os olhos de mim. Parei de rir quando o vi, mas a Prett continuou sorrindo e balançando a cabeça.

— Contando as coisas que eu aprontava, Prett? Roupa suja se lava em casa, em particular. Você deveria ter vergonha.

— Eu e o Steve que ficávamos sujos sempre que você voltava da rua, isso sim — ela disse, se virando para continuar lavando a louça.

Estava hipnotizada pelo olhar dele... Lá estava eu, meio molhada de sabão, com o cabelo preso de qualquer jeito em um coque malfeito enquanto ele se dedicava a me olhar, pensativo.

— Você pretende voltar? As pessoas já estão querendo saber por onde você anda.

"As pessoas ou você, Nicholas?", pensei em perguntar, mas me contive e tirei o avental.

— Meu Deus, não posso perder tanta diversão — respondi com sarcasmo, me aproximando da porta e dele.

De repente, um grito agudo ressoou em toda a casa. Nicholas se apressou para desviar de mim e foi direto para a sala, comigo atrás dele.

— Nós somos mais velhos que você, então vamos brincar primeiro! — um dos gêmeos falou para a Maddie, que tinha os pequenos punhos apertados dos dois lados do corpo.

Primeiro ela olhou para o Nick, e depois para o Will, como se estivesse querendo ver se os adultos estavam ouvindo tamanha injustiça.

— Esse trem é do meu pai, então eu vou brincar primeiro! Não é, Will?

William ficou olhando para a Maddie como se as palavras que saíram da boca dela não tivessem sido reais. Eu e o Nicholas olhamos para a Mad surpresos e minha mãe sorriu de onde estava, perto da lareira. Então foi a vez de o Will fazer algo e, com aquela elegância tão característica, ele se aproximou dos meninos e se ajoelhou ao lado deles, ficando na altura da Maddie e sorrindo para ela com carinho.

— Esse trem era meu, eu brincava com ele quando eu era bem pequeno, e depois o Nick brincou com ele, então, levando em conta que você ainda não conseguiu aproveitá-lo, chegou a hora de ele ir para outra pessoa. Você vai cuidar bem do trem, Maddie? Ele é praticamente uma relíquia familiar, só quem é da família Leister pode brincar com esse trem.

Maddie parecia enfeitiçada pelas palavras do Will e o escutava com atenção. Depois da pergunta, ela assentiu com seriedade.

— Então, meninos, o trem é da minha filha, vocês vão ter que esperar se ela quiser brincar primeiro, mas sei que a Maddie é uma menina muito boa e que gosta de compartilhar, não é?

Will se levantou e a Mad ergueu os olhos para observá-lo. Ela assentiu e depois se virou para os gêmeos, que pareciam bastante irritados.

— Vou deixar vocês olharem, mas nada de encostar! — ela esclareceu, muito decidida.

Quase todo mundo na sala começou a dar risada.

A tarde passou sem incidentes, as crianças brincaram juntas sem problemas e o Nick foi para o escritório com o pai para falar sobre a empresa, de maneira que fiquei conversando com minha mãe e a amiga dela. Estávamos imersas no papo quando, de repente, ouvimos uma batida de porta e gritos do outro lado do corredor.

— Porra, não tenho que te dar mais explicações além do que já falei no conselho! — Ouvi o Nick protestando. — Você acha mesmo que eu queria fazer isso? Mas não tive outra opção! O problema é que ninguém teve a coragem de tomar essa decisão, e agora você está bravo porque o sobrenome Leister vai ficar associado a isso.

O silêncio tomou conta da sala quando o Nick e o pai dele apareceram no meio de uma discussão.

— Você devia pelo menos ter me consultado, é algo muito arriscado. Não, Nicholas, escuta aqui! — o Will gritou ao ver que seu filho abria a boca para interrompê-lo. — Se isso não der certo, você vai levar a empresa à falência!

Pai e filho se fulminaram com os olhos e o barulho das crianças brincando com o trenzinho tirou os dois da bolha em que estavam. O Nicholas parecia a ponto de explodir, eu o conhecia muito bem... A maneira como ele apertava os punhos e olhava para o pai, como se estivesse pronto para devorá-lo. Depois, notando que eu o observava, ele me lançou um olhar gélido, daqueles que faziam as minhas pernas ficarem bambas, e não estou falando de nada sexual.

— Já passou da hora de você confiar em mim — o Nicholas disse, depois deu as costas para todos e saiu da casa, batendo a porta. Olhei para o canto da sala e vi a Maddie com os olhos arregalados na nossa direção.

Não fazia a mínima ideia de como eles chegaram àquela discussão, mas também não estava interessada em presenciar mais nada, muito menos receber olhares que não merecia. Fui para o canto e peguei a Maddie no colo.

— Quer conhecer o meu quarto, Mad?

A menina assentiu, mesmo sem deixar de olhar para a porta pela qual o irmão dela desaparecera momentos antes. Sorri para os convidados que continuavam lá e subi a escada com a Maddie pendurada em mim.

— Você mora aqui, Noah?

— Eu morava, pequena... morava.

19

NICK

Saí da casa do meu pai e fui para um dos muitos bares da orla. Com o tempo ruim, eu tinha certeza de que estariam desertos, e o que eu mais precisava naquele momento era ficar sozinho.

Não esperava a aprovação do meu pai ao contar o que planejava fazer com a empresa, mas também não imaginava que ele ia bater de frente comigo. Desde que assumira o negócio, percebi, depois de muitas reuniões, gráficos e cálculos, que havia várias pequenas empresas do conglomerado que já deviam ter sido vendidas havia muito tempo. Elas só estavam dando problemas e gerando lucros ridículos. Inicialmente, quase ninguém se opôs à minha decisão de colocá-las à venda: queria me livrar delas e, com o dinheiro obtido, abrir uma nova empresa com uma visão mais moderna e um enfoque diferente. A maioria das empresas da corporação funcionavam perfeitamente bem, eram geridas pelos melhores profissionais do país, e um dos meus trabalhos no início foi visitar grande parte das empresas para garantir que estavam em conformidade com a política geral dos Leister.

Pois bem, depois de meses trabalhando e após convencer o conselho, decidimos colocar à venda todas as empresas que davam mais prejuízo do que lucro, o que não só causaria inúmeras demissões, mas também possibilitaria a abertura de uma nova empresa de marketing e telecomunicações que reorientaria a estratégia econômica da Leister Enterprises para uma direção ainda inexplorada.

Tinha sido uma decisão difícil mas acertada, no fim das contas, e era horrível ver que o meu pai não conseguia confiar em mim e que, ainda por cima, achava que eu levaria a empresa à ruína. Eu conseguia lidar com os membros do conselho sem problemas, mas uma coisa era enfrentá-los sendo o chefe, e outra muito diferente era enfrentar o meu pai. E a Noah ainda tinha presenciado parte da discussão, o que me deixou com o humor ainda pior.

Pedi um uísque e virei a dose. Aquele almoço idiota tinha sido pior do que eu imaginava.

Paguei a conta e decidi que precisava voltar. Não deveria ter ido embora, não deveria ter deixado a Mad para trás, mas, ainda que fosse difícil de admitir, eu sabia que a Noah estaria cuidando dela e que minha irmã ficaria bem. De todas as pessoas que eu conhecia, a única para a qual eu confiaria os cuidados da minha irmã seria a Noah. Nem no meu pai eu confiava.

Noah... Não sabia se a trégua que tínhamos combinado fora um erro. Era muito mais fácil ignorar o que eu sentia por ela estando bravo. Falar com ela do jeito que fizemos naquele dia, como pessoas adultas, era perigoso demais.

Às vezes... muitas vezes mais do que gostaria de admitir, eu me imaginava perdoando-a, me via esquecendo tudo o que acontecera, tudo o que fizemos, e tentando visualizar como seria a nossa vida a partir de então. Mas, ao fazer aquilo, a lembrança do motivo do nosso término voltava a me atormentar e tudo se apagava, deixando apenas o ódio com o qual eu havia me acostumado naquele último ano.

Maldita Noah... Ela tinha estragado tudo!

Quando cheguei na casa do meu pai, percebi que já era muito mais tarde do que achava. As luzes estavam apagadas e um silêncio sepulcral reinava em toda a casa, menos na sala, cuja luz iluminava ligeiramente a entrada.

Tirei a jaqueta, deixei minha chave na entrada e fui para lá. Noah estava sentada no chão, com as costas apoiadas no sofá. Ela trocara de roupa e usava um suéter bem confortável, o cabelo preso em um coque frouxo e óculos de armação preta. Estava imersa na leitura, e ao redor dela havia alguns livros abertos espalhados. Percebi que o fogo da lareira estava se apagando.

— O que está fazendo? — indaguei em voz baixa, entrando na sala.

A Noah se assustou e ia responder, mas se manteve em silêncio quando me aproximei e peguei o livro que estava entre as pernas dela.

Direito da comunicação e da publicidade, volume I.

— Estudando — ela respondeu com frieza.

Eu a fitei e analisei a sua expressão. Não queria que ela se sentisse incomodada com a minha presença. Eu sabia que naquele dia ela tinha me tolerado por causa da Maddie e que provavelmente o melhor para nós dois seria passarmos o mínimo de tempo possível juntos, mas naquele momento eu só precisava que a Noah fosse a Noah.

— Entendi... Você está indo assim tão mal? — perguntei, dando as costas para ela e colocando mais lenha na lareira. Eu me inclinei para me certificar de que o calor não estava concentrado no meio. Noah tinha colocado os pedaços de lenha muito separados, e assim nunca conseguiria um fogo grande o suficiente para esquentar a sala. Quando as chamas aumentaram, estralando e liberando um calor abrasador, eu me levantei, sacudi as mãos e olhei para ela, que me observava com atenção.

Percebi que ela estava com as bochechas vermelhas por causa do calor. A verdade é que não estava tão frio, mas a Noah era muito friorenta. Eu me lembrava do inverno que passamos juntos e de como ela se grudava em mim debaixo dos cobertores para esquentar os pés gelados na minha pele, que sempre parecia estar muito quente, principalmente quando ela estava por perto.

— Bastante — ela disse, voltando a olhar para os livros. — Só para você saber, a Maddie está dormindo na minha cama, caso você suba e não a encontre.

Assenti enquanto me aproximei do sofá ao lado dela e me sentei. Noah estava no chão, mas, ainda assim, a distância que nos separava era suficiente para nos olharmos nos olhos.

— Obrigado por cuidar dela — falei, mantendo a distância.

Noah olhou para mim com cautela, como quem se aproxima de um cachorro grande que pode ser carinhoso ou rosnar e morder.

— De nada. Na verdade, foi o Will quem colocou o pijama nela e depois contou uma historinha...

Assenti enquanto observava absorto como as bochechas dela ficavam vermelhas sob o meu olhar.

— Depois tentaram levá-la para dormir no novo quarto dela — ela prosseguiu, e eu me inclinei um pouco para a frente, distraído com o jeito como os lábios dela se moviam. — Mas ela insistiu que queria dormir comigo, e ficou perguntando muito de você. Você não deveria ter ido embora.

— Eu precisava pensar — me expliquei, prestando atenção em algo que tinha passado despercebido até então: na bochecha esquerda dela, perto do olho, havia uma cicatriz esbranquiçada, reta, como se tivesse se cortado com algo. — O que foi isso na sua bochecha? — perguntei e a surpreendi quando estiquei o braço para pegar no queixo dela e olhar melhor para a cicatriz.

Que maldição!

Noah ficou arrepiada com o meu contato e se afastou, me obrigando a soltá-la.

— Não foi nada — respondeu, fixando o olhar no livro.

— Não pode não ter sido nada se deixou marca. O que diabos aconteceu?

— Eu caí — ela respondeu, dando de ombros.

— Você caiu? Onde? Da última vez que te vi, você não tinha essa cicatriz — "Ou tinha?" Eu não tinha certeza — da última vez que a vira, eu não estava nos meus melhores dias.

Noah fechou o livro e olhou para mim, um pouco exasperada.

— Tenho essa cicatriz faz mais de seis meses, então, sim, já estava com ela da última vez que te vi. Eu caí de moto, não foi nada de outro mundo, mas tive que levar uns pontos.

— Desde quando você tem uma moto?! — Eu não sabia muito bem por que ficara tão bravo de repente. Ao chegar, eu estava sossegado e tranquilo, tinha gostado de encontrá-la na sala ao entrar, mas agora... agora, nossa, estava com vontade de quebrar alguma coisa.

— Não era minha, era a moto de uma amiga. Por que você está assim?

Eu me levantei e me afastei, mas estava tão irritado que não consegui evitar dizer a primeira coisa que se passou pela minha cabeça.

— Só idiotas andam por aí de moto. A maioria dos acidentes fatais em estradas acontecem com pessoas que andam nessas merdas de motos!

Noah se levantou, apertando os lábios, e jogou o livro no sofá de qualquer jeito.

— Você tem moto!

— Eu não sou você, não sofro acidentes.

— Você está dizendo que sou uma idiota, então?

Apertei a mandíbula.

— Não anda por aí de moto, é só isso que estou dizendo — rebati, tentando me acalmar. Noah sofreu um acidente, um maldito acidente... fazia meses. Onde será que eu estava?

Longe... muito longe.

Noah pegou os livros e parou diante de mim antes de sair.

— Que pena que você não pode mais mandar em mim, né, Nick?

Eu a observei indo embora com um gosto amargo na boca.

20

NOAH

No dia seguinte, acordei mais cedo do que o normal para um feriado, mas tinha um ótimo motivo e estava animada.

Sem fazer muito barulho, me virei para a menina que estava dormindo ao meu lado, tão profundamente que a observei um pouquinho, me divertindo. Era pequena, mas se mexia mais do que um animalzinho raivoso, o que me lembrava alguém que agora mesmo devia estar dormindo bem perto dali. Seu corpinho pequeno estava atravessado na cama, ocupando quase todo o espaço, e eu mal podia me mexer.

Não queria acordar a Maddie enquanto me vestia. Além do mais, ainda não tinha amanhecido, e eu precisava acender a luz para me arrumar, então me levantei com cuidado e peguei a menina nos braços, sabendo que ela não ia fazer nada além de murmurar algo antes de voltar ao sono profundo.

As mãozinhas dela abraçaram meu pescoço e eu saí do quarto com ela pendurada em mim parecendo um bicho-preguiça. Fiquei na dúvida se seria uma boa ideia levá-la para o que seria o novo quarto dela, não queria que ela se assustasse quando abrisse os olhos e não soubesse onde estava, então parei diante do quarto do Nick. Eu podia deixá-la por lá, os dois iam dormir até mais tarde e, quando a Maddie despertasse, veria o irmão mais velho e se sentiria segura.

Abri a porta devagar, me sentindo muito incomodada por invadir a privacidade do Nicholas. Havia entrado naquele quarto centenas de vezes para dormir com ele, e depois acordávamos abraçados. Apertei os lábios e apaguei aqueles pensamentos da mente. Nick dormia profundamente, ocupando quase toda a cama e, como sempre, estava tudo um breu. Deixei a porta aberta para conseguir enxergar alguma coisa e me aproximei para colocar a pequenina perto dele. Quando a deixei sobre a cama, Maddie automaticamente virou uma bolinha, se encolhendo toda, e começou a chupar o dedo, tão adormecida como estava na minha cama, alguns minutos antes.

Mordi o lábio e de repente fiquei nervosa. Puxei o cobertor para cobri-la. Nicholas nunca sentia frio: não tinha ligado o aquecedor e o quarto estava parecendo uma geladeira.

Não percebi que o cobertor estava enrolado entre as pernas dele e, mesmo o puxando muito devagar, evitando movimentos bruscos, Nick abriu os olhos, meio adormecido. Um sorriso surgiu nos lábios dele, e fiquei parada onde estava, como se estivesse congelada.

Ele se esticou e me pegou pelo braço, me puxando para que eu me sentasse no colchão ao lado dele.

— O que estava fazendo, sardenta, me espiando? — perguntou, e, ao ouvir como ele me chamara, o meu coração disparou. Um ano, já fazia um ano desde a última vez que ele tinha usado aquele apelido carinhoso comigo.

Ele se ergueu e, sem aviso prévio, a boca dele procurou os meus lábios. Foi um beijo inocente e raro, e eu me afastei como se fosse me queimar. Foi aí que o Nick pareceu acordar de verdade, abriu os olhos, observou ao redor, viu a irmã, depois olhou para mim e suspirou resmungando um segundo depois.

— Por um instante eu achei... — disse.

— Eu sei. — Eu o interrompi.

Entendia perfeitamente o que tinha acontecido. Eu me levantei da cama com vontade de desaparecer.

— Eu só trouxe a Mad, não queria que ela acordasse sem ninguém conhecido por perto.

Nick assentiu, olhando para a pequena e depois para mim.

— Espera aí... Por quê? Aonde você vai? — indagou, livrando-se do cobertor e passando a mão no rosto.

— Tenho umas coisas pra resolver... — Eu não ia contar nada para ele, já tinha passado por isso uma vez.

Nicholas assentiu com a testa franzida e depois arregalou os olhos quando enfim entendeu o que eu estava escondendo.

— Ah, não! — ele exclamou, alto demais.

— Psiu! Você vai acordar a Mad!

Nick se levantou da cama, me pegou pelo braço e me levou até o banheiro. Fechou a porta e olhou para mim com condescendência.

— Você está doida! — soltou, escondendo como estava se divertindo.

— Me deixa! Não fica rindo de mim. É uma tradição, eu gosto de ir... Você tem que aceitar!

Nick balançou a cabeça, incrédulo.

— Você odeia fazer compras, fica implicando com a sua mãe porque ela vive comprando coisas, e quando chega a Black Friday você se transforma em uma consumista compulsiva. Dá para explicar por quê?

— Eu já te expliquei uma vez — rebati, me virando para sair, mas ele me deteve, bloqueando a passagem com o maldito corpo dele. Ele estava sorrindo... Nicholas estava sorrindo enquanto olhava para mim. Aquilo me afetou tanto que o deixei impedir minha saída.

— "É a Black Friday... As pessoas fazem compras até anoitecer, tem chocolate quente, as lojas não fecham..." — ele falou, em uma tentativa frustrada de me imitar.

Fiquei surpresa com o fato de ele se lembrar das palavras que eu tinha usado para explicar a minha obsessão pela data, ainda mais levando em conta que falara aquilo dois anos antes.

— Se você já sabe, por que pergunta? — falei, irritada. Nick negou com a cabeça, ainda sorrindo.

— Tinha a esperança de que você tivesse amadurecido e percebido o tamanho da bobagem que são essas coisas natalinas.

Mesmo que ele tenha falado brincando, não gostei de ouvir a palavra "amadurecido". Eu me lembrei do que tinha falado no apartamento dele em Nova York e senti uma fúria me dominar.

— Que tal me deixar em paz?

Saí do banheiro antes que ele conseguisse voltar a abrir a boca. Às vezes eu esquecia como ele podia ser imbecil.

Meia hora depois, desci para a cozinha, vestindo uma calça jeans e um suéter largo branco. Queria ficar confortável: a Black Friday era uma loucura e eu era especialista em encontrar os melhores descontos.

Apesar do horário, cinco minutos depois de ter me servido de uma xícara de café, Nick e Maddie apareceram na cozinha, os dois de pijama e despenteados. Nick carregava Mad em um dos ombros e a pequena dava risada quando ele ameaçava derrubá-la. Ao me ver sentada por lá, Madison obrigou o irmão a colocá-la no chão e foi correndo se sentar do meu lado. Eu a ajudei a subir na cadeira enquanto Nick ia na direção do café.

— Eu quero o mesmo que a Noah! — ela pediu, dando pulinhos e apontando para o meu *donut* de chocolate.

Nick olhou para ela, franzindo a testa.

— Primeiro é melhor medir a sua glicemia, pequena — ele indicou, deixando um pequeno aparelho diante dela, em cima da mesa, perto de um copo de leite quente.

Maddie suspirou, mas fez o que o irmão pediu. Eu a observei sem acreditar que, com sete anos de idade, ela estivesse fazendo aquilo sozinha. Olhei para o Nick, que estava distraído fazendo ovos mexidos, e me vi na necessidade de fazer algo.

— Precisa de ajuda, linda? — perguntei, mesmo sem ter muito conhecimento sobre os níveis de glicemia nem nada disso.

— Eu consigo — a pequena respondeu. Pegou uma tira de uma caixinha, depois tirou um dispositivo com uma ponta para se furar, colocou-o sobre um de seus dedinhos, apertou a parte superior e, com um clique, conseguiu que uma gotinha de sangue brotasse da pele dela. Com uma habilidade incrível, a habilidade que se adquire fazendo aquilo três vezes ao dia desde o momento em que fora diagnosticada com a doença, ela passou a gotinha de sangue para a tira e a colocou na máquina. Alguns segundos depois, ela leu os níveis de açúcar em voz alta.

— Não tem mais *donuts*, Mad, mas estou vendo uns biscoitos e uma maçã que parece uma delícia — o Nick disse, pegando sua xícara de café, os biscoitos e a fruta, e sentando-se perto da irmã, que olhava para ele com cara de poucos amigos.

Eu sabia que havia mais *donuts*, e estava arrependida de ter feito aquela escolha. Não queria fazer a coitada passar vontade, então tirei o meu da mesa e o joguei no lixo.

— Não gosto desses biscoitos — ela protestou, cruzando os braços. Nick a observou, respirando fundo.

— São os que você sempre come, Madison, e você gosta deles.

— Não! — ela gritou, descendo da cadeira com a intenção de sair correndo.

Nick esticou o braço e a pegou no ar. Então Will apareceu na porta, também de pijama e olhando para o filho com cara de desgosto.

— Que gritaria é essa? — ele perguntou, olhando ao redor e se demorando alguns segundos em mim. — Por que está com essa roupa?

Revirei os olhos e desviei dele para poder pegar os ovos que o Nick tinha largado no fogo. Eu os passei para um prato e os levei para a mesa enquanto Maddie olhava para o pai com cara de assombro.

— Come o seu café da manhã — o irmão dela ordenou, sentando-a de novo na cadeira.

Will pegou sua xícara e o jornal que estava em cima da mesa e foi se sentar. Então percebeu que os três, Nick, Maddie e eu, estávamos olhando para ele com certa expectativa.

William olhou para Nick e depois para mim, que fiz um sinal na direção da Mad, e os olhos dele repousaram sobre a menina que estava sentada em frente a ele.

— Humm... — ele disse, limpando a garganta um segundo depois. — Você dormiu bem, Maddie?

A menina colocou um biscoito dentro do copo de leite, depois o levou à boca e em seguida respondeu à pergunta.

— Dormi com o Nick e com a Noah.

William se engasgou com o café e nos buscou com os olhos.

— Como assim?! — ele exclamou, deixando a xícara na mesa.

Nicholas olhou rapidamente para mim e se dispôs a explicar. William assentiu alguns segundos depois, olhando para a gente com cara de poucos amigos. De repente, senti a necessidade de sair dali.

— Estou indo — anunciei, pegando minha bolsa e deixando minha xícara na pia.

Will olhou para mim com o cenho franzido.

— Vai se meter naquele inferno de novo?

Nicholas sorriu por trás de sua xícara de café, e fiquei com vontade de jogar minha bolsa na cabeça dele.

— Sim, William, vou fazer compras e entrar naquele inferno voluntariamente porque sou masoquista, tá bom? — respondi irritada, bem no instante em que a minha mãe resolveu aparecer.

Ah, meu Deus, eu tinha esquecido como era morar naquela casa.

— Cuidado com as avalanches, Noah — ela aconselhou, passando por mim e entrando na cozinha.

Balancei a cabeça enquanto procurava a chave do carro na minha bolsa.

— Pra onde a Noah vai? — a Maddie perguntou.

— Vou fazer compras, Mad — respondi antes que alguém fizesse mais algum comentário estúpido. A pequena, cheia de animação, arregalou os olhos.

— Eu quero fazer compras! — ela gritou, surpreendendo a todos. William a observou por cima do jornal.

— Você puxou a sua mãe — ele afirmou, com os dentes cerrados, voltando para a leitura.

Dei risada, me divertindo, enquanto o Nick observava a irmã com a testa franzida.

— Você ouviu isso, Nick? Maddie quer fazer compras — comentei, feliz como uma criança.

O Nick me fulminou com seus olhos claros e se virou para a pequena.

— Não. A Mad quer ir pra praia comigo. Não é, pequena?

Maddie encheu os pulmões antes de responder:

— Não!

O doce sabor da vingança!

— Como assim, Madison? Você me falou que queria aprender a surfar!

— Eu odeio surfe! Quero ir para a Rodeo Drive!

Todo mundo começou a gargalhar, menos o Nick, que olhava para a menina como se ela tivesse se transformado em um monstrinho.

— Bom, eu estou indo — informei, saindo pela porta. Nick me alcançou um pouco antes de eu sair de casa.

— Você sabe que não vou enfrentar isso tudo sozinho, né? — ele disse, me olhando com desgosto.

— Enfrentar o quê? — perguntei, tentando não começar a rir.

— Se vou ter que passar o dia fazendo compras com uma menina de sete anos, você vai ter que ir comigo, não tenha dúvida disso.

— Eu não vou para a Rodeo Drive, vou ao Beverly Center — esclareci, dando de ombros com um sorriso nos lábios.

Nick me fulminou com seus olhos azuis, e eu aproveitei minha pequena vingança.

— Eu vou te buscar na hora do almoço, Noah, e é melhor estar por lá quando eu te ligar.

— Nicholas…

— E vai com o Steve: estacionar hoje vai ser uma loucura. Além do mais, assim voltamos todos juntos mais tarde.

— Eu quero ir com o meu carro.

— E eu queria surfar e aproveitar a praia no inverno, mas agora vou ter que sair para fazer compras por sua culpa — ele soltou, impassível.

Dez minutos depois, o Steve estava me levando para um dos maiores centros comerciais da cidade.

O Beverly Center era um shopping situado em Beverly Grove, um bairro central de Los Angeles que fica a uns dez minutos de Beverly Hills. Sim, tive que atravessar a cidade para ir para lá e ainda ia ter que me apressar para terminar minhas compras até a hora do almoço para me encontrar com o Nick e a Mad, mas a Black Friday merecia o esforço.

Como sempre, estava tudo uma loucura: lojas explodindo de tão cheias, filas que iam até a porta das lojas, crianças correndo pra lá e pra cá, chorando ou comendo coisas que espalhavam migalhas para todo lado. Homens e mulheres bem-preparados, com suas roupas mais confortáveis, entrando e saindo das lojas como se estivessem em plena temporada de caça.

Eu gostava de ir sozinha para não ter distrações. Além do mais, eu era rápida, sim, muito rápida: precisava de cinco minutos em uma loja para saber se ela teria algo que eu ia gostar ou não. Eu não perdia tempo vasculhando entre as roupas, eram as roupas que me atraíam. Se logo que eu entrasse, nada chamasse a minha atenção, eu simplesmente ia embora.

Na hora do almoço, eu já havia comprado quase todos os presentes de Natal. O celular tocou no meu bolso e vi que o Nicholas tinha acabado de me mandar uma mensagem.

Te pego na frente da Macy's em dez minutos.

Ótimo... A minha vontade de me encontrar com ele era praticamente inexistente.

21

NICK

Eu sabia que a Noah odiava fazer compras com outras pessoas, e por isso passei a manhã sozinho com a Maddie. Fomos em uma livraria, em uma loja de brinquedos e em um parquinho. Ela implorou para eu lhe comprar uma fantasia. Enquanto todas as meninas da idade dela queriam coroas e vestidos de princesa, a esquisita da minha irmã escolheu uma fantasia de tartaruga ninja. Sim, então agora eu estava no meio de Beverly Grove com uma tartaruga ninja em miniatura e várias sacolas cheias de coisas que eu nem queria comprar.

Como o meu pai tinha falado, a minha irmã tinha puxado a minha mãe.

— Onde está a Noah? — a pequena me perguntava sem parar desde que eu comentara que nos encontraríamos com ela.

— Eu queria muito saber — respondi, sentando-me do lado de fora do centro comercial e esperando que ela aparecesse logo. Steve devia estar quase chegando, mesmo com aquele trânsito maluco... não dava para parar nem em fila dupla.

Justo quando peguei o celular para ligar para ela, eu a vi aparecer. Estava cheia de sacolas e agora levava o suéter que estava usando pela manhã amarrado na cintura, exibindo uma simples blusinha de alcinhas que ia até o umbigo.

Mad saiu correndo para recebê-la enquanto eu tirava os óculos de sol e os colocava na cabeça, observando-a abobado, feito um idiota.

— Adorei a sua fantasia, Mad! — ela disse sorrindo e exibindo seus lindos dentes brancos. Havia tanto tempo que não via aquele sorriso que senti uma pontada no peito.

— Também tinha do seu tamanho, podemos ir comprar uma pra você, se quiser — a minha irmãzinha comentou, o que provocou uma gargalhada da Noah.

Noah fantasiada de tartaruga ninja... era só o que me faltava! Mas comecei a imaginar a Noah com fantasia de muitas outras coisas, e me vi obrigado a colocar os óculos escuros de novo para disfarçar meus pensamentos libidinosos.

— E aí? — eu a cumprimentei quando enfim nos encontramos, no meio da calçada.

— Oi — ela respondeu de maneira bastante seca. Franzi a testa com curiosidade.

— Deixa eu te ajudar — eu me ofereci, pegando as sacolas da mão dela, que resistiu a princípio, mas acabou cedendo. Os olhos dela se desviaram dos meus e voltaram a se dirigir à minha irmã.

— Já faz muito tempo que estão aqui?

— Algumas horas — respondi, pegando o celular e olhando para as mensagens. Steve estava na esquina nos esperando com o carro parado onde não devia. — Vamos.

Cinco minutos depois, estávamos deixando aquela loucura para trás.

Eu as levei para comer em um restaurante que ficava longe de todas as áreas comerciais. Comemos chuleta com batatas enquanto minha irmã monopolizava a conversa. Para ser sincero, não fazia nem ideia do que ela estava fazendo ou com o que ela estava brincando, mas de repente senti uma necessidade desesperada de ficar sozinho com a Noah. Ela mal me dirigira a palavra e, mesmo com a tensão entre a gente, uma tensão enorme, achava que a nossa trégua ia funcionar.

Ao sair do restaurante, percebi que havia um parquinho no edifício da frente, daqueles com piscina de bolinhas e pula-pula, com tobogãs e um montão de crianças correndo sem parar.

— Mad, que dar uma passada ali? — perguntei, apontando para o que parecia ser o paraíso de qualquer criança com menos de dez anos.

Minha irmã começou a pular de alegria feito uma louca enquanto a Noah me olhava franzindo a testa. Sim, bom, não fui tão sutil como queria. Paguei para que cuidassem do monstrinho durante uma hora e propus para a Noah que déssemos um passeio.

— Você está muito calada — comentei enquanto entrávamos em uma rua fechada para carros, cheia de bares, lojas e sorveterias. — Está cansada?

Noah continuou olhando para a frente.

— Acho que sim... Acordei muito cedo.

Continuamos andando sem falar mais nada. Aquilo era ridículo, nunca tínhamos passado tanto tempo juntos sem pronunciar nenhuma palavra. A Noah, que não ficava quieta nem debaixo d'água, a pessoa que muitas vezes precisei calar com um beijo ou distrair com carinhos para que ela me desse um respiro, agora parecia interessada em qualquer coisa que não fosse eu.

— Bom, chega! O que diabos tá acontecendo com você? — indaguei, com raiva. Ela olhou para mim, surpresa.

— Não tá acontecendo nada... — disse, hesitando um pouco no final. Esperei, tentando não me estressar. — É só que não estava esperando por isso. Achei que fôssemos ficar com a sua irmã, por que você a deixou nesse maldito parquinho? Sabe quantas doenças são transmitidas nesses lugares? Piolhos, por exemplo! Agora eu tenho certeza de que vamos ficar todos com piolhos porque você decidiu mudar de planos... Achava que nós três fôssemos passear no parque antes de voltar pra casa. Além disso, eu ainda tinha compras para fazer... Você nem perguntou se eu tinha terminado quando me ligou, mas é isso, você está muito acostumado a dar ordens: "A gente se encontra em cinco minutos" — ela me imitou. — Talvez eu não estivesse pronta, você chegou a pensar nessa possibilidade? E não, não me olha assim! Isso é... estranho, e, sim, não estou à vontade.

Arregalei os olhos com surpresa tentando segurar a vontade de rir: então ela estava omitindo algumas coisas.

— Você não está à vontade com o quê? — perguntei, fingindo incredulidade. Noah parou e se virou para mim.

— Com isso! — ela respondeu, apontando para nós dois. — Eu e você. Você está agindo como se ainda estivéssemos juntos! — ela soltou, e parecia ter sido muito difícil falar aquilo. — Aceitei a trégua pelo bem da Maddie, mas não vou ficar me enganando e ficaria grata se você fizesse o mesmo. Ou preciso te lembrar de tudo o que foi dito na última vez que nos vimos?

Eu suspirei. No fundo, sabia que a Noah tinha razão. Tinha falado para ela que estava apaixonado pela Sophia para que virássemos a página, mas era óbvio que não seria tão fácil.

— Estou te tratando como uma amiga, nada mais — falei, ficando sério.

Noah olhou ao redor, parecendo afetada. Depois de alguns segundos, voltou a olhar para mim.

— Eu prefiro a sua hostilidade — ela soltou, e senti uma pontada no peito. — De verdade, eu prefiro, consigo lidar melhor com ela, estou acostumada. Por outro lado, o que você está fazendo agora... — Ela sacudiu a cabeça, olhando para o chão. Fiquei com vontade de pegar no queixo dela e olhá-la nos olhos. — Sei que está fazendo pela sua irmã, mas isso acaba me machucando e me confundindo. Não quero passar o tempo com você, não quero que a gente passeie por aí, nem que a gente almoce juntos, nem que você fique me perguntando de onde veio minha cicatriz, ou por que eu estava andando de moto... São assuntos meus, e você não tem mais nada a ver com isso. Sei que fui eu que estraguei tudo, mas você tomou uma decisão e eu gostaria que fosse coerente com ela.

Desviei o olhar para as árvores ao fundo, me sentindo um merda. Sim, era verdade que tínhamos começado aquilo pela Maddie, mas uma parte de mim queria passar tempo com ela porque, que maldição, eu sentia tanta saudade...

— Tudo bem — falei, cortante. — Vamos buscar a minha irmã. Dei meia-volta e comecei a voltar para o parquinho. Noah não demorou para me alcançar, e aquela sensação... aquela sensação de tê-la por perto, mas ao mesmo tempo a quilômetros de distância, conseguiu me transformar de volta na estátua de gelo que começara a derreter no dia anterior.

Passamos na frente de algumas lojas e bem quando íamos virar a esquina do parquinho, a minha mãe — sim, a minha mãe — apareceu na nossa frente. Eu parei quando a vi. Apesar do que tinha sido estipulado em tribunal, eu continuava me negando a encontrá-la, e fora a babá quem levara Maddie para mim na véspera. Vê-la ali outra vez, levando em conta que não voltamos a nos encontrar desde a noite na qual ela despejou todas as verdades sobre nós, no aniversário da Leister Enterprises, foi uma surpresa bem desagradável.

Como sempre, ela estava muito elegante, com um vestido de caxemira, salto alto e o cabelo preso em um coque. Tive a impressão de ver olheiras sob seus olhos, olheiras que as maquiagens caras dela deveriam ter camuflado melhor.

— Nicholas! — ela exclamou surpresa ao me ver bem debaixo do nariz dela.

Contraí a mandíbula com força antes de falar.

— Sim, mãe, que coincidência mais desagradável.

Ela ergueu os ombros, acho que absorvendo o golpe. A verdade é que eu não me importava nem um pouco, porque a nossa relação continuava sendo péssima... ou melhor, era inexistente.

— Oi, Noah — ela cumprimentou a Noah, que evidentemente ficou tensa.

Levando em conta as circunstâncias e o passado dos nossos pais, eu não estaria errado ao pensar que a minha mãe estivesse na lista de maiores inimigos da Noah. Talvez estivesse até no topo da lista. Noah não retribuiu o cumprimento.

— Estamos com pressa. Se você nos dá licença... — eu disse, decidido a continuar o meu caminho. No entanto, minha mãe deu um passo à frente e pôs a mão no meu braço, me segurando.

— Eu quero falar com você, Nicholas.

— Sim, acho que ficou evidente depois das várias mensagens que você deixou com a minha secretária, mas acho que ela foi clara o suficiente nas respostas ao dizer que não estou interessado.

Peguei na mão da Noah em um ato de puro reflexo. De repente, me senti sufocado e só queria sair dali o mais rápido possível. Eu a puxei para passarmos pela minha mãe com a intenção de sair sem olhar para trás.

— Tem a ver com a Maddie, Nicholas — minha mãe anunciou às minhas costas. Aquilo conseguiu me deter. Eu me virei para ela com desinteresse.

— Qualquer coisa que aconteça com a minha irmã você pode tratar com o meu pai, ele vai me manter informado.

Minha mãe pareceu desabar, olhou para mim suplicando com os olhos, e todas as minhas defesas desabaram. Minha mãe implorando?

— Só preciso de alguns minutos, Nick, por favor.

Meus olhos se desviaram para a Noah, que parecia tão intrigada quanto eu.

— Tudo bem — aceitei. — O que foi?

Minha mãe fez um gesto entre surpresa e alívio e nos levou a uma cafeteria que ficava por perto. Noah se sentou ao meu lado, e minha mãe ficou de frente para mim. Tudo me soava tão estranho, eu só precisava terminar com aquilo o mais rápido possível.

— Bom, desembucha, não temos o dia todo.

Apesar de a minha mãe ter demonstrado certa fragilidade ao me pedir por favor para que lhe concedêssemos uns minutos, ao ouvir aquele meu comentário ela pareceu estufar o peito e me olhou com cara de poucos amigos.

Lá estava a Anabel Grason das minhas lembranças.

— Tudo bem, já que você não consegue nem tentar me tratar com um pouco de delicadeza, eu também não vou ficar com formalidades nem com firulas. Se você quer que eu seja rápida, vou direto ao ponto — disse, devolvendo sua xícara ao pires e olhando fixamente para mim. — Eu estou doente, Nicholas.

Um silêncio tomou conta da conversa, interrompido pelo barulho que o copo de vidro que eu segurava fez quando o coloquei com força na mesa.

— Como assim, você está doente? — falei, já ficando bravo. Com certeza era alguma artimanha dela. Não sabia o que ela pretendia, mas parecia patético.

— O que você quer que eu diga? — ela me respondeu, e daquela vez sim, ao prestar atenção, vi que sua fachada de dureza fraquejava, deixando à mostra um medo e uma insegurança que eu nunca vira antes nela. Ela respirou fundo e olhou fixamente para mim antes de soltar as seguintes palavras. — Estou com leucemia.

— Como assim? — rebati quase no mesmo instante, notando que minha voz tinha ficado algumas oitavas mais grave.

Minha mãe juntou as mãos sobre o colo dela e se inclinou para trás na cadeira.

— Recebi o diagnóstico há mais de um ano e meio... Eu queria te contar, mas não queria que fosse por telefone, isso se você fosse me atender. O seu pai está sabendo faz uns meses, ele me prometeu que não te contaria, eu queria te contar pessoalmente... Sei que você me odeia, mas você é meu filho e...

A voz dela começou a falhar e, de repente, eu me senti desabando, despencando em um poço sem fundo prestes a me estatelar... em questão de segundos. Minha queda seria feia e não sabia o que aconteceria em seguida, mas não seria nada de bom, com certeza. Então notei que alguém apertou a minha mão com força, uma mão cálida e pequena que se aproximara por baixo da mesa e que prometia não me soltar.

Olhei para a Noah, que estava ao meu lado, observando minha mãe com... pena? Senti como meus dedos se prenderam a ela como se de repente fosse o meu único ponto de referência, porque o que a minha mãe estava me contando não podia ser verdade.

— Não estou contando porque quero que você sinta pena de mim, só queria explicar por que fiz tudo aquilo nos últimos meses, com a Maddie, com o Grason, com o seu pai…

— Como assim? — perguntei, tossindo ao notar que um nó na garganta quase me impedia de falar.

— Vou deixar a guarda da Maddie para o seu pai.

— Como é? — indaguei, despertando da letargia.

— Nos próximos anos, vou precisar enfrentar situações muito difíceis, Nicholas, situações que não quero que uma menina de sete anos tenha que presenciar. Quando recebi a notícia, isso me pareceu muito claro: se algo acontecesse comigo, a última coisa que ia querer é que a minha filha ficasse sob os cuidados do Grason. Ele é um homem egoísta que não enxerga além do próprio umbigo. Eu cometi erros, meu Deus, sei que cometi muitíssimos erros na minha vida, e sei que não mereço que você me escute, mas eu me importo muito com a Maddie, Nick, e quero ficar tranquila sabendo que, se isso não terminar do jeito que eu espero, a minha filha vai estar com uma família que a ame e que cuide dela.

— Espera aí. — Eu a interrompi. — Está dizendo que o meu pai sabe de tudo? Ele concordou em ficar com guarda dela? Mas, como…

— Tudo o que aconteceu com o Grason, o divórcio, descobrir quem era o pai da Madison… eu só fui atrás de tudo isso porque havia a possibilidade de a Maddie ser filha do seu pai. E eu não estava errada, como também não errei ao achar que, quando o William descobrisse que a Maddie era filha dele, ia querer que ela fosse parte de sua vida, e isso é justamente o que eu quero.

Olhei para ela, incrédulo… Tudo o que acontecera, tudo o que nós descobrimos… Era porque a minha mãe queria que o meu pai cuidasse da Mad caso ela…? Caso ela morresse?

— E o que você pretende fazer? — perguntei subitamente, sentindo a raiva crescer dentro de mim. — Vai abandonar a Maddie na casa do meu pai? Pretende renunciar aos seus direitos de mãe e quer que a sua filha não sinta saudade de você? Isso é loucura!

— Nicholas… — a Noah começou a falar.

— Não! — Eu soltei a mão dela, ficando de pé. — Que droga, as coisas não são assim! Você vai fazer com ela a mesma coisa que fez comigo?

Minha mãe respirou fundo, sem olhar para mim.

— Sente-se, por favor — ela me pediu, mantendo a calma, mesmo demonstrando como era difícil.

Eu me sentei porque de repente minhas pernas fraquejaram, todo o meu corpo ficou tenso, minha cabeça foi tomada por um furacão de pensamentos sem sentido que tentavam entender em que mundo os atos da minha mãe eram justificáveis.

— Eu não vou abandoná-la, Nicholas, simplesmente vou ceder a guarda para o seu pai enquanto tento sair dessa. Estou em contato com os melhores médicos do país e vou começar a quimioterapia no Hospital MD Anderson, em Houston. Os médicos estão otimistas, mas posso levar anos para melhorar. Você não vai quer que eu a leve para Houston comigo, vai? Quem é que ia cuidar dela enquanto eu faço o tratamento? Só estou pensando no melhor para todos.

Fiquei calado por alguns segundos, ou minutos, não faço ideia. Aquilo tudo era uma merda, uma verdadeira merda.

Então senti o tato de uma mão diferente tocando a minha. Quando abri os olhos, vi que era a da minha mãe. Será que as mãos dela sempre foram assim, tão magras? Reparei bem nela, nas olheiras que tinha e em como ela parecia muito mais magra. Meus dedos agiram por conta própria e apertaram a mão dela quase sem me pedir permissão.

— Desculpa por tudo, Nick — ela falou, e depois me soltou para secar uma lágrima que lhe escapara dos olhos. — O seu pai vai conseguir explicar tudo melhor do que eu. Obrigada por me ouvir.

Minha mãe fez menção de se levantar e de repente senti um vazio no peito e na mente.

— Espera — pedi, me sentindo mais perdido do que em toda a minha vida. — Eu vou te passar... vou te passar o meu número pessoal, para que você possa me ligar e me contar quando vai para Houston, ou quando você quiser...

Eu me calei, porque nem mesmo sabia o que queria exatamente. Tirei minha carteira do bolso e peguei um dos meus cartões de visita, escrevi meu número pessoal nele com uma caneta e o entreguei para a minha mãe. Ela o pegou e sorriu agradecida.

— Obrigada, filho — disse antes de desviar o olhar para a Noah. — E obrigada você também.

Dez minutos depois estávamos no parquinho para buscar a minha irmã. De repente, estava me sentindo como se a minha vida não fosse minha, como se estivesse representando um papel que não me pertencia... De repente, fiquei tão irritado, tão bravo com a vida por me pregar uma peça daquelas, por colocar outra pedra no meu caminho, que comecei a reparar como estava à flor da pele, percebi que meus músculos ficaram tensos, gerando uma energia que eu não fazia a menor ideia de como eliminar.

Maddie saiu do parquinho e correu na minha direção enquanto eu a esperava de braços abertos. De repente, precisava abraçá-la, tinha vontade de protegê-la de toda a dor que ela teria que enfrentar tão jovem. Já não bastava que o antigo pai a tivesse descartado e não queria mais vê-la, agora a mãe doente a deixaria com um pai que ela acabara de conhecer.

Parte de mim sentia a necessidade repentina de colocá-la em um avião e levá-la comigo para Nova York, onde eu poderia cuidar dela, mas... Eu não era o pai dela, por mais que naquele instante quisesse ocupar aquele lugar. Eu a apertei com força e a levantei do chão. Ela estava vermelha e superagitada depois de tanto se divertir, falando sem parar. Noah pareceu entender que eu mal prestava atenção ao que a pequena estava falando, porque começou a preencher os silêncios provocados por minhas distrações e poucas palavras.

Tempo... agora o tempo parecia crucial, tempo perdido, o tempo que lhe restava, porque por quanto tempo ela viveria? Será que ela ia sair dessa? Será que não voltaria mais a vê-la depois que fosse para Houston? E minha irmã também não?

Quando chegamos em casa, eu saí do carro e as segui até a entrada. Estava ciente que a Noah não tirava os olhos de mim, e quando não entrei na casa, sem conseguir dar mais nenhum passo, ela se virou para mim e me perguntou algo que não ouvi.

— Eu preciso... preciso ficar sozinho agora, você consegue... consegue cuidar...?

Noah hesitou, pareceu que ia falar algo, mas não se atreveu. Ela enfim assentiu, e eu peguei a chave do carro que o Steve jogou para mim. Ele me observava preocupado, mas não tinha forças para explicar nada para ele.

Entrei no carro e desapareci por horas.

Quando voltei para casa, era praticamente meia-noite. Tive muito tempo para pensar, e pensar quando se está realmente ferrado pode ter consequências das quais vai se arrepender depois.

Subi a escada na penumbra, sem me preocupar em acender nenhuma luz. Para quê? E ao passar perto da porta da Noah, uma dor aguda e intensa tomou o meu coração. Ali estava o amor da minha vida... o mesmo que tinha me machucado como todas as pessoas que eu deixara entrar no meu coração.

Será que eu odiava a Noah?

Eu a odiara, e havia uma possibilidade enorme de que, naquele instante, eu ainda a odiasse. Ou melhor, talvez aquele tenha sido o momento em que mais a odiei, porque foi o momento em que mais precisei dela. Foi ali que notei sua ausência, foi ali que a minha mente me pediu aos gritos para ir atrás dela e o meu coração esperou esperançoso que alguém lhe desse certa paz interna, alguma trégua para a dor.

Abri a porta do quarto dela sem nem bater. Ela estava na cama, acordada e novamente cercada de livros. Minha irmã dormia ao lado da Noah, atravessada no colchão e chupando o dedo, parecendo que tinha dez meses. Voltei a olhar para a Noah, que fechou o livro com cuidado, tirou os óculos e me observou.

— Aonde você foi? — ela perguntou sem elevar a voz. — Você saiu faz umas cinco horas... Nicholas, você está bem?

Eu me aproximei, tirei o livro da mão dela e o coloquei sobre a mesa de cabeceira.

— Quero falar com você — disse, apontando para a porta. Noah hesitou, e isso avivou algo dentro de mim. — Você me deve isso — adicionei, com os dentes apertados.

Nós dois nos olhamos durante um tempo que pareceu ter durado minutos. Finalmente, e sem falar nada, ela desceu da cama e me seguiu até o meu quarto. Quando nossos olhares se encontraram, não consegui mais me segurar, peguei o rosto dela entre minhas mãos e a beijei com todas as minhas forças. As costas dela se chocaram contra a porta, e senti que estava voltando a respirar. Na escuridão que nos rodeava, mal consegui notar como ela estava tensa, mas depois de alguns segundos muito intensos, ela virou o rosto e se afastou de mim.

— Não faz isso, Nicholas — me advertiu em um sussurro quase inaudível.

Afastei uma mecha de cabelo do rosto dela e o coloquei atrás da sua orelha, com cuidado, alongando o contato o máximo possível. O cheiro dela me cercava, me deixando doido de desejo, de amor... Aquele aroma tão característico, tão incrível, tão especial. Poderia me embebedar só com o cheiro dela. Era justamente disso que estava precisando.

Acariciei a bochecha dela e ela fechou os olhos, soltando o ar de maneira entrecortada. Será que ela estava sofrendo como eu? Será que ela sofria ou sentia dor por ficar longe de mim?

— Por que não consigo esquecer você? — indaguei com a minha testa colada na dela. — Por que sinto que você é a única que pode me ajudar em um momento como esse?

— Nicholas... — ela disse, abrindo os olhos para me encarar. Foi tão intenso o que eu senti quando nossos olhares se encontraram que me abaixei e afundei o rosto no pescoço dela, não conseguia sustentar nosso olhar, eu não aguentava.

Meus lábios repousaram sobre a pele suave do pescoço dela, primeiro lentamente, mal triscando nela, e depois a acariciei com a ponta do meu nariz, trilhando um caminho desde o cabelo até a clavícula dela. Minha mão viajou até sua cintura, e puxei Noah para mim. Precisava de mais, de muito mais. As mãos da Noah se apoiaram no meu peito. A princípio, achei que era para me fazer carinho; perdido nela como eu estava, demorei alguns segundos para perceber que ela estava me empurrando.

— Você não está raciocinando direito, você não quer fazer isso — ela afirmou.

Eu me afastei um pouco. Minhas mãos subiram pelas coxas dela, à mostra sob uma fina camisola, e acariciaram suas pernas com delicadeza. Parei ao chegar no bumbum, pensando... que maldição... pensando se aquilo não seria uma loucura da qual me arrependeria depois.

Meus lábios beijaram as bochechas dela, os cantos de sua boca, suas pálpebras... e depois se enterraram novamente em seu pescoço. Já não estava mais dando beijos... Àquela altura me deixara levar e comecei a dar chupões e mordidas de leve. Eu estava perdido nela, perdido em uma espécie de limbo no qual o que havíamos feito um ao outro parecia ter deixado de existir. Noah soltou um suspiro entrecortado que me incentivou a continuar. Eu a levantei com tudo e fiz as pernas dela rodearem a minha cintura. As mãos dela repousaram sobre o meu rosto e voltamos a nos olhar como se estivéssemos nos reencontrando depois de uma eternidade. Não vi rancor nos olhos dela, não vi nada além do amor que eu sentia por ela, do amor que tinha certeza que permanecia no coração da Noah, um amor que tinha que desaparecer, maldição, um amor que, por mais que eu tentasse enterrar, sempre voltava à tona nos piores momentos, me fazendo agir contra todos os meus princípios.

— Eu preciso de você — confessei sobre os lábios dela. A respiração dela se confundiu com a minha, e achei que ia desmaiar de prazer. Finalmente reencontrara o remédio para minhas dores.

Não hesitei mais, me deixei levar no instante em que os lábios dela roçaram os meus em uma tímida resposta às minhas palavras. Eu me lancei sobre ela, sobre a boca dela, o meu corpo a apertou contra a porta e os lábios dela se abriram para me receber. Eu a beijei como se fosse a nossa primeira vez. Eu me joguei contra o corpo dela, precisava daquele contato, precisava de algo que aliviasse a tortura pela qual submetia o meu corpo.

— Vamos fazer amor, Noah — anunciei como se fosse algo inevitável, algo que precisava acontecer. — Está tudo uma merda desde que a gente terminou, minha vida continua desmoronando a cada dia. Odeio precisar de você desse jeito, odeio saber que agora você é a única capaz de me fazer esquecer, mesmo que por alguns minutos, que a minha mãe está morrendo. — Notei as lágrimas inundando os meus olhos e a beijei para que ela não percebesse.

Ela negou com a cabeça, e o luar que entrava pela janela me permitiu ver as lágrimas umedecendo a pele dela.

— Você sabe que isso só vai piorar as coisas — ela sussurrou, unindo a testa dela à minha e fechando os olhos com força. Eu conseguia sentir o seu coração batendo loucamente, quase no mesmo ritmo que o meu.

— Não dá para ficar pior... As coisas não vão ficar piores do que já estão — rebati, erguendo o queixo dela e prestando atenção naqueles olhos brilhantes e tristes.

— Isso só vai nos machucar ainda mais... — ela voltou a sussurrar. — Amanhã de manhã, nada vai ter mudado...

Beijei uma das lágrimas dela, capturando-a com a ponta da língua e saboreei o gosto salgado na minha boca.

— Naquela noite em Nova York, quando você me pediu para agir como se eu tivesse te desculpado — comentei, usando os lábios novamente para capturar outra lágrima. — Agora preciso que você faça a mesma coisa por mim.

Senti o corpo dela tremendo contra o meu, pressionei os meus lábios sobre os dela e me virei com ela em direção à minha cama.

22

NOAH

Ele não se separou de mim quando me deixou de pé ao lado da cama e começou a beijar o meu corpo inteiro com ternura infinita à medida que ia tirando minha roupa. Primeiro, foi subindo a minha camisola com uma lentidão dolorosa até passá-la pela minha cabeça e deixá-la cair no chão. Observei abobada como ele se livrava de sua camisa e de sua calça e ficava só de cueca.

Eu me obriguei a desviar o olhar daquele corpo maravilhoso e observei como seus olhos se nublavam ao me ver. Era como se não conseguíssemos acreditar no que estávamos prestes a fazer. Era diferente do que tinha acontecido em Nova York. Lá estávamos machucados e irritados, e nosso encontro foi frio e sexual, mas agora, depois da nossa trégua, de ter passado alguns dias quase sem discutir, e depois de receber uma notícia tão cruel, a carga emocional envolvida era impossível de ignorar.

Os dedos dele procuraram a minha lombar, e ele ficou me encarando. Eu estava usando um sutiã de renda preto, nada de outro mundo, nada que eu tivesse escolhido com aquela situação em mente… Será que deveria deixar aquilo rolar?

As dúvidas e o medo dominaram minha mente, e ele se deu conta disso, porque me puxou para si e aproximou os lábios da minha orelha.

— Por favor, Noah — pediu, baixando a mão pelas minhas costas e subindo-a novamente, um carinho que me deixou arrepiada. A boca dele desceu até roçar o topo dos meus seios.

Fechei os olhos com força, controlando minha respiração e desejando que ele não tivesse aquele poder tão magnífico sobre mim e sobre o meu corpo. Então ele me virou, minhas costas se chocaram contra o peito dele e, enquanto aquela boca brincava com o meu pescoço, beijando minha nuca e acariciando meu cabelo, a outra mão dele foi descendo pela minha barriga, descendo cada vez mais até entrar na minha calcinha e me tocar sem nenhum pudor.

Os lábios dele foram para a minha orelha e lamberam minha pele sensível. Soltei um gemido entrecortado e fiquei com muita vontade de que realmente fôssemos fazer amor, desejei com todas as forças esquecer o nosso passado e fingir que estávamos juntos, que ele estava me tocando e que o faríamos na cama dele, como da primeira vez, como quando perdi minha virgindade e ele disse que me amava.

Ele tirou a minha calcinha e me colocou na cama antes de se jogar sobre mim. Beijou meus seios e deu mordidinhas neles até as minhas costas se arquearem de desejo. Ele acariciou minha perna esquerda, me pegou pelo tornozelo e o levantou até fazer a planta do meu pé ficar sobre o colchão, perto do quadril dele. Foi beijando minha perna até chegar à coxa, me deu mordidas suaves e me lambeu como se minha pele tivesse gosto de chocolate. Ele me torturou durante longos minutos até eu sentir que iria explodir com mais um carinho. Depois me perguntou algo, e assenti sem nem entender o que ele tinha dito.

Com cuidado, ele aproximou a boca dele da minha e senti o peso do corpo dele sobre mim. Nossos olhares se encontraram durantes alguns segundos eternos até que, finalmente, ele me pegou pela cintura e, com um movimento rápido, entrou dentro de mim.

Senti dor e dei um grito involuntário.

Os olhos dele procuraram os meus um pouco confusos e preocupados.

— Há quanto tempo você não faz isso, Noah? — ele perguntou ao meu ouvido enquanto se movia, me causando dor e prazer ao mesmo tempo... Eu não sabia nem onde estava, nem o que estava fazendo, só conseguia me concentrar em sentir, sentir, sim, porque fazia meses que eu não sentia absolutamente nada.

— Tempo demais — respondi, agarrando o corpo dele com força. Nicholas parou e os olhos dele procuraram os meus.

— Você não fez mais desde aquela noite em Nova York? — ele me perguntou, incrédulo, mas meus olhos juravam enxergar alívio nos dele.

— Eu não fiz nada desde que terminamos, Nicholas.

Uma faísca passou pelos olhos dele e ele me beijou com força enquanto retomava os movimentos. As investidas dele foram ficando mais lentas, seus movimentos mais carinhosos, e ele me beijou de novo, puxando meu lábio inferior e depois o chupando com doçura. Eu me agarrei aos braços dele e me concentrei no prazer de voltar a compartilhar aquela união tão especial.

Colei a minha bochecha na dele e me abracei a ele com força.

— Diz que me ama — pedi no ouvido dele com a voz entrecortada. Meu pedido o fez parar. — Por favor…

— Não me pede isso — ele reclamou, cravando o olhar no meu. — Esquecer você foi a tarefa mais difícil da minha vida. Não sei nem o que vou fazer para cair na real depois disso.

— Então fica comigo — supliquei, me aproveitando da intimidade do momento. Não me importava, eu precisava dele tanto ou mais do que ele precisava de mim.

Minhas mãos se afundaram no cabelo dele, e ele fechou os olhos com força quando comecei a acariciá-lo lentamente. Eu o beijei por todas as partes e me agarrei a ele com todas as minhas forças.

— Fala, Nick… Por favor… — pedi com a voz trêmula. A boca dele me silenciou, e os beijos dele ficaram mais intensos. Ele queria me deixar quieta, queria que eu desejasse apenas o contato físico… O corpo dele, suado, se apertava contra o meu, pele com pele, no mais íntimo dos carinhos. Ele parecia irritado, excitado e triste, tudo ao mesmo tempo.

— Vamos, Noah… me dá o que eu quero, me dá o que eu preciso… por favor.

As investidas dele ficaram mais fortes e mais rápidas. Fui perdendo a conexão com o que me rodeava, com os sentimentos, com os problemas, com tudo. O orgasmo estava se aproximando, e seria um daqueles arrasadores.

Enfim gritei de prazer, gritei me arqueando e me separando da cama. Ele continuou se mexendo até gozar dentro de mim, soltando um gemido que abafou com minha pele, e depois se deixando cair sobre os meus seios.

Foi perfeito, sim, mas ele não disse que me amava.

Quando nos recuperamos, o Nicholas foi para o banheiro, e achei que tudo seria igual àquela vez em Nova York, quando ele tomou um banho, jogou uma camiseta para mim e me pediu para eu me vestir. Mas eu estava errada: ele se deitou ao meu lado e me abraçou. Eu não estava entendendo nada… Aquilo significava alguma coisa? Apoiei o rosto no peito dele, sentindo como se tivessem injetado felicidade líquida nas minhas veias. Não queria que ele fosse embora, não queria perdê-lo de novo. Eu o abracei com força e fechei os olhos, pois estava esgotada. Nicholas começou a passar os dedos pelo meu cabelo, de cima a baixo, me fazendo carinho até eu sentir sono. Eu sabia que naquela noite teria sonhos bonitos, conosco finalmente juntos de novo... no meu sonho, nem o ódio e nem os erros existiriam, e o amor que sentíamos seria o mais importante.

Inevitavelmente, quando abri os olhos bem cedo, a manhã trouxe consigo um imenso repertório de verdade e inseguranças. Eu me dei conta de que o que tinha rolado naquele quarto não voltaria mais a acontecer: o Nicholas estava com outra, e não com qualquer uma: estava com a Sophia, com *ela*, uma das causas de tudo de ruim que acontecera naquela fatídica noite e que levou a fazer o que eu fiz.

Olhei para ele. Estava adormecido, e seu braço me apertava contra seu peito como se não quisesse me soltar nunca mais. Eu daria tudo para congelar aquele momento, mas sabia que, quando os olhos dele voltassem a se abrir, o rancor e o arrependimento tomariam conta deles, e não sabia se estava preparada para isso.

Ele precisara de mim, a mãe dele estava doente e ele me usara para curar as feridas... "Você me deve isso", tinha dito olhando fixamente para mim, sem papas na língua, e era verdade, claro que eu devia! Mas horas depois percebi que aquilo não estava certo, que as coisas não se resolviam daquele jeito, aquilo não era jeito de pedir. Aquele episódio ia se somar a uma longa lista de lembranças dolorosas, e mesmo que aquela em especial eu quisesse guardar para mim, preferia ficar com aquela "despedida", se é que podia chamar assim, do que esperar para ser rejeitada de novo.

Com cuidado para não o acordar, afastei o braço do Nicholas de cima de mim. Era melhor eu ir embora, me afastar dele, da irmã dele e de qualquer lembrança dolorosa. Inventaria alguma desculpa para a minha mãe, ou talvez nem precisasse inventar nada. Não conseguiria continuar daquele jeito, precisava superá-lo e seguir com a minha vida. Nicholas fizera parte de mim, sempre estaria em um lugar especial do meu coração, quero dizer, seria sempre o dono do meu coração, mas eu precisava voltar a ser eu mesma, voltar a gostar de mim e aprender a me perdoar.

Fiz minha mala da maneira mais rápida e silenciosa que consegui. Maddie continuava toda enrolada nos lençóis, dormindo como um anjo na minha cama. Quando saí do quarto, já vestida e preparada para ir embora, em vez de me sentir aliviada, aliviada por enfim colocar um ponto-final naquela história, sentia como se estivesse fechando um livro que tocara a minha alma, um livro do qual eu me lembraria para sempre... Senti aquele pesar que se sente ao terminar um livro mágico e incrível, e que não importava se eu pudesse voltar a lê-lo, nunca seria como da primeira vez. Ali, naquela manhã, encerrei um capítulo importante da minha vida. Um capítulo, sim... mas não se pode esquecer que após um capítulo sempre vem outro, ou, quem sabe, um epílogo.

A volta para casa foi insuportável. Meu corpo gritava para eu voltar, me deitar na cama com o Nick e dormir até tarde. Mas a minha mente não parava de me maltratar dizendo quanto eu fora idiota, como fora burra ao pensar que algo poderia ter mudado.

Seguia me perguntando o motivo pelo qual eu continuava chorando como se eu e Nick tivéssemos acabado de terminar, sendo que já fazia mais de um ano. Uma hora, precisei sair da estrada, desligar o motor e abraçar o volante para soluçar sem correr o perigo de bater o carro.

Chorei por tudo o que fomos, chorei por tudo que poderíamos ter chegado a ser, chorei por causa da mãe doente e da irmãzinha pequena... Chorei por ele, por tê-lo decepcionado, por ter partido o coração dele, por tê-lo feito se abrir ao amor e, em seguida, mostrar que o amor não existia, pelo menos não sem dor, e que essa dor era capaz de deixar marcas por uma vida inteira.

Chorei por aquela Noah, a Noah que fui ao lado dele: uma Noah cheia de vida e que, apesar de carregar tantos demônios dentro de si, soube amar de todo o coração. Aprendi a amá-lo mais do que a qualquer um e isso também era motivo para chorar. Quando se conhece a pessoa com quem quer passar o resto da vida, não há como voltar atrás. Muitos nem chegam a conhecer esse sentimento, até acham que encontraram a pessoa certa, mas depois percebem que estão errados. Eu sabia, e sei, que o Nick era o amor da minha vida, o homem que eu queria como o pai dos meus filhos, o homem que queria ao meu lado na alegria e na tristeza, na saúde e na doença, até que a morte nos separasse.

O Nick era *meu*, minha cara-metade, e já estava na hora de aprender a viver sem ele.

23

NICK

Por mais que amasse a minha irmã, não era ela quem eu esperava ver ao abrir os olhos. Eu me ergui, tentando me situar, tentando descobrir por que o lado esquerdo da minha cama estava vazio, como eu não percebera que a Noah tinha acordado e saído do meu quarto. A resposta para essa pergunta era que eu tinha conseguido dormir profundamente pela primeira vez em um ano.

— Cadê a Noah? — a minha irmã perguntava sem cessar, enquanto dava pulinhos no colchão. Aquela pergunta me pegou desprevenido.

Como assim, cadê a Noah?

— Não tá no quarto dela? — falei, finalmente me levantando e passando a mão no rosto para tentar acordar de vez. Fui ao banheiro lavar o rosto e despertar para um novo dia, um dia no qual teria que dar muitas explicações e planejar muitas coisas.

O que acontecera na véspera não fora apenas sexo, de jeito nenhum, foi muito mais. Eu me deixara levar por sentimentos do passado... e, pela primeira vez em muito tempo, eu me senti bem.

— Ela não tá lá, Nick — a Maddie repetiu.

Com a testa franzida, fui até o quarto dela, abri a porta e, de fato, não havia ninguém por lá. Olhei ao redor em busca das coisas dela... seus livros e sua mala pequena tinham desaparecido.

— Que merda! — resmunguei entre dentes.

— Você falou palavrão!

Baixei o olhar e entendi que não era o melhor momento para tomar conta da Madison.

— Pequena, vai lá pra cozinha, a Prett vai preparar o café da manhã, rápido! — falei quando ela se preparava para discutir.

— A Noah foi embora? — ela indagou, visivelmente descontente.

Bom, então éramos dois.

— Não sei, agora vai lá pra baixo, não vou repetir — eu disse, e pela maneira como ela me fulminou com seus bonitos olhos azuis, soube que aquilo logo teria consequências.

Sem falar mais nada, ela se virou e saiu correndo para a escada.

Voltei ao meu quarto e procurei o meu celular. Sem pensar duas vezes, liguei várias vezes para a Noah.

"Que maldição, Noah, você precisava ir embora assim?"

Fiquei muito, extremamente irritado. Cogitei pegar o carro e ir atrás dela. Por que ela tinha ido embora? Será que eu a tratara mal? Não, claro que não, porra, eu a tratara como sempre, fizemos tudo como quando estávamos juntos. Bom, ela queria algo a mais, tinha me pedido algo a mais...

"Diz que me ama..."

Eu não conseguia. Seria doloroso demais.

Fui para a cozinha com um péssimo humor, e lá estavam meu pai e minha irmã, conversando alegremente sobre algo. Bom, quem falava sem parar era a Maddie, enquanto a Raffaella os observava com um sorriso nos lábios. Ao me verem entrar, os dois olharam para mim, e eu resmunguei um bom-dia antes de sair pela porta de entrada com uma xícara de café nas mãos.

Quando vi a lata velha da Noah, o alívio de saber que, na verdade, ela não tinha ido embora me inundou por inteiro. Mas se o carro estava lá, onde será que a Noah estaria? Onde estavam as coisas dela...?

Não demorei muito para descobrir que o Audi dela não estava mais na garagem.

Ela tinha mesmo ido embora. Percebi que, naquele momento, quando me neguei a falar o que ela queria ouvir, eu a afastara de mim mais do que com todas as minhas mentiras. Tinha conseguido o que eu queria: que ela virasse a página. Mas então... por que estava sentindo um vazio dentro de mim, um vazio que sumia a cada vez que nos víamos?

Meu pai me chamou para ir até o escritório conversar com ele, e o meu humor só piorou. Não tínhamos conversado mais depois da discussão que tivemos no Dia de Ação de Graças, mas algo me dizia que daquela vez ele não queria conversar sobre trabalho.

— Sua mãe me ligou ontem para falar que se encontrou com você e que te contou que está doente — ele disse quando entrei no escritório.

Dei uma gargalhada irônica enquanto me dirigia ao bar e me servia de uma bebida. Eram dez da manhã, mas quem ligava.

— Então agora vocês são muito amiguinhos, contam tudo um pro outro. O que a Raffaella acha disso, pai? Ou você também escondeu isso dela?

Meu pai não entrou na provocação, simplesmente esperou, com as mãos cruzadas sobre a barriga e sentado em sua enorme cadeira de couro, que eu tomasse minha taça e me servisse de mais uma. Quando enfim tive energia suficiente para me virar para ele, fiz isso cheio de ira, de ira e de uma tristeza profunda e nova que nunca tinha sentido até então.

— Quando você planejava me contar?! — gritei.

— A sua mãe me pediu para não contar — ele respondeu, fingindo estar calmo.

Eu dei uma risada irônica.

— Sabe, pai? É engraçado ver como você decide contar ou esconder as coisas dependendo de como isso te afeta. Você não teve problema em esconder que traía a minha mãe durante quase todo o casamento de vocês, também não se importou de omitir que ela tinha ido embora por esse mesmo motivo… Você me fez achar que ela foi embora do nada, sem nenhuma explicação!

Meu pai se levantou da cadeira e se virou para a janela.

— A sua mãe não queria voltar, Nicholas, eu a conheço bem, e ela sabia muito bem o que estava fazendo quando decidiu deixá-lo aqui. Eu não te contei nada porque não queria que você criasse esperanças de voltar a vê-la, não queria que você perseguisse uma mentira.

— A minha vida inteira foi uma porra de uma mentira! — Eu precisava me acalmar, precisava controlar os tremores que pareciam querer tomar conta do meu corpo, principalmente das minhas mãos. Apertei os punhos com força. — O que vai acontecer com a Madison?

Ao notar que eu estava controlando o meu tom de voz, meu pai se virou de novo para mim.

— Ela tem que ficar aqui, vai ser o melhor para ela — ele respondeu, e comecei a sacudir a cabeça, discordando… O melhor? Melhor para quem? — Nicholas, a sua irmã precisa estar em um ambiente seguro e aconchegante, não quero que ela fique cercada de médicos e hospitais, e que tenha que ver a mãe passando pela quimioterapia. Ela é muito pequena.

— Ela precisa da mãe dela.

Meu pai ficou me encarando. Os olhos dele, tão parecidos com os meus, ficaram vidrados nas minhas pupilas. Fazia tempo que ele não me olhava daquele jeito, talvez anos, e comecei a sentir um nó na garganta que só crescia.

O meu pai se aproximou e colocou uma mão cautelosa no meu ombro.

— Não é a mesma coisa que aconteceu com você, Nick — disse. Ao ouvi-lo, só consegui apertar a mandíbula com força. — Não vou deixar isso acontecer dessa vez, eu prometo. A Maddie vai ver a mãe dela, as duas vão continuar se falando, não vou cometer o mesmo erro de novo.

Eu neguei com a cabeça, as palavras estavam engasgadas na minha garganta. De repente, me senti com doze anos, quando meu pai me contou que minha mãe não ia voltar para casa.

— Eu nunca te pedi desculpas por isso... Mas estou pedindo agora... Eu errei, Nicholas, achava que estava fazendo o melhor pra você, achava que eu seria o suficiente, achava que sua mãe só ia te machucar ainda mais, mas eu devia ter lutado, devia ter batalhado para que ela permanecesse na sua vida, de qualquer maneira, mesmo que fosse uma mentira. É isso que os pais fazem, filho, falam e fazem tudo para que os filhos se sintam protegidos e amados, e eu não consegui.

Meus olhos lacrimejaram, e pisquei várias vezes para conseguir enxergar com clareza. Maldição, aquilo era a última coisa que eu esperava. A vida continuava me oferecendo surpresas, me dando porradas, esperando que eu me levantasse depois, dolorido e machucado, sim, mas com disposição para seguir.

— Não deixe a Maddie ficar sem mãe — pedi com a voz trêmula, e não estava me referindo apenas ao fato de a minha mãe ter que se mudar. O meu pai entendeu exatamente o que eu quis dizer.

— Vou fazer tudo o que estiver no meu alcance para que nenhum de vocês fique sem mãe, Nicholas.

A última coisa da qual me lembro é que meu pai me puxou para um abraço que me pegou completamente de surpresa. Não me lembrava da última vez que ele tinha feito algo parecido, não me lembrava da última vez que alguém que não fosse a Noah tivesse exigido aquele tipo de demonstração de afeto da minha parte. E, ao sentir uma paz no meu coração, entendi que, ao contrário do que achava, eu também precisava baixar a guarda e deixar que outras pessoas assumissem a responsabilidade, pelo menos uma vez, de me proteger da escuridão.

24

NOAH

Duas semanas depois do Dia de Ação de Graças, recebi a tão esperada ligação. Fui contratada! A secretária me falou que Simon Roger, um dos principais sócios da empresa, precisava de um braço direito, uma pessoa jovem e com atitude, disposta a facilitar a vida dele. Eu começaria na segunda-feira, às sete da manhã e, mesmo sendo um estágio, iam me pagar um pouco mais do que eu ganhava na cafeteria, então tudo parecia perfeito.

Ao chegar na empresa no meu primeiro dia, uma mulher muito bonita, de cabelo claro e enormes olhos castanhos, me mostrou onde o senhor Roger estaria me esperando. Bati à porta e esperei alguns segundos até ele me pedir para entrar. Quando o fiz, me deparei com um homem muito mais jovem do que esperava, com altura e porte impecáveis que me deixaram atordoada por alguns instantes. Ele tinha olhos verdes e cabelo loiro, quase um tom mais claro que o meu. O terno azul-marinho e a gravata cinza lhe caíam muito bem, e percebi que o estava encarando havia tempo demais quando um sorriso se desenhou em seu rosto.

— Noah Morgan, certo? — ele me perguntou, levantando-se da cadeira, abotoando o terno com uma das mãos e me oferecendo a outra um segundo depois.

Eu o cumprimentei com menos força do que era necessário.

— Sim, eu mesma — falei, me sentindo um pouco tonta.

Roger se afastou da mesa para contorná-la e voltar a se sentar. Ele me pediu para fazer o mesmo, e me apressei para me sentar em uma das cadeiras de couro que havia diante dele. O escritório era bastante simples: uma mesa de madeira, duas cadeiras em frente a ela, um computador Mac maior do que uma casa e algumas estantes cheias de pastas.

— Quando o Lincoln me contou que a irmã do Nicholas queria trabalhar aqui, fiquei bastante surpreso, mas, analisando o seu histórico acadêmico e as suas recomendações, fico feliz por ter escolhido trabalhar para mim e não para o Leister.

Não estava gostando de ouvir o nome do Nicholas outra vez, mas, levando em conta que se conheciam, não estranhei que o tema família viesse à tona.

— Ah, sim... Acho que trabalhar para o padrasto não é o emprego dos sonhos — comentei, com um tom amigável.

Roger ergueu os olhos dos papéis que estava lendo e olhou para mim, sorrindo.

— Não estava falando do William, mas do Nicholas. De todo modo, acho que a senhorita tem razão — admitiu, deixando os documentos na mesa e olhando para mim, entretido. — O trabalho é simples: basicamente a senhorita vai ser responsável pelos meus recados, vai estar nas reuniões fazendo anotações e me ajudando com tudo o que eu pedir...

Assenti, entendendo que seria uma espécie de secretária.

— O seu irmão pode encontrar algo melhor, se a senhorita preferir...

— Não, não, a última coisa que quero é recorrer ao Nicholas. Além do mais, eu teria que ir para Nova York, não é? — falei, sorrindo animadamente. Tinha conseguido um trabalho e estava morrendo de vontade de começar!

Então o Roger olhou para mim, franzindo a testa.

— Bom, é verdade que o Nicholas está em Nova York agora, mas essa empresa é tão dele quanto minha e do Lincoln, mas entendo que a senhorita queira começar de baixo, isso diz muito sobre você...

Congelei no lugar e de repente me senti gelada.

— Desculpa... acho que não entendi direito — comentei, sentindo um suor frio percorrer a minha coluna. — Essa empresa é do Nicholas?

Roger olhou para mim como se eu fosse uma idiota e apontou para o emblema que estava acima da cabeça dele, gravado em vidro transparente. Juro que quase tive um infarto: não podia ser verdade.

LEISTER, ROGER & BAXWELL INC.
LRB

Que merda!

Aquela empresa era do Nicholas?!

— É um projeto que começamos juntos, mesmo ele sendo o acionista majoritário... Mas achei que a senhorita sabia — ele confessou, surpreso com minha reação de absoluta ignorância.

Como posso ter sido tão idiota? Quem se dispõe a ir para uma empresa sem nem pesquisar um pouco antes?

— Eu e meu irmão não temos uma relação muito boa... — comecei a me explicar. — Eu liguei para cá porque o Lincoln Baxwell me ofereceu o trabalho faz uns meses, mas não fazia ideia de que essa empresa era do Nicholas... Eu... — Olhei para ele e senti o rubor tomando conta das minhas bochechas. — Desculpa, não queria fazer o senhor perder tempo, vou embora.

Roger se levantou quase ao mesmo tempo que eu e me pegou pelo braço antes que eu saísse correndo.

— Espera, Noah — me pediu, pronunciando o meu nome de maneira muito doce. — Podemos ter uma conversa mais informal? — ele me perguntou, me soltando quando percebeu que eu não iria mais fugir.

— Sim, claro, é até melhor — respondi, tentando fazer a situação parecer menos patética.

Simon sorriu.

— Nicholas não precisa ficar sabendo que você trabalha aqui, se é isso que te preocupa — ele começou a falar com calma. — Ele comanda tudo lá de Nova York e, até onde eu sei, não tem nenhuma intenção de sair de lá.

Respirei fundo com os pensamentos a mil por hora. Eu sabia muito bem que o Nicholas não ia voltar para Los Angeles, muito menos agora.

— Eu vou ser o seu chefe, não ele — acrescentou para me convencer.

Meu Deus... Será que eu ia conseguir? Seria possível trabalhar para o Simon Roger sabendo que um dos chefes era o meu ex-namorado, o mesmo ex-namorado do qual eu só queria distância? Se eu tivesse outras ofertas de trabalho, teria ido embora sem nem pensar... mas eu não ia achar nada melhor do que aquilo.

— O que me diz? — ele insistiu.

Engoli todos os meus medos e receios e enfim assenti. Roger sorriu para mim, exibindo seus bonitos dentes brancos.

— Seja bem-vinda à minha equipe... estou muito animado para trabalhar com você.

Forçando um sorriso, eu me despedi e saí da sala. "Porra, Nicholas... Por que tem que ser tão impossível ficar longe de você?"

Conforme os dias foram passando e fui entendendo que não ia cruzar com o Nick, porque ele continuava gerindo de Nova York tudo que era relacionado à LRB, fui ficando mais relaxada e trabalhando com mais tranquilidade. A verdade é que eu gostava do trabalho, ele não me dava muito tempo para pensar ou ficar de cabeça vazia, e aquilo era justamente o que eu estava precisando. Eu trabalhava pelas manhãs, exceto quando tinha aula, mas, depois da faculdade, eu voltava para o escritório para ajudar o Simon em tudo o que ele precisasse.

As semanas passaram voando e logo chegaram as festas de fim de ano. Passei o Natal com a minha mãe, o Will e a Maddie, já que o Nick deixou muito claro que não conseguiria viajar por conta de trabalho. No fundo, sabia que ele estava se ausentando por minha causa.

Passei o Ano-Novo com a Jenna e o Lion. A minha amiga sempre tentava não falar do Nicholas quando estávamos juntas, mas o assunto acabava surgindo quase sem querer.

— Ele não está apaixonado por ela, Noah — ela me garantiu durante o jantar. — Mas ele seguiu em frente.

Ela disse a última frase olhando de maneira imperiosa para mim. Jenna insistia que, já que eu era solteira e não devia nada a ninguém, devia sair mais, conhecer pessoas, me perder por aí... Enquanto começávamos a contagem regressiva para o novo ano, pensei que talvez ela tivesse razão. Parecia que tinha chegado o momento de começar a sair com outras pessoas.

Em uma das poucas tardes que minhas aulas me permitiam estar no escritório, o Simon passou pela minha pequena sala, conectada à dele por uma porta de madeira muito escura. Tirei os olhos da tela do computador e o observei se aproximando até parar diante da cadeira. Ele apoiou as duas mãos no encosto dela e se dirigiu a mim com um sorriso.

— Você está fazendo um bom trabalho, Noah — afirmou com um olhar orgulhoso. Tinha notado que ele me colocara debaixo da asa dele: eu era a mais nova da sua equipe, na verdade de toda a empresa, e ele me protegia e me ensinava como se fosse meu mentor. Realmente tinha aprendido muito durante apenas um mês trabalhando por lá, e estava muito agradecida.

— Obrigada, Simon — respondi, ficando vermelha. Isso acontecia com frequência, já que o meu chefe só andava impecável. Naquele dia, estava usando uma calça social cinza e uma camisa branca imaculada, com as mangas arregaçadas até os cotovelos. Seus cabelos loiros estavam penteados ligeiramente para cima, e seus olhos verdes olharam para mim com uma alegria contida.

— Vim te chamar pra gente sair e tomar alguma coisa. — Franzi a testa de leve, mas ele continuou falando. — Vai todo mundo, queremos comemorar o contrato para a nova campanha de primavera da Coca-Cola. Vamos lá! Não me olha assim. Você é a mais nova da turma, lembra?

Sorri, alegre, e senti um pouco de frio na barriga. Fazia tempo que não saía para me divertir, mas, se todo mundo ia, eu não seria a única a dizer não, né?

Aceitei a oferta e também a gentileza dele ao me ajudar a colocar o casaco. Fazia frio do lado de fora, então, antes de sair, também coloquei um cachecol azul-claro no pescoço. Quando saímos, estávamos só eu e ele.

— E os outros? — perguntei, hesitando.

— Já devem estar no bar, não é todo mundo que trabalha tanto igual você.

Ignorei essa alfinetada e o segui. Dobramos a esquina do arranha-céu da empresa e começamos a caminhar cercados de uma diversidade de pessoas, de veículos... o normal do horário de pico. Fomos conversando enquanto andávamos e fiquei surpresa ao ver como era fácil falar com ele fora do trabalho e como eu me sentia relaxada ao seu lado. Ainda estava rindo de uma piada que ele contara quando ele parou de repente.

— Posso ser sincero? — indagou, olhando nos meus olhos.

Fiquei nervosa com a mudança de tom... mas assenti, olhando com cautela.

— A sinceridade é sempre melhor que as mentiras.

Ele voltou a sorrir e afastou uma mecha de cabelo do meu rosto, colocando-a atrás da minha orelha. Aquele gesto me fez reviver uma sensação esquecida, senti um leve bater de asas no estômago.

— Eu gosto de você, Noah... Gosto de você e adoraria te convidar para jantar — ele confessou sem nenhuma vergonha, com segurança — a segurança que pode ter um homem que conseguiu muita coisa em pouco tempo e que é brilhante, divertido e um bom chefe.

— Você quer me convidar para jantar agora... ou o plano de bebermos algo com o pessoal continua de pé? — Fiquei nervosa, e ele certamente percebeu.

— Para ser sincero, eu inventei essa história... Queria convidar você de um jeito sutil, mas estava com medo de você recusar, então contei uma mentirinha.

— Entendi... — falei, sem saber muito bem se a mentirinha tinha me agradado.

— Vamos lá, eu só quero te conhecer melhor... Vamos conversar, jantar em um lugar bonito, pedir o melhor vinho da casa e depois ir embora.

Parecia ótimo, mas... aquilo era um encontro?

Ele me levou para um restaurante elegante, mas não muito chique, não o suficiente para me deixar desconfortável, pelo menos. Nas paredes havia discos de vinil de cores distintas, todos de álbuns da década de oitenta. Em todas as mesas havia toalhas quadriculadas vermelhas e brancas belíssimas, com uma vela no centro. Tudo pensado para dar ao local um clima caseiro e aconchegante.

Era um restaurante italiano, então pelo menos eu sabia que ia gostar da comida. Pedi ravióli com molho de queijo e ele pediu uma lasanha vegetariana. Dá para dizer que aproveitei o jantar e o papo, que gostei de jogar conversa fora e das perguntas que fizemos para nos conhecer melhor. Fazia muito tempo que eu não tinha um encontro... Antes do Nicholas, eu só saí com o Dan e, além deles, mal tive tempo para estar com outros rapazes e simplesmente conhecer outras pessoas.

Ele me contou que era o filho mais velho, o único homem entre quatro irmãs que o deixavam doido. Vinha, aliás, de uma família muito bem estruturada, o pai dele era arquiteto e a mãe era médica, e sua opção por uma carreira na área de comunicação e marketing fazia dele o esquisito.

O jantar passou voando e voltamos andando para a garagem do trabalho. Meu Audi vermelho estava ao lado do carro dele: coincidências da vida.

— Bom, Noah — ele começou a falar quando ficou óbvio que não havia mais para onde ir. — Foi incrível jantar com você hoje e quero que a gente saia de novo o quanto antes.

Eu dei risada, tudo tinha sido tão legal que eu não estava nem acreditando. Sem drama, sem choro, sem espetáculos, simplesmente um homem e uma mulher juntos e falando sobre a vida. Sim, eu tinha gostado do encontro, mas fiquei tensa quando ele deu um passo adiante e se inclinou com a intenção de me beijar.

Virei o rosto por instinto, e os lábios dele repousaram suavemente sobre a minha bochecha.

— Hum — ele exclamou, num tom mesclando diversão e desgosto.

Eu o analisei, vendo quanto ele era bonito de uma maneira doce e máscula que não tinha nada a ver com a beleza arrebatadora do Nick.

— Desculpa... Gostei muito do jantar, mas prefiro ir devagar — disse, me sentindo uma menina, uma menininha estúpida que não consegue nem dar um beijo em um rapaz que acabara de gastar mais de cem dólares em um jantar.

Simon fez carinho na minha bochecha com as juntas dos dedos. Gostei daquele contato.

— Tudo bem... Você não é fácil, e gosto ainda mais assim.

Sem falar mais nada, ele se virou para o carro dele e foi embora.

Eu me demorei alguns segundos e, quando consegui ir até o meu carro, não consegui evitar que meus olhos se enchessem de lágrimas.

25

NICK

Olhei para a agenda que minha secretária tinha acabado de me passar e suspirei ao ver que não teria tempo nem de respirar. Entre a abertura da LRB e o fechamento de outras duas empresas, percebi que quase não teria tempo de fazer nenhuma outra coisa que não fosse trabalhar. Não estava reclamando, eu gostava de trabalho, principalmente no novo projeto que me custou tanto para pôr em funcionamento.

Olhei para o jornal do dia e resmunguei com os dentes cerrados. Simon Roger tinha me ligado naquela manhã para insistir que não poderíamos permitir uma publicidade negativa tão cedo: segundo ele, a nossa imagem era o mais importante naquele momento, e mesmo sabendo que tinha razão, eu não teria tempo para posar sorridente para as câmeras e explicar cada uma das minhas decisões. Já fora trabalhoso convencer o conselho, não podia tentar convencer o mundo inteiro.

Tudo ia melhorar, era só dar tempo ao tempo.

Meu celular tocou, e eu o atendi sem pensar. Era a Sophia.

— Estou ocupado — falei, de modo mais cortante do que deveria.

— Como sempre — ela rebateu, simplesmente. — Sua secretária me falou que você vai para Los Angeles na semana que vem.

— Vou visitar o escritório da LRB para garantir que está tudo nos conformes.

— Ela também me contou que você vai dar uma festa para comemorar a criação da empresa.

— A Lisa está te mantendo muito bem-informada — comentei, irritado. — Sim, o Roger insistiu nisso, disse que a festa seria importante para a imagem da empresa.

— Você pretendia me avisar que ia vir para a Califórnia? Esqueceu que faz mais de um mês que não nos vemos?

Eu me levantei da cadeira e fui me servir de uma xícara de café quente. Andava tão ocupado com o trabalho, e em relembrar meu último encontro com a Noah, que não havia pensado muito na Sophia.

— Claro que eu ia te avisar, mas ainda não tinha nada certo — respondi com calma.

Quase fui capaz de ouvir a Sophia pensando, mesmo a quilômetros de distância.

— A gente se vê no seu apartamento, então? — A ansiedade com a qual ela falou não me passou despercebida e, apesar das circunstâncias, me fez sorrir.

— A gente se vê por lá — falei, voltando a sentar. — Você tem a chave, né?

Era impossível não comparar como eu falava com ela e como costumava ser com a Noah. Tinha dado uma chave para ela meses antes, porque às vezes ela precisava estar em Los Angeles por questões de trabalho e meu apartamento estava vazio. Não tinha tido tempo para pensar se o venderia ou não, mas as lembranças que aquelas paredes guardavam ardiam tanto como o fogo que queimava na lareira que havia no meu escritório...

Meu voo para Los Angeles saía muito cedo, e eu chegaria bem a tempo para a reunião de funcionários que convocara para o meio-dia. Queria garantir que não estavam cometendo os mesmos erros que da última vez. Além do mais, queria ver a minha irmã, já que não voltara para Los Angeles desde o ano-novo. A Noah não tinha aparecido, e uma parte de mim só queria vê-la e nada mais. A mãe dela me disse que ela decidira ficar na universidade porque precisava estudar, mas eu também sabia que ela queria me evitar. Aquela última noite que havíamos passado juntos, havia quase dois meses, ainda estava gravada na minha memória: cada beijo, cada palavra, cada som, cada sensação... Não sei o que teria acontecido se ela não tivesse ido embora. Será que eu teria conseguido sair de perto dela? Será que teria forças para acordar ao lado dela, vê-la em meus braços e dizer que estava tudo terminado?

Eram perguntas que ficariam para sempre sem resposta. O destino quis que ela tomasse aquela decisão, tirando a escolha das minhas mãos, e assim continuamos com a vida.

Agora eu tinha a Sophia, que me parecia mais uma obrigação, como se estivesse apenas cumprindo as expectativas da minha existência. Um dia, eu queria ter filhos, queria ter uma mulher. Nunca iria amar ninguém como eu tinha amado a Noah, mas não podia deixar a minha vida em suspensão. Seria sempre algo doloroso de lembrar, e eu sempre levaria aquela marca em minha alma, dentro das minhas células como se ela me pertencesse. No entanto, isso não significava que não ia me esforçar para conseguir tudo o que eu queria.

Steve estava me esperando no aeroporto. Ele tinha ido passar uns dias com o irmão mais velho, que no dia seguinte ia se formar na faculdade. Sorri quando o vi e juntos fomos até o carro.

— Como está o Aaron? — perguntei enquanto colocava o cinto de segurança e ligava o celular para ver as chamadas perdidas e as mensagens que havia recebido.

— Aliviado por finalmente ter encerrado esse ciclo.

Sorri, distraído, e olhei a hora no meu relógio de pulso.

— É melhor você pisar fundo, não quero chegar atrasado em uma reunião que eu mesmo convoquei.

Steve fez o que eu pedi, e demoramos pouco mais de meia hora para chegar à cidade e estacionar perto do edifício que tinha me custado tantos milhões.

Não estranhei o rebuliço que tomava conta do escritório quando me viram chegar: eram situações com as quais já tinha me acostumado.

— Bom dia, senhor Leister, estão esperando o senhor na sala de reuniões — anunciou uma secretária cujo nome eu não sabia.

— Obrigado. Pode me trazer um café em um minuto? — pedi, atravessando a sala, sabendo que já estava tarde. — Puro, sem açúcar, por favor.

A secretária foi correndo para a copa, e passei por um corredor para chegar à sala de reuniões. Quando abri a porta, fiquei surpreso ao ver que estavam todos dando risada, não havia ninguém sentado. E pior, estavam ao redor de alguma coisa que achavam muito engraçado. Eu me aproximei lentamente, ciente de que ninguém tinha percebido a minha entrada, e dei de cara com uma garota de cabelos longos e loiros que, sentada em uma cadeira, estava tentando ganhar uma queda de braço conta o ilustre Simon Roger.

Acho que demorei alguns segundos para entender que a garota era a Noah.

Não entendi nada, fiquei calado observando-a rir e fazer força contra aquele idiota, que obviamente a deixava ganhar, pelo menos momentaneamente. Meus olhos repousaram por tempo demais nas mãos entrelaçadas deles e comecei a espumar de raiva.

— Se nos dez minutos que eu demorei para chegar vocês montaram esse circo, não quero nem imaginar o que fazem quando não estou por aqui — comentei tão alto que todos, inclusive os dois que observavam se divertindo, sentados no meio da confusão, pararam e se viraram para mim.

Noah se levantou de um salto ao ouvir a minha voz, e me afetou tanto voltar a vê-la, principalmente ali, que a raiva se apoderou de cada um dos meus sentidos. Nada me importou naquele instante, nem os funcionários, para os quais queria causar uma boa impressão, nem o fato de que, se não fosse pela Noah, eu teria rido com eles e até pedido para participar da competição.

Me concentrei nela e senti todo o meu mundo sair do eixo.

— A reunião está cancelada — anunciei, quase gritando. — Amanhã quero vocês todos aqui às sete da manhã, e vamos ver se conseguem se manter nos cargos: isso aqui não é um parque de diversões!

Fuzilei todos os presentes com o olhar, principalmente o Roger, que estava perto demais da minha namorada, quero dizer, perto demais da Noah.

Eu me virei para sair pela porta, mas não sem antes dar um último grito.

— Morgan! Quero você agora na minha sala!

26

NOAH

Fiquei observando a porta, mergulhada em um silêncio que era mantido por todos os presentes na sala.

— O chefe que vá à merda! — uma pessoa exclamou enquanto pegava suas coisas e saía.

— No fim das contas, os que os jornais estão falando vai ser verdade — outra pessoa comentou, e me virei para observá-la.

Muitos olharam para mim com pena, considerando que ele gritara comigo e que eu tinha sido a única convocada para a sala dele.

Simon se aproximou e falou ao meu ouvido.

— Quer que eu vá com você? — ele se ofereceu, e tudo o que ele me fizera sentir nas semanas anteriores deixou de ter sentido.

Agora o Nick estava lá.

— Pode ficar tranquilo, sei lidar com ele — respondi, e ele me observou com a testa franzida.

Tínhamos saído para jantar mais algumas vezes depois daquela primeira vez. Um dia, no caminho para um dos restaurantes, acabei contando a minha história com o Nick. Não preciso nem dizer como Simon ficara surpreso quando soube que minha relação com o Nicholas passava longe de algo meramente fraternal.

Sorri para ele e saí da sala para me dirigir ao escritório que o Nick, como chefe, possuía no edifício, mesmo que ficasse vazio a maior parte do tempo. Quando cheguei à porta, bati antes de entrar, principalmente porque todos ali não tiravam os olhos de mim.

— Entra! — ele bramou, do outro lado da porta.

Quando entrei, dei de cara com ele andando nervoso pela sala.

— O que diabos você tá fazendo aqui?

Respirei fundo e o observei tirar o blazer antes de o jogar de qualquer jeito na cadeira e começar a puxar as mangas da camisa até os cotovelos.

— Eu trabalho aqui — respondi, com a testa franzida. — Achei que soubesse disso.

Nick interrompeu o processo de tirar a gravata com um puxão e cravou os olhos nos meus, incrédulo.

— De que merda você tá falando?

— Eu fiquei desempregada e lembrei que o Lincoln Baxwell tinha me dado um cartão de visitas no casamento da Jenna. Liguei para ele e ele disse que ia me arranjar algo. — Dei de ombros ao falar aquilo, como se tivesse sido muito fácil, e, na verdade, foi mesmo.

Nick se apoiou na mesa e ficou me encarando.

— Por que você não ligou para mim? — perguntou, e notei uma leve decepção na voz dele. — Eu teria conseguido algo muito melhor pra você.

Revirei os olhos.

— Você nem sabe qual é a minha função na empresa.

— Certo — ele concordou, se aproximando de mim. — Para quem você trabalha?

Algo me dizia que ele não ia gostar nada de saber, mas eu não poderia mentir: ele não demoraria nada para descobrir por conta própria, e não queria deixá-lo ainda mais irritado.

— Trabalho com o Simon... sou uma espécie de assistente dele.

Nicholas respirou fundo, prendeu o ar e demorou alguns segundos para soltá-lo.

— Assistente? — repetiu com um tom malicioso, erguendo bem as sobrancelhas. — E o que isso significa?

Olhei para ele, cruzando os braços.

— Como assim, Nicholas? Significa que eu o ajudo com a agenda dele, que levo alguns cafés...

— Cafés? — disse como se fosse um insulto.

— Sim, você sabe, aquela bebida marrom que tomamos pela manhã...

— Não vem com gracinha pro meu lado — ele me cortou, sentando-se à sua mesa e olhando para mim. — Você não deveria estar estudando? Continua insistindo em trabalhar mesmo não precisando?

— Quem não precisa trabalhar é você, senhor Leister — rebati, enfatizando o sobrenome dele.

Nicholas olhou para mim como um diretor de escola observa uma aluna que se comportou mal.

— Você tá muito engraçadinha hoje... Ficar de brincadeira no horário de trabalho te deixa de bom humor?

Não deveríamos ter feito aquela queda de braço durante o expediente, mas foi ele que se atrasou.

— Fico de bom humor ao ver como você fica enciumado me vendo me divertir com os seus funcionários.

— Com o Roger, você quer dizer.

— Com seus funcionários — insisti.

— Não estou com ciúmes, fiquei irritado ao ver que você está fazendo essas pessoas perderem tempo enquanto deveriam estar dando duro pelo sucesso da empresa.

— Então agora é minha culpa que a gente precisou matar o tempo enquanto esperávamos você aparecer para uma reunião que você mesmo convocou...

— Bom... Não vamos falar de culpa, Noah, senão a conversa vai longe.

Meu Deus, às vezes eu me esquecia de como ele conseguia ser insuportável!

— Posso ir? — perguntei, fulminando-o com o olhar.

— Não.

Os olhos dele brilharam ao se encontrar com os meus, com raiva, fúria, desejo...

— Você está bonita — ele disse, depois de um tenso silêncio. O comentário me pegou de surpresa. — Dá para ver que você recuperou os quilos que tinha perdido, não gosto de te ver esquelética.

Por aquilo eu não esperava.

— Está me chamando de gorda?

Nick deu risada, e aquele som quase me causou uma parada cardíaca.

— Você se acha gorda?

Não, claro que eu não me achava gorda, nunca estive acima do peso, e era verdade que, aos poucos, fui recuperando os quilos que tinha perdido depois do nosso término. Agora eu parecia mais saudável, menos esguia. Era um bom sinal, significava que estava seguindo em frente.

— Você também não está nada mal — falei, evitando responder à pergunta. — Parece que nossa separação está começando a nos fazer bem.

O meu tom era frio, até eu me dei conta disso, e o Nick permaneceu calado, olhando para mim enquanto, assim como eu, imagino, relembrava os últimos momentos que passamos juntos.

— Mais alguma coisa? — indaguei, nos tirando daquela bolha na qual parecíamos ter entrado. — Preciso continuar o meu trabalho.

Nick assentiu, sem tirar os olhos de mim.

O que ele estava tentando me dizer me olhando daquela maneira?

Dei as costas para ele e fui até a porta. Antes de sair, me virei.

— Você deveria ser um pouco mais calmo com seus funcionários, Nicholas. São pessoas boas, e estavam todos muito animados para te conhecer.

Nick inclinou um pouco a cabeça para trás, pareceu pensar em uma resposta, mas por fim se limitou a assentir. Em seguida, saí da sala e o deixei sozinho, suponho que com muita coisa para pensar.

A reunião do dia seguinte foi muito melhor. Nick foi amável com todos e divertido, mas não se desculpou pela conduta do dia anterior. No fim das contas, ele era o chefe, e acho que nenhum dono de empresa gostaria de encontrar sua equipe dando risada e brincando na sala de reuniões. Ele parecia ter todos na palma da mão, todos menos o Simon, que o observava com uma distância fria. Não gostava daquilo, mas também não podia fazer nada. Nick estava me tratando com o respeito que eu merecia e havia deixado uma distância segura entre nós, o que me deixou agradecida. De vez em quando nossos olhares se cruzavam, principalmente quando eu o pegava desprevenido olhando para mim. Não conseguia negar que o ver por ali era bom, ao mesmo tempo que me machucava, mas tentei me concentrar no trabalho, e ele também não teve muitas oportunidades para falar comigo. As reuniões dele eram privadas e quase nunca exigiam a minha presença: eu era uma simples estagiária.

No entanto, tudo piorou no dia em que saí da minha sala e estive cara a cara com ela... a Sophia. Nós duas ficamos nos encarando e, mesmo sentindo que estava morrendo por dentro, tentei manter a calma a todo custo.

— Que bom te ver — falei no tom mais alegre e calmo que consegui. Sophia olhou para mim surpresa, e o Nick, que estava no escritório do Simon, foi logo para o lado dela assim que ouviu minhas palavras e me observou com cautela, mas sem conseguir ocultar certo interesse em seus olhos celestes.

— Se me dão licença...

Dei meia-volta e fui diretamente para o banheiro, onde me dei um minuto para tentar, com todas as minhas forças, segurar o choro.

"Calma, Noah... Você já estava começando a superá-lo, lembra? Respira, respira... Não dê a eles a satisfação de demonstrar que mexem com você."

A imagem dos dois juntos, lado a lado, sempre me perseguiria. Vê-los pessoalmente não era a mesma coisa que os ver nas fotos. Fiquei abalada ao notar como o rosto da Sophia se iluminou com a chegada dele, ao perceber como a mão do Nicholas havia repousado de leve na parte lombar dela...

"Droga, não, não chora agora, não faz isso, não seja burra..."

Eu me levantei abruptamente e lavei o rosto com um pouco de água, com cuidado para não tirar toda a maquiagem. Em seguida, peguei meu *gloss* e o retoquei. Eu tinha que parecer forte, tão forte quanto a Noah madura que havia demonstrado ser até então.

Quando saí do banheiro, o Nick e a Sophia não estavam mais por ali. Fui para a sala do Simon, bati à porta e, quando ele autorizou minha entrada, dei de frente com o Nick, que se aproximara para abrir a porta.

Ele analisou meu rosto detidamente, mas desviei o olhar, passando por ele e me aproximando do meu chefe.

— Vou passar todos esses números que você tá pedindo, Nicholas, não se preocupa — o Simon falou.

Ele assentiu de maneira distraída. Os olhos dele continuavam fixos em mim.

"Por que você fica aí me olhando, Nicholas? Vai embora com a sua namorada e me deixa sofrer em paz!"

Nick pareceu ler os meus pensamentos, porque assentiu, caminhou em direção à porta e a fechou ao sair.

Simon desviou o olhar para mim e se aproximou, pegando nas minhas mãos.

— Você está bem?

Fiz que sim com a cabeça e me aproximei dele, que se apoiou na mesa e me puxou para eu ficar mais perto.

Eu e o Simon só tínhamos trocado beijos, não fizemos nada além disso, e foram só duas vezes. Eu sabia que não podia continuar fingindo que tínhamos quinze anos: ele tinha vinte e oito e deixara mais que claro que gostava de mim, gostava até demais.

Quando ele segurou meu rosto entre as mãos e seus lábios repousaram sobre os meus eu senti algo, mas eram cócegas de leve, que não tinham nada a ver com a embriaguez que me tomava a um mero olhar do Nick.

Simon pareceu notar que eu não estava rendendo, deve ter me visto distraída, e não era para menos: eu estava pensando em tudo, menos no trabalho.

— Queria te pedir uma coisa — anunciou, afastando-se e dando a volta na mesa. Abriu uma gaveta e tirou dela um envelope cor de marfim. — A festa de inauguração da empresa será dentro de alguns dias. Todo mundo vai estar presente, e eu gostaria que você fosse minha acompanhante.

Abri ligeiramente a boca, quase negando sem pensar. Ir com ele como casal? Isso seria como gritar aos quatro ventos que tínhamos algo, mas será que não seria uma boa ideia para manter os sentimentos do Nicholas sob controle? Ele certamente iria com a Sophia, então qual seria o problema?

— E aí? — o Simon insistiu, esperançoso.

— Vou ter que sair para comprar um vestido… se o meu chefe autorizar, claro.

Simon sorriu alegre, e eu saí da sala antes que me arrependesse.

Eu ia cutucar a onça com uma vara curta.

Na noite seguinte, saí para beber com a Jenna. Já fazia várias semanas que não nos víamos, e decidimos marcar uma noite das garotas para espairecer um pouco. Eu porque precisava sentir que ainda tinha dezenove anos e a Jenna porque precisava aflorar sua "versão antiga": a Jenna que não era casada e que não costumava passar mais de três dias sem sair de casa.

Então, como a noite exigia, fui com uma minissaia vermelha de couro, meia-calça transparente e um suéter bordado, quentinho e escuro, presente da minha mãe, assim como as botas de salto que iam até o joelho. Tinha feito ondas no cabelo, que deixei caírem sobre minhas costas, e pintara os lábios combinando com a saia. Jenna ficaria orgulhosa.

Depois de brigar um pouco com o GPS, cheguei ao *pub* onde tínhamos combinado de nos encontrar. Minha amiga estava me esperando na porta e me recebeu com um sorriso enorme.

— Nossa, você veio toda arrumada! Por acaso vamos à caça? — perguntou, muito animada.

— O fato de eu ter me arrumado não tem nada a ver com os homens: eu me visto para mim mesma. E você é casada.

Jenna pareceu ignorar as minhas palavras.

— Esse é um bar bastante decente, não é baladinha, sabe? Dá para conversar, as luzes são mais baixas... Quer apostar quanto que, em menos de meia hora, já vai ter uns caras babando atrás da gente?

— Achei que hoje íamos só beber alguma coisa, conversar e nos divertir entre a gente... Não quero saber de cara nenhum. Pode ficar tranquila, estou tendo um rolo... com o meu chefe.

Jenna arregalou os olhos.

— Conta tudo! — gritou, ainda mais animada do que com a ideia de ir à caça no bar.

Dei de ombros, como quem não acha nada de mais.

— Quando estivermos com nossas taças eu te conto, mas já vou avisando que não tem muito o que contar...

Jenna assentiu, ainda mais animada, e praticamente me arrastou para dentro do local. Não era muito grande, mas estava bem lotado. Pediu alguns drinques rosa que eram muito gostosos e nos sentamos em uma mesinha afastada de canto. De repente, a curiosa soltou:

— Vamos lá, conta! Vocês tão transando? Você tá transando com o chefe?

— Nada disso, a gente saiu pra jantar e, bom... nos beijamos... duas vezes — esclareci.

Jenna me olhou fixamente.

— Duas vezes? — ela repetiu em um tom que eu já conhecia muito bem. — Não vai tão rápido, amiga, ele vai acabar achando que você é bem piranha.

— Cala a boca! — ordenei, jogando nela uns amendoins que serviram junto com as bebidas.

Jenna deu risada, mas continuou me olhando como se eu fosse algum tipo de criatura mutante de outra galáxia.

— É sério, Noah, eu entendo que o sexo seja especial pra você e tudo mais, mas transar por transar também tem suas vantagens.

Eu dei risada dela enquanto ela balançava a cabeça, divertindo-se. Mas a Jenna não se dava por vencida facilmente e passou a hora seguinte tentando achar um carinha legal para mim. Quando ela ia me apresentar o quinto rapaz da noite, verifiquei o relógio e decidi que ia embora.

— Desculpa, Jenna, mas preciso ir se não quiser dormir na empresa amanhã. Deus queira que o senhor convencido não me chame aos gritos para a sala dele.

Ela deu uma gargalhada.

— Não perguntei como você está lidando com isso — ela comentou com curiosidade, mas ao mesmo tempo com cuidado. Fazia tempo que o tópico Nicholas se transformara em motivo de incômodo. Por mais amigas que fôssemos, a Jenna conhecia o Nick desde criança e, apesar de ela sempre estar pronta para me ajudar, no fundo ela não me perdoava por ter partido o coração do amigo dela daquela maneira.

— Acho que bem, desde que mantenhamos a distância — afirmei, sabendo que estava mentindo descaradamente: a presença do Nick me afetava mais do que queria admitir.

Foi quando avistei o Lion, alto e bonito, entrando pela porta do bar. Ele não demorou para nos encontrar, como se tivéssemos uma antena na cabeça. Eu o cumprimentei com um sorriso divertido e a Jenna abriu um espacinho para que ele se sentasse perto dela.

— Tudo bem, Noah? — o marido da minha amiga falou, enquanto colocava sua mão enorme no joelho despido da esposa.

— Tudo ótimo, só cansada — respondi, deixando minha taça sobre a mesa e disposta a ir embora na sequência. Agora que eu sabia que a Jenna não ia ficar sozinha, era o momento ideal para fugir.

Eu me despedi dos dois e saí do local em direção ao meu carro. Tinha saído mais tarde do que eu havia previsto, mas estava tranquila por ter passado o bastão para o Lion: todos sabíamos o tamanho da empolgação da Jenna, e eu não estava em condições de acompanhar o ritmo dela.

Entrei no carro e saí em disparada rumo à estrada. Era sexta-feira à noite, e por isso o trânsito estava intenso, então decidi fazer um caminho alternativo para não ficar parada em nenhum engarrafamento, mesmo que fosse levar mais tempo para chegar.

Liguei o rádio para me distrair e, depois de uns dez minutos dirigindo, percebi que havia algo estranho com o carro. A direção estava com alguma resistência e notei que estava difícil manter o carro reto.

Que merda!

Comecei a reduzir a velocidade, sabendo que estava em uma estrada pequena, no meio do nada, com a pista enlameada e escorregadia por causa da garoa que caíra durante praticamente o dia inteiro. Parei no acostamento e liguei o pisca-alerta.

Tentei me lembrar do que fazer nesses casos e, ao sair, envolta por uma escuridão quase absoluta a não ser apenas pela luz do carro, abri o porta-malas em busca de uma lanterna, do colete reflexivo e do triângulo. Mas, para o meu azar, não os encontrei. Usei a lanterna do celular para vasculhar o porta-malas quem nem uma maluca, mas só encontrei um monte de bobagens inúteis.

Um carro passou ao meu lado com uma velocidade que me fez gritar e saltar quase um metro.

— Seu cretino! — gritei para o nada.

Iluminei as rodas do meu Audi com a lanterna do celular para confirmar que, de fato, o pneu tinha furado, e é claro que eu não tinha estepe, nem macaco, nem nada que pudesse me ajudar naquela situação. Por quê? Obviamente porque eu deixara tudo aquilo no meu antigo Fusca. Resmunguei comigo mesma por ter sido tão burra a ponto de esquecer de trocar as coisas de carro.

Peguei o celular e liguei para a única pessoa que eu sabia que iria me ajudar assim que eu apertasse o botão verde de chamar.

Fui atendida ao primeiro toque.

27

NICK

Eram duas da manhã e eu continuava me perguntando que merda estava fazendo ali, rodeado de pessoas idiotas e superficiais das quais eu não gostava nem um pouco e que, além de tudo, ficavam puxando o meu saco como se daquela maneira fossem se tornar meus amigos íntimos.

Estávamos em um clube no centro da cidade, um desses lugares em que o meu pai se reuniria com os amigos, e que eu havia escolhido porque ali se fechavam muitos bons contratos. Dava para entender a decisão de jogar golfe, por exemplo, ainda mais porque o meu pai me levara ao campo em algumas ocasiões, desde que eu era muito pequeno, e era um esporte que eu gostava, não tanto quanto o surfe, mas pelo menos ele me distraía. No entanto, reuniões em locais como aquele me deixavam de muito mau humor. Não bastava ficar cercado de homens de terno, sentados em sofás de couro, fumando charutos e se achando os deuses do universo, mas também tinha que aguentar suas tentativas de modificar cláusulas de contratos nos quais já estávamos trabalhando havia praticamente seis meses.

Acabei indo de última hora, me pegaram desprevenido, razão pela qual todos estavam impecavelmente vestidos e eu estava usando jeans, uma camisa informal e uma gravata que o Steve buscara para mim no apartamento, porque senão os babacas nem me deixariam entrar no lugar.

Enquanto eu pegava outro cigarro do maço, o sexto daquela noite, observei o Steve se afastando para atender uma ligação. Por um instante, achei que ele fosse me ligar, para eu poder encerrar o que estava fazendo e poder ir embora o quanto antes. No entanto, quando terminou, depois de franzir a testa e assentir ao telefone, ele se aproximou de mim, e voltei toda a minha atenção para ele.

— Preciso me ausentar um pouco — ele anunciou, olhando muito sério para mim.

"Se ausentar?"

— O que aconteceu? — falei, me levantando e indo em direção a um canto afastado da sala para falar à vontade com o Steve, não sem antes pedir licença aos presentes. — Se isso for alguma mentira para me tirar daqui, vou aumentar o seu salário, Steve.

O meu guarda-costas sorriu, mas negou com a cabeça.

— A Noah acabou de me ligar.

Meu corpo ficou tenso só de ouvir o nome dela.

— Parece que o pneu do carro dela furou e que ela está sem nada para fazer a troca, em uma estrada no meio do nada — ele me informou, sacudindo a cabeça em desaprovação e apertando os dentes. — Ela me pediu para eu ir ajudá-la.

"Espera aí... O quê?"

— Eu vou — decidi, surpreendendo a mim mesmo ao perceber que queria mesmo ir. — Pode me passar a localização.

— Nicholas, ela me perguntou se eu estava com você e me pediu expressamente para não te contar nada.

Abri um sorriso, me divertindo.

— E obviamente você ignorou o pedido. Eu vou, Steve, estou te informando.

Ele suspirou, frustrado.

— Tudo bem, vou pegar um táxi para casa. Vou mandar a localização para o seu celular. No porta-malas tem tudo de que vai precisar — ele me explicou, pacientemente.

Dei uma batidinha amistosa no ombro dele e me aproximei dos homens engravatados.

— Senhores, lamento muito, mas vou ter que ir embora: houve um imprevisto e precisam da minha presença imediatamente — falei, desfrutando as expressões de indignação. — Podemos continuar a reunião no meu escritório em um horário mais tranquilo... Boa noite.

Saí sem nem sequer dar a eles a chance de contestarem. A Noah era sempre minha melhor desculpa.

Enquanto seguia as instruções do GPS, comecei a ficar preocupado ao ver que o carro dela estava em um local quase deserto, em uma daquelas malditas estradas secundárias que muitos usavam para fugir de engarrafamentos. Sempre tinha dito para a Noah não se meter nesses lugares, porque eram perigosos e o asfalto era péssimo, mas ela sempre tinha que fazer o que lhe desse na telha.

Avistei o carro um pouco depois de uma saída. Aquilo era um perigo, qualquer um que passasse um pouco distraído poderia bater no carro com tudo. Não havia nem o triângulo de emergência nem nada. Aumentei a luz dos faróis para anunciar a minha chegada. Estacionei na frente dela e saí do carro. Ela fez o mesmo, e ficamos nos olhando, eu com vontade de colocá-la no carro e tirá-la dali e ela como se tivesse acabado de se encontrar com o diabo em pessoa.

Eu me aproximei dela enquanto aproveitava para admirá-la rapidamente. As luzes dianteiras a deixavam contra a luz, marcando cada uma de suas curvas e fazendo o cabelo dela brilhar de maneira incrível. Ela parecia um anjo cercado de escuridão.

— O que você está fazendo aqui? — ela me perguntou, cruzando os braços. Tentou fazer-se passar por irritada, mas dava para ver que estava congelando. A minissaia que usava não dava muita margem à imaginação e, quase sem querer, comecei a me imaginar tirando a roupa dela lentamente... Daria tudo para vê-la usando uma calcinha de renda e cinta-liga bem ajustada àquelas lindas coxas.

Parei diante dela, sem conseguir evitar invadir seu espaço pessoal: como sempre, com a Noah era muito difícil respeitar a distância a ser mantida entre duas pessoas. Com ela tudo era diferente.

— É assim que você recebe uma pessoa que chegou para te ajudar? — disse, com vontade de abraçá-la para que ela parasse de tremer.

— Eu liguei para o Steve, não para você — ela respondeu, desviando o olhar. A maneira como cravara meus olhos nos dela lhe causava incômodo.

— Coincidentemente o Steve trabalha pra mim.

— O Steve me disse que, se tivesse qualquer problema, eu poderia ligar pra ele.

— E quem você acha que mandou ele te falar isso?

Não pude deixar de sorrir de leve pela cara de estupefação dela.

— Você não tinha nada melhor pra fazer? Sabe... agora que você é uma pessoa muito ocupada... E a Sophia? — ela perguntou, meio a contragosto.

A menção à Sophia não era algo que me deixava de bom humor. Ainda estava gravada em minha retina a expressão da Noah quando a encontrou no escritório da LRB. Por mais que a Noah tivesse mantido as aparências, eu a conhecia o suficiente para saber que ela ficara abalada, assim como me perturbava só pensar na possibilidade de ela estar com outra pessoa.

— Está com os pais dela em San Francisco… Agora vem — eu disse, pegando-a pela mão e a puxando para o meu porta-malas. Ali havia tudo o que era necessário para a troca do pneu. Fucei entre os objetos até encontrar o colete. — Coloca isso, por favor.

Noah soltou a minha mão e pegou o colete amarelo que eu lhe oferecia. Ela o vestiu sem reclamar enquanto eu fazia o mesmo com outro colete disponível.

— Não preciso nem falar como você é irresponsável por não ter nada disso no seu próprio carro — comentei, pegando o estepe do porta-malas. — Pega o macaco e vamos lá.

Noah fez o que eu pedi. Muitas garotas não sabiam nem o que era um macaco, mas eu tinha certeza de que, se eu desse o pneu para ela, Noah o colocaria até mais rápido do que eu. O que ela disse em seguida confirmou os meus pensamentos:

— Consigo fazer isso sozinha, você pode ir embora — falou, se agachando perto de mim quando afastei o pneu furado.

— Não fala besteira e fica perto do carro — rebati, me levantando e pegando os triângulos de emergência do porta-malas. Quando voltei para perto dela, vi que havia colocado sozinha o macaco debaixo do carro e que estava o pressionando com força.

Eu a peguei pelos ombros e a afastei, reclamando entre dentes.

— Dá pra esperar? — alfinetei, bravo. Olhei para baixo e vi que os joelhos dela estavam sujos de barro e que sua meia tinha rasgado por causa do contato com as pedras no chão. — Você não tem que provar nada pra mim, sei que você é perfeitamente capaz de trocar um pneu, mas é tão difícil assim aceitar que eu vim te ajudar?

— Eu não quero a sua ajuda, Nicholas — ela declarou.

Eu me virei para ela, tentando controlar o sentimento que aquelas palavras despertavam em mim.

— Você não precisa do pneu, então? — perguntei, olhando sério para ela. Noah apertou os lábios com força. — Posso levar ele embora… um guincho pode demorar de vinte a quarenta e cinco minutos para vir te buscar... Sem falar na multa que você pode levar por andar por aí sem estepe no porta-malas.

— Por isso eu não queria que o Steve te contasse nada... Você sempre acaba jogando tudo na minha cara — ela soltou, sem pestanejar.

Não fora a minha intenção: a verdade verdadeira era que preferia estar ali, naquele lugar no meio do nada, todo ferrado, às duas da manhã, com a Noah, do que em qualquer outro lugar, e esse era o problema.

Mais bravo comigo mesmo do que com ela, dei as costas para a Noah e comecei a trabalhar. Notei o olhar dela durante todo o processo. O único barulho que interrompia o silêncio da noite era dos carros passando ao nosso lado e do vento que parecia querer nos fazer sair voando.

Ao terminar, me levantei disposto a ir embora e me deparei com uma Noah completamente calada, apoiada levemente no carro e com o olhar cravado no meu rosto. Um carro passou do nosso lado, me obrigando a dar um passo na direção dela. Ela se apoiou contra a porta e senti o meu quadril se encaixando no dela em um movimento quase magnético.

Nossos olhos se encontraram naquela escuridão parcial e, de repente, senti uma necessidade quase dolorosa de tocar aquela pele e sentir se a temperatura dela subira tanto quanto a minha. Sem hesitar, apoiei a mão no quadril dela e meus dedos foram para debaixo de sua blusa.

— Você está gelada — comentei, me aproximando ainda mais, querendo senti-la. No entanto, a mão dela nos separou. Ela a colocou sobre o meu peito e me empurrou de leve para trás.

— Não faça isso, Nick — ela advertiu, evitando me olhar nos olhos.

— Só não quero que você fique com hipotermia — eu disse, tão baixo que talvez ela nem tenha escutado. Tudo pareceu desvanecer, eu só queria pegar nas bochechas dela e beijar aqueles lábios até o sol nascer, para que nós dois ficássemos com a mesma temperatura corporal... Odiava não poder puxá-la para mim e abraçá-la, odiava que ela não pedisse abrigo debaixo dos meus braços até que o frio abandonasse o corpo dela, odiava não encontrar aquele sorriso radiante quando ela me via chegar.

Eu ia beijá-la, que merda, não havia dúvidas. Para que serviam aqueles lábios se não para serem beijados pelos meus? Mas a Noah não me deu chance: ela se agachou e escapou por debaixo do meu braço.

— Preciso ir — anunciou sem titubear, abrindo a porta do carro dela e sentando-se ao volante.

Quando ela se afastou, quem sentiu frio fui eu, mas não queria que ela tivesse escapado daquela maneira. Eu tinha sido um babaca, não podia fazer aquilo com ela, eu simplesmente não raciocinava direito quando estávamos a sós.

— Ei, Noah — falei, ficando na altura da janela do carro dela. Ela não deu a partida e, com a chave no contato, abriu a janela para poder me ver melhor. — Não vai acontecer de novo, eu prometo.

Não sei o que se passou pela cabeça dela, mas sei que o olhar que ela me lançou me deixou doido por dias.

28

NOAH

Não vou comentar muito o breve encontro com o Nick, porque não sei o que me doeu mais: sua intenção de me beijar ou a promessa de que não voltaria a fazer aquilo.

Gostei de ter o autocontrole para colocar um ponto-final na situação antes que alguma coisa acontecesse, principalmente porque eu sabia como tinha sido difícil me recuperar da noite que passamos juntos naquele feriado. Nicholas era assim, um homem impulsivo, um homem que fazia o que queria sem pensar nas consequências. Se ele quisesse sexo, que procurasse a Sophia... Credo! Só de pensar, eu já tenho vontade de arrancar os cabelos. Mas não queria ser aquele tipo de garota que mesmo depois de um término volta para a cama do ex sempre que ele tem vontade. Não, nem pensar.

Por isso me concentrei na pessoa que queria realmente algo a mais do que me levar para a cama, e que tinha me convidado para a festa de abertura da LRB. Eu estava um pouco nervosa, principalmente porque o Nicholas levaria a Sophia, e não tinha certeza de que conseguiria suportar aquilo.

No dia da festa, coloquei meu vestido azul de pedraria, curto e ajustado ao corpo, que fazia um ano que não conseguia usar, justamente por ter emagrecido a ponto de precisar colocar enchimento para dar volume nos seios e deixar o decote menos estranho. Sorri ao me observar no espelho, pois voltara a reconhecer o meu reflexo: sim, lá estavam meus seios, que haviam desaparecido por alguns meses e que, por sorte, decidiram voltar.

Calcei os saltos que a Jenna deixara para mim na semana anterior, um par de Louboutin cor de cereja que combinavam com uma bolsinha decorada da mesma cor. Peguei meu casaco preto, longo e elegante, presente de Natal da minha mãe, e saí quando ouvi a buzina do carro do Simon.

Simon logo saiu do carro para me cumprimentar.

— Você está espetacular — comentou, colocando as mãos na minha cintura e me atraindo para a boca dele.

Meu Deus, por que eu continuava incomodada ao fazer aquilo…?

Eu me afastei dele um segundo depois e fechei o casaco, já que o vento estava bem forte. O carro do Simon era um bonito Porsche clássico cinza, e não pude deixar de lembrar do dia em que eu tinha feito o Nick perder a Ferrari dele… Ainda não sabia como ele conseguiu me perdoar, mas sabia que já estávamos nos apaixonando.

O que será que o Simon faria se eu batesse ou arranhasse seu precioso carro?

Ele abriu a porta para mim como um autêntico cavalheiro e, juntos, fomos em direção à festa.

O local era enorme, desses com pé-direito bem alto e desenhos artísticos nas paredes. Fiquei surpresa ao ver tanta gente, já que a empresa era nova, mas claro, era apenas mais uma do grupo. Reconheci algumas pessoas que me cumprimentaram e que perguntaram da minha mãe e do Will. Agora que o Nick era chefe, o William optara por se afastar e deixar o filho à vontade. Além do mais, o Will andava bastante ocupado com o projeto de ser pai, na idade dele, de uma menina tão pequena. Olhei ao redor de maneira distraída enquanto o Simon pegava duas taças de champanhe e me oferecia uma.

— Procurando alguém?

Que merda.

Fixei meus olhos nele e levei a taça aos lábios enquanto negava com a cabeça.

— Só admirando o lugar… É bonito — respondi enquanto tomava mais um grande gole da minha taça.

Como o Simon tinha um cargo importante na empresa, viu-se obrigado a cumprimentar quase todo mundo. No início ele me arrastou junto, mas depois de quase uma hora eu decidi que já era o suficiente e fui para o balcão sob o pretexto de que meus pés estavam doloridos. Justo quando uma garçonete trocou minha taça vazia por outra cheia de champanhe *rosé* gelado e borbulhante, meus olhos se desviaram, atraídos como ímãs, para a entrada do lugar.

Bom… Lá estavam eles: o rei e a rainha da festa.

Sophia estava esplêndida, com um elegante vestido de gala, longo e de cor bege. Tinha o cabelo penteado para o lado, cachos escuros que lhe caíam sobre o ombro. Já o rosto dela reluzia com a iluminação do local.

Ele estava... soberbo, sim, soberbo era a palavra. Terno cinza-escuro, camisa branca, gravata azul-celeste e aquele rosto que era um convite ao pecado e a fazer coisas ruins, perigosas e proibidas.

Por sorte, as luzes diminuíram de repente para dar início ao jantar, e o Simon apareceu para me acompanhar até a nossa mesa. Ele me deu toda a sua atenção: conversamos, comemos, demos risada e, um pouco depois da sobremesa, ele me tirou para dançar na pista onde o restante dos convidados e nossos colegas de trabalho já estavam dançando.

Apesar de termos ido juntos, queríamos ser discretos na frente dos presentes e não chamar muita atenção para nossa relação embrionária, então nos comportamos como se fôssemos amigos. Mentiria, isso sim, se eu dissesse que não gostei de ver o desgosto do Nicholas.

Em determinado momento, fiquei sozinha com a minha bebida, a quinta taça da noite, e foi então que o Nick enfim decidiu se aproximar. Não vi a Sophia por perto, mas senti a presença dela, como se estivesse nos observando. Simon havia desaparecido, e eu não fazia ideia de onde ele estava, mas estava satisfeita com a companhia do meu amigo, o *barman*.

— Chegou bem em casa ontem à noite? — o Nick me perguntou, ficando ao meu lado no bar e me encarando com a testa franzida.

— Cheguei muito bem, obrigada. Sua ajuda foi uma mão na roda — respondi, dando risada da minha própria piada. — Você devia se dedicar a isso — adicionei, tomando mais um gole da minha taça.

— A trocar pneus? — ele falou, olhando para mim, se divertindo. — Que bom que o meu futuro não está nas suas mãos...

Sorri para ele por educação e levei outra vez a taça aos meus lábios, algo que o Nicholas contemplou nervoso.

— Você veio com o Simon. — Não era uma pergunta.

— Muito observador... Você deduziu isso porque jantamos juntos ou porque eu não me separei dele durante a noite toda?

— Eu deduzi assim que vi vocês dois no escritório. Achava que não havia nada entre vocês... Isso pode acabar em demissão.

Ergui os olhos na direção dele e notei que estava muito mais tenso do que queria demonstrar.

— Prefere se livrar primeiro de mim ou dele?

— Você sabe muito bem a resposta — sentenciou, fixando o olhar nos meus lábios. Eu fiz o mesmo em relação aos dele, mas logo busquei seus olhos. Precisava me concentrar.

— Só sei que agora estou começando um novo capítulo da minha vida — comentei, sem deixar de olhar para ele. — Como você fez há cerca de um ano. Claro, fico feliz por você, Nick, é ótimo ver que você voltou a se apaixonar, que está feliz, que conseguiu ficar com a garota pela qual se apaixonou à primeira vista. — Minhas palavras saíram com tanto veneno que fiquei grata pela chegada do Simon bem naquele instante, porque não sabia o que mais poderia escapar da minha boca. Acabei perdendo o filtro, e aquilo poderia ficar perigoso.

— Tudo certo? — ele indagou, ficando do meu lado. Nicholas se virou para o meu chefe.

— Tudo ótimo — respondeu, com um brilho estranho no olhar. — Vocês vão pro lugar lá no centro, quando isso aqui terminar?

Simon olhou para mim, mas eu não conseguia tirar os olhos do Nick. O que diabos ele estava planejando?

— Noah, você quer ir?

Sair com o Nick e a Sophia? Não, obrigada, eu preferia morrer.

Mas antes que pudesse responder, a Sophia apareceu do nada e entrelaçou o braço dela no do Nick, que involuntariamente ficou tenso com o contato.

— Oi, pessoal — ela cumprimentou com um sorriso evidentemente falso.

Fiz o mesmo, pensando na possibilidade de conseguir me vingar durante o *after*.

— Nossa, eu adoraria — respondi, passando o braço pela cintura do Simon, um gesto que ele respondeu me abraçando por cima dos ombros. Nick com certeza se incomodou com aquilo.

— Então a gente se vê daqui a pouco — resmungou.

Depois só restava se despedir dos convidados, não de todos, evidentemente, e ver o Nick subindo no palco para agradecer a presença de todos. Lá em cima, com aquele terno, seu porte impecável e seu olhar triunfante, ele era a personificação da perfeição. Ele se transformara naquilo que sempre quis ser, havia superado todas as expectativas e parecia no topo do mundo.

Eu me senti orgulhosa, por mais que estivesse com vontade de fazer picadinho dele.

Segui o Simon para o lado de fora, na direção do carro, para irmos ao local para o qual Nick nos chamara. Era uma balada, muito moderna, que ficava a uns dez minutos dali. Ao chegar, fiquei grata por poder tirar o casaco e pedir mais uma bebida.

Simon me observou se divertindo quando pedi duas doses de tequila ao garçom. Enquanto preparavam os *shots* na nossa frente, eu me aproximei de Simon. A música e a luz baixa do ambiente me incentivaram a dar um passo adiante e colocar meus lábios nos dele, que respondeu com entusiasmo. Senti o álcool no hálito dele quando ele colocou a língua na minha boca e deixei que a minha fizesse o mesmo.

— Duas doses de tequila — o garçom anunciou, nos obrigando a nos separar.

Simon beijava... bem? Sim, bem.

Lambi o dorso da minha mão sem me acanhar e joguei sal nela antes de a oferecer ao meu companheiro, que ficou me olhando, pasmo.

— O que foi? — perguntei, pegando o copinho com uma mão e uma rodela de limão com a outra, me preparando.

Simon deu risada e me imitou.

— Você não faz nem ideia do que causa nos homens, né? — ele falou, se aproximando de mim.

A verdade é que não, o único homem que achei que sentisse algo acabou me confessando que estava apaixonado por outra.

E falando no bonito... Justo naquele instante meus olhos se desviaram para o casal que acabava de passar pela porta de entrada. Voltei a olhar para o Simon, dando um sorriso forçado, bati meu copinho no dele e o levei à boca, virando tudo de uma vez. A tequila fez a minha garganta arder e, antes que ficasse com ânsia de vômito, coloquei o limão na boca e o chupei.

De soslaio, percebi que o Nick nos localizara com o olhar e estava vindo na nossa direção com a Sophia em sua cola. Fiquei com vontade de correr na direção contrária, mas pensei melhor e me mantive perto do balcão. O Simon, que estava de costas para a entrada, não percebeu a aproximação. Quando o Nick chegou ao nosso lado, o Simon estava praticamente falando ao pé do meu ouvido.

Dei risada como se tivesse ouvido a piada mais engraçada do mundo e depois o peguei pelo braço para que ele se virasse para o dono da empresa.

— Parece que vocês já começaram sem a gente — o Nick comentou, fazendo um sinal para o garçom trazer outra rodada.

"Nossa, mais uma dose!". Meu corpo não ia aguentar.

— Perdão, não fomos apresentados — o Simon falou para a Sophia.

Nick olhou para mim por um segundo e depois se virou para fazer as apresentações.

— Simon, essa é a Sophia; Sophia, esse é o Simon, um dos investidores da LRB, eu já falei sobre ele... — o Nick os apresentou de uma maneira bastante informal.

Nicholas nem olhava para ela, e pior, estava tão de olho em mim que fiquei até incomodada, incomodada porque o Simon parecia estar prestando atenção em cada uma das palavras pronunciadas. Estiquei o braço para pegar a dose, mas o Nick se antecipou, pegou o copinho e o levou à boca, sem sal nem limão, à moda antiga.

Talvez fosse uma boa ideia parar um pouco com o álcool e fiquei grata quando começou a tocar uma música conhecida. Aquela era a desculpa perfeita para sair dali.

— Vamos dançar, Simon? — perguntei, abraçando-o e dando uma piscadela, numa tentativa de ser provocativa.

— Claro — ele respondeu, deixando o copo no balcão e pedindo licença para os outros dois. Notei o olhar glacial do Nick na minha nuca, tão fixo que quase senti um buraco sendo formado na minha pele.

Na pista, as pessoas pulavam e se mexiam no ritmo da música. Dei as costas para o Simon e o deixei pegar na minha cintura. A outra mão estava sobre a minha barriga, e comecei a tremer quando ele começou a mordiscar meu pescoço de uma maneira única, sensual e sem nenhum pudor.

— Assim você vai me matar, pequena — ele disse, e o maldito apelido me fez lembrar do modo como o Nick sempre me chamava: "sardenta"... Havia muito tempo que eu não ouvia aquela palavra.

Meus olhos automaticamente se desviaram para o balcão, em busca dele, mas ele não estava lá. Onde diabos ele se metera? Estava fazendo todo aquele showzinho para ele e fiquei muito brava ao perceber que ele nem estava me observando. Dei meia-volta antes que o Simon me beijasse outra vez daquele jeito tão escandaloso, pedindo desculpas para ir ao banheiro. Saí de lá pisando forte, soltando fumaça, e também muito, muito bêbada, preciso dizer, porque a tequila bateu bem rápido. Mas antes de conseguir entrar no banheiro, antes mesmo de ir para a enorme fila de garotas esperando para usá-lo, uma mão me puxou pelo pulso com força e me obrigou a ir para corredor cheio de gente e com luzinhas que piscavam em vermelho, verde e azul. Fiquei um pouco enjoada, mas então minhas costas foram de encontro a uma parede e uma boca que eu conhecia muito bem carimbou a minha, enquanto um corpo duro, musculoso e quente me pressionava, com um dos joelhos entre as minhas pernas, e me apertando com força.

No início eu resisti, não queria que ele encostasse em mim, de jeito nenhum. Estava brava porque ele estava com ela, chateada porque ele não ficara assistindo à dança que eu dedicara a ele e furiosa porque ele não fizera nada para impedir que o Simon encostasse em mim. Onde estava o Nick que eu conhecia? O que tinha acontecido com ele?

Ele segurou os meus pulsos, os colocou acima da minha cabeça e os manteve por ali. Eu mal conseguia me mexer, já que a pelve dele me aprisionara contra a parede. Com a outra mão, ele me pegou pelo queixo e acariciou meu lábio inferior com o polegar. Não falou nada, absolutamente nada, limitou-se a baixar a cabeça e introduzir sua língua ardente na minha boca, quase chegando na minha garganta. Em um dado momento, nossos olhos se encontraram na penumbra e o que percebi me fez estremecer: ele estava sofrendo pelo mesmo motivo que eu, por causa do espaço, o espaço imenso que havia entre nós, quase impossível de diminuir, um abismo entre a vida de cada um. Ele estava com a Sophia já havia muito tempo, mais do que o nosso próprio relacionamento havia durado, e eu... bom, eu tinha dado um passo gigantesco, já que passei de ser quase incapaz de conversar com alguém do sexo oposto para sair em encontros e trocar beijos com o meu chefe.

O que será que nos ajudaria a perceber que precisávamos ficar juntos? Será que ainda havia salvação? Havia o que recuperar? Uma luz no fim do túnel para nos dar forças?

Aparentemente, não.

Nick pareceu ouvir meus pensamentos, foi como se, com aquele beijo, tivéssemos nos conectado mentalmente. Ao ver que eu tinha parado de resistir ele soltou as minhas mãos, e eu as apoiei nos ombros dele. Em seguida ele me puxou para perto, e eu o abracei pelo pescoço e me apertei contra ele, com desejo de senti-lo grudado em mim. Precisava sentir que ele não ia desaparecer. Nosso beijo era desesperado, um beijo do qual precisávamos, um beijo que, para nós dois, era proibido.

Ele se afastou, alguns segundos depois, e fez carinho na minha orelha com os lábios.

— Só eu consigo fazer você se sentir assim, não esqueça disso — ele sussurrou contra a minha pele.

Fiquei sem resposta... O que eu poderia dizer? Que ele estava errado? Nós dois sabíamos que ele tinha razão.

— Noah... — ele disse ao perceber que fiquei calada. A realidade das palavras dele foi um golpe duro, que me deixou aturdida.

Por que será que, ao pronunciar o meu nome, pareceu que ele estava me fazendo uma pergunta, uma pergunta muito importante?

Antes que eu pudesse fazer ou dizer alguma coisa, senti uma pontada no estômago, forte e dolorosa. Eu o empurrei de leve, me virei para o lado e comecei a vomitar.

Nicholas demorou um pouco para reagir, mas pegou meus cabelos para que não viessem sobre o meu rosto e me segurou para que eu não caísse enquanto expelia todo o maldito álcool que tinha colocado no meu corpo. Continuei vomitando por um tempo, me obrigando a não pensar em como estava deixando o chão daquele corredor mal iluminado. Pelo menos não dava para ver nada, e a música abafava o som das minhas frequentes golfadas.

Quando enfim terminei e voltei a ficar de pé, o Nick me tirou do local pela porta dos fundos.

— Não, não — eu me neguei. Queria voltar, já que o Simon continuava por lá e ficaria preocupado.

— Vou te levar pra casa agora mesmo — ele falou, naquele tom que não admitia réplicas.

Steve apareceu na esquina com o carro depois de uma ligação do Nick, que ficou comigo no banco de trás.

— Está melhor? — ele me perguntou com um tom de voz estranho.

A verdade é que não, eu não estava nada bem. Queria chegar em casa e beber um copão de água. Depois escovar os dentes e ir para debaixo de um cobertor bem quentinho, porque estava congelando. Comecei a tremer e quase a ter espasmos. Que merda... Tinha ficado mesmo muito mal.

O Nick me puxou para ele, tirou o blazer e o colocou nos meus ombros, e depois me abraçou até me obrigar a me apoiar nele, onde dormi, ou desmaiei, quase instantaneamente.

Abri os olhos e cambaleei quando o Nick me puxou para fora do carro.

— Vai buscar a Sophia e levá-la para o apartamento, depois venha me buscar — ele ordenou para o Steve sem nem olhar para ele, enquanto me carregava nos braços.

— Eu consigo andar — reclamei, bem fraca.

Ao chegar à porta, ele me deixou no chão, vasculhou minha bolsa até encontrar a chave e entramos no meu apartamento. Nick me deitou em minha cama bem quando senti mais uma pontada dolorosa no estômago, e por isso me encolhi em posição fetal.

— Preciso ir ao banheiro — falei, tentando esconder o quanto estava mal, não queria que ele soubesse como tinha sido irresponsável. Maldita tequila, maldita champanhe e maldito gim. Só eu mesma para misturar três tipos diferentes de álcool.

— Você vai vomitar? — ele me perguntou, e notei uma pitada de irritação na voz dele.

Ergui o olhar, e vi que ele me observava com nojo.

— Você já pode ir embora, Nicholas — falei, destilando veneno.

— Posso ir embora? Nossa, obrigado pela permissão.

— Você vai acordar a minha colega — eu adverti, o fulminando com o olhar.

— Tanto faz — ele soltou, então.

Apertei a mandíbula com força e me ergui para que ele não tivesse que me olhar de cima. O movimento quase conseguiu acabar comigo, eu estava com muita vontade de vomitar. Ainda por cima, quando levantei, notei algo… Maldição, só podia ser piada.

Eu o empurrei e fui correndo para o banheiro. Ao entrar, percebi que tinha acabado de menstruar.

Por isso estava com tanta cólica.

Sem me importar com a presença do Nicholas do lado de fora, tirei a roupa, a joguei no cesto de roupa suja e me meti debaixo da água gelada. Aquilo ajudaria, com certeza. Não fiquei muito tempo, foi um banho rápido, só o suficiente para espairecer. Depois coloquei um absorvente interno, me enrolei em uma toalha e voltei para o quarto, torcendo para que ele já tivesse ido embora, mas não, lá estava ele, sentado aos pés da minha cama.

— Pode ir embora — falei, virada para o armário, quase sem olhar para ele.

— Eu vou quando achar conveniente. Agora, bebe isso — ele falou, me oferecendo um grande copo de água gelada.

Ainda estava enrolada na toalha e meu cabelo pingava no tapete do meu quarto.

— Vou me vestir, então olha pra lá — pedi, com os dentes cerrados.

Nicholas revirou os olhos. Não havia nada ali que ele já não tivesse visto. Mas a lógica não me importava naquele instante.

Fiquei olhando para ele até que se virou e ficou de costas para mim. Rapidamente, ou com toda a rapidez possível diante do meu estado de embriaguez, vesti uma calcinha de algodão, uns shorts e uma camiseta de pijama.

— Pronto — anunciei, e me aproximei dele para pegar o copo d'água.

— O ibuprofeno também — ele disse, e me dei conta de que ele precisara abrir a gaveta da mesa de cabeceira para encontrar o remédio. Se não estava enganada, naquela gaveta estava a carta dele, a que ele me escrevera há tanto tempo e que eu relia muitas vezes, mais do que gostaria de admitir.

Peguei o comprimido das mãos dele soltando faíscas pelos olhos e, depois de tomá-lo, fui para a cama, me cobri até o pescoço com o edredom e fiquei olhando para a parede, de costas para ele.

Alguns segundos depois, senti que ele se sentava do meu lado no colchão. Os dedos dele acariciaram meu cabelo, afastando-o com cuidado, e fechei os olhos com aquele contato tão cálido e tão especial.

— Você a deveria jogar fora... Essas palavras já não significam mais nada.

Foi embora depois de dizer aquilo.

29

NICK

Steve me deixou na porta do conjunto de apartamentos que, um tempo atrás, eu deixara com a clara intenção de não voltar. Foi duro voltar àquele lugar, depois de mais de um ano: as lembranças, as malditas lembranças estavam presentes em cada esquina, em cada canto, em cada cômodo.

Vê-la com o Simon naquela noite foi como se tivessem atravessado o meu coração com uma facada. Maldito Simon Roger, porra, que vontade de quebrar a cara dele! Eu arrancaria todos os dentes dele à força quando o vi beijando o pescoço dela, a pele dela... até os lábios.

E depois houve o momento em que eu a encurralei contra a parede, o instante no qual esqueci tudo o que tinha acontecido, em que pareceu que estávamos dispostos a apagar tudo e seguir em frente. Tê-la nos meus braços era sempre algo magnético, atração pura, contra a qual era impossível lutar. No entanto, de repente algo pareceu me atingir como uma bola de ferro: percebi a existência de um véu invisível entre nós dois, um véu cuja presença eu não havia notado antes.

O que será que era? O tempo? Nossas vidas já quase completamente refeitas e separadas? Um amor que começava a ficar preso no passado?

Naquele momento senti medo, medo ao perceber que nossa separação já era algo consumado, tangível e muito mais real do que eu poderia imaginar.

Entrei no elevador pensando no rosto dela repousando no travesseiro, em seus cabelos esparramados pelos lençóis brancos, na carta que eu encontrara na gaveta da mesa de cabeceira, sempre à mão, bem perto...

Será que aquelas palavras não faziam mais sentido?

Sim, claro que sim... Por mais que eu perdesse o controle diante dela, por mais que eu a desejasse, por mais que quisesse recomeçar de onde paramos, a verdade era que ela tinha me traído com outro cara.

Ao abrir a porta, notei que as luzes estavam acesas. A Sophia estava no sofá, sentada, olhando para a televisão desligada e com uma taça de vinho na mão. Tirei meu blazer e o deixei no outro sofá. Os olhos dela se desviaram para mim e enxerguei algo que não gostei.

— Você estava com ela?

Não havia por que mentir, claro que estava com ela, não precisava ser nenhum gênio para chegar àquela conclusão.

— Sim, eu a levei pra casa, ela não tava muito bem — respondi, dando as costas e me servindo de uma taça.

— Ela está com outra pessoa, Nicholas, ele podia ter levado a Noah pra casa...

Pensar que esse alguém era o Simon me tirou do sério.

— É sério que você tá me cobrando satisfação, Sophia? Você sabe que não gosto de ficar me justificando pra ninguém — disse, apoiando a garrafa com um golpe seco.

Sophia se levantou do sofá e, com passos seguros, ficou diante de mim.

— O que temos já não é mais nenhuma brincadeira, e se quiser que a gente continue, você tem que me levar em consideração, Nicholas. Então, sim, estou te pedindo satisfação. Antes eu não me importava com o quc você fazia ou deixava de fazer, estava claro como era o nosso relacionamento, mas faz um tempo que as coisas mudaram, então gostaria que você honrasse a sua palavra.

Observei seus olhos castanhos com atenção e vi muito mais do que ela pretendia me mostrar.

Dei um passo para a frente, peguei no queixo dela e a observei fixamente.

— Vou honrar a minha palavra — afirmei, acariciando a pele dela com um leve toque dos dedos. — E você honra a sua.

Sophia fechou os olhos por um instante e depois voltou a me encarar, dessa vez dissimulando.

— Não vou me apaixonar por você, não precisa se preocupar.

Então se afastou de mim, me deu as costas e foi para o meu quarto. Bebi o que restava na minha taça e fui atrás dela.

Agora era a minha vez de cumprir promessas.

30

NOAH

Depois que o Nick foi embora e eu dormi por algumas horas, fui acordada pela dor de estômago e uma vontade renovada de vomitar. Quase caí da cama na minha corrida para chegar até o banheiro.

Estava tão esgotada que nem me dei conta de que precisava ir trabalhar. Eu me levantei como pude e lavei o rosto. A maquiagem do dia anterior estava toda borrada e eu tinha olheiras enormes debaixo dos olhos. Eu me maquiei e quase acabei com o meu pó tentando esconder a minha vergonha. Peguei minha mochila, uma blusa e a chave do carro e saí correndo do apartamento. A última coisa que queria era que o Nick tivesse outro motivo para me demitir. Ao pensar nisso, eu me lembrei do nosso beijo ardente na véspera. Olhei as mensagens no meu celular enquanto dirigia, algo que não se deve fazer, é claro, e vi que havia umas dez chamadas perdidas do Simon.

"Que merda!"

Esqueci que não estava mais sozinha, que maldição. E agora, que raios ia falar para ele? Que meu ex-namorado me levou pra casa depois de praticamente enfiar a língua na minha garganta?

Precisava de café, sim, um café me faria pensar melhor, me ajudaria a enfrentar as consequências da noite anterior, mas assim que entrei no edifício e me dirigi ao elevador, eu o vi. Lá estava o Nick, usando roupa social e com o olhar fixo na tela do celular enquanto esperava que o elevador chegasse. Respirei fundo, reclamando do meu azar, e me aproximei. Pensei em usar as escadas, mas subir catorze andares, ainda por cima de ressaca, não me pareceu uma boa ideia. Parei ao lado dele, que ergueu o olhar do celular e me fitou.

Porra, eu podia ser uma dessas pessoas que perdem a memória depois de uma bebedeira. Pelo menos a situação seria menos constrangedora.

— O que você tá fazendo aqui?

— Eu trabalho aqui — respondi, revirando os olhos.

Nick ignorou minha resposta impertinente.

— Achei que você não viria, dada a situação em que estava...

— Bom, não queria te dar motivos para me demitir — respondi, ignorando-o o máximo possível e entrando no elevador vazio quando as portas se abriram.

Nicholas me seguiu, guardando o celular no bolso.

— Como você tá? — ele perguntou, com certa estranheza na voz.

— Estou bem — eu disse, surpresa com a preocupação dele.

Na noite anterior, tudo saíra do controle. Eu o provocara, sei muito bem que sim, mas não imaginava que ele reagiria daquela maneira.

"Você a deveria jogar fora... Essas palavras já não significam mais nada."

A frase ressurgiu em minha mente como se resgatadas de um nevoeiro denso. Por que ele me falara aquilo? Para me machucar? Se achava mesmo que aquelas palavras antigas já não significavam mais nada, por que diabos tinha me beijado de novo? Por que me levara para casa e se certificara de que eu ficaria bem? Por que agora estava demonstrando preocupação ao perguntar como eu estava?

Aquilo precisava acabar, eu não conseguiria continuar vivendo daquele jeito.

Sem pensar muito bem no que estava fazendo, dei um passo adiante e apertei o botão vermelho que fazia o elevador parar. O elevador fez um barulho estranho, soltou um apito agudo e parou.

Eu me virei para o Nick, que parecia surpreso e confuso.

— Por quê? — perguntei, cruzando os braços para tentar me proteger diante dele, minha única maneira de sentir como se houvesse uma barreira entre nós dois.

— Por que o quê? — ele retrucou, com a testa franzida.

— Por que você me beijou? — Como resposta, o Nick ficou me encarando. — Você não devia ter feito isso.

Ele ergueu as sobrancelhas, incrédulo.

— Não ouvi você reclamando em nenhum momento.

Senti que estava ficando vermelha, e ele sorriu de uma maneira que me deixou sem ar.

— Agora você vai me dizer que o show que você deu na pista de dança não foi para me deixar com ciúmes?

Arregalei os olhos fingindo indignação.

— Você não é o centro do universo, aquilo não tinha nada a ver com você — menti. — Além do mais, o que isso tem a ver com a história? Já é a segunda vez que você faz isso... É você que vem atrás de mim, foi você que me procurou na casa do seu pai e agora fez isso de novo, e eu não gosto disso, você me deixa confusa e...

— E daí? — ele me interrompeu, dando um passo na minha direção. Daquela vez não recuei, fiquei parada onde estava: ia encarar a situação, estava cansada dos altos e baixos emocionais que acompanhavam cada um dos nossos reencontros. Ele sempre reaparecia quando eu achava que iria esquecê-lo e agia de um jeito que me fazia questionar a minha sanidade.

— Estou cansada disso, Nicholas. Já se passou muito tempo, e estou tentando seguir em frente.

Ele não pareceu gostar daquilo.

— Seguir em frente com o Simon? — Havia veneno inoculado em cada uma daquelas palavras.

— Com o Simon ou qualquer outro... Eu também mereço ser feliz — afirmei com determinação. — Eu quero o que eu e você tínhamos, Nicholas, e se o Simon...

Ele não me deixou terminar. Pegou no meu pulso e me puxou com força até que meu busto se chocou contra o peito dele, com nossos pés se encostando no chão.

— Repete isso. Repete que você quer que o Simon te dê o mesmo que eu te dei.

Minha respiração ficou entrecortada ao tê-lo tão perto, a fragrância dele inundou meus sentidos, e quis me afastar para recuperar o controle, mas ele não deixou, colocando a outra mão nas minhas costas e me apertando contra si.

— Um dia eu vou encontrar outra pessoa, Nicholas. Você não tem o direito de querer que ninguém encoste em mim, nem desejar que eu esteja à sua disposição para o que bem entender. Estou com o Simon, você tem que aceitar isso, assim como eu aceitei que você está com a Sophia — falei, sentindo um gosto amargo na boca ao mencionar o nome dela. — Você lembra da Sophia? Sua namorada? — adicionei, com nojo.

A expressão do Nicholas se alterou, e ele me observou durante alguns segundos que pareceram eternos. Naquele intervalo, pude perceber como a cólera que minhas palavras provocavam o transtornava.

— Você tá brincando com fogo, Noah. — Ele pressionava o punho contra as minhas costas com força.

— Não estou brincando com nada, é você quem quer ficar pulando a cerca.

Nicholas deu uma gargalhada amarga.

— Que ironia, justo você falando sobre pular a cerca.

"Meu Deus! Era sempre a mesma coisa! Que merda! Ele nunca vai parar de jogar isso na minha cara?"

Sem tirar os olhos dele, estiquei o braço e apertei o mesmo botão vermelho de antes. O elevador voltou a subir enquanto ambos continuávamos na batalha mais longa da história. Antes que as portas se abrissem, soltei um último comentário:

— Por mais que seja dolorido... nós dois sabíamos que esse momento ia chegar.

Vi que ele ia falar algo, mas saí rapidamente dali, fugindo de qualquer insulto que ele estivesse preparando.

Pela primeira vez desde que terminamos, quis ficar longe dele.

Ao sair do elevador, fui direto para a sala do Simon. Eu lhe devia uma explicação. Ao entrar, eu o vi apoiado na mesa, com os braços cruzados e um semblante preocupado.

— Noah, o que aconteceu ontem à noite? — ele perguntou quando me viu, e senti vergonha. — Você disse que ia ao banheiro, depois fiquei te procurando por todos os cantos, preocupado... Achei que tivesse acontecido alguma coisa. É sério, droga, nunca mais faz isso.

— Desculpa, sei que te larguei lá, eu...

— Fiquei uma hora atrás de você até um engravatado vir me falar que você tinha ido pra casa... Por que você foi embora?

Maldição, eu estava me sentindo tão culpada... Me comportara como uma completa idiota e colocara em risco o que tinha começado com o Simon.

Dei um passo vacilante, com medo de perder algo que parecia estar evoluindo na direção certa.

— Eu fiquei péssima, fico até com vergonha de te contar. Gostaria de te dizer que simplesmente tive que ir embora porque alguém pediu a minha ajuda em alguma emergência, ou que alguma amiga minha terminou com o namorado e precisava de consolo, ou que torci o tornozelo e precisei ir para o hospital, mas a verdade é que eu passei do ponto com a bebida. Não quero que você me ache uma criança que não sabe beber ou algo pior, mas a verdade é essa: eu estava bêbada... e posso garantir que a minha ressaca de hoje está sendo castigo o suficiente. Por favor, me desculpa.

Respirei fundo para me recuperar do monólogo e vi que o Simon voltara a olhar para mim como de costume. Ele se afastou da mesa e veio na minha direção, até ficar a um palmo de distância de mim.

— Da próxima vez me avisa, porque eu mesmo vou me encarregar de te levar para casa sã e salva... Sei que só faz algumas semanas que estamos nos conhecendo, mas eu gosto de você e quero que você confie em mim sempre que precisar.

Senhoras e senhores, eis uma reação madura.

Dei um sorrisinho fraco. Ele colocou uma mão na minha cintura e me puxou ainda mais perto para o corpo dele.

— Gostei muito da nossa noite, lamento que você não possa dizer o mesmo.

— Estava tudo ótimo, até eu decidir tomar o terceiro drinque. Meti o pé na jaca... Mas de resto, foi tudo incrível, de verdade, aproveitei muito a noite.

Simon subiu a mão pela minha blusa azul-marinho e me puxou para si. Depois daquela minha discussão com o Nick, queria — precisava — que meu relacionamento com o Simon desse certo. Ele me beijou na boca de uma maneira terna e carinhosa. Minhas mãos subiram até a nuca dele, obrigando-o a me beijar de uma maneira que me fizesse esquecer do homem que estava a poucos metros de distância dali.

Nós dois nos separamos ofegantes, e vi que Simon sorria.

— Estou desculpada?

— Nem pensar, eu ainda vou te encher de broncas...

Dei risada e, justo naquele momento, a porta da sala se abriu. Era a secretária do Nick.

— O senhor Leister convocou uma reunião para daqui a uma hora. Ele quer que todos compareçam.

A reunião com todos os funcionários do setor foi uma tortura. Minha responsabilidade era cuidar do projetor e passar os slides, o que me deixava no centro das atenções: fiquei de pé enquanto as outras pessoas me observavam de seus respectivos lugares, especialmente o Nick. Se ele não controlasse a maneira como olhava para mim, o Simon e todos os demais iam acabar ficando desconfiados, e aquilo era a última coisa que eu queria. No fim da apresentação, o Nicholas se levantou e nos pediu para ficarmos mais um pouco.

— Queria tratar de um tema delicado, mas acho que é importante — Todos o olhamos com atenção, não fazíamos ideia do que o deixara tão frio de repente. — Não sei se alguns de vocês não estão cientes das normas da empresa, e por isso mandei fazer cópias do regulamento para todos os presentes, com o objetivo de que repassem as regras para seus subordinados. — Todos olharam atentamente para o Nicholas, que tinha o olhar profissional e distante. — Os namoros entre funcionários são terminantemente proibidos.

Arregalei os olhos, surpresa. Notei que o Simon encarava o Nicholas e, de súbito, um incômodo silêncio tomou conta do lugar.

— É uma norma que sempre existiu em todas as empresas da minha família e a considero importante para o bom funcionamento do negócio. — Ele passou a observar todos os presentes, detendo-se no Simon e depois em mim. — Se não houver mais nenhuma dúvida, podem voltar ao trabalho. Obrigado.

Um burburinho se espalhou em meio ao pessoal enquanto todos os presentes se apressavam para sair o mais rápido possível dali.

Meu Deus, que regra mais ridícula!

Eu me virei para o Simon, vendo que ele se levantava, mas não parecia com nenhuma pressa para voltar para sua sala.

Nicholas terminou de guardar as coisas em uma maleta. Então ergueu os olhos e nos observou, deixou o lápis que segurava entre os dedos sobre a mesa de vidro e ajeitou a postura, disposto a ouvir o que quer que o Simon estivesse prestes a dizer.

— Sabe de uma coisa, Nicholas? — ele falou, rodeando a mesa e se aproximando dele.

Eu assistia aos dois nervosa, sem saber muito bem o que fazer nem o que dizer. Não deveria ter ficado pendurada no Simon na noite anterior, não na frente do Nick, e muito menos tê-lo mencionado na nossa conversa no elevador. Que droga, entreguei de bandeja a oportunidade para ele jogar aquilo na nossa cara!

— Acho ótimo que exija que os funcionários cumpram suas normas estúpidas, mas você não pode esquecer que eu sou sócio dessa empresa, então pode guardar para você suas considerações sobre a minha vida pessoal.

Nicholas não pareceu surpreso com o ataque verbal. E pior, aquilo o pareceu inflar e, do alto de toda sua altura, argumentou com o Simon sem hesitar.

— Sou dono de sessenta por cento das ações, o que o deixa basicamente com vinte por cento, considerando que você divide o restante com o Baxwell. No contrato da sociedade está muito bem estabelecido que a empresa fica sob a jurisdição da Leister Enterprises, então, se quiser convocar uma reunião com o conselho, ou seja, comigo e meus conselheiros, fique à vontade, não vejo nenhum problema.

"Que merda."

— Nicholas, você não está sendo justo — falei, entre dentes. Não estava acreditando naquilo.

— Se algum dia um de vocês quiser dirigir uma empresa, vão poder fazer o que bem entenderem, mas, por enquanto, é assim que a banda toca. Se eu os vir juntos de novo em alguma situação comprometedora ou suspeita, que me faça acreditar ou simplesmente desconfiar que vocês têm um relacionamento amoroso, os dois vão para a rua. Entendido?

Fiquei olhando para o Simon com pena, era nítido que ele queria quebrar a cara do Nick, mas, por mais que a situação pedisse, ele não ia brigar com o próprio chefe. Ele não podia fazer nem falar nada, na verdade já tinha passado do ponto, e, considerando tudo o que tinha acontecido, eu receava que o Nicholas estivesse esperando um mínimo deslize para demitir o Simon.

Ele pegou suas coisas e saiu da sala batendo a porta.

Nicholas se virou para mim, que continuava lá parada, como uma idiota. Eu me sentia com raiva e impotente, com a cabeça fervendo. Naquele momento, eu o odiava por ser tão egoísta, por não me querer para si e não permitir que eu fosse de mais ninguém. Eu o odiava por continuar brincando comigo mesmo sabendo que meu coração seguia sangrando por causa dele.

— Você também vai sair da sala igual uma adolescente birrenta? Porque eu não vou me importar nem um pouco — ele disse, pegando suas coisas como se nada tivesse acontecido.

— Que merda se passa pela sua cabeça? — eu o alfinetei, erguendo a voz e apertando os punhos com força.

Nicholas me dirigiu um olhar cheio de veneno.

— Estou tentando comandar uma empresa. Não pretendo permitir que você durma com um dos meus sócios.

— Mas isso não é da sua conta! — gritei.

— Você é inacreditável — ele afirmou, baixando o tom de voz e me olhando com raiva. — Às vezes é difícil lembrar os motivos por que me apaixonei por você. Quando penso nisso, tudo se reduz a momentos muito bons, sim, mas que não compensam nem de longe todos os momentos de merda pelos quais você me fez passar.

Quando aquilo tinha virado uma conversa sobre nós dois?!

— Você fala como se fosse um santo. Sempre esquece que dormi com outro porque me fizeram acreditar que você tinha me traído com outras duas. Sim, eu cometi um erro, mas e você? O que você me diz sobre você, Nicholas? Quantas mulheres você levou para a cama desde que terminamos? Contando comigo, meu Deus... deixei você fazer o que bem quis comigo, mesmo você sendo comprometido! Eu cheguei ao fundo do poço por sua causa, e você me trata como se eu fosse sua propriedade ou um brinquedo para se distrair quando está entediado. Você não me deixa seguir em frente, e isso é muito egoísta!

Nicholas deixou as coisas dele na mesa e foi andando na minha direção. Eu estava muito brava, com a respiração entrecortada e as mãos trêmulas... Acabei desabafando, precisava dar vazão àquilo, àquilo e muito mais, guardar tudo dentro de mim não me servia de nada.

— Você sabe por quê? Porque não pretendo deixar que você siga em frente antes que eu mesmo consiga. Essa é a situação atual: eu não quero te ver feliz, não quero te ver com ninguém porque eu ainda não terminei o que quero fazer com você!

Eu o empurrei com todas as minhas forças e me afastei até a outra ponta da sala.

— Você não vai mais encostar um dedo em mim — falei, entre dentes. O efeito das minhas palavras provocou um brilho de predador nas pupilas dilatadas dele. — Você acha que pode fazer o que quiser comigo, mas não é assim que funciona. Enquanto você estiver com outra, o beijo de ontem vai ser o último.

Nicholas parou diante de mim e colocou as mãos na parede, cada uma de um lado da minha cabeça.

— Eu não suporto te ver com esse cara. Isso me tira do sério — ele confessou, me encarando com paixão e determinação no olhar.

Dei uma risada sarcástica.

— Bom, não dá para dizer que eu amo de paixão te ver com a Sophia.

Nick ignorou o meu comentário e se aproximou um pouco mais.

— Preciso estar dentro de você — ele soltou, então, sem nenhum constrangimento.

— Não.

Ele tentou me seduzir com um daqueles sorrisos de canto que mexiam demais comigo.

— Você sabe perfeitamente bem que posso fazer você mudar de opinião tão rápido que não vai nem se dar conta. — Ao falar isso, ele ergueu o meu queixo e usou o polegar para acariciar a minha bochecha até chegar no meu lábio inferior.

Afastei a mão dele.

— Não vou cair nessa brincadeira, não dessa vez — declarei, me separando dele. — Esse caso não tem solução, Nicholas, só estamos nos machucando, e eu já sofri tudo que conseguia aguentar. Não vou envolver mais pessoas nisso: você está com a Sophia, eu estou começando algo com o Simon, essa é a realidade.

Nicholas negou com a cabeça, voltando a se enfurecer.

— Você não vai começar nada com ele, Noah, pelo menos não por aqui — ele ameaçou sem pudor.

Olhei ao redor. Se aquelas eram as regras do jogo…

— Então eu vou embora. Eu me demito — falei, deixando-o paralisado. Eu me afastei e saí, fechando a porta atrás de mim.

Era isso, estava feito… Não havia nenhum outro motivo para voltar a vê-lo.

31

NOAH

Mesmo tendo tomado a decisão de forma precipitada, naquela noite, já deitada, cheguei à conclusão de que era o melhor que eu podia fazer. Precisava virar aquela maldita página, e seria impossível trabalhando para ele, era absurdo.

Estava com diversas chamadas perdidas do Simon no meu celular, que tentara entrar em contato comigo, me perguntar se eu estava bem, mas eu o ignorara, absorta demais na minha revolta contra o Nicholas. No entanto, decidi atender a uma das ligações. Perguntei ao Simon se ele se importava que eu fosse para o apartamento dele, e, quando ele se recuperou do susto, não hesitou em me passar o endereço.

Não demorei muito para chegar ao condomínio onde ele morava, que ficava a apenas uma quadra do apartamento do Nick. Quando cheguei, tinha muito claro o que eu queria fazer.

Simon me recebeu com um semblante de preocupação. Usava uma calça de moletom cinza e uma camiseta larga vermelha-escura. A cor da ira que eu sentia. Não o deixei falar nada, assim que ele abriu a porta, já me lancei aos braços dele.

"Chupa, Nicholas Leister!"

Simon envolveu minha cintura com seu braço ao mesmo tempo que fechava a porta. Quando ficou com as duas mãos livres, me ergueu do chão pela cintura em um gesto que me fazia lembrar do Nick. Mas que droga, por que os caras gostavam tanto de me levantar e ficar me girando por aí?

"Noah, foco."

Quando ele me pôs em cima do balcão da cozinha, me afastei para poder ver a reação que o meu ataque lhe causara. Simon estava me olhando como se não me reconhecesse.

— Quando você me falou que viria para cá, juro que era a última coisa que achei que poderia acontecer.

Não queria conversar, não era daquilo que precisava naquele momento, precisava tirar o Nicholas da cabeça, lavá-lo da minha pele e da minha alma. Com os olhos cravados no Simon, aqueles olhos verde-escuros e de cílios loiros, tirei a camiseta pela cabeça para ficar só de sutiã.

— Minha nossa — o Simon exclamou, buscando a minha nuca e tomando conta da minha boca novamente.

Deixei que brincasse o quanto quisesse com a minha língua, mas quando ele começou a descer uma mão pelas minhas costas despidas, fiquei tensa sem querer.

— Você tá bem? — ele me perguntou, afastando-se e detendo a mão no fecho do meu sutiã.

— É só que... Podemos ir para o seu quarto?

Escuridão... Estava precisando dela, algo que não me ocorria há muito tempo. Simon sorriu e voltou a me pegar, me levando até uma porta em um corredor com luzes difusas.

— Eu sei andar — comentei, sem conseguir me segurar.

— Eu sei, mas estou gostando de sentir você desse jeito.

Parecia estar gostando mesmo, com uma ereção cravada na minha pele como vara de alumínio. Simon me colocou na cama, tirou a camiseta e se deitou sobre mim, tomando cuidado para não jogar seu peso sobre meu corpo e me dando beijinhos na barriga. Fechei os olhos com força... Ai, não, por quê? Que merda, por que tinha tanta vontade de chorar?

Simon desabotoou a minha calça jeans e de repente fui invadida pelas lembranças daquela noite com o Michael, da boca dele na minha pele, dos lábios dele nos meus. Foi como reviver tudo, a traição, o coração partido, o maior erro da minha vida. Será que estava cometendo o mesmo erro?

Não! Que merda, eu não estava fazendo nada de errado, o Simon não era um cara qualquer, o Simon queria algo comigo, ele gostava de mim, mais do que o Michael, mais do que o Nicholas...

Nicholas.

Seu rosto me veio à mente, aqueles malditos olhos celestes que olhavam como se ele fosse o próprio diabo encarnado, seus lábios, sua maneira de me beijar como se não houvesse amanhã, seu jeito de me esmagar contra a cama, querendo me sentir com tanto desespero que me deixava até sem ar em algumas ocasiões. As mãos que tentavam me despir agora não eram as dele, nunca seriam as dele, e eu não sabia se algum dia esqueceria aquele contato, se algum dia conseguiria aproveitar estar com qualquer outro homem.

A ponto de ter um ataque histérico e de pânico, afastei o Simon com um empurrão e me ergui de um pulo.

— Desculpa... eu não consigo — falei, abotoando a calça e procurando a saída como um animal enjaulado. Era assim que eu me sentia, enjaulada, prisioneira dos meus próprios sentimentos.

— Noah, espera, desculpa, se você não estiver preparada...

— Tenho que ir — eu disse, ignorando-o e saindo pela porta. Passei pela sala e encontrei minha camiseta jogada de qualquer jeito no chão da cozinha. Fui até lá, a recolhi e a vesti bruscamente.

Simon então me pegou pelos braços, me obrigando a olhar para ele.

— Pode me dizer o que está acontecendo? — ele indagou, entre preocupado e irritado. — É por causa do Leister? Porque, se for isso, já vou avisando que não me importo nada com aquelas merdas de regulamento da empresa. Está me entendendo?

Neguei com a cabeça e sequei uma lágrima com o dorso da mão.

— Eu só quero ir pra casa — comentei, tentando controlar o quanto me sentia perdida.

Simon levantou o olhar, me observou durante alguns instantes e depois assentiu com a cabeça.

— Tudo bem — concordou, suspirando fundo. — Qualquer coisa é só me ligar, tá bom?

Assenti com pena dele, ele não merecia aquilo, não merecia ter que lidar com alguém como eu. Sentindo-me culpada, eu me aproximei e dei um leve beijo na bochecha dele antes de pegar a minha bolsa e sair sem olhar para trás.

Nicholas dez, Noah menos cinco.

32

NICK

Não fui atrás dela quando saiu batendo a porta da sala de reunião. Não era o melhor momento, eu sabia muito bem que tinha causado uma irritação geral. Eu me comportara como um autêntico babaca, mas pensar na Noah fazendo o que fazia comigo com outra pessoa me enfurecia, e de uma maneira que me fazia questionar a minha própria sanidade. Sabia que eu mesmo a havia incentivado a virar a página, sabia que isso significava que teria que deixá-la refazer a vida com outro, mas desde a primeira vez que a vi com o Simon, eu não parava de me perguntar se estava equivocado.

Fiquei a noite inteira pensando sobre aquilo e, no dia seguinte, esperei impaciente um momento para poder falar a sós com ela. Para minha surpresa, foi a Noah que decidiu aparecer na minha sala.

Ela nem bateu, o que só avivou mais ainda a minha vontade de beijá-la. Eu a observei de cima a baixo sem dissimular. Ela vestia uma calça bem justa ao corpo, que mais parecia uma segunda pele, e a camiseta, ainda que elegante, também era colada demais, destacando aquelas bonitas curvas que eu conhecia tão bem. As bochechas dela estavam coradas e seus lábios pareciam grossos e um pouco inchados. Com uma olhada rápida já sabia que ela passara a noite chorando.

Estava segurando um papel e se aproximou para deixá-lo em cima da minha mesa.

— É a minha carta de demissão. Como sou estagiária, não preciso ficar duas semanas de aviso prévio. Simon vai ter que se virar sozinho enquanto não conseguir encontrar outra pessoa, se é que vocês pretendem me substituir — ela disse, sem olhar nos meus olhos.

"Que merda!"

Eu me levantei e, enquanto me aproximava, ela se virou com a clara intenção de sair correndo. Estiquei o braço e a puxei pelo pulso na minha direção.

— Mas que droga, espera — ordenei com os dentes cerrados. Eu me apoiei na mesa para não precisar me inclinar para olhá-la nos olhos. Ela apertou os lábios com força, se soltou com um puxão e cruzou os braços debaixo do peito. — Não largue o seu emprego, Noah. Não era essa a minha intenção.

— Quero ir embora... Preciso ir embora — ela disse, me encarando.

— Por quê? Por que ia querer sair do trabalho com o maior salário que você vai encontrar? É sério que prefere ficar sem dinheiro por causa de um idiota como o Simon? Achei que você fosse mais inteligente do que isso.

— É por sua causa, Nicholas. Não quero mais te ver, por isso vou embora.

— Espera, espera um segundo — pedi, me apressando para pegar na mão dela para impedir que continuasse se afastando.

Observei por alguns instantes seus bonitos olhos cor de mel e comecei a contar mentalmente as sardas que ela tinha no nariz, mesmo eu já sabendo quantas eram: um total de vinte e oito, vinte e oito sardas apenas no nariz... Não queria deixar de ver aquelas sardas, não queria deixar de ver a Noah.

— Acho que não estamos lidando muito bem com esses encontros, não é?

Noah olhou para o chão por um segundo antes de voltar a se concentrar em mim.

— Só sabemos nos machucar... e... eu... — Os olhos dela se umedeceram, e observei como ela mordia o lábio com força. Ela não queria chorar na minha frente, mas eu a conhecia muito bem e sabia que ela perderia o controle em questão de segundos. — Eu preciso superar isso.

Ela disse aquilo em um sussurro que só eu, que estava na frente dela, conseguiria ouvir com clareza.

Instintivamente, eu a puxei para mim e a envolvi entre meus braços. Enterrei meu rosto no pescoço dela e senti o aroma de morangos que ela exalava...

— Eu sinto tanta saudade de você... — ela confessou, então, contra o meu peito, e senti aquelas palavras como punhaladas na minha alma.

Sem falar nada, afundei a mão nos cabelos dela, a puxei para trás e roubei um beijo, um beijo do qual necessitava naquele momento, um beijo que tinha que acontecer antes que eu falasse o que precisava dizer. Não foi um beijo profundo, foi um beijo que não pretendia demonstrar nada além de um simples carinho, amor e nostalgia. Meus lábios encostaram nos dela e selaram uma espécie de promessa.

— Não há nada que possamos fazer para mudar o que passou — declarei, admirando o rosto dela, prestando atenção em cada detalhe dele. — E adoraria pensar que, algum dia, a raiva que tenho dentro de mim vai desaparecer... Espero que isso aconteça, Noah, de verdade, mas, nesse exato momento, parece algo impossível.

Ela me ouvia atentamente.

— Você nunca vai me perdoar pelo que eu fiz, não é? — perguntou com a voz trêmula.

— De todas as coisas que você poderia ter feito... me trair era a única que acabaria com o que tínhamos.

Mesmo então, depois de tanto tempo, sentia uma dor insuportável só de pensar naquilo.

— Eu sei... — ela disse, secando a bochecha com os dedos.

Ficamos mergulhados em um silêncio estranho, um silêncio que não se tornou incômodo, mas que parecia um prelúdio de uma decisão importante. E eu precisava dizer algo mais, algo que me passava pela cabeça havia muito tempo e que eu não conseguia esquecer.

— Noah... O que rolou na casa do meu pai...

— Você se arrepende, eu sei, nem precisa me falar — a Noah se apressou a me interromper.

— Eu não me arrependo, pelo contrário, acho que foi uma boa maneira de terminar, não é? Pensei em ir falar com você e perguntar se você estava bem, mas você desapareceu e não atendeu às minhas ligações... No final, cheguei à conclusão de que era melhor daquele jeito.

A luz que entrava pela janela se refletiu nos olhos dela quando ela levantou o olhar à minha procura. Queria ter visto neles outra coisa que não aquela dor, que parecia tão profunda quanto a minha. Como conseguíamos sofrer tanto estando juntos e também estando separados?

— Vou embora hoje à tarde... e nem sei quando volto. Pode ficar tranquila, Noah, não vou voltar a pôr um dedo em você.

Noah respirou fundo, meio que tentando fazer com que o ar em seus pulmões a ajudasse a disfarçar o que se via claramente em seus olhos marejados.

— O pior de tudo é que, apesar de tudo que aconteceu, eu não quero que você vá — ela afirmou, tentando se controlar. Minha mão voltou a agir por conta própria e meus dedos acariciaram a sua bochecha. Os olhos dela se fecharam por um segundo e, logo em seguida, repousaram sobre o meu pulso.

Antes que eu tivesse reação, ela segurou minha mão entre seus dedos e a girou, de maneira que a tatuagem que eu tinha feito havia um ano e meio ficasse à mostra. Ela me olhou por um segundo e, juntos, nos transportamos para aquela noite... a noite em que a Noah tinha se divertido ao escrever palavras de amor sobre a minha pele.

"Você é meu", ela escrevera, e logo corri para fazer a tatuagem, como se aquelas palavras gravadas para sempre na minha pele tivessem se tornado realidade. Sem aviso, a Noah pousou seus lábios na tatuagem, e minha pele se arrepiou como se eu tivesse recebido uma descarga elétrica. O pior de tudo é que eu percebi, percebi como o muro começava a ruir e passei a sentir medo... medo de cair de novo, de cometer o mesmo erro, medo de ficar exposto outra vez, de voltar a me ver sem o controle que tanto demorei para conquistar.

"Você vai se arrepender disso, eu tenho certeza. Você vai se arrepender e me odiar porque vai lembrar de mim até quando quiser me esquecer."

As palavras que a Noah me dissera depois de descobrir a tatuagem me voltaram como se tivessem sido pronunciadas na véspera. Parecia que ela já sabia o que ia acontecer.

— Preciso ir.

Ia me desvencilhar para sair, passar por aquela porta e não voltar mais até que fosse estritamente necessário, mas a Noah pareceu entrar em pânico e agarrou meus braços com força.

— Não, não, não, não — ela se pôs a repetir enquanto as lágrimas a impediam de enxergar, seus olhos estavam tão inchados que se transformaram em um elixir líquido que tentava com todas as forças impedir o impossível. — Por favor... por favor, vamos tentar de novo, vamos tentar de novo, Nicholas — ela suplicou, cravando as unhas na minha pele.

Apertei a mandíbula com força, não queria nada daquilo. Que droga, por que ela tinha que complicar tanto as coisas?

— Não é questão de tentar nada, Noah. O que aconteceu acabou com o que tínhamos.

— Eu sei que você consegue voltar a me amar de novo... eu sei, você não ama a Sophia, você me ama, só consegue amar a mim, lembra? Você disse que me amaria para sempre, fosse o que fosse. Não falei nada antes porque achei que o tempo ajudaria a nos curar, mas não foi o que aconteceu e isso só pode significar uma coisa. Então agora eu te peço, peço para que você nos dê outra chance.

— Não me peça algo que eu não posso dar — eu a cortei, pegando nos pulsos dela e afastando-a de mim. Segurei suas mãos com força, no alto, e a encarei nos olhos para que entendesse o que eu ia dizer. — Eu não consigo amar ninguém... Esse navio já foi embora, está entendendo? Houve um momento em que me abri para você, mesmo sabendo que isso ia contra todos os meus instintos. Eu tentei, tentei de verdade, mas não fui feito para amar, nem sou alguém que possa ser amado, e isso você deixou muito claro.

— Eu te amo — ela declarou em um sussurro, olhando nos meus olhos. Não queria nem pensar em como pareceríamos para alguém que nos visse de fora, carregando tantas experiências ruins e relacionamentos péssimos, não sabíamos o que era amar, nenhum dos dois, porque tínhamos sofrido desde que éramos crianças, e acabávamos causando esse mesmo sofrimento nas pessoas que tentavam se aproximar.

— Você não me ama, Noah... Você pegou a única arma que poderia me machucar e apertou o gatilho.

— Eu estou aqui, continuo aqui, e você também! Você nem consegue ficar longe de mim... isso significa algo, tem que significar algo! Depois de um ano continuamos correndo um atrás do outro... Você quer mesmo que eu termine ficando com outra pessoa? Pensa bem, Nicholas, porque, se você for embora, se me deixar de novo, quando voltar pode ser que eu não esteja mais aqui!

— Isso é algum tipo de ameaça?

A simples menção da Noah com outro me tirava do sério.

— Eu te esperei, estou te esperando desde que terminamos, já se passou quase um ano e meio e continuo esperando você voltar para mim, mas você só me dá falsas esperanças. Eu não aguento mais, Nicholas. É agora ou nunca, porque, se você for embora, se me deixar de novo, eu e você estamos acabados para sempre.

O silêncio tomou conta da sala e vi incredulidade e decepção nos olhos dela. Respirei fundo antes de responder:

— Tchau, Noah — eu disse, sentindo uma dor horrível no peito.

Noah se afastou de mim como se minhas palavras a tivessem queimado. Eu sabia de todas as minhas renúncias ao sair por aquela porta, mas não podia oferecer o que ela queria de mim. Ela deu um passo para trás, e a tristeza deu lugar a outra coisa, mais obscura e difícil de decifrar.

— Tchau, Nicholas.

Ela foi embora sem olhar para trás, e foi isso que fiz também.

TERCEIRA PARTE

CONTAGEM REGRESSIVA

33

NOAH

A biblioteca estava lotada. Logo chegariam as datas de entrega dos trabalhos e depois viriam algumas provas de recuperação. Não fazia ideia do tempo que havia passado enfurnada naquele lugar, já que fiquei em um canto afastado das janelas para não me distrair, e também para não ficar deprimida ao ver as pessoas felizes na rua, aproveitando os últimos dias de inverno.

Jenna estava ali, ao meu lado, e parecia prestar atenção em tudo menos no livro de biologia que tinha diante do nariz.

— Terminou? — ela me perguntou pela oitava vez. Eu a fulminei com o olhar, exasperada. — Ah, por favor, Noah, nesse ritmo eu vou estudar o meu livro inteiro, passar na matéria e tudo mais.

Não consegui segurar o riso enquanto soltava um suspiro.

— Só um cafezinho, Jenna, estou falando sério.

Um sorriso se desenhou no rosto da minha amiga, e juntas pegamos nossas coisas e saímos daquele cárcere autoimposto.

Do lado de fora, reparei que não ia demorar para anoitecer e me abracei para me proteger do vento gélido que fazia as árvores balançarem. Tinha ficado tantas horas dentro da biblioteca que perdera a noção do tempo.

Os dois meses de trabalho na LRB me ensinaram muitas coisas sobre o mundo real, mas, agora que as provas se aproximavam, fiquei feliz por poder me dedicar integramente aos estudos. Conseguiria me virar por alguns meses com as minhas economias. Simon se oferecera para procurar uma vaga parecida para mim em outra empresa, e eu seria eternamente grata pelo gesto, mas, no momento, parecia melhor me dedicar à faculdade. Tirando isso, o que tínhamos… bom, por ora tínhamos deixado por aquilo.

Fora sincera com ele e expliquei que ainda não tinha superado o Nick e que precisava de um tempo sozinha. A gente se via de vez em quando, mas como amigos: ele me levava para comer algo, ou saíamos em grupo para jantar com os amigos e nos divertir.

Jenna colou em mim na saída da biblioteca, entrelaçamos nossos braços e juntas fomos andando até o café mais próximo. Pedi um café triplo e um *pretzel*, e a Jenna escolheu um chocolate quente. Fomos para um dos bancos do parque e tentamos aproveitar nossa pequena pausa.

— Queria te convidar para o aniversário do Lion, vou organizar uma festa na nossa casa. Vai ser muito legal, vamos fazer uma surpresa. Eu falei pra ele que tenho uma prova importante no dia seguinte e que só conseguia sair para jantar... É mentira, minha última prova é amanhã, então, quando ele chegar em casa no aniversário, vai levar um susto daqueles.

Sorri imaginando a cena.

— Quando vai ser? — perguntei, bebendo um gole do meu café.

— Em algumas semanas, estou te avisando com antecedência, então você tem que ir!

Eu me fiz um pouco de difícil, gostava de ver a minha amiga usando todas as suas armas de persuasão, mas depois falei que iria, sim, e ela pareceu voltar a respirar aliviada. Não estava muito empolgada com a ideia, na verdade o meu cansaço me dominava, estava mais esgotada do que nunca, nem o café conseguia me manter de pé, mas, pensando bem, seria ótimo sair e me distrair. Conversamos um pouco sobre coisas sem importância. Jenna me contou que o Lion tinha ficado bravo com ela porque a vira com um martelo na mão uns dias atrás, com a clara intenção de consertar algo. Seria algo insignificante para qualquer outra pessoa, mas a Jenna tinha machucado um dedo com aquele mesmo martelo havia pouco tempo, e seu marido havia a proibido terminantemente de voltar a chegar perto das ferramentas.

Eu me divertia ao ver como a Jenna acatava as normas do marido, ou melhor: as desobedecia.

— Você tinha que ter visto: "Minhas ferramentas, minhas regras!". E enquanto eu revirava os olhos, ele começou a arrumar a banqueta da minha penteadeira sem nem que eu precisasse pedir. Parece uma boa tática, né? Quando peço algo diretamente, ele diz que vai resolver quando puder, mas quando me vê com um martelo na mão, sai correndo para terminar o que eu fingi ter começado.

— Você é malvada — comentei, me levantando com a intenção de voltar aos estudos, e a Jenna fez o mesmo. Ao virar em uma rua que nos levaria para a biblioteca, quase trombamos em alguém. Alguém que eu não queria ver nunca mais: o Michael.

— O que raios você tá fazendo aqui?! — a Jenna gritou, fulminando-o com o olhar.

Michael ficou olhando fixamente para mim, percorrendo o meu corpo com os olhos, que se demoraram no meu rosto por mais alguns segundos antes de se concentrarem na minha amiga.

— Eu voltei — respondeu, e em seguida voltou a olhar para mim.

Não fora nada fácil esquecer o que havia rolado com o Michael. Ele não apenas arruinou a minha relação com o Nick, mas também traiu a minha confiança, aproveitando-se de mim em um momento de enorme vulnerabilidade.

— Você disse que não voltaria — eu o censurei nervosa, me aproximando da Jenna. — Esse foi o trato.

Michael deu de ombros com indiferença.

— As pessoas mudam de opinião.

Fiquei calada, sem acreditar no que estava ouvindo. Vê-lo novamente me causou uma sensação ruim. Lembrei de coisas que estavam bem enterradas e que jurei nunca mais revisitar.

Michael achava que eu e ele teríamos algo depois do meu término com o Nick. Durante um tempo, insistira na ideia de que eu deveria ficar com ele, dar uma chance a ele. Fizera o favor de retirar as queixas contra o Nick unicamente para poder me chantagear. Quando saíra do hospital, e depois que o Nicholas tinha ido embora para Nova York, ele passava todos os dias para me ver, e quando deixei claro que não teríamos nada ele me xingou de todas as coisas, me acusou de ter brincado com ele, inventou coisas que eu nunca dissera e tentou até transar comigo de novo. Naquele dia, eu o ameacei falando que ia pedir uma ordem de restrição na justiça.

O irmão dele, Charlie, me procurou e confessou que o Michael já tivera problemas assim antes, e que por pouco a carreira dele não tinha acabado por conta de uma garota. Naquele dia, fiquei sabendo que o Charlie e o Michael sofreram muito com a morte da mãe deles. Aquilo os afetou a ponto de o Michael se tornar uma pessoa instável, enquanto o Charlie se entregou para a bebida… Não foi fácil para eles superarem aquilo, ainda mais considerando que ficaram órfãos, já que o pai os abandonara quando eram crianças. O Michael passou a tomar conta do Charlie, mas sofria com transtornos de personalidade e chegou a entrar em depressão. Por fim, o Charlie convencera o irmão a aceitar uma oportunidade de trabalho em outro estado, e jurou que ele não voltaria a me incomodar.

Jenna tirou o celular do bolso.

— Vou chamar a polícia — ela ameaçou, furiosa de um jeito que eu nunca tinha visto na vida.

Eu continuava com os olhos grudados no Michael, o responsável por meu relacionamento ter ido para o espaço e a minha vida virar uma merda. Depois de descobrir tudo o que ele escondia, entendi que ele tinha se aproveitado de mim... Por mais que eu tivesse deixado, ele se aproveitou das circunstâncias e se aproveitou de todas as confissões que eu lhe fizera durante as sessões de terapia para me induzir a fazer o que ele queria.

— E o que exatamente você vai falar pra eles? — o Michael perguntou, despreocupado. — Eu não fiz nada de errado, voltei depois de um ano para visitar o meu irmão e procurar um emprego. Vai falar isso pra polícia?

Jenna deu um passo para a frente.

— Vou falar como você passou semanas assediando a minha amiga, seu merdinha!

Michael mal olhava para a Jenna, tinha os olhos friamente fixos em mim.

— Isso até podia ter funcionado se a Noah tivesse me denunciado logo depois de tudo o que aconteceu... Mas ela não fez isso, então vocês não têm nenhuma prova contra mim.

Achei que tivesse agido bem ao não apresentar nenhuma queixa, mas, ao vê-lo então diante de mim, me observando com aquele ar de superioridade e rancor disfarçado... eu já não tinha mais tanta certeza.

— Vamos embora, Jenna — falei para minha amiga, com vontade de desaparecer dali o quanto antes.

— Fica longe da Noah, está me ouvindo? — a Jenna advertiu sem prestar atenção ao que eu dissera.

Michael sorriu como um idiota, nos olhou com condescendência e voltou a se dirigir a mim.

— Você está linda.

— Vai pro inferno! — respondi, notando a raiva borbulhar dentro de mim.

Não esperei nem para ouvir ou ver a resposta dele. Grudei na Jenna para garantir que ela não voasse no pescoço dele. Ela não ia se importar com o fato de ele ser mais alto. Desaparecemos pela porta do edifício principal e, assim que soube que ele não poderia mais nos ver, desabei no primeiro banco que vi e fiquei respirando com dificuldade.

Jenna se sentou ao meu lado e começou a esbravejar enquanto tentava me acalmar.

Por que ele tinha voltado? Por quê?

Eu me convencera de que o Michael era só um rapaz com problemas como tantos outros, mas que seria incapaz de me fazer mal. Sabia que ele tinha ido embora por mim, porque gostava de mim e não queria que eu ficasse com medo. Mas então, depois ao vê-lo novamente, algo me dizia que a situação estava indo na direção contrária, algo me dizia que seu retorno não me traria nada de bom. E, pior, sentia que eu precisava fazer alguma coisa e contar a situação para alguém.

— Vou ligar para o Lion.

— Nem pensar! — falei, me recuperando milagrosamente e arrancando o celular das mãos dela.

— Você tem que fazer alguma coisa! — a Jenna protestou, completamente fora de si.

— Não, não vamos fazer nada. Ele disse que veio visitar o Charlie. Com sorte, ele logo vai embora de novo. Já se passou muito tempo, não acho que ele esteja aqui por minha causa, Jenna.

Ela abriu os olhos, incrédula, e me encarou como se eu tivesse ficado maluca.

— Você ouviu como ele falou com você?

Assenti, ficando de pé. De repente, fiquei com muita vontade de vomitar: ficar remexendo em lembranças antigas era péssimo, droga, ainda mais naquele momento.

— Não quero problemas, Jenna. Não quero relembrar o passado e a última coisa de que preciso é que o Lion fique sabendo e conte para você sabe quem... Não vamos fazer nada. Assunto encerrado.

Minha amiga ia falar algo, mas me adiantei e tomei de novo a palavra:

— Eu vou ter cuidado, tá bom? E se eu vir algo que não gostar, ou se ele se aproximar de novo, vamos juntas à polícia e você conta tudo pra quem quiser saber. Por enquanto, vamos continuar estudando.

Jenna se irritou com a minha atitude e, antes, de voltarmos para a biblioteca ela falou:

— Da última vez, você me obrigou a esconder o que estava acontecendo de todo mundo... Mas se eu ficar sabendo de qualquer coisinha, se esse filho da puta chegar perto de você, vou ligar diretamente para o Nicholas, está me ouvindo?

Engoli minhas opiniões em relação àquela ameaça e simplesmente deixei pra lá.

Nos dias que se seguiram ao encontro com o Michael, fui completamente dominada pelo nervosismo e ansiedade. Tentei deixar aqueles sentimentos de lado, ainda mais porque estava muito ocupada embalando as minhas coisas para me mudar para o novo apartamento. Fizera a última prova no dia anterior, então enfim estava com tempo para cuidar da minha mudança.

Eu ia morar em um *loft* fora do *campus*. Consistia em uma pequena cozinha, uma sala e um quarto distribuídos em um único espaço. Também havia um banheiro com banheira. Não era nada de outro mundo, mas era o que eu conseguiria pagar.

O problema é que houve um contratempo com o fornecimento de água no apartamento novo, e eu só poderia me mudar em uma semana. Já havia informado a proprietária do apartamento anterior que estava de saída, então pedi para ficar alguns dias na casa da Jenna até que terminasse de me instalar. A minha amiga concordou de imediato e, em algumas horas, passaria para me buscar e me ajudaria a levar todas as caixas para o apartamento novo. Eu só não sabia que ela viria acompanhada do Lion.

Quando abri a porta, fiquei surpresa ao vê-lo ali, fazia tempo que não nos encontrávamos e foi muito bom reencontrá-lo.

— E aí, Noah?! — ele me cumprimentou, me abraçando com seus braços gigantescos.

— Obrigada pela ajuda, Lion, não precisava se incomodar.

— Ah, claro que precisava — a Jenna falou, me mostrando suas novas unhas de gel, pintadas com um vermelho bem excêntrico.

Revirei os olhos e comecei a pegar as caixas mais leves para levar até a caminhonete do Lion. Ele cuidou das mais pesadas, enquanto eu e a Jenna ficamos com as mais frágeis. O ruim é que havia mais caixas frágeis do que pesadas, então havia muito trabalho.

Em determinado momento, quando me agachei para pegar uma caixa cheia de livros, uma dor aguda percorreu minhas costas como uma adaga. Fiquei paralisada.

— Você tá bem? — o Lion indagou, indo até mim, que estava toda contorcida.

Jenna nos observou intrigada até reparar no meu rosto, que devia estar pálido.

— Noah!

Respirei fundo para ver se a dor diminuía e me sentei no chão do jeito que consegui.

— Acho que acabei de travar as costas, mas estou bem — anunciei com a voz trêmula.

— Por que você tá mexendo com essas caixas?! Isso é trabalho do Lion, sua tonta.

Ignorei a bronca que ela passou a me dar enquanto a dor começava a diminuir muito lentamente.

Lion se agachou ao meu lado e me olhou nos olhos. Os dele eram incrivelmente verdes, e fiquei observando como contrastavam com sua pele escura. Fazia sentido que a Jenna tivesse dedicado metade dos votos no casamento para falar daqueles olhos, eram realmente hipnotizantes.

— Você consegue se levantar? — ele me perguntou, e aquilo me pareceu difícil.

— Hum... — Hesitei por alguns segundos. — Não tenho muita certeza.

Jenna negou com a cabeça enquanto o Lion passava a mão nas minhas costas. Tentei me erguer sozinha, mas a dor tinha se espalhado para o estômago e me encolhi toda, sofrendo como se estivessem cravando facas afiadas em mim.

— Deve ser uma lombalgia, amiga — a Jenna falou enquanto o Lion se inclinava e me pegava no colo.

— Vou te levar para o carro e você vai conseguir descansar na nossa casa. Vai passar, deve ter sido um mau jeito.

Assenti com a cabeça, porque mal conseguia falar.

Que merda de dor horrível.

Lion me deixou no banco do passageiro e terminou de levar as caixas para a traseira da caminhonete. Quando enfim saímos, eu só rezava para chegarmos logo, para eu finalmente poder me deitar em uma superfície macia e quentinha.

— Se quiser eu posso ligar para a minha massagista, ela é muito boa e vai saber o que fazer com você — a Jenna propôs, sentada no banco de trás enquanto levava alguns M&M's à boca pintada de roxo.

Não consegui nem responder, só queria me deitar. Ao chegar ao apartamento da Jenna, conseguia me mexer tanto como antes. Preocupado, o Lion voltou a me carregar e me deixou no pequeno quarto de hóspedes que haviam preparado para mim com muito carinho. Quando ele me colocou na cama, a dor me atravessou, me obrigando a fechar os olhos com força.

— Noah... tem certeza de que você tá bem?

Jenna apareceu, então, com um copo d'água e um relaxante muscular. Tomei o remédio em um piscar de olhos.

— Tá tudo bem, vai passar — eu disse, um pouco enjoada por causa da dor.

Lion não parecia muito convencido, mas precisava sair em menos de três horas para o aeroporto. Ele tinha uma reunião na Filadélfia e só voltaria dali a quatro dias.

— Eu vou cuidar dela — a Jenna afirmou, deitando-se ao meu lado na cama. Lion se inclinou para beijá-la nos lábios de um jeito terno.

— Então eu vou indo. Se precisarem de ajuda na mudança, já falei que o Luca está disposto a dar uma mãozinha. Tchau, Noah, melhoras — ele se despediu, passando a mão no meu cabelo.

Quando ele enfim saiu, eu me deixei cair sobre os travesseiros e comecei a contar mentalmente.

— Não quer mesmo que eu te leve pra um hospital? — a Jenna me perguntou pela oitava vez.

Antes eu dissera que não porque me parecia besteira ir ao pronto-socorro só por causa de uma dor nas costas, mas como a dor só se intensificava e eu me sentia a ponto de desmaiar, a ideia começou a fazer sentido.

— Vamos esperar o remédio fazer efeito — falei, ainda reticente, já que sentia dor só de pensar em andar até a porta.

Duas horas depois, percebi que havia algo muito errado.

— Noah, você tá me assustando... — a Jenna comentou ao me ver me retorcendo de dor.

— Me leva pro hospital — pedi com a voz trêmula.

Andar até o carro foi uma agonia, mas o trajeto até o pronto-socorro mais próximo foi ainda pior. Ao chegar, fui andando com dificuldade até a sala de espera enquanto a Jenna ia preenchendo os formulários que nos deram na recepção.

Então, enquanto esperávamos e eu ficava cada vez mais nervosa, tive uma sensação estranha entre as minhas pernas. Ao baixar o olhar, vi que havia uma mancha vermelha na minha calça de pijama. Jenna emitiu uma exclamação abafada e, depois daquilo, eu só sei que de repente me vi sentada em uma cadeira de rodas que usaram para me levar a uma sala de atendimento imediato. Jenna teve que ficar do lado de fora.

— Querida, está me ouvindo? — perguntou uma enfermeira que me ajudava a tirar a roupa para vestir uma camisola hospitalar. — O médico está chegando, mas preciso que responda a algumas perguntas...

Olhei para a enfermeira, que tinha o cabelo vermelho e estava acima do peso. Parecia um dos irmãos Tweedle de *Alice no País das Maravilhas*, mas era uma mulher e não parava de falar comigo.

— Está de quantas semanas? — ela me perguntou, então.

— Não... Essa dor só começou hoje...

A enfermeira me olhou com a testa franzida e então a pergunta... aquela fatídica pergunta, me trouxe de volta para a realidade como se tivessem me jogado de cabeça do décimo andar e estivesse prestes a me estatelar.

— Do que... Do que você tá falando? — perguntei com a voz trêmula.

A enfermeira me olhou primeiro com surpresa, depois com pena.

— Querida... O mais provável é que você esteja sofrendo um aborto.

De que raios aquela mulher estava falando? Meu Deus! Mas então tudo pareceu congelar e a palavra "aborto" me atingiu como se fosse um martelo gigante.

"Aborto", "aborto", "aborto"... Não importava quantas vezes eu repetisse aquilo mentalmente, era impossível, impossível, porque para sofrer um aborto a pessoa precisa estar grávida, e eu não estava.

— O médico já está chegando... Fica calma, tudo vai ficar bem.

Tudo ia ficar bem? Como eu poderia ficar bem depois de ouvir a palavra "aborto"?

Minha mente dava voltas e voltas, e passei a contar nos dedos, a buscar datas e números, chegando à mesma conclusão de antes: era impossível, impossível. Aquilo me tranquilizou um pouco, porque era óbvio que a enfermeira estava enganada. Eu não tinha falado nada sobre tentar erguer a caixa, o mais provável era que eu estivesse com um mau jeito depois de carregar tanto peso, o que me deixara com sintomas parecidos com os de um…

Porque era impossível, não era? Fazia muito tempo desde a última vez que…

A porta se abriu, interrompendo meus pensamentos atormentados, e um médico de meia-idade me cumprimentou com formalidade.

— Como você está, senhorita Morgan? — ele perguntou, se aproximando de mim.

Não respondi, e ele pediu que eu me deitasse.

— Vamos fazer um ultrassom, tudo bem? — ele me informou depois de levantar a minha camisola e inspecionar meu ventre.

— Não estou grávida — declarei, repetindo a frase na minha cabeça como um mantra.

"Não estou grávida, não estou grávida, não estou grávida…" O médico, surpreso, me observou por um instante.

— Bom, vamos descobrir isso em alguns segundos — ele disse, sentando-se ao meu lado e puxando uma mesinha com a máquina de ultrassom. — O gel é um pouco frio, mas é normal.

Senti um calafrio quando ele espalhou o gel na minha barriga. Com a respiração entrecortada, virei a cabeça para ver o que ele estava fazendo. Ele percorreu a minha barriga com uma sonda manual e, em seguida, apertou um botão e girou a tela para que eu pudesse enxergar o que ele via.

— Acho que isso confirma que você estava errada, não é?

Na tela, granulada em preto e branco, via-se a imagem de um bebê… e não era um bebê minúsculo, não, era um bebê com cabeça, braços e pernas e que ocupava grande parte da tela do aparelho.

— Meu Deus! — exclamei enquanto levava a mão à boca de medo, um terror puro e sólido.

— Você está de dezesseis semanas, aproximadamente — informou o médico que, depois de soltar aquela bomba como se não fosse nada, girou o aparato de novo, recomeçou a deslizar a sonda sobre a minha barriga e apertou diferentes botões. Percebi que ele franziu a testa com preocupação. Alguns segundos depois, segundos que pareceram eternos, um barulho constante e forte ressoou pelo local. Ele suspirou aliviado e se virou para mim. — Está com pulso, senhorita Morgan.

De repente a palavra "aborto" passou a ter um significado completamente novo, e senti que tinha voltado a despencar, mas dessa vez em um poço escuro e profundo.

— Estou perdendo? — perguntei, com a voz trêmula. O médico girou a tela novamente e apontou para uma mancha preta em volta do bebê. Só de olhar, dava para perceber que aquilo não deveria estar ali.

— Isso é um hematoma intrauterino bastante grande, o posicionamento é perigoso e, levando em conta que você acabou de descobrir que está grávida, penso que você achava que sua menstruação continuava vindo com regularidade, estou errado?

Olhei para o médico tentando compreender o que ele dizia.

— Geralmente meu ciclo não é muito regular, mas sim... Menstruei nos últimos meses, não estava durando o que deveria mas eu achei...

— Você toma anticoncepcional? — ele me perguntou, então.

— Sim, tomo para regular o meu ciclo.

— Você costuma pular alguma dose?

"Merda!"

— Às vezes eu me esqueço de tomar a pílula, mas aí compenso tomando duas no dia seguinte...

— Certamente isso afetou o efeito do anticoncepcional, mas não importa mais, o que importa é que você vem tendo contínuas ameaças de aborto.

Meus olhos voltaram a se desviar para a tela. Minha nossa, aquilo era um bebê... Um bebê que eu nem sabia que estava crescendo dentro de mim... Não estava tomando nenhum cuidado especial... Meu Deus! Eu tinha bebido...

— Doutor... eu não sabia, não fazia nem ideia... Nem dá para perceber pela minha barriga!

Ele me observou mantendo a calma.

— Pode ficar tranquila, tá bom? Vamos fazer todos os exames para garantir que você e o bebê estão bem. Você se surpreenderia com a quantidade de casos parecidos com o seu. As mudanças são mais perceptíveis a partir do terceiro ou quarto mês, já que durante as doze primeiras semanas o útero permanece na pelve e só quando cresce além dessa região é que a gravidez fica mais evidente. Como você está sangrando, vai ficar no hospital até que isso pare, não quero que você fique muito estressada. Sei que acabou de ficar sabendo que está grávida, mas é fundamental que agora você fique em repouso absoluto. Quando o sangramento parar, vamos fazer um exame para medir o seu colo do útero. Se tudo estiver bem, descartamos um parto prematuro mais adiante.

"Parto prematuro..."

Meu Deus, estava me sentindo como se de repente estivesse numa bolha onde as palavras "bebê", "parto prematuro", "hematoma intrauterino" e "aborto" não queriam dizer nada.

Não tivera nem chance de compreender o que ele acabara de me contar. Ainda estava assimilando o que havia naquela tela quando fui bombardeada por palavras que eu não entendia ou nunca tinha ouvido antes.

— A enfermeira vai vir fazer algumas perguntas, vamos coletar sangue para descartar qualquer complicação adicional, mas, no momento, o mais importante é que o hematoma desapareça. O mais provável é que você esteja com os níveis de progesterona baixos. Se for o caso, vamos administrar a dose necessária para mantermos o bebê aí dentro. Tudo bem? — ele me informou, com um tom que parecia tentar ser tranquilizador.

Entrei em pânico, comecei a ter um ataque de pânico, queria sair correndo, desaparecer do hospital e voltar para a minha vida de algumas horas antes.

— Doutor... eu só tenho dezenove anos, não estou pronta para ser mãe.

Ele assentiu e se aproximou de modo amável.

— Não estava nos seus planos... eu entendo — ele respondeu com bastante tato. — Mas o bebê existe, e também existe um risco de perdê-lo. Você é jovem e vai ter que encarar alguns meses complicados, então vai precisar do apoio das pessoas. Você sabe quem é o pai?

"O pai."

Nicholas Leister era o pai daquele bebê... e estava do outro lado do país, com outra mulher, depois de ter deixado bem claro que não queria fazer parte da minha vida.

— Eu... sei quem é, mas... não posso contar.

Naquele momento apareceu a enfermeira, e o médico se virou para lhe informar tudo o que precisariam fazer comigo. Ele sorriu de modo encorajador antes de sair. Depois a enfermeira se aproximou e deu uns tapinhas na minha mão.

— Você precisa se acalmar, querida — disse enquanto outra enfermeira entrava na sala, e juntas começaram a trabalhar. — Vamos colocar um acesso para administrar algumas vitaminas e um calmante para você descansar. Quando acordar, com certeza vai receber boas notícias.

— Não, não, eu não quero um calmante. Você não entende! Isso não deveria ter acontecido, não estou pronta para ser mãe, eu não deveria ser mãe, entende? Já me disseram que seria muito difícil engravidar, que era quase impossível, e agora...

— Você está grávida de quatro meses, querida, e, considerando o seu histórico e o curso dessa gravidez, isso é um milagre.

"Um milagre."

Fechei os olhos tentando me acalmar e assimilar tudo aquilo. Quatro meses... Maldito Nicholas Leister!

34

NOAH

Não sei em que momento adormeci, mas, quando abri os olhos, vi que a Jenna estava sentada em uma cadeira ao lado da minha cama, me observando com o rosto pálido e preocupado. Ela se levantou e se aproximou de mim quando me viu de olhos abertos, ali deitada, com aquela roupa de hospital e com um acesso na mão esquerda.

— Noah, como você tá? — perguntou com medo na voz.

Ao vê-la ali e me lembrar de tudo, senti como se estivéssemos em um universo paralelo, como se de repente a minha vida já não fosse mais minha e o que eu acabara de descobrir tivesse fechado todas as portas que antes estavam abertas, como se agora só houvesse um caminho, e eu fosse obrigada a segui-lo.

— Acho que bem — respondi.

Um bebê... Para começar, a ideia de ter um bebê sempre fora algo hipotético para mim. Sempre me imaginava mãe de filhos adotados, talvez, no futuro. Sempre me falaram que as lesões que sofrera quando criança podiam me causar problemas para engravidar. Diziam que, quando chegasse o momento em que eu quisesse ser mãe, teria que procurar uma clínica de fertilidade. Em nenhum momento achei que poderia engravidar daquele jeito... Meu Deus, eu estava até tomando anticoncepcional! Nada, absolutamente nada, me preparara para essa possibilidade.

Eu me ergui na cama e tirei o lençol de cima de mim. Com bastante cuidado, levantei a camisola hospitalar e cravei o olhar no meu ventre.

— Então é verdade... Não estou acreditando. — E quem disse isso foi a Jenna.

Desviei o olhar para ela, que parecia pálida.

— O que vou fazer? — perguntei, colocando as mãos na barriga e tateando para ver se sentia algo que indicasse a presença de um feto de quatro meses dentro de mim.

Jenna negou com a cabeça e se sentou ao meu lado na cama.

— Noah, quem é o pai?

Voltei a olhar para ela. Achei que fosse óbvio, mas, pensando bem, ninguém sabia do que tinha acontecido no Dia de Ação de Graças. Bom, ninguém além de mim e do Nick.

— O Nicholas — respondi num sussurro. Apenas pronunciar aquele nome me causou um sentimento doloroso no peito.

Jenna arregalou os olhos, surpresa, e depois um sorriso enorme apareceu em seu rosto.

— O Nicholas? O nosso Nicholas? Mas quando? Como?

Por que diabos ela estava tão feliz?

— Foi no feriado de Ação de Graças, depois que o Nick ficou sabendo da doença da mãe... Ele estava triste e me falou algumas coisas que...

— Ah, meu Deus, Noah, mas isso é incrível! Espera, você disse Ação de Graças?

Os olhos recaíram para o meu ventre antes de retornarem ao meu rosto. Logo ela pareceu distraída, suponho que fazendo contas.

— Quatro meses, Jenna — falei, sem um pingo de felicidade na voz. — Os médicos não te contaram?

— Você está de brincadeira? Eu não sabia nem se minhas suspeitas estavam certas até cinco segundos atrás, quando você levantou essa camisola e ficou olhando para a própria barriga como se estivesse vendo um extraterrestre.

— Você acabou de ficar sabendo?

Jenna assentiu.

— Não sou da família, não quiseram me contar nada sobre você. E digo mais, quase precisei brigar com as enfermeiras para me deixarem ficar aqui.

Respirei fundo, me sentindo mais perdida do que em toda a minha vida.

Jenna segurou a minha mão e a colocou sobre o meu ventre que mal se destacava. Ninguém que não soubesse diria que eu estava grávida.

— Noah, fiquei assustada achando que o bebê poderia ser de um cara qualquer de alguma balada, mas ele é do Nick! Do seu Nick! Isso é maravilhoso.

Soltei a mão dela e a fulminei com o olhar.

— O que é maravilhoso, Jenna? — indaguei, notando como tinha me alterado porque as máquinas às quais estava conectada começaram a apitar com insistência. — Que eu esteja grávida aos dezenove anos de um homem que não me ama mais e que está com outra? O que isso tem de maravilhoso?!

— Noah, calma, só estava dizendo que...

— Não! — gritei. — Não fale nada, não fique feliz, porque essa não é uma boa notícia, é uma notícia péssima, eu não quero ter um bebê, não quero criar uma criança sozinha, e muito menos um bebê do Nicholas. — Senti as lágrimas começando a escorrer pelas minhas bochechas e as sequei, impaciente. — Eu nem sabia que estava grávida! Que mãe não consegue perceber que tem um bebê dentro dela? Que tipo de mãe eu vou ser, sem ter nada para oferecer?

Jenna parecia tão aturdida quanto eu e sem saber o que falar. Parecia estar com medo de abrir a boca.

— Noah, quando o Nick ficar sabendo...

— Nem pensar! — eu a cortei, em pânico. — Nem pense em contar nada pra ele, Jenna. Nem pra mais ninguém!

Ela me fitou de olhos arregalados, surpresa e discordando completamente.

— Noah, você tem que contar — afirmou, ignorando o que eu havia acabado de dizer. Que merda, eu só queria me levantar e ir embora dali, queria ficar sozinha e pensar, mas sempre que eu planejava algum tipo de fuga, a imagem da ultrassonografia voltava à minha cabeça.

Antes que eu pudesse retrucar, a porta se abriu e o médico entrou no quarto.

— Trago boas notícias, senhorita Morgan — ele anunciou. Segurava uma pasta e conferiu os documentos, tirou os óculos e voltou-se de novo para mim. — Você não está com nenhuma complicação da gravidez, os batimentos cardíacos do bebê estão fortes e normais — prosseguiu enquanto eu começava a sentir um quentinho no estômago. — Você já entrou no segundo trimestre, e já passou do período que os médicos recomendam que as pacientes esperem para contar à família, mas a sua gravidez é de risco, embora isso não signifique que as coisas vão dar errado. Dentro de duas ou três semanas, você poderá saber o sexo do bebê. Se notar algum movimento na barriga, é porque a criança já está conseguindo se mexer.

Jenna olhava para o doutor como se ele estivesse contando que a Hello Kitty crescia dentro da minha barriga, mas eu também experimentava uma sensação de vertigem... Não havia palavras para descrever aquela sensação.

Como não abríamos a boca, o médico sentou-se a uma mesa e continuou falando como se não fosse nada de mais, como se as duas não estivessem atônitas.

— A hemorragia com a qual você chegou foi controlada, o que é ótimo, mas é importante voltar a tirar as medidas do colo do útero nas próximas semanas. Você vai tomar progesterona, porque os exames apontaram que ela está muito baixa. É fundamental que você siga todas as indicações que vou te passar.

Assenti, um pouco aturdida por tanta informação.

— Repouso absoluto, senhorita Morgan. "Absoluto" significa que só quero que você se levante para ir ao banheiro, entendido?

Assenti, pensando em como iria justificar para a universidade que não podia sair da cama sem revelar que estava gestando um ser no meu útero.

— Vamos nos ver de novo em duas semanas. Se voltar a sangrar, precisa vir imediatamente para o hospital. Se o líquido for marrom, é um bom indicativo de que o hematoma está sarando, tudo bem?

Voltei a assentir, mesmo que, no fundo, soubesse que tinha mil coisas para perguntar.

— Já falou com o pai? — ele me perguntou.

Jenna apertou os lábios com força enquanto eu dizia que não.

Por que diabos o médico tinha que perguntar aquilo?! Não era problema dele!

— Seria ótimo contar com o apoio dele, pelo menos durantes essas semanas em que vai precisar ficar de repouso.

Ia dizer algo, mas a minha amiga me interrompeu:

— Eu e o meu marido vamos cuidar dela, doutor, não se preocupe.

Senti uma gratidão infinita em relação à Jenna naquele instante e me arrependi de ter sido tão mal-educada com ela alguns momentos antes. Jenna era a única que poderia me ajudar se eu quisesse manter a gravidez em segredo.

Porque seria o meu segredo... e de mais ninguém.

Ao chegar em casa, só me restava ir até o quarto de hóspedes. Sentia medo a cada passo que dava, não queria prejudicar o feto. Enfim cheguei à cama, me deitei e consegui respirar aliviada.

Lion ia demorar pelo menos três dias para aparecer, então eu e a Jenna teríamos que nos virar sozinhas. Minha amiga parecia estar se segurando sempre que ia me ver ou perguntar se eu precisava de algo.

Nos primeiros dias, mal tocamos no assunto: eu não voltei a falar do motivo pelo qual estava presa à cama e a Jenna respeitou o meu silêncio, ainda que eu soubesse que não falar sobre o tema era quase insuportável para ela.

Mesmo com os primeiros dias de negação absoluta, seguia todas as indicações do médico, tomando os medicamentos e tentando não me estressar. Também dormia muito e ingeria grandes quantidades de líquidos. Os momentos em que a Jenna me deixava sozinha eram minha única oportunidade de tentar encontrar uma solução. Mentiria se dissesse que não pensei em abortar, mentiria se dissesse que não pensei na opção mais fácil, na opção que me permitiria seguir com a minha vida do jeito que ela estava, a opção que me pouparia de voltar a ver o Nick para contar o que tínhamos feito, mas só de imaginar, simplesmente imaginar que eu causaria danos ao meu filho…

Não fui capaz de escolher por esse caminho. Todos os meus ideais caíram por terra, tudo o que achava que sabia, tudo em que acreditava deixou de fazer sentido no exato momento em que vi o feto naquela tela. O fato de eu ainda não o chamar de "meu bebê" era um mínimo detalhe, mas estava fazendo progressos aos poucos.

No início, me dediquei a voltar no tempo, ao momento da concepção, ao instante em que cometera o maior erro da minha vida. Eu culpava o Nick pela tristeza, pelo rancor e pela raiva que sentia… e agora também poderia culpá-lo por isso. Ele nunca me perdoara, mas agora ia se lembrar, por todos os dias da vida dele, do instante em que decidira não usar camisinha. Isso se eu decidisse contar para ele, algo que até então não estava definido.

Depois dessa fase, veio a de "todas as coisas que não vou poder fazer". Por exemplo, o que eu faria com a faculdade? Como contaria para a minha mãe? A mãe que engravidara de mim aos dezoito anos e que sempre falava comigo sobre métodos contraceptivos, a mãe que considerava que ficar grávida tão cedo fora o pior erro da vida dela, fruto da irresponsabilidade e da insensatez… Claro, ela sempre reafirmava que me amava muito, e que uma coisa não tinha nada a ver com a outra. Ela havia até "me proibido" de ficar grávida antes dos vinte e cinco anos.

"Estuda, Noah, seja a melhor na profissão que escolher, arrume um emprego e seja independente. Depois, se você quiser, planeje antes de engravidar, e melhor ainda se já tiver uma conta bancária na Suíça."

Obviamente, eu não tinha uma conta bancária na Suíça… Muito menos que isso: meu capital se reduzia, com sorte, a dois mil e quinhentos dólares.

Depois, comecei a pensar em onde ia morar. O *loft* que eu acabara de alugar por um ano não era o espaço ideal para criar uma criança. Meu Deus, criar uma criança! Um ser vivo! Eu! Ia precisar trabalhar como uma doida para pagar as coisas do bebê. Um dia, navegando na internet, cheguei a ver um carrinho que custava todas as minhas economias... Eu só tinha o suficiente para um carrinho... Que tristeza! Ia precisar da ajuda da minha mãe, e não gostava nada de pedir dinheiro emprestado.

No quarto dia, depois que Lion aceitara a nossa versão de lombalgia, a Jenna entrou no meu quarto e me olhou como quem refletiu muito até chegar a uma conclusão.

— Você tem que contar pra ele — ela soltou, do nada.

Se pudesse me levantar, simplesmente iria para outro quarto, mas, como não podia, eu a ignorei e continuei lendo o livro que tinha em mãos.

— Noah, vamos conversar sobre isso ou vamos continuar ignorando que tem um bebê no seu ventre?

Coloquei o livro de lado e a encarei.

— Não temos nada sobre o que conversar. Eu vou dar um jeito.

Jenna deu uma gargalhada amarga.

— Ah, vai? Como? — perguntou, apontando a palma da mão para mim. — Você não consegue nem ir ao banheiro sozinha.

Olhei para ela soltando faíscas pelos olhos.

— Isso é só por alguns dias... Em uma semana, vou voltar ao médico e ele vai me falar que está tudo bem, então toda essa loucura vai terminar e eu vou continuar vivendo a minha vida.

Havia várias falhas nesse plano, mas eu não queria pensar a respeito.

— Você está se escutando? — a Jenna falou, elevando o tom de voz. — Isso só vai piorar... bom, não piorar, mas, Noah, vai começar a ficar aparente! Já dá para perceber, prestando bem atenção.

Nós duas baixamos o olhar para a minha barriga... que se sobressaía de forma bem discreta.

— Li que algumas mães esconderam a gravidez até quase o oitavo mês... Vou precisar comprar algumas roupas bem largas e folgadas, mas é possível...

Jenna ficou negando com a cabeça e olhando para o teto como se estivesse procurando inspiração divina para me fazer retomar o juízo.

— Não estou entendendo. Estamos falando do seu filho! Por que você não quer contar para o Nick?! Por quê?!

Senti por dentro um calor que não era o presságio de nada bom. Eu me sentia uma bomba-relógio ambulante, em todos os sentidos, e não queria brigar com a Jenna. No entanto, não consegui engolir o que falei em seguida:

— Porque eu implorei para ele voltar comigo e ele disse que não! — gritei enquanto tentava conter as lágrimas. — Ele disse que não conseguiria me perdoar, disse que o que eu fiz acabou com o que tínhamos para sempre. Tentei uma última vez e ele não se importou. Só foi embora!

Jenna arregalou os olhos com surpresa, e em questão de segundos seu olhar passou a ser indignação.

— Eu falei que o amava, Jenn, e ele não se importou. Pedi que ele ficasse, mas ele foi embora — prossegui, com a voz entrecortada pelas lágrimas. — E agora quer que eu conte que estou esperando um filho dele? Pra quê? Para prendê-lo a mim mesmo quando deixou claro que não quer mais me ver?

— Mas tenho certeza de que quando ele ficar sabendo do bebê...

— Ele vai querer cuidar dele? Vai querer cuidar de mim, me levar para casa e me dar tudo o que ele tem e muito mais? Acha que eu não sei disso? Mas não quero ninguém do meu lado por obrigação, não quero forçá-lo a me perdoar, e vou estar fazendo exatamente isso se eu contar da gravidez.

Jenna suspirou, negando com a cabeça, mas sem saber o que falar.

— O Nicholas te ama — ela afirmou, depois de um minuto de silêncio. — Eu sei disso, ele é louco por você, e tenho certeza de que vai se tornar o homem mais feliz do planeta quando souber do bebê, Noah. Foi uma merda tudo isso que rolou entre vocês, mas já parou para pensar que esse bebê pode ser o que faltava para que deixem de lado as diferenças e decidam tentar de novo? Não vejo um motivo melhor do que esse.

Vi o que ela queria me fazer imaginar: eu e o Nick juntos novamente, e com um bebê lindo para cuidar, vivendo juntos a vida que eu sempre quis, mesmo que o bebê tenha vindo uns oito anos mais cedo do que o esperado. Era aquilo que eu queria: uma vida com o Nick.

Soltei o ar e neguei com a cabeça.

— Não quero continuar falando disso, nem do Nick, nem do bebê, por favor. Me deixa pelo menos terminar de assimilar a notícia antes de me obrigar a enfrentar tudo isso, enfrentá-lo, enfrentar nossa história...

Jenna me olhou com carinho e se aproximou para me dar um abraço.

— Você vai ser uma mãe incrível, Noah, e esse bebê vai ser o mais lindo do mundo.

Pestanejei várias vezes, resistindo novamente à vontade de chorar, mas não consegui evitar que a imagem de um bebê minúsculo com os traços do Nick viesse à minha mente.

Jenna se afastou um pouco e, pela primeira vez, colocou a mão na minha barriga.

— Eu vou ser a tia favorita dele. — Aquela frase fez a gente cair na risada.

A Jenna saiu para ver o que o Lion estava fazendo e eu aproveitei para tentar dormir, mas sentia tanto medo de contar tudo para o Nicholas que mal consegui pregar os olhos.

Aquelas foram as duas semanas mais longas da minha vida, mas também foram cheias de conquistas: a primeira era que eu já conseguia chamar o bebê de "meu bebê", o que foi um grande passo para mim; a segunda: me permiti pesquisar na internet algumas informações sobre o desenvolvimento de fetos e descobri que o meu bebê — que apelidara de Mini Eu (mini + eu), independentemente de ser menino ou menina, tanto fazia, ele era meu e seria igualzinho a mim, por isso o apelido de Mini Eu caía muito bem — já conseguia mover as pernas e as mãos, era sensível à luz e a estímulos, o que significava que me ouvia quando eu falava, algo que comecei a fazer quando estava sozinha em casa. Ele também já conseguia manter a cabeça erguida, e suas unhas já tinham começado a crescer. Tinha, segundo a internet, o tamanho de um abacate e, claro, já tinha sexo definido.

Precisamos voltar a mentir para o Lion, que nos olhava como se estivéssemos tramando algo, quando a Jenna se encarregou de me levar no retorno ao médico. Não gostei de me vestir naquela manhã, porque passara as duas semanas anteriores de pijama, e não tinha percebido que o bebê continuava crescendo, assim como eu.

Desisti das calças e pus uma saia larga de elástico com uma camiseta dos Ramones... Claro, o figurino perfeito para a mãe do ano.

Daquela vez fomos para a ala de maternidade do hospital, não para o pronto-socorro, e fiquei com medo de alguém nos vir por ali. Sendo sincera, parecíamos duas crianças perdidas e que não sabiam onde era a saída. As mulheres que passavam pareciam adultas, dessas que alguém chamaria de "mamãe". Eu, por outro lado, vi meu reflexo no espelho e achei que parecia uma menina que acabara de sair da escola.

Quando me chamaram, percebi que tinha ficado vermelha e com vontade de colocar a cabeça em um buraco. Várias mulheres nos observaram com curiosidade e muitas ficaram olhando para a minha barriga.

Entramos no consultório do doutor Hubber. Uma enfermeira pediu que eu me deitasse na maca e nos avisou que o médico não demoraria. Jenna começou a inspecionar a sala e me mostrou um bebê de plástico que havia por ali, dentro de um útero de mentira.

— Isso aqui vai ter que sair por ali — ela disse, apontando para o minúsculo canal vaginal.

Eu a fulminei com o olhar. Estava ficando cada vez mais nervosa. Jenna deixou o modelo de lado e se sentou na cadeira que ficava diante da mesa. Alguns minutos depois, o médico apareceu e me lançou um sorriso amigável.

— Como vai, senhorita Morgan? — ele perguntou, aproximando-se da maca onde eu estava.

— Acho que bem, sabe como é... Assimilando tudo. E pode me chamar de Noah.

O doutor Hubber assentiu com alegria e repetiu o que havia feito da última vez. Sentou-se em uma cadeira ao meu lado e posicionou o aparelho de ultrassom para conseguir manipulá-lo e visualizá-lo bem.

— Vamos ver como está o feto e se o hematoma se manteve igual.

Então ele me untou com aquele gel gelado e passou a sonda pela minha barriga. Instantes depois, os batimentos cardíacos do bebê ressoaram com força pelo consultório, e conseguimos vê-lo na tela.

— Ah, olha só, Noah! — a Jenna exclamou, inclinando-se para ver melhor. Ali, um pouco maior do que da última vez, estava o Mini Eu, em uma posição bastante estranha, isso sim, e suas mãozinhas apertavam o que eu imaginava ser o cordão umbilical.

— O bebê está brincando... É um bom sinal — o médico me informou com um sorriso de canto. Depois passou a medir o feto: as medidas estavam perfeitas, o tamanho da cabeça também, e parecia que já tinha até um pouquinho de cabelo.

Senti meus olhos se encherem de lágrimas... Vê-lo novamente, depois de ter assimilado a situação, e saber que estava saudável, me causou uma felicidade que eu não sentia havia anos... Uma felicidade que eu gostaria de ter compartilhado com alguém especial.

— Vocês querem que eu diga o sexo do bebê? — o doutor Hubber perguntou enquanto mexia a sonda, buscando um ângulo melhor.

— Sim! — a Jenna respondeu.

— Não! — falei. Minha negativa fez o médico parar e me observar. A Jenna fez o mesmo, e as lágrimas começaram a rolar pelas minhas bochechas. Comecei a chorar copiosamente, porque não queria saber o sexo do Mini Eu sem o Nick por perto. Como eu poderia privá-lo daquele momento? O Mini Eu também era dele, não tanto quanto era meu, mas era metade do Nick... Aquele bebê lindo que estava brincando com o cordão umbilical teria um pai que com certeza ia amá-lo mais do que tudo no mundo. Eu não poderia tirar esse momento dos dois.

Jenna pareceu entender por que eu estava chorando, e apertou minha mão.

— Ela prefere esperar, doutor — respondeu por mim.

O doutor Hubber assentiu, mas voltou a prestar atenção na tela.

— A má notícia é que o hematoma continua quase do mesmo tamanho, houve uma melhora, mas está longe do esperado depois das duas semanas de repouso.

— O que isso significa?

— Significa que você ainda corre um grande risco de sofrer um aborto, e sofrer um aborto com dezesseis semanas não afetaria apenas o feto, também seria perigoso para você.

Olhei para o médico com medo.

— Você vai continuar em repouso, e vou receitar mais vitaminas. Sei que está assustada, Noah, mas não é algo tão raro: isso costuma acontecer com muitas mulheres, principalmente na primeira gravidez — ele me explicou com um sorriso alentador. — Você precisa ser paciente, só isso, e não sair da cama.

Aquilo tudo soava tão mal... Mais duas semanas de repouso absoluto! O que eu iria fazer?! Jenna não podia só ficar cuidando de mim e o Lion ia acabar descobrindo que havia algo errado, isso sem contar que, em pouco tempo, eu não conseguiria mais esconder a minha barriga com uma camiseta dos Ramones.

Que merda... estava ficando sem tempo!

— Precisamos contar para alguém. Me deixa falar para o Lion, consigo fazer ele jurar que não vai contar para mais ninguém — a Jenna me disse no caminho de volta.

Fiz ela parar em uma sorveteria, porque de repente fiquei com muita vontade de comer sorvete de chocolate com nozes. Acho que aquele foi o meu primeiro desejo de grávida oficial, e estava lambendo os beiços enquanto minha amiga me olhava com preocupação.

— O Lion não pode ficar sabendo, ele não vai aguentar muito tempo sem ligar para o melhor amigo e contar tudo.

— Então para a sua mãe — a Jenna me propôs, batendo desesperada no volante.

Para a minha mãe... Que droga, se tinha algo que me dava mais medo do que perder o bebê era ter que contar para ela.

— Olha, você pode deixar uma marmita de comida para mim do lado da cama, assim não vou precisar sair da cama e você não tem que ficar se preocupando comigo o tempo todo.

Jenna voltou a me olhar com cara de brava.

— Não pretendo deixar você sozinha, isso está fora de cogitação — ela afirmou, voltando a olhar para a pista. — Olha, Noah, chegou o momento. Desculpa, meu amor, você não teve três meses para ir assimilando isso aos poucos, já está de quatro meses e a gravidez vai começar a ficar bem perceptível... Você quer que o Nicholas te encontre com um barrigão? Ele também vai precisar assimilar tudo isso, se acostumar com a ideia, a vida dele também vai mudar...

— Não me fale do Nicholas. Não me importo com as mudanças que ele vai ter que fazer, eu mesma já estou sofrendo com mudanças demais, muito obrigada.

Jenna suspirou novamente. Chegamos em casa um pouco depois.

Para a minha sorte, ou não, o Lion estava naquele exato momento estacionando o carro na entrada. Ao nos ver, ele saiu do carro.

— Como estão as costas? — perguntou, olhando para mim com alegria. Pelo visto, estava achando engraçado que eu tivesse ferrado tanto as costas a ponto de ter que ficar duas semanas acamado só por tentar levantar uma caixa de livros. Agora vivia me dando indiretas sobre os benefícios da atividade física.

Se ele soubesse...

Jenna saiu do carro, deu um selinho na boca do marido e me olhou com uma expressão sugestiva.

— Pediram mais duas semanas de repouso — ela informou, e percebi como odiava mentir para o marido.

Lion arregalou os olhos, surpreso.

— Nossa, Noah, estou começando a ficar preocupado!

Acenei com a mão para que ele não se preocupasse enquanto saía do carro. Jenna me observou preocupada, mesmo sem motivo, já que eu estava bem.

— Carrega ela, Lion — pediu com bastante urgência.

— Estou bem, Jenna — eu disse, arregalando os olhos sem que o Lion percebesse. Ele se aproximou em menos de um segundo.

— Eu não me importo. Vamos, molenga, segura no meu pescoço — ele indicou, se agachando e me levantando bem rápido. Eu me agarrei com força ao pescoço dele, e a imagem do Lion tropeçando na escada, me deixando cair sobre a barriga, me manteve alerta e assustada durante todo o trajeto. — Essa coisa de não poder se mexer tem as suas consequências... Você está mais pesada. — Olhou para mim, então, dando uma gargalhada.

Jenna deu um tapa nele. Por um instante entrei em pânico, achando que ele descobrira tudo, mas depois fiz uma careta, fingindo estar ofendida.

— Que delícia! — exclamei enquanto entrávamos no quarto. Ele me colocou sobre a cama, e me deitei suspirando.

Lion ficou olhando para mim por alguns instantes que pareceram eternos. Por mais que eu quisesse ler a mente dele, algo me dizia que era melhor não passar nem perto de seus pensamentos.

— Se precisar de qualquer coisa, é só chamar — ele disse, saindo do quarto.

Não liguei a televisão nem nada. Fiquei deitada na cama, pensando na melhor maneira de contar tudo para o Nicholas... Minha nossa, eu podia imaginar o rosto dele, a surpresa... Ele com certeza ficaria bravo ou jogaria algo na minha cara. Que droga, ele ia me odiar! Ia me odiar porque eu faria o que qualquer mulher desprezível teria feito com um homem como ele: comprometê-lo. Fizera o que eu fizera, e da maneira mais antiquada e patética possível.

Alguns minutos depois, ouvi um burburinho atrás da porta.

Após alguns minutos, a Jenna entrou para falar comigo.

— O Lion quer contar para o Nick.

— Você contou para ele?! — quase gritei, me erguendo na cama. Jenna negou rapidamente com a cabeça.

— Quer contar a versão da dor nas costas. Eu briguei com ele e disse que não era pra contar nada, mas sei lá se ele vai me dar ouvidos.

"Espera aí... O quê?"

— Por que o Lion quer contar algo tão insignificante para o Nicholas?

Jenna mordeu o lábio um pouco nervosa, e notei que acabara de pegá-la no pulo.

— Então... — ela disse, se retorcendo na cama. — Mas que merda, essa coisa de os seus dois melhores amigos namorarem e depois eles se separarem é uma merda — ela confessou, irritada. — Olha, Noah, depois que vocês terminaram, o Nick nos pediu para o mantermos informado... Você sabe, sobre o que acontecia com você, como você estava e tudo mais.

— O Nicholas pediu o quê?

Assimilei o que Jenna dizia, completamente surpresa.

— Ele queria saber de tudo: sobre o seu trabalho, as suas aulas, como você estava lidando com a separação... Sei que não tinha o direito de contar essas coisas sobre você, mas isso me parecia um bom sinal... Você sabe, foi ele quem terminou, então demonstrar esse interesse por você poderia significar...

Passei a mão no rosto sem acreditar no que estava ouvindo.

— Que ele ia me perdoar? — concluí, incrédula. — Jenna, o Nicholas só queria me controlar. É isso que ele faz, droga. Mesmo me largando ele continuou fazendo isso por meio de vocês... — De repente me lembrei de algo. — Eu não te contei que caí de moto, né? — perguntei do nada, entendendo por que o Nick ficara tão surpreso na casa dos nossos pais: porque ninguém o informara sobre aquilo. Basicamente porque tinha escondido aquilo de todo mundo, tinha sido algo bobo e não queria levar bronca de ninguém.

— Você caiu de moto? — minha amiga perguntou.

Bufei enquanto cobria o rosto com as mãos.

— Jenna, fala para o Lion não abrir a boca dele. A vida é minha, vocês não têm o direito de contar nada para o Nick.

Jenna parecia envergonhada, e eu comecei a me cansar daquela situação.

— Fala para ele vir — pedi, um minuto depois, sem nem olhar para ela.

— O quê? — ela perguntou, surpresa.

— A festa do Lion é na semana que vem, né? — falei, observando como as folhas das árvores caíam, se acumulando no parapeito da janela. — Convide o Nick... e quando ele estiver aqui, eu vou contar tudo.

35

NICK

Jenna não parou de encher o meu saco depois que eu disse que não conseguiria ir à festa do Lion. Eu estava cheio de trabalho, e para ir teria que cancelar umas cinco reuniões na semana. Além de tudo, ainda tinha marcado com uma corretora para colocar o apartamento à venda.

Estava tomando todas as providências para me mudar de volta para Los Angeles em definitivo. Seria melhor, não só para minha vida pessoal, já que minha família inteira estava na Califórnia, mas também para a empresa. Minha missão em Nova York estava cumprida, estava tudo em ordem e funcionando bem, então era chegada a hora de acabar com o meu exílio.

Minha principal motivação para ter mudado minha vida inteira para a Big Apple era tentar me afastar o máximo possível da Noah, mas eu estava cansado de ficar isolado. Minha irmã estava na Califórnia, meus pais, meus amigos... além da família da Sophia, apesar de esse detalhe não me importar tanto.

O celular voltou a tocar na minha mão e, bufando, atendi a transtornada da minha amiga. O trânsito estava insuportável, e tive que olhar várias vezes para os dois lados da rua para conseguir atravessar sem ninguém ser atropelado. Essa era outra questão: a vida em Nova York sugava toda a minha energia vital, eu precisava de uma praia... urgentemente.

— Você tá sendo dramática demais, Jenna — falei, percebendo a irritação em minha voz.

— Olha aqui, Nicholas Babaca Leister — ela rebateu, e não consegui segurar uma gargalhada de surpresa. — É o aniversário do seu melhor amigo, da pessoa que sempre te ajudou e que esteve do seu lado nos piores momentos. Ele até te abrigou quando você fugiu de casa! Já esqueceu? E você é nosso padrinho de casamento, então levanta essa bunda da cadeira e vem pra cá se não quiser que eu vá até aí para te trazer na marra.

Antes de conseguir responder, ouvi um barulho do outro lado da linha, e então quem falou foi o Lion.

— E aí, cara? — ele me cumprimentou, e ouvi com atenção o que se passava a quilômetros de distância. — Jenna, sai da linha, me deixa falar com ele. Meu Deus, o que tá acontecendo com você?! — ele a recriminou. Enfim ouvi o som de uma porta se fechando. — Nick, você precisa vir.

Revirei os olhos.

— Olha, eu sei que é o seu aniversário, estou muito triste por não poder ir, de verdade, mas estou cheio de trabalho, vai ser impossível, me desculpa.

— É por causa da Noah — ele então soltou, o que me fez parar no meio da rua, fazendo algumas pessoas quase se baterem em mim. O tom de voz do meu amigo, no entanto, merecia aquela reação.

— O que aconteceu com ela? — perguntei enquanto virava em uma esquina e pegava uma rua menos movimentada.

— Eu não sei, bom, sei... parece que ela machucou as costas faz três semanas. Ela tá ficando aqui em casa, precisa ficar em repouso, mal está conseguindo se mexer.

— Machucou as costas? O que diabos aconteceu para ela precisar ficar tanto tempo em repouso? Ela tá bem? É grave? — Mentalmente, já estava cancelando todas as reuniões dos dias seguintes.

Lion ficou calado por alguns segundos.

— Acho que tem algo estranho nessa história, cara, a Jenna tá muito estranha, nunca vi ela tão estressada na minha vida, e a Noah está ... não sei, ela falou que tá com dor nas costas, mas outro dia eu a vi andando sem problemas, acho que estão tramando alguma coisa e é melhor você vir pra cá.

Tudo aquilo era ridículo, mas se a Noah estava doente...

— Como que ela se machucou? O que ela estava fazendo?

Lion suspirou fundo.

— Ela estava carregando umas caixas, porque vai se mudar de apartamento. Sei que deveria ter te contado, mas a Jenna insistiu que não podíamos continuar te contando tudo sem o consentimento da Noah.

— Por que raios ela vai sair do apartamento?! Ele tá pago até junho! — gritei enquanto atravessava outra rua e erguia a mão para pedir um táxi.

— Claro, mas ela não sabe disso, lembra? Ela acha que o apartamento estava pago por um ano depois que a Briar saiu. Foi isso que você pediu para a proprietária falar, né?

Entrei no táxi e gritei o endereço para o motorista.

— Maldita mulher — exclamei entre dentes. — Onde ela vai morar agora?

— Agora está aqui em casa, mas ela alugou um *loft* fora do *campus*.

Não estava acreditando naquilo. Eu me certificara de que a Noah ia morar no apartamento que dividiu com a Briar por pelo menos mais um ano. Um *loft*! A região do *campus* era uma merda, seria perigoso que ficasse morando ali sozinha.

— Olha, Nick, eu já falei o que acho que você deveria fazer. Não entendo as mulheres, essas duas ainda menos, mas sei que tem algo de errado aí e que tem relação com você. Quando foi que você viu a Jenna insistir tanto em algo que não fosse fazer compras?

Em outra ocasião, eu teria dado risada, mas, naquele momento, fiquei um pouco preocupado. A insistência da Jenna era mesmo estranha, ainda mais considerando que as coisas não tinham acabado muito bem da última vez que vira a Noah.

Talvez as duas estivessem planejando se vingar me dando uma surra.

Dez minutos depois, cheguei na quadra do meu apartamento e comecei a fazer ligações. Ia deixar muita gente na mão naquela semana, e em parte não conseguia parar de me perguntar por que estava fazendo aquilo.

Cheguei no mesmo dia do aniversário do Lion, e atrasado. Fui no único voo que tinha conseguido encontrar, e dava para dizer que não estava de muito bom humor. Não queria estar ali, muito menos ir para uma comemoração na casa do Lion. O que eu queria mesmo era ir para casa e dormir por horas.

Steve mandou deixarem meu carro no aeroporto, então fui direto para o estacionamento e saí quase ultrapassando os limites de velocidade. Falei para a Sophia me encontrar na festa, mas não sabia muito bem se ela iria, já que estava quase tão ocupada quanto eu.

O apartamento da Jenna e do Lion ficava em uma linda área residencial, perto da universidade mas sem os universitários, o que fazia o local ser perfeito. Muitos recém-casados se mudavam para aquela região. Na minha opinião, o único ponto negativo era o de não estar perto do mar.

Quando cheguei, logo consegui estacionar perto do apartamento. Antes de sair do carro, tirei a gravata, a joguei no banco de trás, abri alguns botões da camisa e tentei pentear o cabelo com os dedos, mas foi em vão: parecia que eu tinha acabado de sair de um avião e estava exausto.

Sabia que a Noah estaria na festa e cheguei até a ficar um pouco nervoso. Não fazia ideia de como ela se comportaria ao me ver, só esperava que estivéssemos em um dia de trégua: não tinha forças para brigar com ninguém.

Entrei no prédio e peguei o elevador. Saí no quarto andar e, assim que as portas se abriram, consegui ouvir o barulho da festa. A porta do apartamento estava aberta e havia pessoas bebendo na entrada. Eu conhecia a maioria delas e todos me cumprimentaram com entusiasmo ao me ver chegar. A primeira pessoa que vi quando entrei foi a Jenna, que estava usando um vestido muito bonito e sapatos de salto. Ela segurava duas bebidas e percebeu a minha presença, porque parou com tudo e veio direto na minha direção.

— Meu Deus, você tá aqui! — exclamou com um tom bastante histérico.

— Estou aqui! — falei, imitando a voz de apito dela.

Ela não deu risada da minha brincadeira e olhou ao redor parecendo nervosa. Estava mesmo bem estranha.

— Como você não confirmou, achei que…

— Falei para o Lion que eu ia tentar, mas não consegui um voo para mais cedo… mas tudo bem, consegui chegar — eu disse, pegando um dos copos vermelhos que ela estava segurando e o levando à boca.

Fiz uma careta de nojo.

— O que raios é isso? — exclamei, devolvendo o copo para ela.

— Suco de abacaxi — a Jenna respondeu, arqueando as sobrancelhas.

Olhei para as pessoas ao redor antes de voltar a olhar para ela.

— Suco de abacaxi… Por acaso temos doze anos…?

Jenna resmungou algo incompreensível e me deu o outro copo que estava segurando.

Uísque… Hum, bem melhor.

— Bom, Jenn… Cadê o Lion?

— Na cozinha. Já vou chamá-lo — respondeu, saindo em direção à sala.

Não sei por quê, mas fui atrás dela. A sala estava lotada, e tive que dar cotoveladas para passar, até ver, por cima da cabeça dos presentes, a Jenna se inclinando sobre alguém que estava sentada no sofá.

Me aproximei e vi que era a Noah. Jenna voltou a se levantar, e então a Noah se virou para onde eu estava. Mesmo com a distância que nos separava, vi que ela ficou pálida.

Lion apareceu na minha frente e me deu um abraço que quase quebrou todos os ossos da minha coluna.

— Obrigado por vir, cara! — exclamou, e retribuí o sorriso, mas sem tirar completamente os olhos da Noah, que já não olhava na minha direção e parecia ter ficado tensa como uma corda de violino no sofá.

Lion seguiu o meu olhar e assentiu.

— Coitada dela... está ali desde que a festa começou. Falei que ela não precisava sair do quarto, mas ela insistiu.

— Entendi — falei em um tom seco.

Só a Noah para participar de uma festa mesmo estando machucada.

Terminei o que restava da bebida e deixei o copo em cima do piano de cauda. Havia ido ali por uma única razão, não?

Vi que ela estava realmente mal quando me aproximei e ela não saiu correndo na direção oposta. Ela estava muito linda, com um suéter preto e uma manta de crochê cobrindo suas pernas. Seu rosto estava radiante, tanto que senti uma pontada no peito quando me aproximei e me sentei bem de frente para ela, na mesinha de centro. Olhei, sorrindo, para as vinte e oito sardas do nariz dela, das quais eu sentia tanta saudade, e meus olhos se demoraram nos lábios dela por alguns segundos a mais que o necessário.

— Olha só para você... está parecendo um passarinho ferido que não consegue voar — comentei com um sorriso nos lábios.

Não queria reviver nossos últimos momentos: a Noah destroçada nos meus braços, falando que me amava e pedindo para que eu não a deixasse. Aquilo me torturava todas as noites desde que tinha voltado para Nova York.

— Achei que você não vinha — ela comentou, agarrando-se à manta como a um bote salva-vidas.

Tombei a cabeça e assenti alguns segundos depois.

— Fiz algumas ligações e consegui um lugar em um voo comercial. Estou todo moído, nunca tinha viajado na classe econômica.

Noah assentiu, olhando para mim distraída.

— Por quê? Estaria sentada aí se soubesse que eu vinha? — prossegui quando vi que ela não diria mais nada.

As bochechas dela se tingiram de um rosa atraente demais para a minha sanidade, mas ao menos eu havia acertado em cheio.

— Tá tudo bem? — perguntei, sem conseguir evitar falar com ela com a doçura de outros tempos. Algo parecia errado, e comecei a ficar um pouco nervoso.

Noah olhou para todos os lados, como se estivesse procurando algo ou alguém. A música não estava muito alta, mas me incomodava um pouco, e fiquei com a impressão que a ela também.

— Estou bem, só um pouco cansada.

— Está procurando quem? — eu indaguei, em um tom que a fez olhar novamente para mim. Havia um medo que eu nunca tinha visto nos olhos dela... e fiquei tenso enquanto olhava para os lados, tentando entender o que havia conseguido causar tanto temor nela...

Demorei além da conta para entender que era de mim que ela estava com medo. De repente, e antes que eu pudesse perguntar o que estava acontecendo, a Jenna apareceu e sentou-se no sofá, perto da Noah, pegou na mão dela e a apertou com força, o que fez um sorriso enorme se desenhar no rosto da Noah.

— Tudo bem por aqui?

Fui responder, mas então a Noah falou:

— Lion! — ela gritou. Meu amigo apareceu de imediato. — Pode me levar para o quarto? Acho que já foi o suficiente para mim.

Jenna fez uma careta e fulminou a Noah com seus olhos cor de café, e quando vi o Lion se inclinando para pegá-la nos braços, meu corpo se moveu de maneira instintiva, e pus a mão no peito dele para que ele parasse.

De repente me senti encurralado, notando um clima estranho, e o fato de a Noah preferir o Lion mesmo quando eu estava diante dela doeu como um chute na barriga.

— Deixa que eu levo a Noah — propus, tentando parecer mais relaxado. Eu me agachei perto da Noah e a peguei desprevenida. Ela reagiu se agarrando ao meu pescoço com força. Percebi que ela tremia nos meus braços e me apressei para sair daquele cômodo lotado em direção à escada.

— Eu não pedi para você me levar — ela me recriminou, e percebi que ela apertava os dentes com força.

Ótimo, eu já tinha conseguido deixá-la brava.

Fui direto para o quarto de hóspedes. Sabia muito bem qual era porque ficara ali algumas vezes depois de festas animadas com os amigos e inúmeras cervejas que me impossibilitavam de dirigir.

Eu a apertei contra mim, talvez de modo pouco adequado, levando em conta que não estávamos juntos, e senti o aroma de seu pescoço quando me inclinei sobre a cama para deixá-la sobre os travesseiros.

Com bastante pressa, principalmente para alguém que tinha as costas machucadas, ela empurrou as cobertas com os pés, enrolou-se nelas e depois se cobriu quase por completo. Eu a observei com incredulidade, tentando não rir.

Então ela esticou o braço e pegou na minha mão para me fazer me sentar perto dela. Ela se ergueu até apoiar as costas na cabeceira e olhou diretamente nos meus olhos.

— Preciso te contar uma coisa — ela anunciou com a voz trêmula e apertando a minha mão com força.

Franzi a testa enquanto esperava que continuasse, mas, justo quando ia começar a falar, a porta do quarto se abriu e a Sophia apareceu.

Noah praticamente perdeu a cor.

— Me disseram que viram você subir — a Sophia falou, me olhando com uma calma dissimulada.

Fiquei de pé e fiquei alternando o olhar entre as duas.

Olhando para a Noah, imaginei que nada de bom sairia daquele encontro, mas o pior de tudo é que eu não queria descer para a festa com a Sophia, pelo contrário: o que eu mais queria era fechar aquela porta na cara dela e ouvir o que a Noah estivera prestes a me contar.

36

NOAH

"Fala, Noah, fala, fala, fala, fala."

Isso ficou se repetindo na minha cabeça desde que o vi na sala da Jenna. Achava que com tudo o que havia acontecido e com toda a minha irritação com a situação, a atração que eu sentia por ele tivesse desaparecido, vai saber, agora eu ia ser mãe, talvez minhas prioridades mudassem, não? Aparentemente não, porque quando o vi atravessando a sala para se aproximar de mim, todo o meu corpo começou a tremer, e não só de nervoso.

Ele tinha se mostrado amável, amável até demais para o que eu estava acostumada, e eu fiquei praticamente sem palavras. Quando ele me pegou no colo, tive receio de que percebesse algo, não sei, talvez que eu estava com uns quilinhos a mais... Até o Lion chegara a perceber, e o Nick nunca perdia uma oportunidade de me pentelhar, então não percebeu ou preferiu não comentar ao sentir o clima tenso.

Apesar do nervosismo, consegui reunir coragem suficiente para falar que precisávamos conversar, mas tudo foi para os ares quando a porta do meu quarto se abriu e a Sophia apareceu, bem a tempo de interromper um dos momentos mais importantes da nossa vida.

Não sei se foi a raiva que senti vindo de dentro, o ódio que senti do Nicholas por tê-la levado consigo, ou até o desespero da confirmação de que eles continuavam juntos, de que eram um casal, de que ele pertencia a ela... mas o fato é que me senti ser consumida pelos ciúmes. Nunca em toda a minha vida sentira meu coração bater tão rápido na presença de alguém, todos os meus instintos me faziam querer sair daquele quarto e não voltar a vê-los nunca mais. Meu estado deve ter afetado o Mini Eu, porque senti meu ventre borbulhar, um leve movimento, quase imperceptível, mas que trouxe à tona todo o meu instinto maternal, desregulado e sem filtros.

— Fora daqui! — gritei, irada.

Os dois arregalaram os olhos enquanto eu pegava a primeira coisa que vi na minha frente, que no caso foi um travesseiro, e o atirava com força na Sophia. O travesseiro mal encostou nela, então me dispus a pegar outra coisa para jogar no alvo, mas logo a Jenna apareceu à porta, olhou para a Sophia com surpresa e depois se virou na minha direção.

Minhas mãos agarraram algo mais sólido daquela vez, acho que era um abajur.

— Tira ela daqui! — ordenei em voz alta, segurando o objeto pesado.

Naquele exato instante uma mão me segurou pelo pulso: era o Nick, que me encarava furioso.

— Mas que merda tá acontecendo com você? — bramou. Senti a necessidade repentina de machucá-lo. Ele não percebia? Não via nos meus olhos? Com a mão que tinha livre, comecei a dar socos nele até não conseguir mais quando ele me imobilizou.

— Nicholas, solta ela! — a Jenna berrou, tão histérica quanto eu.

Tentei escapar das garras dele, me retorci e fiz pressão com o corpo para ele me deixar em paz. Foi naquele momento, ao fazer força, que notei uma leve umidade entre as pernas.

Congelei.

"Não."

"Não, não, não, não, não, não, não."

Senti o pânico tomar conta de mim, um medo intenso se apoderar de todas as células do meu corpo. Comecei a chorar, o Nicholas me soltou e se afastou, olhando para mim, perplexo.

— Nicholas, sai daqui agora — a Jenna ordenou em um tom que nunca a vira usar com ninguém.

Eu não o vi saindo, nem ouvi o que ele disse, só me encolhi debaixo das cobertas.

— Sinto muito que ele tenha vindo acompanhado, Noah, eu não sabia — a Jenna falou no meu ouvido.

Eu neguei com a cabeça, tentando me acalmar, precisava que a adrenalina sumisse do meu corpo, precisava ficar relaxada, pelo Mini Eu, pelo bebê, pelo meu bebê, que estava inquieto por minha culpa, dava para notar.

Jenna ficou ao meu lado, sorrindo sem muito entusiasmo enquanto secava as lágrimas que escorriam em minhas bochechas.

— Vai ficar tudo bem — ela afirmou, com calma. — Eu prometo, vai dar tudo certo.

Assenti, querendo acreditar nela.

— Eu... — falei em um sussurro entrecortado — notei algo estranho... Acho que deixei o bebê estressado e isso provocou...

Jenna arregalou os olhos, assustada, e me levantei com cuidado. Saí da cama e fui ao banheiro. A Jenna me esperou.

— Alarme falso — anunciei, com a voz trêmula, quando saí alguns minutos depois.

Jenna suspirou, fechando os olhos, e voltei a sentir um pouco de paz.

Quando se fica enfurnada em um quarto, sem ter muito o que fazer, acaba sobrando tempo demais para refletir. Em breve, teria que voltar ao médico e, acontecesse o que acontecesse, precisaria começar a tomar decisões e a assumir as rédeas da situação. Para começar, ia precisar ir para o meu apartamento: não poderia continuar enlouquecendo os meus amigos.

Estava claro que o ocorrido do dia anterior não poderia se repetir, e a pressão para contar logo tudo para o Nicholas estava acabando com as minhas energias. Eu precisava contar, e sem demora, não tinha mais volta, ele era o pai do Mini Eu, que sairia de mim em uns quatro meses, o que significava que, em breve, eu teria que priorizar as necessidades do bebê. Por mais que não quisesse compartilhar aquilo com ele, e por mais que estivesse brava, não me restava alternativa.

Pensei em contar de uma maneira sutil, primeiro sentindo o terreno, e ficar com a reação dele gravada para sempre em minha mente, mas ter visto a Sophia acabara com qualquer vestígio de amabilidade e tato da minha parte. Então, no dia seguinte, durantes aqueles momentos de solidão e nada para fazer, tomei uma decisão.

Telefone.

Contatos.

Nicholas Leister.

Estou grávida.

Enviar.

Problema resolvido.

Dizer que me arrependi quase no mesmo momento em que pressionei o botão, seria muito covarde da minha parte?

Fiquei em silêncio, olhando para a tela quase sem conseguir respirar. Cinco minutos depois, o celular começou a tocar.

De novo, e de novo, e de novo.

Peguei o celular com dois dedos, nem querendo encostar nele, e o joguei aos pés da cama.

Ah, que merda... Por que de repente tinha ficado aterrorizada?

— Jenna! — gritei, quase sem ar.

No mesmo instante, a minha amiga subiu para ver como eu estava.

— Podemos sair? — perguntei, me levantando da cama e abrindo o armário.

— O que você tá fazendo? — ela perguntou, alarmada. — Volta já pra cama!

Peguei uma calça legging e a vesti em um piscar de olhos. Depois fiz o mesmo com um suéter.

— Estou com um desejo terrível de ir a uma sorveteria, aquela mesma do outro dia.

Calcei os tênis antes que a Jenna pudesse me impedir, fiquei diante dela e a olhei nos olhos.

— Estou com um desejo daqueles, o mais forte até o momento. Preciso ir pra lá, por favor, vou ficar sentada no carro, eu prometo, mas preciso sair daqui.

Jenna pareceu hesitar, mas como continuei insistindo por vários minutos, ela acabou cedendo. Entramos no carro, e só consegui respirar aliviada quando perdemos a casa dela de vista.

Fiz carinho no meu ventre algumas vezes, nervosa...

"Ah, Mini Eu... o seu pai vai me matar."

O celular da Jenna começou a tocar bem quando ela desceu para me comprar o sorvete. Eu o peguei com as mãos trêmulas e o coloquei no modo silencioso, apesar de saber que aquilo não era certo.

Meu Deus, soltei a bomba e estava fugindo dela.

Quando a Jenna me trouxe o sorvete, dei só duas colheradas antes de falar para ela que o desejo tinha passado e que agora estava com vontade de vomitar. Sabia que não era por causa do bebê, mas talvez por causa do pânico.

— Então vou te levar para casa — ela disse, colocando a chave de volta no contato.

— Não! — gritei, assustando-a. — Por que não vamos ao cinema? É algo que eu posso fazer, né? Vou ficar sentada o tempo inteiro e descansando...

— Se quiser ver um filme, podemos vê-lo em casa, Noah. Você não pode ficar saindo por aí, precisa ficar na cama, então, a resposta é não.

— Jenna! — gritei exasperada. — Se eu ficar enfurnada naquele quarto por mais uma hora eu vou acabar ficando maluca. Só me faz esse favor, que merda!

Os lábios da minha amiga se retorceram em uma careta de desgosto.

— Desde que engravidou você está insuportável. Já te falei isso?

— Algumas vezes, mas é isso, vamos lá, vamos — eu a incentivei.

Quando chegamos ao cinema, ainda faltava meia hora para a próxima sessão, então esperamos sentadas no carro.

— Vou avisar para o Lion que vamos demorar para chegar, ele deve estar se perguntando onde é que nos metemos.

Puxei o celular das mãos dela antes que conseguisse ver as chamadas perdidas.

— O que diabos tá acontecendo com você? — ela me alfinetou, perdendo a paciência. — Dá o meu celular!

"Ai, que merda."

— Eu devolvo se você prometer não ficar brava comigo. Estou uma pilha de nervos, e preciso que você fique do meu lado.

Jenna pareceu ter tido uma espécie de revelação.

— O que você fez? — ela me perguntou, tentando manter a calma. — Por que estamos fugindo, Noah?

— Não estamos fugindo... só... nos escondendo — eu a corrigi, falando baixinho.

Ela pegou o celular das minhas mãos e olhou para a tela.

— Quinze chamadas perdidas do Nicholas! — ela gritou, olhando para mim, perplexa. — E mais dez do Lion! O que diabos você fez? — Escondi a cabeça entre as mãos, mas a Jenna as puxou para baixo para olhar para o meu rosto. — Você contou?

— Talvez...

Jenna me fulminou com os olhos amendoados e esperou uma explicação.

— Talvez eu tenha enviado por mensagem...

— Dizendo que precisa conversar?

Olhei para ela em silêncio por alguns instantes.

— Dizendo que estou grávida.

Ela arregalou os olhos, espantada.

— Noah! — ela gritou, sem acreditar no que estava ouvindo. — Você ficou maluca? Como pôde?

— Ele teve o que mereceu, eu não queria contar pessoalmente, Jenna, estava com medo da reação dele. Contar por mensagem me permite manter uma distância segura de quilômetros.

— Ele deve estar subindo pelas paredes! Você falou mais alguma coisa na mensagem? O que você escreveu exatamente?

— "Estou grávida"? — respondi, dando de ombros. — Não me olha assim, eu também recebi a notícia sem nenhuma pompa, não lembra?

Jenna não se dignou a comentar.

— Mas você contou que é dele?

Parei para pensar por um instante.

— Acho que é bastante óbvio que é dele — respondi, apesar de que tinha minhas dúvidas ao terminar de responder.

— Estamos falando do Nicholas!

"Ah, mas que merda. Ele ia achar que o Mini Eu era de outro?"

Ficara chocada ao saber que estava de quatro meses, porque não dava para notar. Se o Nicholas fizesse alguns cálculos, chegaria à conclusão de que não era dele. Minha barriga estava tão pequena, ele ia achar que estava de menos meses. Que merda, ele ia achar que era de outro!

— Me dá o seu celular — pedi para a Jenna. Ela me ofereceu o aparelho no mesmo instante.

— Sim, fala com ele... — ela disse, respirando fundo.

Ah, o filho é seu.

Enviar.

— Pronto — anunciei, me recostando no assento.

Jenna se virou para mim e arrancou o celular das minhas mãos.

— "Ah, o filho é seu"! — ela gritou, perdendo a cabeça. — O que deu em você?

— Não grita comigo! — berrei. — É a única maneira que encontrei de falar com ele sem que ele acabe comigo!

— Vamos agora mesmo pra casa — ela anunciou, dando partida.

— Não, Jenna! Não faz isso! — supliquei. — Por favor, por favor, dá um tempo para ele assimilar… para eu assimilar. Meu Deus, meu Deus, para, para!

— Você endoidou — ela soltou. Como estava com o celular na mão, atendeu outra ligação sem hesitar.

— Jenna! — eu a chamei, histérica. Ela me ignorou.

— Sim, ela tá comigo — falou. Não sabia quem era. — Então fala pra ele se acalmar, não, Lion, depois a gente conversa, mas não quero que ela fique mais nervosa do que já está, vai fazer mal para o bebê… Então fala pra ele!

Ah, que merda, aquilo só estava me deixando mais nervosa.

— Vamos chegar em cinco minutos.

Olhei pela janela e senti como se estivessem me levando para uma prisão de segurança máxima.

Quando a Jenna estacionou na frente de casa, parecia que todo o sangue do meu corpo estava concentrado em um único ponto. Fiquei trêmula porque não fazia ideia de qual seria a reação dele, não sabia o que ele iria dizer e, o pior de tudo: estava com medo de as coisas não terminarem bem e que ele acabasse ficando com a Sophia, e eu sem o meu bebê nem a pessoa que amava.

Abri a porta para sair do carro e vi que a porta do prédio se abriu no mesmo instante em que coloquei os pés no chão. O Nicholas apareceu e cravou os olhos em mim de uma maneira que me fez ter vontade de desaparecer e ser engolida pela terra. Instintivamente, entrei de volta no carro e, sem nem pensar, acionei as travas e me tranquei lá dentro. Meu Deus, eu estava agindo como uma autêntica covarde! Eu me senti uma idiota quando a Jenna cruzou os braços ao lado do vidro e me olhou com desaprovação, negando com a cabeça.

Nicholas apareceu então diante de mim e me observou pelo vidro. Parecia fora de si, mas tentando aparentar tranquilidade. Ele me observou com preocupação e depois me indicou algo com o dedo.

— Abre — ordenou com calma.

Eu neguei com a cabeça, olhando para ele como se eu fosse um cordeiro degolado.

Nick apoiou as mãos no vidro e se inclinou sobre a janela, tapando quase todo o meu campo de visão.

— Posso pelo menos entrar? — ele disse, depois de um pouco, eu supus.

Vi a Jenna tirando a chave do bolso, mostrando-a para o Nick e jogando-a para ele, que a pegou no ar e deu a volta no carro para entrar pela porta do motorista. Olhei para a Jenna com cara de ódio. Ela simplesmente se desculpou com um sorriso minúsculo enquanto pegava na mão do Lion, que tinha saído junto com o Nick, para entrarem em casa.

Nick abriu a porta, sentou-se e, sem falar nada, deu a partida no carro.

— Coloca o cinto — ele mandou enquanto tirava o carro da vaga e saía.

Meu Deus... Por que ele não estava explodindo? Nem falando nada? Nenhum diálogo? O silêncio estava me matando.

Depois de vários minutos de um silêncio insuportável, ele decidiu falar.

— Só você para contar algo assim por mensagem de texto — ele me recriminou respirando fundo, como se estivesse tentando não explodir comigo dentro do carro para não me atingir.

— Ah, sabe como é... queria fazer algo original — falei.

Nicholas virou-se para mim, e em seu pescoço havia uma veia saltada.

— Você quase me fez infartar, por pouco não sofri um acidente. O que estava se passando pela sua cabeça? — ele me perguntou, elevando o tom de voz.

O Mini Eu reagiu à voz dele assim como fizera na noite anterior. Achei curioso que aquilo só acontecesse quando o Nick estava comigo... Acho que as borboletas no estômago que eu sempre sentia quando estava com o Nicholas se transformaram em um bebê. Instintivamente, repousei a mão sobre o ventre e o gesto não passou despercebido ao vulcão em erupção que tinha ao meu lado. Os olhos dele se cravaram naquela região do meu corpo, depois nos meus olhos, e em seguida se desviaram automaticamente para a pista.

Não respondi às perguntas dele, algo me dizia que era melhor ficar quietinha. Nicholas continuou dirigindo, parecia ainda estar assimilando tudo, e precisando se ocupar até finalmente conseguir me enfrentar.

Meia hora depois, percebi que ele estava indo para a praia. Quando chegamos, uma paz interior tomou conta de mim, senti que estava começando a relaxar. Nick pareceu sentir a mesma coisa, porque respirou fundo depois de alguns minutos contemplando as ondas, e se virou para olhar no fundo nos meus olhos.

— Eu vou ser pai? — indagou, e vi medo naqueles olhos azuis.

Estremeci dos pés à cabeça com aquela pergunta. Meu Deus, aquele homem espetacular seria o pai do meu bebê!

— Se tudo correr bem… nós dois vamos ser pais — respondi, nervosa.

— Ainda não estou acreditando… Como é possível? — ele disse, ainda sem tirar os olhos de mim.

Ergui as sobrancelhas até quase chegarem ao meu couro cabeludo.

— Não siga por esse caminho, Nick, acredite em mim — eu o adverti, aborrecida. Ainda não havia o perdoado.

— Posso? — ele pediu permissão, ignorando minha resposta.

Foi aproximando a mão da minha barriga, mas parou no meio do caminho, esperando a minha resposta.

Estiquei o braço e levei a mão dele até o meu ventre, segurando-a com a minha. Foi um momento incrível… apesar de tudo de ruim que ainda guardava dentro de mim, aquele momento seria inesquecível. Em seguida, o Nick levantou o meu suéter e colocou a mão sobre a minha pele. Meu corpo inteiro ardeu com aquele contato.

— De quantos…? — ele perguntou, na dúvida, enquanto me fazia carinho meio assombrado, meio abobado com o que havia sob a minha pele febril, porque sim, por acaso já disse que a mão dele no meu umbigo me deixava com muito calor?

— De cinco meses — respondi com um suspiro entrecortado quando os dedos dele baixaram demais sobre aquela pequena esfera. Contive a mão dele antes de ter uma parada cardíaca. Com a outra mão, me apressei em abaixar o meu suéter. — Já chega por hoje — ordenei, nervosa.

Nick olhou para mim de modo intenso e divertido ao mesmo tempo.

— Já sentiu o bebê se mexendo? — ele perguntou, concentrado unicamente em mim.

— Não, mas ele vai começar a fazer isso logo… Só senti como se fosse algo borbulhando, tipo pipocas estourando dentro de mim, não sei explicar direito.

Nick deu risada da minha explicação e devolvi o olhar, inquieta. Havia muita tensão contida naquele carro, mais do que eu conseguia suportar.

— Há quanto tempo você ficou sabendo, Noah? — ele indagou, repentinamente sério.

Achei que era melhor ser sincera daquela vez.

— Faz mais de três semanas.

— Mais de três semanas é muito tempo... Tempo de sobra para me ligar e me contar, não acha? — ele me recriminou irritado, olhando irado para a frente.

Eu o observei franzindo a testa.

— Eu estava brava com você... Para ser sincera, ainda estou.

Nick se virou para mim, surpreso.

— Brava por quê?

Olhei para ele, incrédula.

— Isso é sua culpa — falei, apontando para a minha barriga. Ainda continuava revivendo o momento em que deixara que ele fizesse amor comigo sem proteção... mas que idiota!

Nicholas deu uma risadinha incrédula.

— Acho que seria mais acertado dizer que é nossa culpa, sardenta.

— Um mero detalhe — respondi, olhando para o mar. Nick pareceu achar graça da minha resposta.

Diante dos nossos olhos, acontecia o pôr do sol mais lindo que eu já vira, e imaginei que a natureza quisesse me dar aquele presente, pintar com cores bonitas um quadro que ainda parecia cinza demais para ser nomeado.

Por mais que agora nós dois estivéssemos cientes do que iria acontecer, eu não conseguia tirar da cabeça a última conversa que tivera com o Nicholas antes de ele voltar para Nova York.

Eu não sabia como íamos proceder, e também não sabia qual papel o Nick ia querer desempenhar em tudo aquilo.

— Estou cansada, você deveria me levar para casa — pedi, me sentindo triste de repente.

Nick se virou para mim e esticou o braço para colocar a mão atrás da minha nuca. Os dedos dele me fizeram carinho de leve antes de me obrigarem a olhá-lo de frente.

— Quero que você venha comigo — ele então anunciou, me pegando desprevenida. — Quero que você pegue as suas coisas e se mude hoje mesmo para o meu apartamento.

— Não, Nicholas, eu estou na casa da Jenna e dentro de quatro dias...

— Não vou discutir quanto a isso — ele me interrompeu. Em seguida, deu partida no carro.

— O que está fazendo? — perguntei, surpresa.

— Estou te levando comigo.

"Que merda, já vamos começar!"

— Eu não quero ir.

— É o meu filho que está dentro de você, então vou garantir que ele fique bem.

— É o meu filho que está dentro de mim, e já estou me certificando de que ele fique bem em todos os momentos, obrigada pelo seu interesse — retruquei, indignada.

— Você tem que ficar em repouso, não é? — ele perguntou, então, alternadamente o olhar entre mim e a estrada.

— Sim, mas...

— Até que o médico te libere, você fica comigo. Ponto-final.

Ia responder, mas sabia que eu só tinha a perder, principalmente porque não conseguia fazer movimentos bruscos como, por exemplo, dar um chute nele. Eu me limitei a cruzar os braços e a cravar o olhar na pista.

Havia-se passado apenas algumas horas desde que ele ficara sabendo da existência do Mini Eu, e já estava se achando no direito de várias coisas.

"Sim, Mini Eu, esse é o idiota do seu pai."

37

NOAH

Demoramos mais de uma hora para chegar ao antigo apartamento do Nicholas. O caminho de volta da praia e a parada para pegar algumas das minhas coisas na casa da Jenna foram feitos sem conversas. E não porque eu quis ficar calada, não, pelo contrário: foi ele quem colocou uma música e mergulhou em um estado de mudez quase total.

Como estava muito irritada, fiquei com o olhar cravado na pista, mas tenho que confessar que às vezes olhava de soslaio para o Nick sem que ele percebesse. Não queria que ele me pegasse o espiando como uma desesperada que espera que o pai do seu filho fale algo alentador como "Estou muito feliz" ou "Tudo vai ficar bem".

Não teve nada disso, o momento mais mágico que tínhamos vivido no carro ficara para trás, lá na praia. O sol se pusera, e depois a escuridão da noite parecia ter dominado o ambiente. O que diabos ele estava pensando? Sim, claro, era uma notícia que não deixaria ninguém indiferente, mas, minha nossa, qualquer diálogo superficial já teria bastado.

Quando paramos na garagem, saí do carro sem nem o esperar. Fui direto para o elevador. Teoricamente, eu não deveria andar, mas não ia contar esse detalhe. E pior, só então me lembrei que o Nick não fazia ideia das possíveis complicações da minha gravidez e uma parte de mim receava lhe contar. A Jenna poderia ligar para ele a qualquer momento e informá-lo, mas agora que tínhamos ido embora juntos, a minha amiga parecia muito mais relaxada e contente, parecia estar nas nuvens, na verdade. Coitada, achava que, pelo simples fato de eu ter dado a notícia, nós dois de repente voltaríamos a ser o mesmo casalzinho feliz de antes...

Era ridículo, sim, mas não vou dizer que eu também não tinha essa esperança, pelo menos um pouco.

Nicholas foi atrás de mim e subimos juntos para o quarto andar. Ele foi carregando minha pequena mala.

Já na entrada, cheguei à conclusão de que aquele lugar não era para mim… e muito menos para o Mini Eu. O apartamento estava diferente: nossas fotos, os quadros que escolhemos juntos, as almofadas coloridas… tudo havia desaparecido. E digo mais, até os móveis tinham sido substituídos por outros caríssimos, elegantes e sem personalidade nenhuma, e ainda tinham cara de ser muito desconfortáveis.

O pior de tudo é que eu sabia que nada do que estava ali tinha sido escolhido pelo Nick… Outra pessoa havia feito aquelas mudanças, e não demorou nem um segundo para que o nome dela viesse à minha cabeça.

Que merda, a realidade me golpeou como um soco no estômago. Sophia deve ter passado um tempo por ali, o Nicholas conviveu com ela naquele apartamento assim como fizera comigo… Fui em silêncio até o quarto, o quarto onde havíamos passado os melhores momentos íntimos da nossa relação. Tudo o que eu sabia, tudo o que ele havia me ensinado fora naquela cama, em lençóis como aqueles, naquele lugar. Sequei a lágrima que rolou pela minha bochecha com a força de um tapa. O quarto também tinha mudado, estava tudo diferente.

Imagens do Nick com ela, beijando-a, fazendo carinho nela, a tocando, fazendo tudo o que fazia comigo, vieram à tona como se fossem parte de uma projeção de slides imaginários.

Nicholas colocou minha mala em cima de um banco e depois se virou para mim.

— Você deveria se deitar.

As palavras dele pareceram me despertar daquele inferno no qual eu mergulhara.

— Já voltou a falar comigo? — falei, tentando ocultar a minha tristeza usando a raiva. Ele ficou surpreso e me observou com cautela.

— Desculpa por ter ficado tão quieto… Eu precisava pensar em tudo isso… Você deve imaginar que não era algo pelo qual eu estava esperando.

— E você acha que eu estava esperando? — rebati, incrédula.

— Você já teve mais de três semanas para assimilar tudo — ele disse, me recriminando por não lhe contar logo que fiquei sabendo.

— Desculpa se não fui correndo atrás de você quando fiquei sabendo que tem um bebê dentro de mim, um bebê que eu não planejei e que eu nem quero!

Eu me senti culpada assim que soltei aquelas palavras, sabia que estava mentindo. Claro que eu o queria, agora mais do que nunca, não havia mais volta, eu e o Mini Eu estávamos conectados: a história de que o vínculo maternal começa antes do nascimento era mesmo verdade.

— E você acha que eu quero?! — ele gritou, então, levando a mão ao rosto em um ataque de nervos. Respirou fundo para se acalmar, aparentemente sem sucesso, mas voltou a falar comigo em um tom mais calmo. — Não deveríamos estar discutindo por isso, por favor, vai se deitar, Noah.

As palavras dele continuavam ecoando na minha cabeça, amplificadas por algum tipo de sistema cerebral que era incapaz de parar de ouvi-las.

O Nick não queria o bebê...

— Nessa cama? Você quer que eu me deite nessa cama, para a qual você trouxe sabe-se lá Deus quantas mulheres? — falei, transbordando de raiva e ciúme. Não, de jeito nenhum que eu e o Mini Eu íamos ficar naqueles lençóis, nem morta.

Nick não esperava aquela resposta, era óbvio, e se mostrou atordoado, sem saber muito bem o que falar. Aquele silêncio só confirmava minhas suspeitas.

Peguei um travesseiro e saí pisando forte até o sofá que havia na sala, um sofá horroroso, e tão incômodo quanto eu tinha suspeitado. Eu me sentei passando as pernas uma sobre a outra e olhei para a frente, para a enorme televisão, a única coisa que parecia ter sido escolhida pelo Nick.

Vi de soslaio quando entrou na sala, indo para o frigobar e servindo uma taça. Ficou olhando para o líquido âmbar por alguns segundos, até que finalmente deixou a taça na mesa e foi até mim. Ele me estendeu a mão.

— Vamos — disse com calma. — Vou reservar um quarto de hotel.

Aquilo me pegou completamente desprevenida. Arregalei os olhos com surpresa e, ao ver que ele estava falando sério, parte da minha raiva se dissipou.

— De verdade?

— Não quero que você se sinta incomodada.

Assenti, me levantando do sofá e ficando de frente para ele. Estava morrendo de vontade de ganhar um abraço dele, por mais que estivesse sendo tudo tão doloroso e estranho... Desde quando o Nick cedia às minhas birras? O normal teria sido nos matarmos de tantos gritos, mas lá estávamos nós, nos rodeando cheios de nove-horas, tentando esconder tudo que ainda tínhamos para falar.

Enquanto estávamos no carro, o Nick ligou para o hotel Mondrian de West Hollywood e, para minha surpresa, reservou uma suíte para nós dois.

— Você não precisa gastar toda essa grana, Nicholas, poderíamos ir para o meu apartamento, ou você poderia me deixar por lá, isso não parece uma boa ideia.

Ele nem sequer desviou o olhar da pista.

— Preciso de um lugar onde possa trabalhar e quero ter você por perto. Não vai ser nenhum problema, não precisa se preocupar.

Suspirei notando o cansaço no meu corpo, queria me deitar, tudo o que havia acontecido naquele dia me deixara exausta.

Acabei cochilando no caminho, e o Nick me acordou com delicadeza. Ao abrir os olhos, vi que já tínhamos chegado e que um funcionário do hotel já esperava pacientemente que saíssemos do carro.

Foi o que fizemos, eu não pude deixar de reparar no contraste da minha roupa, calça legging, suéter e tênis, com a aparência elegante do Nicholas, que usava camisa, calça jeans e sapatos reluzentes.

Eu me sentei em um dos sofás da recepção enquanto ele se encarregava das burocracias. Estava um pouco preocupada, porque acabara fazendo de tudo naquele dia, menos repousar. Na casa da Jenna, o Lion ficava me levando para cima e para baixo, mas agora... se pedisse ajuda para o Nick, teria que explicar todos os detalhes da gravidez, e uma parte de mim não queria ter que contar como meu útero estava debilitado, muito menos todas as coisas que fiz de errado durante os primeiros meses... Tinha agido como uma irresponsável... Só de lembrar de todo o álcool que coloquei no meu corpo eu ficava nauseada e não por causa da gravidez, mas pela minha incompetência até para isso, que droga... ainda não estava acreditando que eu não percebi antes...

Para sorte minha e do Mini Eu, os elevadores não ficavam longe, e quando o Nick pegou na minha mão para me levar até eles, fiquei muito grata. O funcionário nos acompanhou até o quarto que ficava no último andar e deixou nossas malas por lá. Quando entramos, arregalei os olhos de surpresa. O Nick deu uma gorjeta para o rapaz e ele foi embora, nos deixando sozinhos. Minha nossa! Aquilo não era um quarto de hotel, era um autêntico apartamento. Dei alguns passos, admirando o piso reluzente, a cama enorme e branca com cabeceira preta, a grande mesa quadrada com cadeiras transparentes, o imenso sofá, a mesa de escritório e a incrível vista da cidade.

Tentei não me sentir incomodada, nem parar para pensar no dinheirão que aquela suíte deveria custar e simplesmente me aproximei da cama, sobre a qual o Nick tinha aberto a minha mala, de onde peguei meu pijama. Em seguida, fui para o banheiro. O banho me ajudou a relaxar... não sabia o que ia rolar entre nós dois, havia uma tensão estranha no ar.

Quando saí do banheiro, já com short de pijama e uma camiseta bem larga, o Nick estava me esperando encostado na mesa. Parecia perdido nos próprios pensamentos. Ignorei todo o nervosismo que sentia por ficar a sós com ele em um quarto depois de tanto tempo e me sentei na cama, com as costas apoiadas na cabeceira, esperando que um de nós dois rompesse o silêncio ou dissesse algo sobre o elefante enorme que parecia estar ali conosco.

Lembrei da última vez que estivemos sozinhos, em uma cama... Fiz carinho na minha barriga com cuidado e prendi a respiração. Sim, Mini Eu... você estava a ponto de entrar em cena.

— No que está pensando? — ele indagou, olhando tão fixamente para mim que o meu coração acelerou.

— Nada... Só estava pensando na última vez que... Você sabe, quando eu e você...

Nick apertou a mandíbula com força. Acho que o que para mim era uma boa lembrança, para ele era motivo de fúria.

— Eu fui um idiota... e um irresponsável.

Olhei para o semblante todo cheio de amargura dele e desejei não ter aberto a boca.

— O que aconteceu naquela noite não deveria ter rolado — sentenciei para dissimular como o que ele tinha acabado de dizer me deixou triste. — E não foi só sua culpa.

Nicholas franziu a testa com o olhar fixo no meu rosto.

— O que aconteceu, Noah? — ele perguntou e, ao perceber seu tom de voz, meus olhos foram em direção aos dele, bem frios. — Você mentiu para mim?

— O quê?

— Eu perguntei se você continuava tomando o anticoncepcional e você me disse que sim, então me explica como é que isso foi acontecer.

Ele tinha me perguntado do anticoncepcional? Naquela noite, estivera tão imersa no que estávamos fazendo que não me lembrava nem da metade do que fora dito.

Foi como se ele voltasse a partir o meu coração.

— Você acha que eu fiz de propósito?

Nicholas passou a mão pelo rosto, se levantou e se afastou de mim.

— Eu não sei nem o que pensar... Quando você me contou que estava grávida, nem passou pela minha cabeça que pudesse ser meu até que você decidiu esclarecer tudo com a outra mensagem — ele disse, abrindo o frigobar e pegando uma garrafa. Prendi o fôlego, sem falar nada, queria ouvir o que ele tinha para dizer. — Nós só transamos uma vez, porra! Uma vez em quanto tempo?! Em uma merda de um ano e meio... e aí acontece isso?!

— Você preferia que fosse de outro? — Nem sequer reconheci a minha própria voz. De repente, só queria ir embora dali.

— Você sabe muito bem que não.

Soltei o ar que estava segurando.

— Você é um completo babaca só por insinuar que fiz isso para te enganar. Como se eu tivesse algum interesse em engravidar aos dezenove anos! Quer saber? Não tem por que você fazer parte disso. Sou perfeitamente capaz de seguir adiante sozinha. — A última parte não era verdade, mas não queria que ele soubesse daquilo.

Nick me devolveu o olhar como se eu tivesse o insultado.

— É isso que você quer? — ele perguntou, e notei que a veia do pescoço dele começou a pulsar mais forte do que de costume. Sua mandíbula se retesou e o olhar que ele me lançou me deixou paradinha no meu lugar.

— Você não precisa assumir essa responsabilidade. Muitas mães conseguem criar os filhos sozinhas, você já tem muitas coisas na sua vida no momento e deixou muito claro que não queria voltar a me ver.

Nick balançou a cabeça e deu uma risada amarga da qual eu não gostei nem um pouco. Claro que eu não sentia nada daquilo, mas ele deixara claro que não queria o bebê e que se arrependia do ocorrido, e eu não ia ficar atrás dele, como milhares de mulheres fazem, só porque teríamos um filho. Não, nem pensar, seria difícil, eu me sentia exaurida só de pensar, mas não o colocaria contra a parede, jamais.

— Você sempre quer resolver tudo sozinha, e não deixa ninguém te ajudar, nem te dizer que você está errada. E sabe de uma coisa, amor? Tenho até pena. — Aquele jeito de me chamar de "amor" soou como o pior dos insultos ditos. — Mas vou te falar uma coisa, a criança que está dentro de você é tão minha quanto sua, então toma muito cuidado com o que fala.

Demorei alguns segundos para responder.

— Você está me ameaçando?

— Eu vou fazer parte da vida dessa criança, e ela vai ter o meu sobrenome.

Por que o que queria escutar desde o início agora só fazia eu me sentir sufocada?

— A criança vai ter o que for melhor para ela, e sou eu quem vai tomar essa decisão.

— Bom, acho que nenhum juiz negaria que a melhor pessoa para cuidar do nosso filho sou eu, não acha? Você não tem nada a não ser o que pede para o meu pai.

A emoção de ouvi-lo falar "nosso filho" logo desapareceu. Arregalei os olhos, sem conseguir acreditar que a palavra "juiz" tivesse aparecido na conversa.

— O que está insinuando? — indaguei com um nó na garganta.

Nicholas parecia fora de si, transformando-se a cada segundo que passava em um Nick que eu não queria enfrentar.

— Estou dizendo que não podemos deixar pontas soltas nessa história. Eu e você não vamos voltar a ficar juntos, então vamos precisar combinar tudo muito bem antes que você dê à luz. Uma guarda compartilhada seria a melhor solução... Agora, se você me dá licença, tenho coisas importantes para fazer.

Sem nem olhar para mim, ele pegou o casaco e a chave do carro, e saiu da suíte batendo a porta.

O medo e as lágrimas vieram depois, acompanhados de uma impotência enorme. Ele estava certo, eu não tinha nada, a não ser o que eu pedia, mas esperava muito que o Nicholas Leister não voltasse a falar nada parecido. Se a intenção dele era me enfrentar, eu estaria esperando por esse duelo mais preparada do que nunca.

38

NICK

Entrei no carro e dei a partida, pisando fundo no acelerador. Precisava ficar sozinho e pensar. A frase "estou grávida" ainda ecoava na minha cabeça. Tentei encarar a situação com calma, de verdade, mas além de tudo parecer uma piada de mau gosto, eu ainda por cima acabara de perceber que a Noah nem sequer queria que eu fizesse parte da vida dela e do bebê. Por isso tinha demorado a droga de mais de três semanas para me contar, e eu tinha certeza, colocaria a mão no fogo por isso, de que ela acabou me contando porque a Jenna insistiu até convencê-la.

"Estou grávida."

Acho que nunca, em toda a minha vida, duas palavras me afetaram tanto. Duas simples palavras, e eu quase bati no carro da minha frente. Por sorte, consegui pisar no freio a tempo...! O celular escapou das minhas mãos e precisei encostar para recuperá-lo e voltar a ler a mensagem.

O mundo pareceu desabar em cima de mim, foi como se de repente tivessem tirado o ar dos meus pulmões, o sangue das minhas veias e os pensamentos coerentes da minha cabeça. A única frase que consegui formular foi: "Vou matar esse cara". Por sorte, a segunda mensagem chegou a tempo para evitar que eu cometesse um assassinato... Só a Noah era capaz de não ver problemas em escrever mensagens como "Estou grávida" e "Ah, o filho é seu".

Entrei em um bar da cidade, um que muitos estudantes com idade suficiente para beber escolhiam para se divertir. Sabia que beber não ia me ajudar a espairecer como eu precisava, mas, que droga, ou eu bebia algo bem forte ou terminaria voltando para aquele quarto para deixar claro para aquela sem noção que tanto ela quanto o bebê eram meus, e que eu deveria cuidar dos dois.

O ódio que a princípio senti pela Noah desaparecera quando eu coloquei a mão na sua barriga e percebi que dentro dela estava se formando o meu filho, o nosso filho. Achei que aquilo nunca fosse acontecer... Além disso, por mais que eu tentasse não pensar naquilo, a dificuldade que a Noah teria para conceber uma criança fora um manto escuro sobre nós desde o instante que percebemos que estávamos apaixonados.

Virei um copo de uísque escocês e pedi outro.

Eu tinha dito algo sobre um juiz?

Passei as mãos no rosto, a música estava bastante insuportável e havia gente demais dançando ao meu redor. O balcão ficava bem no meio do local, e ficar ali era uma tortura. Levei a bebida aos lábios e contraí a mandíbula para suportar a queimação.

A Noah ia ser mãe... aos dezenove anos.

Eu me odiei naquele instante, me odiei por ter errado tão feio, tê-la forçado a fazer algo que ela deixara claro que não queria concretizar, por mais que ambos tivéssemos desejado.

Será que eu a forçara?

Não, mas que droga, não tinha sido daquele jeito, nós fizemos amor, eu a tratei bem, a abracei durante toda a noite e queria ter despertado ao lado dela. Senti uma dor na alma quando abri os olhos na manhã seguinte e vi que ela não estava mais comigo. Fosse o que fosse, ela sempre acaba fugindo.

Minha mente doentia começou a imaginar o tipo de vida que levaríamos se naquela maldita noite da festa do meu pai eu tivesse pegado o carro e levado a Noah para Nova York, como gostaria de ter feito, como dissera que faríamos. Ninguém cometeria nenhum erro, ninguém teria encostado na minha garota e eu agora estaria com ela, e não em um bar horrível tentando me acostumar com a ideia de que ia ser pai, pai, porra, pai de um bebê. Minha vida ia virar de cabeça para baixo e eu tinha quatro meses para assimilar a notícia e me preparar.

O que raios eu ia fazer com a empresa? O que eu ia fazer com a Noah?

Quando já estava na quinta dose e minha mente começou a se anuviar, meu olhar se deteve em algo, ou melhor, em alguém que estava sentado junto ao balcão, a poucos metros de distância. Eu soube quem era pela maneira que o meu corpo reagiu instantaneamente: todos os meus músculos se tensionaram. Eu me levantei da banqueta com cuidado e fui até ele. Eu o agarrei pela camiseta e o ergui, pegando-o completamente desprevenido.

— Que porra você tá fazendo aqui, seu merda? — perguntei, unindo minha testa à dele e entrando em um estado no qual só estive uma vez, havia um ano e meio, na pior noite da minha vida.

Michael O'Neil me empurrou com força e depois me encarou com uma determinação ferrenha.

— Eu te paguei para você dar o fora da porra da minha cidade! — bramei, me lançando sobre ele.

Nós dois caímos no chão, fazendo as pessoas se afastarem. Alguém então chamou a segurança. Maldição, naquela noite eu ia precisar gastar muito dinheiro para não me meter em um problemão de verdade. Deixando o pensamento de lado, dei outro soco nas costelas dele, que aproveitou para me acertar na mandíbula. Senti o sangue na boca e cuspi no chão com uma vontade renovada de matá-lo e acabar com aquilo de uma vez por todas.

— Decidi que não me importo com a merda de trato que fizemos — ele disse, alavancando-se com os pés e assumindo o controle da situação por alguns instantes. Seu punho se chocou contra minha face esquerda e notei que um corte havia sido feito. — Inclusive… a Noah está mais linda do que nunca.

O sangue me subiu ainda mais à cabeça, e, tomado por uma fúria, a última coisa de que me lembro é que três caras tentaram me tirar de cima daquele desgraçado. Fomos expulsos por portas diferentes. Eles sabiam quem eu era, e por isso deixaram que eu me recuperasse em uma das salas privativas e me emprestaram até um celular para pudesse chamar alguém para vir me buscar. Quando o Steve apareceu pela porta dos fundos, soube que algo estava errado.

— Tem vários jornalistas lá fora, acho que alguém espalhou a notícia — ele anunciou, resmungando para si. Era só o que me faltava.

De fato, ao sair dali, por mais que tenha tentado fingir que nada daquilo acontecera e esconder as feridas no meu rosto, tiraram várias fotos minhas antes que eu pudesse me esconder na traseira da Mercedes do meu pai. Steve manteve a boca fechada, mesmo parecendo surpreso quando pedi para ele me levar ao Mondrian. Não queria nem pensar em como a imprensa ia reagir quando a gravidez da Noah viesse à tona, e muito menos como a nossa família ia reagir… Seria um escândalo, principalmente porque quase todo mundo achava que eu e a Noah éramos irmãos. A Sophia ia me matar, o escândalo também iria respingar na família dela, e talvez até prejudicar a carreira política de seu pai.

Saí cambaleando do veículo e pedi para o Steve ir buscar o meu carro, que deixara perto do bar. Quando entrei na suíte, o silêncio sepulcral me deixou arrepiado. Uma penumbra tomava conta do quarto, e aquilo só poderia significar uma coisa... Acendi as luzes e vi que estava tudo vazio. Eu me aproximei da cama e peguei o bilhete que havia sobre o travesseiro.

"Merda."

39

NOAH

Pedi um táxi depois que o Nick saiu pela porta da suíte e, duas horas depois, eu estava cercada de caixas ainda fechadas e jogada na cama, comendo uma cumbuca de cereais. Foi o que encontrei depois de muito procurar. Não havia leite nem nada mais na geladeira, mas pelo menos eu estava sozinha, por fim, depois de tantas semanas morando com a Jenna.

Não sei o que me passara pela cabeça para ir com o Nicholas, como se tudo fosse voltar a ser como antes. O que acontecera com a gente não iria desaparecer do nada, não importava que eu estivesse grávida, não importava que ele fosse o pai. O que ele insinuou naquele quarto de hotel ia ficar nas minhas lembranças por muito mais tempo do que qualquer outra coisa que ele dissera no passado.

Como ele era capaz de cogitar que eu podia ser tão rasteira a ponto de dar o golpe da barriga? Como tivera coragem de insinuar que tiraria o bebê de mim depois do nascimento?

Eu não queria nem o ver. Se já estava tudo péssimo antes, agora parecia ainda pior. Tentei me acalmar, não queria estressar o Mini Eu e, a muito custo, consegui dormir, pelo menos até umas cinco da manhã, quando meu celular começou a vibrar enfurecido.

Eu não queria falar com ele. Que merda! Só agora tinha dado pela minha falta? Que diabos ele ficou fazendo a noite toda?

Era melhor eu nem perguntar.

Mandei uma simples mensagem para ele.

Me deixa em paz.

E foi o que ele fez… pelo menos por um tempo.

Na manhã seguinte, ele apareceu no meu apartamento. Imagino que a Jenna não tenha passado o meu endereço antes de um horário razoável, mas gostaria que ela tivesse me consultado primeiro. Já estava cansada de ela e o Lion ficarem se metendo onde não eram chamados.

Quando abri a porta, dei de cara com dois copos de papel e uma sacola do Starbucks. Ele estava usando terno, mas exibindo um olho roxo, um machucado na bochecha esquerda e uma ferida na boca. A combinação era ridícula. Parecia um brutamontes fantasiado de empresário.

— Posso entrar?

Cruzei os braços. Não, eu não queria que ele entrasse, mas precisávamos conversar.

Dei as costas para ele e fui para a cama. Odiava ter que jogar em desvantagem, odiava ter que ir para a cama enquanto ele ficava lá, imponente como se fosse um adulto, enquanto eu parecia uma menina.

— Então voltou a arrumar briga... vou usar isso a meu favor quando estivermos disputando a guarda da criança no tribunal.

— Chega, Noah — ele me cortou, deixando as bebidas e a sacola no balcão da minha pequena cozinha. — Você sabe que eu não estava falando sério.

— Você me pareceu muito decidido quando deixou claro que eu não vou conseguir cuidar desse bebê.

Nicholas passou a mão pelo rosto e começou a olhar para o apartamento. Fiquei com vergonha por causa da bagunça. Meu *loft* não era nada apropriado para criar uma criança e tinha certeza de que era justamente aquilo que o Nicholas estava pensando naquele momento.

— Você ia conseguir cuidar desse bebê mesmo se não tivesse as duas mãos, Noah — ele afirmou, pegando um dos copos de papel e se aproximando da cama. — É chocolate quente.

Aceitei a bebida a contragosto porque estava morrendo de fome.

— Não quero mais ouvir você falando que vai tirar o bebê de mim, escutou? — falei, mais séria do que em toda a minha vida.

— Eu nunca faria isso... Que merda, quem você pensa que eu sou?

Sacudi a cabeça em negativa, não conseguia nem olhar para ele, não queria ter que enfrentá-lo. Ele voltara a me machucar, colocara o dedo na ferida e pisara no meu calo, mexera com o que mais me dava medo, que era não conseguir seguir com o Mini Eu.

Ele se sentou do meu lado na cama.

— Noah, olha pra mim — pediu com a voz firme.

Eu me neguei a obedecer, principalmente porque sentia que, se fizesse aquilo, eu começaria a chorar que nem uma condenada, e a última coisa que queria naquele momento era parecer fraca.

Ele pegou no meu queixo e me obrigou a cravar meus olhos nos dele.

— Desculpa por tudo o que falei ontem — ele disse enquanto acariciava o meu queixo com o dedo. — Eu vou ficar do seu lado.

— Não é isso que você quer — rebati com a voz trêmula.

Eu queria voltar a estar com ele, era o que mais queria com todas as minhas forças, formar uma família e começar do zero, mas ele deixara bem claro que aquilo era impossível. Agora eu estava grávida, e, sim, as coisas mudaram. Eu precisava priorizar o Mini Eu, e isso significava voltar a invadir a vida do Nicholas Leister, por mais que ele tivesse tentado se livrar de mim.

Eu ia precisar engolir tudo o que sentia, ia ter que fingir que tudo podia voltar a ser como antes... era o que me restava. Protagonizar o melhor filme da história. E o Nick também sabia disso.

— Volta para o hotel comigo — ele me pediu, secando uma lágrima da minha bochecha.

Eu daria tudo para não precisar ficar em repouso, para ter minha independência e não precisar de ninguém, mas não era o caso. Eu precisava dele, pelo menos até que o médico me dissesse que o bebê não corria perigo.

Então aceitei e voltei com ele para o hotel. Quando chegamos, o Nicholas me ajudou a me instalar de novo e pediu licença, dizendo que precisava fazer algumas coisas no escritório da LRB. Ele parecia estranho, nós dois parecíamos, era como se não fôssemos nós mesmos, e fiquei grata por ele ter que sair. Fiquei até o início da noite jogada na cama lendo *O morro dos ventos uivantes*. Nunca gostei muito desse romance — os personagens eram atormentados demais e a trama era excessivamente dramática para o meu gosto —, mas algo me fizera querer relê-lo. Depois deixei o livro em cima da mesinha e tentei dormir. Não tive notícias do Nicholas e, apesar de ficar doida por ele não ter ligado durante o dia para saber como eu estava, também me lembrei que ele ainda não tinha nem ideia do que estava acontecendo com o Mini Eu. Tudo acontecera tão rápido que ele nem sequer me perguntara o motivo pelo qual eu precisava de repouso. Fazia só um dia e meio desde que ele ficara sabendo de tudo, mas o fato de que sentamos para conversar de verdade indicava o quanto ele deveria estar abalado. Fechei os olhos e deixei o sono tomar conta de mim.

40

NICK

Tive que ir me encontrar com a Sophia. Ela não parava de me ligar desde a noite da festa na casa do Lion. Estava furiosa porque, apesar de eu enfim estar em Los Angeles, não passamos nem três horinhas juntos.

O assunto Sophia era algo que eu precisava resolver. Na verdade, ao notar como pouco me importava em terminar aquela relação, me dei conta de que aquilo nunca tinha funcionado de verdade, eu nunca conseguira ser o que ela precisava. Só a Noah conseguia deixar o meu mundo de cabeça para baixo, mas, droga... Como não faria isso, se sua mera existência me deixava completamente doido?

Era estranho tê-la outra vez comigo, tão estranho não trocar gritos com ela, tão estranho não precisar odiá-la. No último ano e meio, havia empregado todas as minhas energias em odiá-la para esconder a parte de mim que a amava e conter aquela terrível vontade de sair correndo e implorar para voltarmos. Precisei de muito autocontrole para acabar com tudo, para deixá-la, ir embora e me convencer que queria refazer minha vida com outra pessoa, mas aquilo tudo era uma grande mentira. Todos aqueles sentimentos de repente teriam que ir embora. O ódio parecia não ter mais sentido, e o amor estava querendo voltar à cena. Uma parte cada vez maior de mim queria ficar com ela, segurá-la entre meus braços e nunca mais largá-la. Senti um alívio... um alívio infinito. Odiar a mulher que eu amava fora a tarefa mais difícil da minha vida. E agora algo me dizia para parar de lutar, deixar de nadar contra a corrente, porque meu caminho sempre foi muito claro, meu destino era aquela mulher.

Sophia também estava em um hotel. Eu lhe havia dito que meu apartamento estava inundado. Precisei inventar alguma desculpa para ganhar tempo e colocar tudo em ordem. Parei o carro e me preparei para enfrentar alguém que eu não queria machucar. Ela abriu a porta do quarto usando um bonito vestido ameixa. O semblante dela mostrava claramente que sabia haver algo de errado. Um "precisamos conversar" nunca era presságio de coisa boa.

Entrei e não tirei o blazer, nem dei um beijo nos lábios dela, como quase me acostumara a fazer. A Sophia franziu a testa e me chamou para irmos para a sala de sua suíte. Chegando lá, abri o frigobar e me servi de uma taça. A Sophia se sentou no sofá de couro branco e me observou enquanto eu tomava um generoso gole de uísque e evitava o olhar dela.

— Você vai terminar comigo, não vai? — ela disse, interrompendo o repentino silêncio.

Ergui o olhar para o rosto dela.

— Acho que nunca começamos nada, Soph.

Ela negou com a cabeça e desviou os olhos para a mesa que havia diante de si.

— Eu achava... achava que estávamos evoluindo, Nicholas. O que ela te disse? O que ela fez para fazer você mudar de ideia? Porque faz uma semana que você disse que queria ir morar comigo.

Porra, sim, eu a chamara mesmo para ir morar comigo, estava cansado de me sentir mal por causa da Noah, cansando de acordar sozinho durante a noite, pensando, me perguntando se fizera a coisa certa ao deixá-la ir embora...

— Eu sei... Peço desculpas, de verdade. Que droga, Sophia, não estou fazendo isso pra te machucar, mas não consigo continuar negando o que sinto pela Noah. Se não for para estar com ela, prefiro não ficar com mais ninguém. Eu te falei que só teríamos uma relação sem compromisso e você aceitou, depois tudo foi mudando, e não digo que seja sua culpa, eu também me deixei levar porque era...

— Fácil? — ela me interrompeu.

Fiquei calado, olhando para ela. Sim, ela acertara na mosca, estar com a Sophia era fácil, agradável, correto, mas sem a paixão nem a magia, nem movido a um desejo irracional de estar com ela, de querer possuí-la, de querer que ela fosse minha... Só sentira tudo isso por uma pessoa.

— Prefiro que a gente termine agora para eu não partir o seu coração mais adiante.

Sophia sorriu sem nem um pingo de alegria nos olhos.

— O que te faz achar que o meu coração já não está partido?

Ela não esperou a minha resposta, levantou-se do sofá, me deu as costas e entrou no quarto. Pensei em ir atrás dela, me desculpar e dar mais razões para ela entender que não íamos funcionar como casal, mas a Sophia era assim mesmo. Ela não ia insistir, não ia implorar... Se ela me amava, sua maneira de amar não era a adequada, e algum dia ela entenderia aquilo.

Eu não era o homem da vida dela.

Quando entrei na suíte, a fragrância do xampu da Noah invadiu os meus sentidos. Estava tudo praticamente na escuridão, havia apenas a luz de um abajur aceso em um canto. A Noah estava deitada, com a cabeça sobre o travesseiro e os cabelos espalhados. Fiquei excitado só de olhar para ela... porra, como ela era linda!

Eu sabia perfeitamente que o melhor seria ir embora, ou pelo menos esperar que meu corpo se livrasse de todo o álcool que consumira, já que tinha bebido algumas taças em um bar depois da minha conversa com a Sophia, mas de repente eu só conseguia pensar em uma coisa. Tirei a camiseta enquanto andava até chegar aos pés da cama. Meus olhos prestaram atenção na curva do bumbum dela, naquelas longas pernas que se apoiavam em travesseiros e nas bochechas coradas dela. Eu me sentei na cama e a observei com atenção. Havia muito tempo eu não fazia aquilo, e senti uma paz interior no fundo da minha alma. Ver a Noah dormindo sempre fora um espetáculo, mas naquele momento o que eu mais queria era que ela abrisse os olhos... Que maldição, eu queria que ela percebesse que eu era o centro do mundo dela e que queria que ela me olhasse como costumava ser.

Olhei para o livro que estava aberto, com a capa para cima, na mesinha de cabeceira. Eu o abri e comecei a ler a página em que a Noah tinha parado.

Um parágrafo chamou a minha atenção e continuei lendo:

> ... nem a miséria, nem o envelhecimento, nem a morte, nem Deus ou o Satanás conseguiriam nos separar. E você, simplesmente porque quis, nos separou. Eu não destrocei o seu coração, foi você quem se destroçou, e ao destroçá-lo fez o mesmo com o meu. Pior para mim que eu sou forte. Que necessidade eu tenho de viver? Como será a minha vida quando...? Ah! Meu Deus! Você gostaria de viver com a alma na tumba?

Contraí a mandíbula. A frase seguinte estava sublinhada a lápis.

> Você também me abandonou, mas eu não te desaprovo. Eu te perdoo. Você tem que me perdoar!

Fechei o livro e contei até dez.

41

NOAH

Tive um sono agitado e sonhei que estava em trabalho de parto, e um montão de médicos gritavam que havia complicações e que o bebê estava correndo risco de morte. Eu só fazia cada vez mais força, porque achava que era o que precisava fazer. Meus olhos observavam ao redor, procurando a única pessoa que poderia fazer meus mais terríveis medos desaparecerem.

— Não consigo sozinha... por favor... Nick... preciso de você, por favor...

— O senhor Leister disse que não vem... Insistiu que ele não queria esse bebê, nem a mãe dele.

Notei que estava chorando, não só por causa da dor, mas também porque me sentia sozinha. O Mini Eu estava a ponto de nascer, mas, quando isso aconteceu, não ressoou na maternidade o forte choro de um bebê recém-nascido, e sim o mais absoluto silêncio. Alguém sem feições se aproximou de mim e me ofereceu um vulto enrolado em lençóis.

O bebê não estava se mexendo.

— Sinto muito... ele nasceu morto.

Arregalei os olhos e acordei assustada.

Fora um pesadelo... Percebi que estava chorando e meu coração batia a mil por hora. Então meus olhos se fixaram na pessoa que estava diante de mim. Nicholas adormecera sentado no sofá. Não pensei duas vezes. Tirei os lençóis de cima de mim, saí da cama e fui até ele. Quando me sentei no colo dele, levantando o braço dele para ganhar um abraço, ele abriu os olhos, sobressaltado.

— Noah... — disse, assustado a princípio, mas me segurando um segundo depois de forma quase automática.

Enterrei o meu rosto do pescoço dele e comecei a tremer que nem vara verde.

— O que aconteceu? Você tá bem? O bebê está...?

Neguei com a cabeça, sentindo um nó na garganta que me impedia de emitir qualquer som.

Nick ergueu o meu queixo e procurou meus olhos com os dele.

— Por que você tá chorando? — ele me perguntou, assustado.

Fechei os olhos enquanto os dedos dele acariciavam minha bochecha, me levando às lágrimas.

— Tive um pesadelo...

Nick pareceu relaxar um pouco, e os braços dele me rodearam com força, me apertando contra ele.

— Quer me contar como foi? Às vezes isso ajuda...

Aquela situação era estranha para mim. Durante quase todo o nosso namoro, eu escondi que achava muito difícil dormir quando eu não estava com ele, que, sem saber, sempre me protegeu dos meus pesadelos. Com ele ao meu lado, eu dormia tranquila.

— Eu estava em trabalho de parto... — comecei a contar com a voz muito baixa — ... e você não estava comigo.

Nick tensionou a mandíbula, mas me esperou prosseguir.

— Eu fiquei fazendo força e fazendo o que os médios diziam... mas no final o Mini Eu nascia morto e eu... eu...

Nick me abraçou, e me deixei envolver por aqueles enormes braços, mas a imagem do meu bebê morto não saía da minha cabeça.

— Isso não vai acontecer, Noah — ele me garantiu, fazendo carinho no meu cabelo com seus longos dedos.

— Como você sabe? — indaguei, apoiando minha cabeça no ombro dele e fechando os olhos.

Nick me puxou para que eu o encarasse.

— Para começar, porque nada nem ninguém vai me impedir de estar com você na hora do parto.

Olhei fixamente para ele por alguns segundos.

— Você promete? — perguntei, sem conseguir me segurar.

— Vou ficar de mãos dadas com você do início ao fim, te dou a minha palavra.

Apesar de eu nunca ter esperado algo diferente, senti um alívio imenso percorrer todo o meu corpo. A mão dele se separou do meu cabelo e foi para a minha barriga.

— Não deveria estar maior? — ele perguntou, franzindo a testa.

— Vai crescer... — respondi, prendendo o fôlego quando ele enfiou a mão dele debaixo da minha camiseta. — Às vezes, acho que a minha barriga estava esperando você ficar sabendo para começar a aparecer...

— Ainda acho difícil de acreditar, sabe? — ele confessou, ainda sem separar os olhos dos meus.

Tudo era muito assustador, o Mini Eu, ele, nós... Ainda não estava acostumada com aquela ideia, eram mudanças demais acontecendo quase ao mesmo tempo.

— Estou assustada — declarei, querendo que o tempo parasse, querendo voltar ao início, para quando só éramos eu e ele, e os problemas ainda não tinham começado a nos machucar.

— É normal... até eu estou desesperado — ele afirmou, olhando para a frente. — Mas vai dar tudo certo, você vai ver.

— E se não der? — perguntei de modo sussurrado, temendo expressar meus medos em voz alta. — Isso não deveria ter acontecido, eu não podia ser mãe... Meu corpo...

— O seu corpo é perfeito — ele falou sem hesitar.

— Nick... o bebê... eu quase o perdi — admiti, temendo olhar diretamente nos olhos dele.

— Como assim?

Tentei me acalmar para conseguir contar tudo.

— Lembra da noite da festa de lançamento da empresa...? Quando você precisou me levar para casa...?

Nick não demorou mais de dois segundos para lembrar e assumiu uma postura defensiva. Estávamos tão perto que percebi muito bem como a veia do pescoço dele começou a pulsar de maneira ameaçadora. Era óbvio que ele se lembrava de como eu estava bêbada.

— Acho que naquele dia eu tive uma primeira ameaça de aborto... achei simplesmente que era a minha menstruação... mas não foi isso.

— Não precisa se sentir culpada por causa de algo que você não sabia — ele me aconselhou.

— Acabei machucando o bebê... Precisei ficar várias semanas de cama e nem sei o que o médico vai me falar na consulta de amanhã.

— É por isso que você precisa ficar de repouso?

— Estou com um hematoma no útero e, enquanto ele não desaparecer, não vou poder fazer praticamente nada. O médico falou que é normal na primeira gravidez, mas que com o avanço da gestação a situação pode ficar mais perigosa, e não apenas para o bebê, para mim também.

Senti o corpo do Nick se tensionar sob o meu.

— Repete isso de que você corre perigo — ele me pediu, olhando para mim fixamente, com o medo tão aparente em suas pupilas que até eu fiquei nervosa.

— No caso de eu perder o bebê, mas isso não vai acontecer — afirmei.

Nick pareceu ficar sem palavras, como se a possibilidade de me perder, além de perder o bebê, o deixasse aterrorizado. Ele se levantou do sofá comigo nos braços e me deixou sobre a cama. Depois começou a andar pelo quarto, com a mente bem distante dali. Quando se aproximou de mim de novo, parecia apavorado.

— Eu sinto muito, Noah... — ele se desculpou, prendendo meu rosto entre as mãos dele. — Você não deveria estar passando por isso... Se acontecer algo com você...

Eu estava prestes a dizer que o mais importante agora era o bebê, não eu, que eu estava bem... mas os lábios dele foram direto para os meus e o meu mundo parou. A boca dele parecia querer se consolar na minha. Demorei alguns segundos para abrir a boca de tão aturdida que estava ao sentir aquele beijo apaixonado depois de tanto tempo. Senti a língua dele roçar meus lábios e quando os abri, seu hálito embriagador me provocou arrepios. Minhas mãos se enfiaram no cabelo dele e o puxei para mim, mas ele não deixou o beijo se alongar. Simplesmente se afastou, olhando nos meus olhos.

— É melhor você voltar a dormir — ele disse, então, com a respiração acelerada. — Você precisa descansar e eu...

Ele se dispôs a sair, mas peguei na mão dele, detendo-o.

— Fica comigo até eu dormir, por favor.

Nick parecia estar travando uma difícil batalha interior, mas, por fim, tirou os sapatos e se deitou ao meu lado na cama. Os braços dele me puxaram para si e descansei a cabeça no peito dele. Não queria ficar pensando sobre o que acabara de acontecer, não sabia em que ponto estávamos nem como íamos proceder. Um beijo não significava nada, não é? Ou significava? Por fim, adormeci com sua mão acariciando meu cabelo e o bater do seu coração me acompanhando como uma canção de ninar.

Quando abri os olhos na manhã seguinte, só dava para ouvir o barulho das teclas do computador. Na frente da cama havia uma cortina translúcida que dividia o dormitório do restante da suíte, e, quando levantei, consegui ver um borrão do Nick sentado no sofá com a testa franzida e olhando para a tela do notebook que estava em seu colo, fazendo cara de poucos amigos.

Eu me lembrei do momento que tínhamos compartilhado na noite anterior. Fazia mais de um ano e meio que eu não recorria ao Nicholas para me sentir melhor, fazia um ano e meio que ele não me abraçava forte até eu adormecer... Sim, ele parecia estar me tratando bem, mas eu não fazia a menor ideia de em que pé estávamos naquele momento, e tinha até medo de perguntar.

Nick percebeu que eu estava acordada porque ergueu os olhos do computador e os cravou em mim. Ambos sustentamos o olhar prendendo o fôlego, ou pelo menos foi assim que me senti, até que o Nick fechou o notebook, deixou-o sobre a mesa e foi até a cama.

Eu não disse nada, simplesmente esperei sua reação para agir de acordo. Quando ele se aproximou, me olhando de cima a baixo, senti minha respiração se acelerar.

— Como você está? — ele perguntou, fazendo carinho na minha bochecha e colocando uma mecha de cabelo atrás da minha orelha.

— Muito bem — respondi de maneira quase automática. Estava concentrada no leve roçar de seus dedos.

Ele assentiu e me deu as costas, se afastando de novo.

— Você já vai? — Não pude evitar a pergunta.

— Tenho um monte de coisa pra fazer, dentre elas encontrar o melhor obstetra para você — ele respondeu, tirando o celular do bolso e fixando o olhar na tela. — Se veste. Vou pedir pra trazerem o café da manhã.

Fiquei contemplando-o toda abobada, e o Nick me lançou um olhar de urgência.

Vesti o primeiro moletom que encontrei e fiquei usando os shorts de pijama. Depois de uns dez minutos, o café foi trazido, duas bandejas imensas com comida para um exército inteiro. Nick mal tinha desgrudado do celular e continuou assim até eu praticamente não conseguir comer mais nada. Quando enfim se aproximou da cama, ele olhou descontente para o meu prato pela metade.

— Come — simplesmente ordenou.

— Não estou mais com vontade — eu respondi, remexendo os ovos do meu prato de maneira distraída.

Não tínhamos conversado sobre nós, e aquilo me deixava nervosa. Não conseguia tirar da cabeça as palavras que ele me dissera, a segurança com que afirmara que nunca conseguiria me perdoar.

— Para de brincar com a comida, você quase não comeu nada — apontou, exasperado.

Fiz uma careta.

— Então é assim que vai ser agora? — indaguei, incomodada. — Você me dando ordens sem parar? Se eu soubesse, tinha ficado na casa da Jenna.

Nick fez cara de poucos amigos, mas bateram à porta antes que ele pudesse me responder. Alguns segundos depois, o Steve entrou com a cara fechada e segurando algumas revistas.

— Está por todos os lados, Nicholas — comentou, sem parecer assombrado ao me ver ali sentada, com uma bandeja transbordando de ovos, frutas, cereais e café.

— Eu sei — ele disse, conformado, dando as costas para mim e atravessando o quarto até chegar à escrivaninha que havia no quarto. Steve o seguiu… e eu também.

— O que é que está por todos os lados? — perguntei, e, antes que alguém pudesse me impedir, peguei uma das revistas da mão do Steve e li uma das manchetes da revista *People*.

"Nicholas Leister retorna aos velhos hábitos" era a chamada. Debaixo dela, havia uma foto dele de cara fechada e um corte na mandíbula, saindo de um bar. Estava abrindo a revista na página da matéria para continuar lendo, mas ele puxou a revista da minha mão, e dei de cara com um Nick furioso me olhando com uma advertência grave.

— Volta para a cama, Noah. Agora — ele adicionou quando permaneci encarando-o com os braços cruzados.

— Não sem você me contar o que está acontecendo.

Ele ficou tenso e me observou, nervoso.

— Vou te contar tudo o que você quiser, mas, por favor, vai pra cama.

Nossos olhares se cruzaram, e notei o medo ainda recente no fundo daquelas íris espetaculares. Fiz o que ele me pediu, me sentindo muito estranha ao ver o Steve seguindo cada um dos meus movimentos. Nick só pareceu voltar a respirar tranquilo quando me viu embaixo dos lençóis.

— Fala com a Margot, ela via cuidar disso — o Nick ordenou, e depois jogou a revista no lixo.

Steve não tirava os olhos de mim.

— O que está acontecendo aqui? — ele perguntou, dirigindo-se a mim.

Eu nunca tinha visto o Steve me observar daquela maneira. E, pior, o olhar que ele lançou para o Nicholas foi claramente de censura. Pela primeira vez desde que o conheci, vi o Steve se dirigir ao patrão em tom de ameaça.

— Vou te explicar tudo assim que puder, mas agora, por favor, faz o que te pedi, fala com a Margot e tenta impedir que alguém saiba o que está acontecendo aqui. A última coisa de que preciso é que a imprensa fique sabendo que a Noah está comigo.

Aquilo me doeu, não vou mentir, mas estava mais concentrada em tentar descobrir o que diabos tinha acontecido para a imprensa dar uma manchete como aquela, e para o Steve bater de frente pela primeira vez com o Nick, o garoto que sempre protegera e de quem havia cuidado desde que era só uma criança.

Steve ignorou aquele que realmente era seu chefe e se aproximou da cama onde eu estava deitada.

— Está tudo bem? — demonstrou interesse, me observando com preocupação.

Ao fundo, vi o Nick cruzar os braços e fuzilar o subordinado com o olhar. Claramente, não viu a menor graça em ser ignorado, e, pior, conhecendo-o, também não gostou que ele estivesse diante da cama em que eu estava.

— Não precisa se preocupar comigo, Steve — respondi, de modo relaxado, tentando transmitir tranquilidade.

Ele não pareceu estar convencido com a minha resposta, mas, pelo menos, assentiu e saiu pela porta sem abrir mais a boca nem olhar para o Nick.

— O que foi isso? — perguntei, então, observando a reação dele.

Nicholas continuava com o olhar fixo na porta pela qual o Steve tinha saído.

— Está claro que as prioridades dele mudaram — sentenciou, irritado, embora eu tenha notado uma pitada de aprovação em sua voz.

— Vai me contar de uma vez por todas com quem você brigou e por quê? — eu disse, com a voz cansada.

Ele passou a mão pelo rosto. Nele havia uma barba incipiente que lhe dava um ar de rapaz malvado que deixava o meu corpo inteiro trêmulo.

— Eu vi o Michael em um dos bares do campus — ele explicou com o olhar desafiador, sem afastar os olhos dos meus em nenhum momento, pois parecia estar medindo minha reação de perto. Por mais que tenha me esforçado para esconder o meu assombro, não consegui. O medo se instalou no meu corpo, que se tensionou sob os lençóis. — Nós brigamos e fomos expulsos do lugar, a imprensa ficou sabendo e agora estão usando isso para manchar a minha reputação.

Michael e Nick... Que merda, da última vez aquilo acabou muito, mas muito mal. Era uma preocupação que deixou de existir depois que o Michael fora embora da cidade, assim como o próprio Nick. Eu não imaginava que os dois fossem se reencontrar, e muito menos chegar às vias de fato.

— Você não devia ter brigado com ele — falei. Ainda que tenha soado como uma repreensão, eu estava assustada... assustada por ele, porque sabia que ele não podia se meter em problemas, não fazia ideia do que poderia acontecer se o Michael o denunciasse, mas o que tinha acontecido naquela noite longínqua não poderia se repetir.

Ele se aproximou dos pés da cama. Todos os seus músculos estavam marcados sob a roupa.

— Você voltou a vê-lo?

Será que o Michael tinha contado algo sobre quando nos encontramos por acaso, cerca de um mês antes?

— Eu o vi no *campus* da faculdade, mal nos falamos, Nicholas. Eu quero tanta distância dele quanto você. Achava que ele nunca mais ia voltar, mas pelo visto essa nunca foi a intenção dele.

— Não quero que você chegue perto dele, Noah. — Suas palavras soaram como uma ameaça.

— Não pretendo fazer isso.

Um assombro se desenhou nas feições dele, era óbvio que ele não esperava aquela resposta de mim. A razão daquela surpresa era que o Nicholas não fazia ideia da maneira como Michael me perseguira poucas semanas depois de sua partida para Nova York. E eu não iria contar nada, principalmente porque tinha certeza de que as motivações do Michael não iam muito além do interesse imaturo de ferrar com o Nick, alguém que ele nunca vira com bons olhos.

— Não quero que esse filho da puta chegue perto de você — Nick sentenciou, dessa vez se aproximando e sentando na beirada da cama. Assenti, tentando não me sentir coibida com a intensidade da fala. — Me promete.

Pestanejei quando vi que, para ele, minha resposta era tão importante quanto para mim era o fato de que ele também se mantivesse longe do Michael.

— Prometo.

— Certo — ele respondeu, voltando a se levantar. — Agora preciso ir para o escritório.

Fiquei olhando para ele decepcionada, mas também não podia querer que ele ficasse preso comigo naquele quarto por um tempo que poderia durar meses.

— Se precisar de alguma coisa, qualquer coisa, é só ligar no meu celular. E, por favor, não levante desta cama, Noah — ele me pediu com firmeza.

Assenti. Nick foi embora pouco depois. Prometeu não chegar tarde e me deixou sozinha naquele quarto desconhecido, esperando que ele voltasse.

42

NOAH

As duas noites seguintes foram bem estranhas. Nicholas estava passando quase o dia todo no escritório e, quando voltava, tarde da noite, eu já estava em um sono profundo. Quando abria os olhos, os lençóis do lado dele da cama estavam intactos, e eu simplesmente me deparava com um bilhete no qual ele me desejava bom-dia e me advertia para que eu não fizesse nada que pudesse fazer mal a mim ou ao bebê.

Na noite da véspera de sair da minha reclusão para ir ao hospital, me obriguei a ficar acordada no sofá, incomodada e mal conseguindo me manter parada no lugar. As coisas estavam tão indefinidas que a ansiedade estava me afetando demais, assim como o fato de estar havia quase quarenta e oito horas sem conversar com um ser humano. Eu me percebia ansiosa e nervosa, e, às vezes, o medo de que tudo desse errado ou do que poderiam me falar na consulta faziam com que os dias, as horas e os minutos transcorressem numa lentidão desesperadora.

Eram quase duas da madrugada quando a porta do nosso quarto se abriu, quase sem fazer barulho. O sofá estava posicionado à esquerda, mas dava para ver perfeitamente quem entrasse no quarto. Nick parou surpreso ao me ver ali, e algo no olhar dele me fez sentir a mesma sensação de despencar de uma montanha-russa de mais de trinta metros de altura.

— O que está fazendo acordada? — ele indagou, suavizando sua expressão e deixando a jaqueta de couro sobre o aparador da entrada. Percebi que ele não estava vindo da empresa, pois vestia roupas informais, ainda que elegantes, e não havia nem sinal de gravata nem de um dos paletós que tinha mandado buscar em seu apartamento.

— Estou te esperando — respondi, notando a irritação na minha voz. Ele tinha liberdade para sair por aí, encontrar outras pessoas e se comportar como um adulto com vida social. Eu, por outro lado, precisava ficar enfurnada naquele quarto sem ninguém com quem compartilhar meus medos e minha ansiedade.

— Você deveria estar dormindo — ele comentou e, para meu assombro, quando se aproximou de mim, se inclinou para me pegar no colo e me levar para a cama. Eu me segurei ao pescoço dele, surpresa por ele ter voltado a me tocar depois de dois longos dias sem nem triscar em mim.

Meu corpo vibrou como nunca e fiquei com vontade de voltar a compartilhar aquela intimidade do nosso namoro. Será que ele tinha se arrependido? Será que continuava me odiando, mas estava fingindo por causa do bebê?

Agora ele nem sequer me olhava nos olhos, não desde que prometera que ficaria longe do Michael. Eu receava que a volta do Michael tivesse reavivado todas aquelas lembranças que eu sabia que ainda passavam pela cabeça dele, lembranças e feridas que pareciam não querer desaparecer. Receava que, finalmente, depois de tudo, o Nick continuasse achando que era melhor ficarmos separados e que nada, nem mesmo um filho, poderia fazê-lo mudar de opinião.

Eu não me soltei da nuca dele quando ele me deixou sobre a cama. Eu o puxei com a intenção de que ele não me soltasse, pedindo-lhe um beijo, e, quando ele se deteve quase colado aos meus lábios, tão quieto que o meu coração quase parou, todos os meus medos foram validados.

— Não consigo, Noah — ele confessou com um sussurro, pegando meus braços e me afastando dele. Sem me dirigir nem um breve olhar, ele se afastou e foi para o banheiro. Eu, por outro lado, fiquei paradinha onde estava, assimilando a rejeição.

Meu coração pareceu sangrar no meu peito, chegando à conclusão de que tínhamos voltado para a estaca zero. Eu me enrolei nos lençóis e tentei ocultar as lágrimas incessantes que escorriam por minhas bochechas. Fingi que estava dormindo quando ouvi a porta do banheiro se abrir. Então entendi que o Nick não arrumava a cama ao acordar, mas na verdade estivera dormindo no sofá, o mais distante possível de mim.

A consulta médica era ao meio-dia, e me surpreendi pelo fato de que o Nick tinha ficado trabalhando no quarto do hotel. Fui tomar um banho sem nem olhar para ele, e, ao me vislumbrar no espelho, percebi que meus olhos estavam inchados e vermelhos. Não queria que ele visse o quanto a rejeição da noite anterior me afetara, então dediquei um bom tempo para esconder aquelas olheiras e me apresentar de modo minimamente aceitável. Os milagres que uma boa maquiagem pode fazer.

Quando fui escolher uma roupa, porém, não gostei de perceber que nem tudo estava servindo. Aquilo era uma novidade para mim: nunca tive problemas com mudança de peso, nunca tive que deitar na cama e encolher a barriga para conseguir entrar numa calça jeans. Mesmo que a minha barriga de grávida estivesse quase imperceptível, eu já estava me sentindo com o dobro do tamanho. Meu mau humor era tão evidente que bati a porta do banheiro com força ao sair de lá. Nick levantou o olhar de seu notebook e ficou me encarando, curioso.

— Preciso que você deixe a chave do carro comigo — eu disse revoltada e com vontade de sair daquele quarto o quanto antes.

Nick franziu a testa.

— Posso saber por quê?

Olhei para ele, incrédula. Será que ele tinha esquecido?

— Para passar com o médico que está cuidando da saúde do seu filho. É pra isso que quero a chave.

Nick tentou esconder um sorriso que ameaçava se desenhar em seus lábios, e depois se levantou da cadeira. Fechou o notebook, pegou a chave do carro e a girou no dedo.

— Sei muito bem que você tem uma consulta com o obstetra hoje, o que não estou entendendo é por que você acha que é você quem vai dirigir.

Contraí a mandíbula com força.

— Sou perfeitamente capaz de dirigir, e, digo mais, posso afirmar que dirijo até melhor do que você.

Nick se aproximou, sorrindo já sem dissimular, e por alguns momentos os olhos dele viajaram pelo meu corpo. Queria estar de burca, naquele instante eu estava me sentindo tudo menos atraente, e o fato de ele estar tão espetacular só me deixava ainda mais brava.

— Você vai poder demonstrar suas habilidades na direção depois, sardenta, mas agora a última coisa que eu quero é te colocar atrás de um volante — ele disse, pegando a jaqueta dele e a minha, e abrindo a porta. — Vamos, quero muito conhecer o meu filho.

Demorei alguns segundos para reagir, mas finalmente obriguei minhas pernas a se mexerem. Não saímos pela porta do hotel, descemos diretamente para o estacionamento. Quando pegamos a estrada, senti que havia algo que eu deveria contar para ele, por mais brava que estivesse.

— Pode ser que nos digam o sexo do bebê hoje — comentei como se não fosse nada importante, sem estender o assunto, mesmo que por dentro estivesse morrendo de vontade de descobrir se estava carregando uma miniNoah ou um miniNick.

Nicholas se virou para mim, arregalando os olhos com surpresa.

— Hoje? — ele perguntou, voltando a observar a pista. Percebi pelo modo como segurava o volante que ele ficou mais nervoso do que tentava aparentar.

— Eles queriam me contar umas semanas atrás, mas... eu preferi esperar — admiti, olhando para o outro lado.

Não queria confessar que a ideia de receber aquela notícia sem ele ao meu lado parecia quase insuportável, não queria que ele soubesse quanto eu precisava dele naquele momento — mais do que nunca precisei.

Nick segurou a minha mão de repente e a levou aos lábios, me dando um beijo fugaz. Eu o encarei, surpresa por ele ter derrubado aquela barreira que havia construído tão bem entre a gente.

— Obrigado por me esperar — ele disse emocionado, olhando nos meus olhos com uma ternura infinita. Nem precisei admitir nada daquilo em voz alta, ele já me conhecia quase melhor do que eu mesma.

Depois disso, um silêncio nem tão incômodo se instalou entre nós, e a curiosidade de saber o que demandava tanta concentração dele me obrigou a romper aquele silêncio, apesar das minhas incertezas.

— O que você prefere?

Nick sorriu, daquela vez sem me devolver o olhar.

— Você prefere o quê?

— Eu perguntei primeiro.

Nicholas deu risada e me olhou rapidamente antes de voltar a se concentrar nos carros que estavam à frente.

— Acho que me dou melhor com meninas — ele reconheceu, depois de refletir por alguns segundos.

— Bem até demais. — Não consegui me conter.

Minha acusação não passou despercebida, mas ele decidiu ignorar o meu comentário.

— Se eu não estiver errado, umas noites atrás eu ouvi você chamar o bebê de Mini Eu, não foi?

Senti que estava ficando vermelha. Sim, era assim que eu chamava o bebê na minha cabeça, mas isso não significava que achava que era uma menina.

— Não sei se vou conseguir aguentar um Nicholas em miniatura — soltei na defensiva, mesmo que uma calidez infinita tenha tomado conta de mim quando imaginei um bebê parecido com o Nick nos meus braços.

— Uma Noah em miniatura também seria um teste de paciência, sardenta. Às vezes me dá pena da coitada da sua mãe, tudo que ela teve que aguentar...

Eu o fulminei com o olhar, mesmo sabendo que ele estava brincando.

— Não precisa se preocupar, vou cuidar da nossa filha de qualquer jeito: se for insuportável como eu ou se for arrogante como o pai.

Nick continuou olhando para a frente com um sorriso enorme no rosto, sem se preocupar mais em escondê-lo.

— Se tivermos uma menina, vai ser a criança mais amada do mundo. Noah, não vai existir um pai nesse planeta que cuide melhor de uma criança do que eu, pode ter certeza.

As brincadeiras se acabaram quando ele soltou aquele comentário, e tive que olhar pela janela para ocultar o meu rosto e as emoções que as palavras dele despertaram em mim.

Eu nunca soube o que era ter um pai que cuidasse de mim e me protegesse de tudo, e o simples fato de imaginar aquilo, o Nick com a nossa filha ou com o nosso filho, me fez entender que, não importava o que acontecesse entre nós dois, nosso bebê seria muito amado, disso eu tinha certeza.

Chegamos ao hospital um pouco depois, e não conseguia tirar da cabeça a sensação de que entrar ali com ele para vermos o bebê juntos no ultrassom ia tornar tudo aquilo muito mais real. Na sala de espera, havia muitas mulheres acompanhadas. Eu e o Nick éramos os mais jovens. Foi muito estranho nos ver naquela situação. Quando chamaram o meu nome, não pude deixar de pegar na mão dele para irmos ao consultório.

De repente, voltei a sentir muito medo do que nos diriam sobre o bebê, ainda mais agora que tudo parecia muito mais real e tangível. Não havia nada que eu quisesse mais do que trazer ao mundo um bebê saudável e feliz, e odiava pensar que meu corpo poderia impedir que esse sonho se tornasse realidade.

O doutor Hubber me cumprimentou calorosamente quando entramos os dois na sala e olhou com curiosidade para o Nick, que estendeu a mão para o médico e o olhou fingindo educação. Eu conhecia o Nicholas bem o suficiente para saber que ele já ia começar a encontrar defeitos.

— Doutor, esse é o Nicholas Leister, o meu... bom, o pai da criança — esclareci, ficando vermelha e me sentindo uma tonta.

Nicholas não fez nenhum adendo, e mesmo querendo que ele tivesse marcado o território do jeito que fazia quando namorávamos, naquele momento eu só conseguia torcer para estar tudo bem com o Mini Eu.

O doutor Hubber me pediu para deitar na maca enquanto fazia algumas perguntas de rotina.

Nicholas parecia muito concentrado nas minhas respostas e, ao ouvir algumas, foi erguendo as sobrancelhas. Quando o doutor aproximou a sonda e me pediu para levantar a camiseta, o Nick deu um passo à frente e se aproximou de mim, com os olhos fixos em cada um dos movimentos do médico. Após passar aquele gel gelado na minha barriga, o doutor começou a deslizar a sonda pela minha pele. Alguns segundos depois, o Mini Eu apareceu na tela. Apenas duas semanas se passaram, mas as diferenças eram evidentes. O bebê estava muito maior do que da última vez, e seus traços já não se assemelhavam a uma espécie de girino, agora com pernas e braços bem visíveis.

Era sempre incrível vê-lo, mas naquela ocasião foi ainda mais especial. Prestei atenção no semblante do Nick, que parecia completamente aturdido. Eu compreendia aquela sensação: uma coisa era te contarem, e outra muito diferente era ver com os próprios olhos.

O obstetra continuou movendo a sonda e começou a fazer cálculos e tirar medidas.

— Tenho boas notícias — anunciou, olhando para nós dois. — O hematoma desapareceu quase por completo. Ainda dá para ver uma manchinha, mas com certeza vai sumir nos próximos dias.

— Isso significa que o bebê não corre mais perigo? — perguntei, emocionada e sentindo um alívio tão imenso que me dei conta do peso que estivera carregando nas costas durante aquelas semanas sem nem perceber.

— Vamos continuar acompanhando mês a mês, mas, sim, agora está tudo dentro dos conformes — o médico respondeu com um sorriso amável. — Ótimo trabalho, Noah.

Joguei a cabeça para trás e suspirei aliviada.

— Então já posso voltar para minhas atividades normalmente, doutor?

Antes que houvesse resposta, o Nick interrompeu a fala do médico com um olhar de desconfiança.

— Você disse que o hematoma não desapareceu por completo. Será que não é melhor ela continuar em repouso, pelo menos por mais umas duas semanas?

"O quê?! Não!"

Fulminei o Nick com o olhar, mas ele me ignorou.

— Ela já pode retomar as atividades cotidianas, senhor Leister, mas evitando situações estressantes e de esforço físico. Como afirmei na primeira vez que nos encontramos, esta é uma gravidez complicada por conta do histórico médico dela e pelo curso da gravidez. Não é nada preocupante, é só tomar cuidado. Ela já está no segundo trimestre, e as coisas começam a evoluir muito mais rápido a partir de agora. O bebê cresceu bastante desde a última vez que nos vimos, mas não o suficiente, o que me indica que o crescimento vai se acelerar nas próximas semanas.

Ótimo, isso significava que eu ia ficar parecendo um barril.

— Eu gostaria de pedir uma segunda opinião, se você não se importar — o Nick comentou, ainda desconfiado.

— Nicholas — eu o repreendi, envergonhada.

O médico não pareceu ofendido pelo comentário.

— Não teria nenhum problema em indicar alguns dos meus colegas, senhor Leister.

— Não será necessário.

Os dois se encararam por alguns segundos, e fiquei com vontade de abrir um buraco no chão para me esconder. Maldito Nicholas, eu não queria passar com nenhum outro médico: gostava do doutor Hubber, que era muito bom — até já tinha pesquisado sobre ele na internet para me certificar e vi que ele era considerado um dos melhores da área. Nicholas, como sempre, estava exagerando.

— Vocês querem saber o sexo do bebê? — o médico nos perguntou, então, com um sorriso amável que aliviou a tensão do ambiente de imediato.

Olhei para o Nicholas com nervosismo e ele sorriu para mim, me transmitindo uma tranquilidade que só me comoveu ainda mais.

— Adoraríamos, doutor — ele disse, pegando na minha mão.

O médico voltou a deslizar a sonda sobre a minha pele e, depois de alguns segundos que pareceram eternos, nos olhou com um sorriso jovial.

— É um menino.

O mundo parou, assim como meu coração.

Um menino... Fiquei tão emocionada que meus olhos se encheram de lágrimas. Nossos olhares se encontraram e nós dois sorrimos com alegria, lembrando da conversa que tivemos no carro. Ver a reação do Nick foi algo que ainda guardo como uma das melhores lembranças da minha vida. Ele ficou tão emocionado que manteve os olhos cravados na tela por vários segundos. O que ele fez em seguida me pegou de surpresa: se inclinou na minha direção e beijou meus lábios, em um beijo que recebi com prazer e vergonha, já que o doutor Hubber estava bem ao nosso lado. Os olhos dele procuraram os meus quando ele se separou da minha boca, e senti que ia me derreter por completo.

— O Mini Você acabou sendo um Mini Eu — ele comentou, sorrindo.

— Espero que isso não suba à sua cabeça — eu o adverti, feliz.

No trajeto de volta para o hotel, já sabendo que o bebê estava bem e que eu poderia levar uma vida normal, comecei a fazer planos mentalmente, planos para enfim retomar o controle da minha vida. Eu precisava voltar a me sentir útil. Para alguém como eu, habituada a sempre estar andando pra cima e pra baixo, passar quase um mês de cama fora um verdadeiro pesadelo.

— Preciso esticar as pernas, meu Deus, quero sair para correr, ir para a faculdade, voltar a trabalhar... — soltei esperançosa, olhando pela janela.

— Você não ouviu o médico? — o Nicholas soltou, reclamando. — O hematoma não sumiu completamente, você ainda não pode voltar a fazer essas coisas.

Virei o rosto para a direção do Nick.

— Acho que foi você quem não ouviu. Ele disse que eu já posso levar uma vida normal. É muito fácil falar, quando não foi você quem ficou um mês deitado de cama.

Nicholas soltou o ar pelo nariz e apertou o volante com força.

— Precisamos conversar sobre o meu apartamento do centro... Eu sei que você não quer ficar lá e respeito sua vontade, mas precisamos colocar as coisas em ordem. O hotel é ótimo, mas por lá eu chamo muito a atenção, e essa é a última coisa que eu quero agora.

"Precisamos?"

— Eu tenho para onde ir, um apartamento que já está pago, esperando que eu me instale, Nick — falei, com vontade de voltar para lá, passar um tempo sozinha e me preparar para o que vinha pela frente. — Você pode voltar para o seu.

— É isso que você quer? Que a gente fique separados? — Havia uma pontada de dor em seu tom de voz, uma dor que se misturava com a irritação que minhas palavras lhe provocaram.

— Não podemos morar juntos basicamente porque não estamos juntos.

Por mais que eu odiasse aquela situação, era a verdade.

— Meu Deus, Noah, agora as coisas mudaram, você não acha?

Neguei com a cabeça, aquilo era justamente o que eu não queria que acontecesse.

— O que mudou é que eu vou ter um bebê, mas ninguém disse que eu e você precisamos voltar por causa disso. Já estava aceitando a situação, então...

— Então o quê? — ele disse, virando bruscamente à direita e entrando no estacionamento do hotel. — Eu vacilei, e agora vou assumir a responsabilidade sobre vocês.

— Que responsabilidade você vai assumir? — rebati, indignada. — Eu não sou sua responsabilidade, e não pretendo viver com alguém que deixou bem claro que não ia voltar a me amar, muito menos voltar a confiar em mim, então, estamos no mesmo lugar de antes. Você vai poder cuidar do nosso filho comigo, mas isso é tudo: não vou morar com você, não vou te obedecer e não vou mudar de médico. Até eu dar à luz, sou eu que vou tomar as decisões. E quando o bebê nascer, vamos achar um jeito de criá-lo juntos, mas cada um na sua casa.

Saí do carro batendo a porta. Era justamente o que eu temia desde o início, que o Nicholas visse a gravidez como uma maneira retorcida de reatar comigo. Não era assim que funcionava, eu não estava atrás da piedade dele, nem queria ser sua responsabilidade ... Meu Deus! Por mais que a rejeição dele doesse, eu nunca faria algo assim, nunca o obrigaria a voltar comigo.

Nicholas ficou em silêncio até chegarmos no quarto.

— Então o seu plano é que cada um siga com a sua vida... e depois o quê? Vamos ter a guarda compartilhada? É isso que você quer? — falou, sentando-se na beirada da cama e me observando enquanto eu começava a tirar as roupas dos cabides e dobrá-las de qualquer jeito sobre a mesinha que ficava diante da cama. Meus olhos se desviaram das roupas por um segundo na direção dele. Ele parecia tranquilo, mas, por mais que estivesse conseguindo manter a calma, eu sabia muito bem o que se escondia por trás daqueles olhos. Ele não estava gostando nem um pouco do que escutara, e agora, ouvindo o que eu dissera dos lábios dele, não pude evitar sentir o mesmo. — Vamos ter que dividir os dias, os fins de semana, os feriados... É isso que você quer? Quer que o nosso filho seja criado por pais separados?

Fiquei com os olhos marejados pela horrível realidade na qual estava me metendo. Eu sabia o que era ser criada daquela maneira: passara metade da vida sem ter pai, e, durante a outra metade, vivia me escondendo, com medo de que ele me machucasse. Nick também teve que ver os pais se separando, abandonado pela mãe.

Por um momento, imaginei meu doce bebê, com olhos azuis enormes e cabelo loiro, passando pela mesma coisa que nós dois tivemos que passar, e meu coração se apertou de uma maneira que nunca tinha sentido até então. Mordi o lábio tentando controlar o tremor, e o Nicholas se levantou, vindo até mim.

— Deixa que eu cuido de você — ele me pediu, então, enquanto acariciava meu rosto e os olhos dele se afundavam nos meus com uma determinação ferrenha. — Eu sei o que eu falei, sei que disse que não conseguiria te perdoar, mas não parei de pensar na sua reação e no jeito que você pareceu triste desde que fui embora... Essa imagem vem me perseguindo desde que nos separamos, Noah. As coisas mudaram, minha maneira de ver a situação é diferente, estou encarando tudo de outra forma. Quando vi o nosso filho naquela tela, Noah... Porra, estou me achando o cara mais feliz do mundo, e não é só porque vou ter um filho lindo, mas também porque vai ser com a mulher que virou o meu mundo de cabeça para baixo.

Fechei os olhos com força e notei uma lágrima boicotando o meu autocontrole. Nick colou a testa dele na minha e suspirou, me embriagando com seu hálito cálido.

— Nós dois nos machucamos bastante, sardenta, nem ouse pensar que eu não tenho noção das palavras fortes que saíram da minha boca. Não posso negar que quis ver você sofrer tanto quanto eu sofri depois daquela história com o Michael, mas eu nunca, Noah... eu nunca deixei de achar que você era a mulher da minha vida.

Abri os olhos.

— Eu terminei com a Sophia, Noah.

Notei meu coração se acelerar ao pensar nos dois juntos, nas noites que passei chorando na cama depois de vê-los em revistas ou na televisão. As coisas que o Nick tinha dito sobre ela, que ela sim era uma mulher para ele, mais madura, mais pronta, mais tudo... continuavam presentes nas minhas lembranças, e soube que sempre seriam um espinho cravado no meu coração.

— Você não deveria ter feito isso. — Não estava olhando para ele ao falar, mas ele pegou no meu queixo para me obrigar a fazê-lo. Ele não entendeu minhas palavras e continuei falando de maneira quase atropelada: — Nicholas, você não vai conseguir esquecer que eu te traí com outro, e eu não aguentaria a dor de te perder outra vez... Tenho medo, estou tão assustada que a última coisa que posso fazer agora é pagar para ver se nós dois podemos voltar a ficar juntos.

— Me deixa te mostrar que estou falando a verdade, Noah.

Neguei com a cabeça, e então ele pegou o meu rosto entre suas mãos e me beijou do jeito com que eu sonhava desde que nos separamos. Os lábios dele repousaram sobre os meus, uma, duas vezes, e fizeram uma pressão suficiente para me deixar sem ar. A língua dele entrou na minha boca e me derreti ao sentir aquele sabor, me derreti ao senti-lo contra o meu corpo, o braço dele me levantou pela cintura e minhas pernas rodearam seus quadris. Ele mordeu meu lábio, o chupou e depois me beijou esperando uma resposta que não havia em mim. As palavras dele tinham me paralisado, foi um momento no qual consegui ver uma luz no fim do túnel, eu a vi claramente, mas também vi que para chegar até ela teria que passar por diversos obstáculos que não tinha certeza se seria capaz de superar.

Em seguida, o Nicholas se separou de mim e me colocou no chão.

— Nesses últimos dias, você mal encostou em mim... Achei que...

— Não encostei em você porque, se eu começasse, não ia mais conseguir parar — ele se justificou, apoiando a testa dele na minha. — Queria te dar espaço, não queria te pressionar a fazer algo que você não quisesse...

Fiquei sem palavras.

— Vou ter um filho com você, Noah — ele disse, olhando nos meus olhos. — E quero ficar *com você*, por mais que eu tenha demorado em demonstrar que não consigo ficar com mais ninguém.

Meu Deus... Ele estava falando sério? Aquelas palavras eram sinceras? Eu amava aquele homem com toda a minha alma e só queria que ele voltasse a me amar da mesma maneira.

— Vamos devagar, Nick — pedi e ele se ergueu, sorrindo e olhando fixamente para os meus olhos cor de mel.

— Melhor ainda: vamos começar do zero — ele decidiu.

43

NICK

Eu a ajudei a pegar as roupas e fizemos as malas juntos. Enquanto a Noah perambulava pelo quarto, eu a observava dissimuladamente extasiado. Sabia que não ia ser fácil demonstrar que minhas palavras eram sinceras, ainda mais depois de ter jurado que nunca ficaríamos juntos novamente. Mas isso não me importava mais; no fundo, sempre desejei que algo acontecesse, que houvesse algum motivo justificável que me obrigasse a voltar com ela, para eu não sentir que estava me enganando.

Meu maior medo sempre tinha sido perdê-la, ficar longe dela. Depois que ela me traiu e ficamos separados por mais de um ano, achei que tinha sido a decisão certa. Eu não perdoava com facilidade, a Noah tinha razão sobre isso: minha própria mãe, lutando contra um câncer, ainda batalhava para me reconquistar, e eu ainda estava em um conflito comigo mesmo para conseguir perdoá-la.

"Perdão", uma única palavra… e muito importante. Noah foi a única pessoa para quem consegui me abrir de verdade, e agora, depois de experimentar viver sem ela, saber que havia uma desculpa que nos uniria pela vida inteira foi um combustível que me deu toda a segurança da qual eu precisava desde o início do nosso relacionamento.

Fui sincero em relação a tudo o que tinha falado para ela antes de nossa última despedida, ou, pelo menos, naquele momento, achei que tivesse sido. Achava mesmo que não havia nada que a Noah pudesse fazer para que eu mudasse de opinião, mas agora me dava conta de que havia, sim, algo que podia invalidar a minha afirmação. Sempre me senti como a segunda opção de muitas pessoas. Meu pai sempre preferiu os negócios a mim, e até mesmo agora eu sabia que ele amava mais sua esposa atual do que jamais amaria seu primogênito. A minha mãe, bom, minha mãe me abandonou para ficar com outro homem, priorizou sua própria vingança contra meu pai em relação ao amor que supostamente sentia por mim... e a Noah... a Noah lidava com problemas muito mais graves que os meus e, por mais que tivesse tentado me convencer de que me amava loucamente, sempre achei mais fácil esperar pelo pior, não me entregar por inteiro e simplesmente rezar para que tudo desse certo. Eu sabia muito bem que nossos problemas e inseguranças eram os responsáveis por nos levarem até ali, e, depois de quase vinte e cinco anos, por fim encontrei o que me faria poder descansar e acreditar que o amor era, sim, possível, e que existia alguém que me priorizaria.

Aquele menino que estava a caminho era a minha esperança de um amor incondicional, e a pessoa que me daria esse presente era nada mais, nada menos que a mulher que eu queria que me amasse de todo o coração. Como é que eu não iria perdoá-la? Como é que não ia deixar o passado para trás se ela me daria aquilo de que sempre precisei desde que nos conhecemos, mesmo que eu não soubesse disso.

Senti finalmente paz, uma paz de mente e alma. Era como se, de repente, a tempestade que tinha tomado conta do meu mundo se dissipasse, dando lugar a um sol radiante que quase me cegava. Acho que aquela era a sensação de perdoar alguém de verdade. Uma calma infinita... e um amor incondicional.

Já no apartamento dela, deixei as malas no chão e a observei nervoso enquanto ela andava de um lado para outro, tirando objetos de caixas e insistindo em começar a colocá-los nas estantes. Quando a vi subindo em uma cadeira para alcançar uma prateleira, quase tive um enfarte. Me aproximei e a peguei nos braços, fazendo com que descesse antes que o meu coração saísse pela boca.

— Porra, Noah! — exclamei, colocando-a no chão e arrancando das mãos dela o que ela estava tentando colocar no alto. — É o seu primeiro dia depois de passar semanas de cama... Dá para ir com calma?

— Desculpa, é que estou nervosa, não consigo parar quieta — ela falou, e se afastou de mim como se a minha presença a queimasse. Olhei-a de soslaio enquanto ela atravessava o cômodo para ficar bem longe de mim.

— Tem certeza de que não quer que eu passe a noite por aqui? — indaguei, odiando ter que deixá-la.

Agora seria muito difícil me separar dela, que maldição. Queria que ela fosse morar comigo, para que pudesse cuidar dela e dar a ela tudo de que precisasse.

Antes que Noah pudesse responder à minha pergunta, a porta do apartamento se abriu e por ela entraram o Lion e a Jenna, ambos com um sorriso radiante no rosto e segurando um monte de balões azuis.

— É menino!

Olhei surpreso na direção da Noah e ela deu de ombros, sorrindo um segundo depois. Jenna se atirou nos braços da Noah para dar um abraço na amiga, e os balões saíram voando até se chocarem contra o teto. Lion veio até mim e me entregou um pequeno urso de pelúcia azul-claro, com um sorriso de autêntico pilantra.

— Vai ser papai, hein? — ele disse, senti um nó na garganta ao ouvir aquilo.

Meu Deus... eu ia ser pai. Era melhor começar a me acostumar com a ideia.

— Isso é motivo de comemoração! — a Jenna propôs, batendo palmas e se jogando nos meus braços, um segundo depois. — Se não me escolherem pra ser madrinha, vou contar todos os podres de vocês pro menino — ela sussurrou no meu ouvido, e nesse momento aproveitei para puxar o cabelo dela. — Querem ir para onde? Podemos sair para jantar, ir para algum bar, e até fazer uma viagenzinha no fim de semana. A ocasião pede uma comemoração à altura!

Só precisei de um olhar dela para entender que aquilo não era o que a Noah queria naquele momento. O bebê não havia sido planejado e, por mais que estivesse feliz com a gravidez, sabia que a Noah queria sentir que tudo seguia como antes. Ela enfim poderia voltar para a rotina, e tinha me dito que a primeira coisa que queria fazer era retomar as aulas, trabalhar e sair um pouco. Sem nenhuma menção ao menino.

Não queria deixá-la preocupada com o assunto, eu a conhecia o suficiente para saber que mais cedo ou mais tarde ela ia se acostumar com a ideia, mas temia que ela desmoronasse antes disso. Só queria estar ao seu lado quando isso acontecesse.

— Podemos sair para dançar — sugeri, engolindo toda a minha vontade de jogar a Noah na cama e obrigá-la a ficar debaixo das cobertas. Noah me olhou surpresa. — Desde que você pegue leve. O que acha?

Um sorriso sincero se desenhou nos lábios dela, e meu coração parou de bater por alguns instantes.

— Sim, seria divertido — ela disse, demonstrando felicidade pela primeira vez desde que saímos do consultório médico.

Jenna concordou com a proposta e, quando eu e o Lion saíamos para deixar a Noah trocar de roupa, peguei um cigarro e fumei pela primeira vez desde que ficara sabendo que teria um filho.

— Como está lidando com isso? — o Lion indagou, me observando dissimuladamente. Ele também acendeu um cigarro.

— Tentando me acostumar com a ideia de que, daqui uns quatro meses, a minha vida vai mudar completamente e nunca mais vai ser a mesma.

— E como você tá com a Noah? Vocês vão voltar a ficar juntos? — ele me perguntou, com cuidado.

Encarei a porta do apartamento.

— Estou me esforçando para isso — respondi, e naquele momento as duas garotas apareceram. Noah tinha trocado a calça jeans por um vestido que parecia uma camiseta, meia-calça e botas de cano alto. Também soltara o cabelo e passara sombra e batom. Juro por Deus que nunca a vi tão bonita em toda a minha vida.

Minha vontade de puxá-la para dentro e levá-la para a cama era quase tão imensa quanto o desejo de fazer aquela noite ser especial. Ela veio até mim com dúvida em seu semblante.

— Tudo bem? — perguntei, me segurando para não a puxar para perto e beijá-la até deixá-la sem ar.

Ela assentiu sem me olhar diretamente nos olhos. Eu sabia que precisávamos de tempo para que tudo voltasse ao normal, mas naquele momento, mais do que nunca, eu precisava garantir que ela fosse minha.

Quando dei a partida no carro, percebi que a Noah estava inquieta.

— O que foi? — perguntei, observando-a de soslaio sem desviar a atenção da pista.

Noah negou com a cabeça em silêncio, mas era nítido que algo a incomodava.

— Noah, você pode me contar.

— É só que... O que vamos falar para os nossos pais?

"É por isso que está tão preocupada?"

— Noah, não precisa ficar pensando no que as pessoas vão dizer, tá? Nossos pais sabem da nossa história, vamos contar que estamos juntos de novo e, quando você estiver preparada, contamos do bebê.

— A minha mãe vai ter um piripaque — ela afirmou em voz baixa, olhando pela janela. — Além do mais, não sabemos se isso de ficarmos juntos vai funcionar... Temos que esperar. É melhor não contarmos nada por enquanto. Nem dá para perceber, né?

Nós dois olhamos para a barriga dela, e, na verdade, a gravidez era quase imperceptível mesmo. Mas aquilo mudaria logo, parecia bastante incomum não dar para notar só de relance, mas a Noah já estava de cinco meses. Nossos pais precisavam saber, e logo todo mundo ia perceber. De repente, fiquei ansioso por querer proteger a Noah de qualquer tipo de fofoca que surgisse em torno daquela gravidez. As pessoas ainda achavam que eu era o namorado da Sophia Aiken, e, quando a gravidez viesse a público, seria um escândalo garantido. Precisava preparar a Noah para a situação.

— Não acho que dá pra adiar por muito mais tempo, mas só vamos contar quando você estiver preparada, tudo bem?

Noah assentiu e um pouco depois chegamos à balada. O ambiente era ensurdecedor e pedi para nos levarem a uma área reservada. Jenna não parava de falar sobre o bebê, como ele ia se chamar, onde íamos morar, de que cor íamos pintar o quarto dele... até eu comecei a ficar ansioso. Noah estava tentando acompanhar a amiga, mas até o Lion pareceu perceber que a Jenna já estava passando dos limites.

Então os dois foram dançar e a Noah ficou observando a multidão de longe. Em um dado momento, a Jenna a puxou e a levou para a pista, onde elas dançaram um pouco. Fiquei observando cada um dos movimentos da Noah, prendendo o fôlego, mas notei que havia algo de errado quando ela voltou, depois de uns dez minutos, para se sentar do meu lado.

Ela não parecia estar se divertindo.

— Quer ir embora? Está cansada? — perguntei, com vários alertas apitando na minha cabeça.

Noah forçou um sorriso e negou com a cabeça.

Aguentamos mais uma hora antes que eu insistisse para irmos embora. Sabia que algo estava errado e, por mais que ela estivesse tentando esconder aquilo dos nossos amigos, acho que ainda a conhecia bem o bastante para perceber o estado de ânimo dela. Nós dois nos despedimos da Jenna e do Lion e fomos para o carro. O trajeto de volta ao apartamento foi percorrido em silêncio. Chegando lá dentro, não consegui mais me segurar. Eu a puxei para mim e a segurei em meus braços.

— Me conte o que tá te preocupando.

Ela envolveu as minhas costas de modo apertado e apoiou a bochecha no meu peito.

— Acho que não foi uma boa ideia sair hoje — comentou, sem olhar para mim. — Eu não pertenço mais a esse mundo, né? De festas, virar a noite, ir para a faculdade... Vou deixar de ser eu mesma e me transformar em...

Eu a afastei para poder olhar nos olhos dela.

— Você não vai se transformar em nada, Noah. O fato de que vai ser mãe não significa que vai se transformar em outra pessoa.

Ela negou com a cabeça, franzindo a testa. Parecia estar em um beco sem saída mental.

— Não, não é verdade. Você ouviu a Jenna, ela não parava de falar sobre o bebê... Agora as pessoas só vão me enxergar assim, como uma mãe. Eu não vou ser a mesma de antes, e isso me assusta, porque nem cheguei a descobrir quem sou.

Não queria que ela fosse por esse caminho, não queria que ela achasse que teria que fazer renúncias.

— Eu prometo que você vai continuar sendo a mesma pessoa que conheci três anos atrás, Noah... A mesma pessoa que me deixou doido ao entrar na minha cozinha e me lançar um olhar fulminante, a mesma pessoa que me fez perder uma Ferrari, a mesma que jogou comigo o jogo das vinte perguntas, a mesma que queria ser escritora, viajar, ter um abrigo para animais, aprender a surfar, a mesma pessoa que jurou me beijar todos os dias enquanto for possível, a mesma pessoa que me disse uma vez que não poderia ter filhos... Você vai ser tudo isso e muito mais, Noah.

Ela negou com a cabeça, fugindo dos meus braços.

— Sei que é horrível pensar assim, eu amo esse bebê, de verdade — confessou, com os olhos cheios de lágrimas. — Mas eu não o queria agora, você entende? Não sei nem o que vou fazer amanhã, nem ao que vou me dedicar... Agora eu dependo de você, Nick, e por mais que você insista em querer voltar comigo, não posso fingir que esses últimos meses não existiram...

— Noah... — eu comecei a falar, mas ela me interrompeu.

— Não era isso que tinha planejado para a minha vida, não era isso que eu queria. Sei que pode soar muito tradicional, mas eu queria casar, ter uma casa, estabilidade financeira, um trabalho, uma vida antes de decidir formar uma família. Não tenho nada disso, tudo é tão incerto, e fico com medo de trazer esse bebê ao mundo sem conseguir dar o melhor para ele.

— Ele vai ter o melhor, Noah, e você também. Eu estou aqui, olha pra mim, não vou fugir pra lugar nenhum.

Como ia fazê-la entender que o meu objetivo na vida era fazê-la feliz?

— Mas você foi... você foi embora — ela disse, se separando de mim quando fiz menção de tocá-la. Queria que ela se acalmasse, queria que ela visse o lado bom das coisas.

— Eu precisei ir embora — falei, ficando sério. — Nós dois mudamos nesse um ano e meio que ficamos separados, Noah, não íamos conseguir continuar no ponto em que tudo terminou, não estávamos fazendo bem um para o outro naquele momento. Eu não estava te fazendo feliz, e você conseguiu me machucar de uma maneira que nenhuma outra pessoa conseguiu.

Noah pareceu parar de respirar.

— Eu não quero jogar nada na sua cara, simplesmente quero que você veja as coisas por outra perspectiva. O destino decidiu que a gente precisa voltar a ficar juntos, esse bebê te trouxe de volta para mim, e estou muito feliz por isso. E você também vai ser muito feliz, Noah, essa vai ser a minha meta.

— E se dessa vez for eu quem não vai conseguir te fazer feliz?

Neguei com a cabeça e segurei o rosto dela entre as mãos.

— Isso é impossível...

Eu a beijei nos lábios, sabendo que precisava dela mais do que nunca. Queria fazer amor com ela lentamente, recomeçar de onde tínhamos parado, precisava voltar a sentir a pele dela na minha, ouvir gemidos saindo dos lábios dela, escutar ela pronunciando o meu nome outra vez... Mas prometera que iria devagar.

— É melhor eu ir — comentei, separando minha boca da dela. As bochechas da Noah tinham ficado vermelhas e ela estava tão adorável que precisei de todas as minhas forças para me afastar dela. — Eu te ligo amanhã, combinado?

Fiquei preocupado com o que vi nos olhos dela e voltei a beijá-la. Quando me afastei, sussurrei no ouvido dela.

— Se quiser que eu fique, é só pedir.

Noah deu um passo para trás.

— Estou bem.

Senti uma pontada, mas forcei um sorriso.

— Tchau, sardenta.

44

NOAH

Apesar da conversa séria que eu e Nick tivéramos na noite anterior e depois de sentir tantas emoções de uma só vez, como descobrir que o meu filho estava bem e que era um menino, consegui dormir como não conseguia havia meses. Dormi como uma pedra, ou como um bebê, o que parece apropriado, mas meu despertar não foi tão agradável quanto as horas em que estivera quase inconsciente.

Uma câibra percorreu todo o meu corpo, e um suor frio deixou minha nuca e minhas costas úmidas. Abri os olhos depressa e, de repente, senti náuseas horríveis que me fizeram sair correndo para vomitar a pouca comida que havia colocado para dentro na noite anterior.

Meu Deus.

Fiquei um bom tempo ajoelhada na frente do vaso, com a testa molhada e as pernas trêmulas. Quando não me restava mais nada, tive forças para tomar um banho e tentar me recuperar do meu primeiro episódio de enjoo.

Isso não deveria acontecer no início da gravidez?

Tudo relacionado à minha gravidez era diferente do que eu tinha lido ou do que sempre achei. Cada mulher é um mundo, eu sei, mas que merda... Achei que ia me livrar dessa parte.

Naquele dia, eu teria que ir para a aula, não podia continuar faltando, e precisava voltar a trabalhar. As provas tinham acabado e agora, mais do que nunca, eu precisava de dinheiro. Quando saí da LRB, o Simon me oferecera um emprego na antiga empresa dele, e falei que iria pensar sobre a proposta. Agora que estava recuperada, havia ligado para ele, que me disse que eu poderia começar na segunda, e o dia havia chegado. Eu ficava aterrorizada só de pensar em admitir que estava grávida, mas era algo que eu não poderia continuar escondendo.

Vesti uma saia larga e um suéter preto, pois não queria ter novamente o desgosto de ver que meus jeans já não estavam me servindo. Saí de casa com muita fome, o enjoo tinha passado, e o que eu mais queria fazer era mandar para dentro tudo o que visse pela frente: panquecas, tofu, chá, torta, tiramissu, tacos, macarrão... Estava tão concentrada naquilo que quase não vi quem estava me esperando encostado em uma Mercedes preta.

— Bom dia, sardenta — ele me cumprimentou, se afastando do carro e indo ao meu encontro. Antes que eu pudesse assimilar a presença dele, ele já tinha me dado um leve beijo nos lábios. — Vem tomar café comigo? — ele perguntou, um segundo depois.

Assenti quase por inércia e, dez minutos depois, estávamos sentados em uma elegante cafeteria do centro.

— Como você tá? — ele me perguntou enquanto eu comia deliciosas panquecas com xarope de bordo e bebia um suco de laranja feito na hora.

— Depois de quase botar as tripas pra fora de tanto vomitar? Estou superbem. — O Nick ficou olhando para mim, perplexo.

— Você vomitou? Por que não me ligou, Noah? — ele me recriminou, entre irritado e preocupado.

Revirei os olhos.

— Acredite... você não ia querer estar comigo. Além do mais, tenho quase certeza de que isso vai se repetir bastante de agora em diante, e não posso te ligar sempre que acontecer algo tão normal como me sentir enjoada, Nick. Relaxa.

Ele não pareceu muito convencido, mas me olhou com alegria enquanto eu comia como um animal faminto.

— Você vai trabalhar depois da aula?

Assenti enquanto terminava de comer e passava a prestar mais atenção nele. Mas que droga, como ele estava gato! Como é que eu ainda não tinha reparado? Acho que um outro tipo de fome acabou indo para o topo da minha lista de prioridades. Trocar o Nick por panquecas... Meu Deus, eu estava ficando maluca!

— Não tem nada que eu possa fazer para te convencer a voltar a trabalhar pra mim, né?

Deixei o garfo na mesa e olhei para ele muito séria.

— Prometi para mim mesma que não vou mais misturar nosso relacionamento com trabalho, Nicholas.

Ele assentiu, mergulhado em pensamentos, e fiquei surpresa ao ver que ele não tinha ficado bravo, mas parecia aceitar o que eu falei.

— Posso te buscar no fim do dia?

Hesitei por um instante.

— Você não precisa ser minha babá, Nick, eu posso pegar o carro e tudo mais.

Ele ignorou minhas queixas.

— Eu quero te buscar — afirmou, sério.

Eu não ia discutir por causa disso, então pedi para ele me encontrar às sete. Já no *campus*, ele ia se despedir me dando um beijo nos lábios, mas virei o rosto quase por reflexo, e os lábios dele repousaram suavemente sobre a minha bochecha. Saí do carro antes que ele pudesse me dizer algo. Eu ainda achava difícil agir como se nada tivesse acontecido, e queria ir devagar. Sabia muito bem que os beijos do Nicholas Leister podiam ser viciantes... e não estava preparada para vícios daquele tipo.

Foi estranho voltar para a rotina. Ninguém pareceu desconfiar de nada, então consegui agir como se nada tivesse mudado. Era uma mentirinha do bem. Conversei com meus colegas de classe, contei para os professores que estivera doente e, quando cheguei ao trabalho, quase nem lembrava mais que estava grávida. A empresa era pequena, e me dei conta de que continuaria fazendo praticamente o mesmo que na LRB. Além disso, as pessoas pareceram ser muito legais.

Foi ótimo voltar a me sentir eu mesma, simplesmente a Noah, e não um Kinder Ovo fabricando um brinquedinho.

Ao fim do dia, eu estava bastante cansada, um sintoma que só então me dera conta, já que não tinha passado o dia inteiro deitada. Minhas energias pareciam ter se reduzido à metade, de modo que, quando vi o Nick me esperando, fiquei muito grata por não precisar pegar o carro e dirigir até em casa.

— E aí, como foi a volta à rotina? — ele me perguntou, já no carro.

— Muito empolgante. Parece que ninguém percebeu nada. — Bom, acabei soando feliz demais com aquilo, mas ignorei a testa franzida do Nick. O silêncio que caiu foi interrompido alguns minutos depois pelo Nick, que disse algo que me deixou tensa.

— Vou deixar Nova York, vender o apartamento de lá e vir morar aqui com você.

— O quê? — indaguei, olhando incrédula para ele. Nicholas tinha a vida dele por lá, o trabalho, o futuro, tudo...

— Não gostou da ideia? — ele me perguntou, desnorteado, enquanto esticava o braço para pegar no meu queixo e poder olhar para mim.

Virei o rosto para longe.

— Você não deveria tomar essa decisão de modo tão precipitado. Você acha que está tudo resolvido, que podemos voltar a ficar juntos como se nada tivesse acontecido, mas a verdade é que, da última vez, só machucamos um ao outro. O que te faz pensar que agora estamos prontos para começar do zero?

— Vamos ter um filho, Noah — ele respondeu, imitando o meu tom.

— Isso não é motivo para você abandonar a sua vida. Você está forçando as coisas, e não é assim que eu quero solucionar a nossa situação.

Nicholas negou com a cabeça, praguejando entre dentes.

— Eu estou disposto a tentar de novo, sei que vai funcionar... Não sei que diabos você quer de mim... pensei que você ficaria feliz com isso, estou fazendo tudo o que *devo* fazer.

— Exatamente, como você bem disse: está fazendo tudo o que deveria fazer, não o que você *quer* fazer.

— Eu quero estar com você — ele replicou, furioso.

Neguei com a cabeça. Já tínhamos chegado ao meu apartamento.

— Não sei se acredito nisso, tenho a impressão de que você está fazendo tudo isso porque acha que é o certo.

Saí do carro com a intenção de entrar no apartamento, mas o Nicholas me deteve.

— Por que você tem que complicar as coisas? Vamos ter um filho, finalmente temos um motivo para estarmos juntos de novo, e em vez de aceitar isso você...

— Eu implorei para você me perdoar e você disse que não — eu o cortei. — Estou feliz porque sei que o bebê vai ter pai e mãe, e tenho certeza de que você vai ser o melhor pai do mundo, mas, por enquanto, é só isso que você vai ser, Nicholas.

— Você sabe muito bem que eu não vou aceitar isso.

Olhei nos olhos dele e percebi que estava sendo sincero. Mas estava falando pelo bebê, eu sabia que ele nunca tinha sido plenamente feliz do meu lado, nos machucamos muito. Não queria retomar um relacionamento tóxico só porque teríamos um filho.

— Eu lhe pedi tempo, falei que quero ir devagar, quero me concentrar no bebê... Nossa história pode esperar, não quero que você se precipite tomando decisões das quais pode se arrepender pelo resto da vida.

— Que merda, Noah! Por que você não acredita quando eu digo que quero voltar com você?

— Porque você ainda não me disse "Te amo"! — gritei, desabafando.

Um silêncio pairou entre nós dois. Nick olhou nos meus olhos, e nos dele vi raiva e dor. Ele ainda não tinha me perdoado, ainda não. E ele sabia disso.

— Da última vez que falei que te amava, você partiu o meu coração. Jurei que nunca mais diria essas palavras, mas isso não significa que eu não queira passar o resto da minha vida com você e com esse bebê.

Fiz de tudo para segurar as lágrimas e voltei a falar:

— Não é assim que funciona, Nick. É melhor você voltar a trabalhar, voltar para Nova York, porque a bolha na qual passamos esses últimos dias acabou de estourar.

Não esperei pela resposta. Entrei no meu apartamento e ele não foi atrás de mim.

Por mais que tivesse doído afastar o Nick, eu sabia que era o certo a se fazer. Ele precisava entender melhor o que sentia por mim, e eu precisava descobrir se voltar com ele seria realmente o melhor para os dois.

Não queria que aquilo terminasse mal, de jeito nenhum, não queria criar problemas para ele, mas com o Nicholas era tudo ou nada, e eu não conseguia simplesmente apagar o passado, não estava me sentindo confiante, e ele não parecia pronto para me amar. Atração era uma coisa, sexo era a parte fácil, nunca tivemos problemas quanto a isso, o difícil era que não sabíamos nos amar, não sabíamos nos respeitar e não podíamos recomeçar se o Nicholas receava abrir o coração para mim outra vez.

Apesar da discussão que tivemos, na manhã seguinte ele estava novamente na frente de casa, me esperando. Segurava dois copos de papel, mas me olhou sério quando desci as escadas e me aproximei dele.

— Oi — ele me cumprimentou de maneira seca.

— Oi — respondi, pegando o copo que ele me ofereceu. Chocolate quente... Meu filho se viciaria em açúcar.

— Vou embora daqui a três horas, vim me despedir.

Por mais que eu o tivesse mandado ir, aquelas palavras doeram como punhaladas. Baixei a vista tentando esconder a tristeza dos meus olhos, mas ele me pegou pelo queixo e me obrigou a encará-lo.

— Estou fazendo isso por você — ele disse, fazendo carinho no meu rosto com o polegar. — Se tem algo que aprendi em todo esse tempo que ficamos separados é que não posso obrigar você a fazer algo que não queira, nem algo para o que você não está preparada.

Mordi o lábio com força.

— Então eu vou embora, mas vou te ligar todos os dias. Vamos começar conversando, fazendo planos, você vai me contar suas preocupações, eu vou te contar as minhas, vamos conversar sobre como vamos criar esse bebê, pensar em nomes, conversar sobre o futuro... porque, Noah, eu te amo, *te amo* e vou te amar por toda a minha vida.

Meu coração parou por um momento. Não acreditava no que estava ouvindo.

— Não falei antes porque acho que o amor não é demonstrado com palavras. Achava que tudo que estava disposto a fazer seria suficiente e, na verdade, no fundo do seu coração, você sabe que é suficiente, mas você está morrendo de medo de me deixar entrar de novo nesse coração. Eu entendo. Por isso estou indo embora. Vou estar por aqui nos dias das consultas médicas e sempre que você precisar. Vamos viver os próximos meses com tranquilidade, mas, Noah, eu vou fazer parte da vida desse bebê. Vou para Nova York organizar as coisas, mas meu próximo passo vai ser me mudar de volta para Los Angeles. Entendido?

Acabei ficando sem palavras.

Nick tirou o copo de papel da minha mão e o colocou junto do dele, em cima do carro. Depois me puxou para um abraço. Senti os lábios dele no topo da minha cabeça e ouvi as batidas de seu coração.

— Vou te pedir uma coisa antes de ir... — ele anunciou. — Duas coisas, na verdade — adicionou com calma.

Esperei ele se explicar. Ele me deu as costas e foi buscar algo na maleta. Quando voltou, segurava um cartão em sua mão direita, um cartão que me ofereceu um segundo depois: era um American Express preto.

— Quero que use isso — ele disse simplesmente.

— Não. — Eu nem encostei naquilo.

Nicholas suspirou, frustrado.

— É um cartão adicional da minha conta, quero que você use para comprar o que precisar. E não é uma sugestão, Noah, não vou dar o braço a torcer.

Cruzei os braços, repentinamente enjoada.

— Já falei que não quero que você me sustente, Nicholas.

Nick me fulminou com seus olhos claros.

— Por que diabos você é tão cabeça-dura? E se fosse o contrário? Se você tivesse mais dinheiro e eu fosse o responsável por trazer nosso bebê ao mundo, você não me daria de tudo, Noah?

Mordi o lábio. Sim, claro que sim.

— Vamos fazer uma coisa — ele propôs, unindo a testa dele à minha. — Eu sei que você não vai usar o cartão para você, mas pelo menos usa para o nosso bebê, pode ser? Tudo o que você precisar comprar... por favor, compre com esse cartão.

Bom, aquilo eu podia mesmo fazer, né? No fim das contas, o Nick era o pai, e eu não ia privar o meu bebê dos privilégios de ter um pai que tem um American Express preto com vinte e cinco anos de idade. Acabei aceitando a contragosto, e ele pareceu muito mais tranquilo.

— O que era a segunda coisa que você ia pedir? — perguntei.

— Quero que o Steve fique com você enquanto eu não estiver por aqui.

Arregalei os olhos em resposta.

— O quê?! Não! Não preciso de uma babá, Nicholas! Não quero que o Steve fique atrás de mim o dia inteiro. Isso é ridículo!

— Bom, o trabalho dele é justamente ser um guarda-costas, meu amor.

Olhei para ele soltando faíscas pelos olhos.

— Por quê? Por que diabos você quer que eu tenha um guarda-costas?

Nick então me olhou com seriedade.

— Porque, primeiro: isso vai evitar que eu enlouqueça enquanto estiver em Nova York. Segundo: você está grávida e vai estar sozinha, o que significa que, se algo te acontecer, eu nunca vou me perdoar.

Neguei com a cabeça, mas sabia que nada do que eu dissesse ia fazê-lo mudar de opinião.

— Tudo bem — aceitei, me rendendo.

Nick me olhou com uma emoção indecifrável.

— Deixar você aqui vai ser a coisa mais difícil que já fiz na vida, Noah.

Não queria que ele fosse embora, mas precisávamos fazer aquilo com calma, não queria decepcioná-lo de novo, não agora, com tudo que havia em jogo.

Ele me abraçou com força. Beijou a ponta do meu nariz e depois fez carinho na minha barriga com delicadeza.

— Cuida bem desse bebê.

Assenti e me afastei para que ele entrasse no carro.

Fiquei em pânico ao ver que ele estava indo embora de verdade, mas, no fundo do coração, sabia que era o que tínhamos que fazer.

Naquela semana tudo pareceu voltar ao normal. Retornei à faculdade e continuei escondendo a gravidez. A diferença é que não houve um único dia no qual o Nick não tenha me mandado um buquê de flores e uma cesta de café da manhã completa. Até virei amiga do entregador. A cesta sempre vinha com comida para um exército inteiro: café, chá, bolinhos, croissants, panquecas, chocolates, ovos, torradas... e chegava sempre tudo quentinho, pronto para comer.

— Você é doido, sabia? — eu disse, sete dias depois que ele tinha ido embora. Conversávamos diariamente, umas duas vezes, e em alguns dias até mais. Ele me ligava sempre que tinha uma folga, e quando eu conseguia parar também tentava falar com ele. Acabei entendendo que era mais fácil esperar ele me ligar, porque, convenhamos, ele tinha uma agenda muito mais cheia que a minha.

Enquanto eu segurava o celular entre o ombro e a orelha, enchia uma das poucas jarras de vidro que ainda me restavam para poder colocar o buquê enorme de rosas azuis que ele tinha me mandado.

— É uma boa maneira de garantir que você esteja se alimentando bem — ele se justificou enquanto eu ouvia o barulho do teclado do outro lado da linha.

Revirei os olhos... Comer não estava sendo problema. Tinha fome o tempo inteiro, e não era uma fome normal: queria comer pão com manteiga *e* banana, ou pasta de amendoim com macarrão. Eu juro, estava ficando maluca ou então perdendo o paladar... Eu só sei que essas combinações me pareciam manjares dos deuses.

— Como ficou a combinação de laranja com pimenta? — ele me perguntou, se divertindo.

— Ficou bem interessante, vou preparar para você qualquer dia desses — respondi, me sentando em uma cadeira e colocando as pernas sobre a mesa. Suspirei cansada e fiz carinho na minha barriga de maneira distraída.

Ele me contou que estava deixando tudo pronto para se mudar de volta a Los Angeles o quanto antes, mas que estava levando mais tempo do que ele imaginara. Ia precisar contratar alguém para substituí-lo e não confiava em ninguém para ocupar o seu lugar.

Eu contei como estavam sendo as aulas, logo chegariam as férias de verão, e estávamos todos ocupados com trabalhos e, mesmo que ainda faltassem alguns meses, em começar a nos preparar para as provas finais. Eu ia dar à luz em agosto, então teria algumas semanas só para cuidar do Mini Eu antes de planejar o que fazer com o trabalho e com a faculdade.

Ficava um pouco triste ao pensar em deixar os estudos de lado, mas, depois de muito refletir, cheguei à conclusão de que seria o mais acertado.

— Você não precisa abandonar a faculdade, Noah — o Nick comentou quando comuniquei a minha decisão. — Isso é ridículo, muitas estudantes têm filhos, dá pra deixar o bebê em uma creche e eu vou estar por aí para te ajudar...

— Não quero que meu filho seja criado por uma babá, não quero fazer as coisas malfeitas. Estou com medo de querer estudar e cuidar do bebê ao mesmo tempo e, no fim das contas, não fazer nada bem. Além do mais, você mal tem tempo de me ligar, imagino que não vá conseguir ficar em casa cuidando de um bebê.

— Do *meu* bebê — ele me corrigiu, e um sorriso se desenhou nos meus lábios. — Você está se esquecendo de um pequeno detalhe: eu sou o chefe, posso fazer o que eu quiser.

— Ah, é? — indaguei, ironicamente. — Então me fala, você vai estar por aqui para a próxima consulta com o obstetra?

Um silêncio tomou conta da ligação.

— Eu não te julgo, eu entendo, você vai ter que trabalhar e eu vou ter que cuidar dele... Vamos ver como eu faço para continuar os estudos, talvez fazendo o curso a distância...

Não era algo que me entusiasmava: eu gostava da faculdade, gostava de sair com meus amigos e de ir para as aulas, mas não podia ter tudo e não me via deixando meu bebê com outra pessoa.

— Noah, essa situação é provisória — ele afirmou, interrompendo minhas reflexões. — Agora está tudo de pernas para o ar, mas, depois que eu resolver tudo, vou ser todo seu.

Não tínhamos discutido sobre nós, apesar de sempre parecermos fazer parte dos planos do outro em nossas conversas. Eu gostava daquela sensação, mas também morria de medo de estragar o que estávamos construindo. Por isso mesmo, não insisti quando ele me disse que daquela vez não conseguiria voltar.

O que eu realmente não esperava era vê-lo tão cedo no noticiário. Quando ouvi o nome dele na televisão, aumentei o volume e prestei atenção, preocupada.

"Os antigos funcionários da Leister Enterprises se reuniram na frente do novo prédio da LRB exigindo seus empregos de volta."

Quem dava a notícia era uma repórter que eu já tinha visto algumas vezes na BBC. As imagens mostravam a entrada do prédio onde eu já tinha trabalhado lotada de pessoas segurando cartazes. A polícia havia cercado a área e, mesmo assim, os ex-funcionários não tinham a intenção de sair de lá.

"Há pouco mais de um ano, o primeiro filho do prestigiado advogado William Leister herdou o império que Andrew James Leister construiu depois de muitos anos de esforço, transformando a Leister Enterprises em uma das empresas mais prósperas e conhecidas do país. Não foram poucas as pessoas que consideraram uma loucura deixar tamanha responsabilidade nas mãos de um jovem que mal tinha idade suficiente para saber administrar uma empresa."

Aumentei o volume e olhei indignada para a tela da televisão.

"A primeira decisão do jovem Leister foi fechar duas grandes empresas, empresas que o avô ergueu praticamente do nada, e demitir mais de quinhentos funcionários para pôr em ação um ambicioso plano de abrir uma nova companhia que ainda não se sabe se será rentável ou se vai se tornar o primeiro fracasso da história da família Leister. Hoje essas pessoas afetadas pelo fechamento da empresa foram para a porta da LRB exigir seus empregos de volta..."

Aquilo era ridículo. Eu sabia que o Nicholas estaria trabalhando, mas precisava falar com ele, que atendeu ao terceiro toque.

— Você está bem? — ele foi logo perguntando, preocupado.

— Sim, tudo ótimo por aqui, mas por aí acho que não. Estou vendo as notícias... O que aconteceu? Quando você pretendia me contar isso, Nicholas?

Não podia acreditar que ele não me contara dos problemas que estava enfrentando.

— Você não precisa se preocupar com isso.

Soltei uma gargalhada amarga.

— Eu não tenho que me preocupar? Estão acabando com você!

— É isso que a imprensa faz, junta um punhado de mentiras e as transforma em notícia.

— Mas... e os funcionários e o que estão falando da LRB...?

Tinha uma sensação ruim no peito. Não queria ouvir aquelas coisas horríveis sobre o Nick, doía mais do que se estivessem falando sobre mim.

Nick suspirou do outro lado da linha.

— Tive que demitir todo mundo porque em cerca de quatro anos as duas empresas iam falir. Elas não eram bem administradas e mal davam lucro. Encerrando as operações agora, com o dinheiro da liquidação, eu conseguiria começar um novo negócio e voltar a contratar as pessoas que eu demiti, mas isso leva tempo.

— Não precisa me dar explicações. Eu sei que não é nada pessoal.

— Nessa função eu preciso tomar decisões difíceis, decisões que são uma merda.

— Você tá indo muito bem, Nicholas, essas pessoas não sabem de nada.

Ele ficou em silêncio por alguns instantes.

— A Leister Enterprises nunca deu tanto lucro como agora, minha intenção é abrir outra filial da LRB em um ano. Com isso, eu conseguiria recontratar quase setenta por cento dos antigos funcionários.

Eu sabia que o Nicholas não demitiria tanta gente sem uma carta na manga. Odiava pensar que todas aquelas pessoas o criticavam enquanto ele tinha um plano para ajeitar tudo.

— E o que você vai fazer agora? — perguntei, temendo que aquilo prolongasse a estadia dele em Nova York por muito mais tempo do que eu previa.

— Deixar que meus advogados continuem fazendo o trabalho deles. Eu já falei, não precisa se preocupar com isso.

— Tudo bem...

As conversas continuaram por mais três semanas, e as coisas começaram a se complicar. Primeiramente, as ligações começaram a ficar mais dramáticas à medida que percebíamos que nos falar todos os dias enquanto estávamos separados estava sendo mais difícil do que ficar mais de um ano sem contato.

Entendi que precisava dele do meu lado. Quanto mais o bebê crescia, maior era a minha vontade de implorar para que Nick voltasse.

— Preciso sentir você, Noah — ele me confessou em uma noite. — Já faz tanto tempo que eu nem lembro mais como é estar dentro de você.

— Nicholas...

— Eu não deveria ter vindo para cá, devia ter sido egoísta, um egoísta que faria amor com você em todas as malditas manhãs nesse apartamento em miniatura que te dá tanto orgulho.

Sorri diante da confissão dele e notei um calor me percorrendo dos pés à cabeça.

— Espero que ninguém esteja escutando você falar isso — comentei nervosa.

— Estou no meu apartamento, no meu quarto, na mesma cama em que você ficou nua para me deixar completamente maluco, lembra?

Fechei os olhos com força. Sim, é claro que eu lembrava, o Nicholas entre as minhas pernas, me beijando, me lambendo, me possuindo de uma maneira muito indecente e pouco saudável. Estávamos emocionalmente destroçados naquele momento, mas eu não trocaria aquela noite por nada...

— Volta, Nick — eu disse, então, provocando um silêncio do outro lado da linha.

— O quê?

Sorri para o teto, nervosa com o celular bem colado à minha orelha.

— Volta pra ficar comigo.

— Está falando sério?

— Quero tentar de verdade, quero você comigo todos os dias, quero te beijar e ganhar abraços seus, Nicholas, quero que você volte, e o Mini Eu também quer.

Nick deu risada do outro lado da linha.

— Vou pegar o próximo voo que conseguir e fazer com você tudo o que estiver se passando na sua cabecinha.

Cobri o meu rosto com a mão enquanto tentava esconder minha alegria e minha vergonha. Tinha muita coisa se passando pela minha cabeça, claro.

— E falando no Mini Eu... eu pensei em um nome.

— O quê? É sério? — Aquilo me pegou completamente de surpresa. Havia pensado em um nome? Será que o Mini Eu, quer dizer, o Mini Nick, já ganharia nome e sobrenome?

Passei a mão na barriga sem perceber.

— Sim, vou te contar pessoalmente, e se você não gostar nós pensamos em outras opções juntos. Imagino que você já tenha pensado em vários...

Fiquei vermelha ao me dar conta que não tinha pensado no assunto nem uma única vez.

Por fim, nos despedimos com um "te amo" e com a promessa de nos reencontrarmos. Seria muito especial, porque finalmente parecíamos estar na mesma sintonia... Estava morrendo de vontade de beijá-lo, de aceitar tudo o que ele quisesse fazer comigo, tudo o que ele queria me dar, aquele futuro tão promissor que despontava diante dos meus olhos.

Enfim estava pronta para recomeçar.

45

NICK

Eu estava enfrentando muitos problemas na empresa. Recebemos denúncias por causa das demissões, manifestações também começaram a acontecer na filial de Nova York e a última coisa que podia fazer naquele momento era anunciar que iria embora. Não quis contar o que estava acontecendo para que a Noah não ficasse preocupada, mas temia que o meu retorno a Los Angeles fosse demorar mais tempo do que nós dois imaginávamos.

Ficar longe dela num momento como aquele parecia insuportável. Eu estava deixando o Steve maluco, ligando várias vezes por dia para perguntar se a Noah tinha comido, como passara a manhã, como ela estava se sentindo... Morria de medo de que algo poderia acontecer com ela. Também receava que a imprensa descobrisse sobra a gravidez, e acordava quase todas as noites com um pesadelo recorrente no qual a Noah perdia o bebê e morria no parto.

Precisava vê-la, tocá-la, sentir o meu filho e garantir que tudo ficaria bem. Sabia que a Noah não ia demorar para me pedir para voltar, sabia que eu só precisava lhe dar tempo. E agora que ela finalmente me pedira para retornar, como eu queria, eu estava cheio de reuniões que não podiam ser canceladas.

Noah já estava de seis meses. Não tinha me mandado nenhuma foto, mas o Steve me contou que a barriga estava começando a aparecer. Disse que reparou que ela andava nervosa, e eu sabia que ela temia a reação das outras pessoas e dos nossos pais. Quando contássemos, ia começar a terceira guerra mundial, mas eu não me importava nem um pouco. Enfim estava feliz outra vez, depois de muito tempo. Amava aquela garota mais do que tudo no mundo e amava aquele bebê com todo o meu coração.

46

NOAH

Precisava que o Nick voltasse, o bebê estava cada vez maior e minha barriga começou a chamar a atenção. Não insistia porque sabia que ele só não estava aqui comigo porque não podia viajar. Não tinha dúvida de que ele queria estar comigo, talvez até mais do que eu o queria por perto, e aquilo me deixava nervosa. Minha mãe me ligou duas vezes pedindo para visitá-la, e chegou até a propor me buscar no meu apartamento para almoçarmos juntas. Falei que estava em época de provas, que iria visitá-la assim que pudesse, mas ela me conhecia muito bem e sabia que eu estava estranha nas ligações.

— Você está escondendo alguma coisa, Noah, mas tudo bem. Conversamos quando a gente se encontrar — ela me disse na quarta-feira seguinte.

Além do Lion e da Jenna, Steve era o único que sabia o que estava acontecendo. Não cheguei a contar para ele, mas era só notar a maneira como estava me tratando para concluir que ele sabia de tudo. Acho que sabia mesmo, o Nick devia ter explicado tudo.

Três semanas e meia depois de o Nick ter ido embora, eu me deparei com um problemão quando praticamente nada que havia no meu armário me servia. Não havia mais como esconder, entrei em pânico e liguei para o Nicholas sem me importar com a possibilidade de ele estar em reunião ou ocupado. Ele atendeu no primeiro toque.

— Você precisa voltar, Nicholas — pedi, tentando conter as lágrimas. — Não dá mais para esconder... Estou gorda! Minhas roupas não servem mais, as pessoas já começaram a me olhar estranho... Você tem que voltar! Temos que planejar como vamos contar para os nossos pais!

Estava tendo um daqueles ataques de ansiedade que eu tinha de vez em quando e que mexiam com a minha cabeça.

— Com licença, um momento — ele disse para outra pessoa. — Calma, sardenta — adicionou, um segundo depois.

— Não consigo me acalmar! — gritei, horrorizada. Meu quarto estava um caos, com roupas jogadas por todos os lados. Nem minhas calcinhas estavam servindo mais, estava me achando horrível e ainda por cima temendo que, quando me visse, o Nicholas ficasse assustado com a maneira que meu corpo mudara em algumas semanas... — Não consigo, preciso te ver, preciso que você me dê um abraço e me diga que vai ficar tudo bem, preciso...

— Acabei de mandar uma passagem de avião para o seu e-mail — ele me informou, então, em um tom calmo e sereno, completamente oposto ao meu.

— O quê?

— Eu também preciso te ver, não posso viajar neste fim de semana, por isso comprei uma passagem para você vir para cá. Ia te ligar hoje à noite para te contar, mas, como você está tendo um ataque de ansiedade agora, achei melhor antecipar a surpresa.

Soltei todo o ar que estava segurando e me desabei sobre o sofá que ficava em um canto do quarto.

— Vou te ver nesse fim de semana? — perguntei, repentinamente comovida. Os últimos sintomas de ansiedade foram sumindo como as ondas quando chegam à orla.

— Sim, meu amor. Você acha que aguenta mais dois dias sem enlouquecer?

Revirei os olhos e resmunguei irritada.

— Se você estivesse se transformando em uma bola, também estaria de mau humor, tá bom? — falei tentando soar brava, mas não passei nem perto.

Enfim ia sentir os braços dele ao meu redor e os lábios dele nos meus!

"Ouviu isso, pequenino?" — pensei, fazendo carinho na minha barriga. — "Vamos ver o papai!"

Como eu não podia viajar para Nova York apenas com um moletom extragrande dos Ramones, tiver que ceder à insistência da Jenna e ir em algumas lojas de moda pré-natal.

Odiava aquela palavra: "pré-natal"... Era horrível, eu me sentia um prato "pré-cozido" ou algo assim.

— Você vai ver, vamos encontrar algo bem jovial e que caia bem em você. Você é dessas que só engordam na barriga, de costas nem dá para imaginar que está grávida.

— Que ótimo, Jenna, agora vou pedir para as pessoas se dirigirem à minha nuca.

Estava um pouco reclamona, mas a Jenn me aguentava com paciência e alegria, o que me irritava ainda mais.

Ela tentou me arrastar para uma loja de grife, e me neguei de imediato. Terminei na GAP, onde, a apenas alguns passos de distância, também havia roupas femininas comuns, o que me dava um grande alívio.

Por alguma razão inexplicável, as roupas de gestante eram três vezes mais caras que as roupas normais, e me aborreci ao perceber que ia precisar usar o cartão do Nick. Ainda não o tinha estreado, e odiei ter que fazer isso para comprar aquelas roupas estúpidas.

Fui direto para a seção de roupas esportivas: peguei uma calça legging e três moletons com capuz. Enquanto isso, Jenna se dedicou a montar conjuntos com três calças e algumas camisas, e também escolheu para mim um vestido cinza ajustado ao corpo.

— Aonde vai com isso? — indaguei, horrorizada. — A ideia é esconder a barriga, não mostrar para todo o mundo.

Jenna me encarou, irritada.

— Você tem que parar de esconder o meu afilhado, que tal?

As palavras dela me chocaram por algum motivo que não entendi de imediato. O bebê se remexeu inquieto dentro de mim. Agora eu conseguia saber quando ele estava dormindo e quando estava acordado. Também notei que, quando eu comia doces, ele sacudia as perninhas dentro de mim, como se ele ficasse doido de felicidade... Foi horrível não estar perto do Nick para que ele sentisse os primeiros chutes, fora um momento incrível, e por isso eu precisava que ele voltasse. Ele estava perdendo todos aqueles momentos.

Eu não queria esconder o bebê... não mais.

Na sexta-feira à tarde, peguei um voo direto para Nova York. Nick havia me comprado uma passagem de primeira classe, e por aquilo fiquei mais grata do que imaginava. Se eu ficasse enjoada, seria melhor vomitar em um banheiro usado por poucos passageiros. Porque sim, eu não estava mais tendo náuseas matutinas, me sentia enjoada a qualquer hora do dia. Mais uma coisa para colocar na lista de sintomas fora do comum.

O voo de Los Angeles a Nova York demorava umas cinco horas e meia, e dormi praticamente durante todo o trajeto. Cheguei por volta das nove da noite. Depois de tanto implicar com a Jenna, acabei ficando mais confiante, e decidi vestir o vestido cinza ajustado ao corpo, um casaco preto e meus Adidas preferidos. Estava confortável, e minha pequena barriga era perceptível, como se anunciasse ao mundo: "Estou aqui!".

As pessoas me olhavam de um jeito diferente, e me senti envolta em uma energia de grávida, quando todos te enxergam como uma pequena bomba-relógio digna de felicidade, nervosismo e admiração. Era a primeira vez que estava andando na rua como uma grávida assumida, não sei se consigo explicar, mas gostei da sensação. Steve viajou sentado ao meu lado. Era um homem de poucas palavras, e o flagrei lendo a biografia do Pablo Escobar. Não fiz nenhum comentário, mas dei uma risadinha sem que ele percebesse.

Nick ia me buscar no aeroporto para jantarmos juntos no apartamento dele.

Meu Deus, eu estava tão nervosa, queria tanto vê-lo... Tínhamos conversado sobre tantas coisas, muitas delas eu não tinha nem coragem de falar em voz alta, e estava morrendo de vontade de me sentir dele de novo, e parte da vida dele.

Como eu não havia despachado nenhuma bagagem, ao sairmos do avião já fomos direto para a saída. Steve levava minha pequena maleta. Não é que eu não aguentasse carregá-la nem nada disso, mas ele insistira tanto que acabei cedendo e deixei que me ajudasse. Eu andava cada vez mais rápido... Queria vê-lo, queria chegar logo, voltar a me sentir completa.

Demorei uma eternidade para chegar à saída. Quando enfim atravessamos a porta, eu o vi: lá estava ele, com um buquê de rosas vermelhas em mãos, me esperando. Vestia calça jeans e um suéter com gola V azul-marinho. Destacava na multidão não só por causa das flores, mas também pelos cabelos revoltos e olhos celestes, que brilhavam como dois faróis ao entardecer de um lindo dia de verão.

Sorrimos como se tivéssemos tomado uma injeção de felicidade líquida. Meu coração se inflou tanto que achei que não caberia mais no meu peito.

E então... como se fosse um filme de terror: aconteceu.

Não sei se já passaram por alguma situação traumática, um acontecimento capaz de deixar marcas para sempre. Algo que se desenrola em câmera lenta diante de seus olhos, e seu cérebro registra tudo nos mínimos detalhes, mas você faria de tudo para conseguir esquecê-los.

Eu vi tudo... e ainda me lembro de cada maldito detalhe daqueles quinze segundos, quando achei que iria morrer.

Lembro que um grito ficou entalado na minha garganta. Também lembro que minhas pernas se paralisaram e que não consegui fazer nada para começar a correr.

O barulho do primeiro disparo estourou a bolha de felicidade na qual estávamos. Eu fiquei cravada onde estava. Nick, por outro lado, desmoronou: sofreu o impacto de um tiro covarde pelas costas.

Ainda consigo ver a cara de surpresa que fez ao baixar o olhar e ver a mancha de sangue se espalhando por suas roupas e pelo chão. O segundo disparo veio tão rápido quanto o primeiro. Vi a dor no rosto dele, e meu coração parou... literalmente, parou.

Depois tudo aconteceu muito rápido. Alguém me derrubou por trás e eu caí no chão, paralisada. Tudo parecia quieto até o momento, a multidão no aeroporto, as pessoas andando ao meu redor, tudo se apagou para dar lugar apenas ao barulho dos tiros disparados.

— Não se mexa, Noah! — o Steve gritou no meu ouvido, me arrancando da minha letargia, do meu maldito estado de choque.

Vi, daquela vez na velocidade normal, quatro policiais detendo aquele homem, e muitas pessoas correndo a esmo, em pânico. Meus olhos não se desviavam da pessoa que estava igual a mim, caída no chão, com os olhos abertos e vendo a própria vida escorrendo pelos dedos.

— Nicholas!

47

NICK

Acho que essa história de que, quando se está prestes a morrer, a vida inteira passa diante de seus olhos, como se fosse uma apresentação de slides, é verdade... bem, não exatamente. Eu só conseguia ver uma coisa: a Noah.

Não precisava pensar para chegar à conclusão de que a Noah era a minha vida. As imagens que passaram diante dos meus olhos não eram dos melhores momentos da minha vida, mas os da nossa vida, e não da vida que tínhamos compartilhado até então, não. Não vi nenhum daqueles altos e baixos, nosso término, as traições, nem as brigas... Muito pelo contrário: eu vi a minha vida com ela.

Vislumbrei nós dois juntos caminhando pela praia, comemorando o aniversário do nosso filho. Ela me esperando, linda e radiante, todas as noites na cama para me encher de beijos e me dar atenção. Vi a Noah engravidando de novo, dessa vez com tudo planejado, sem surpresas, sem medos nem inseguranças. Eu a vi comigo na cozinha, discutindo logo antes de nos enchermos de beijos ali mesmo, em cima do balcão. Eu a vi chorando, sorrindo, sofrendo e crescendo. Vi a vida dela diante dos meus olhos, a vida dela comigo... e eu adorei.

E então me perguntei: "Por que estou vendo isso? Por que sinto que estão me mostrando tudo o que eu nunca vou chegar a ter?". Senti uma pontada no peito, um vazio me percorrer por inteiro...

Não.

De jeito nenhum.

Ainda não era a minha hora.

48

NOAH

Não sei como explicar os minutos que vieram depois dos tiros, mas posso afirmar sem sombra de dúvida que foram os piores da minha vida. Estão gravados em minha mente, um pouco difusos mas ao mesmo tempo tão nítidos como se os observasse em tela de alta definição.

Segundo o que me contaram depois, a ambulância não demorou para chegar. Para mim pareceram horas, horas eternas em que minhas mãos pressionaram a ferida que o Nick tinha bem na altura das costelas. Steve, por sua vez, pressionava o ferimento do tiro que o Nick levara bem em cheio no braço esquerdo. Havia uma poça de sangue ao redor dele, e eu só conseguia me perguntar em que velocidade nosso corpo produz sangue, e se seria suficiente para suprir a hemorragia.

Eu não desmaiei. Acho que foi Deus que me ajudou a não desabar, pelo menos até que os paramédicos chegassem para controlar a situação. Quando a ambulância chegou, eu me levantei e fiquei ali de pé, observando, com as mãos afastadas do corpo e a mente esvaziada. Não consegui nem pedir para me deixarem acompanhá-lo. Nick foi levado sozinho, à beira da morte, e fiquei parada observando-o ir embora.

Lembro que quando deixei de ouvir a sirene da ambulância, baixei os olhos para minhas mãos manchadas de sangue, e aí fraquejei. O choro quase me deixou sem ar, e comecei a soluçar descontroladamente. Senti duas mãos me segurarem antes que meus joelhos falhassem e eu desabasse.

— Respira fundo, Noah, por favor — o Steve disse me sustentando, me tirando dali e me afastando das pessoas que assistiam à cena horrorizadas, como se fosse parte de um episódio horrível de *CSI*.

Pegamos um táxi e fomos para o hospital. Fui piorando à medida que os minutos passavam.

— Por que ele foi sozinho? Por que você não foi com ele? Por que nós dois não fomos?

— Não deixaram, Noah — o Steve respondeu enquanto pegava o celular e começava a fazer ligações na velocidade da luz.

O trajeto do aeroporto para o hospital mais próximo levava treze minutos de carro, vinte cinco se houvesse trânsito. Demoramos vinte minutos cravados. Queria sair assim que chegamos, queria ir correndo para que me dissessem que o Nicholas estava bem, só queria vê-lo, precisava vê-lo, a imagem dele que tinha em mente era desesperadora, mas acho que aquilo tudo foi demais para mim. Quando coloquei um pé para fora do carro, tudo começou a girar e minha visão se escureceu. Steve me levou para um local onde eu pudesse sentar e me deram água.

Uma médica se aproximou de mim e começou a medir minha pulsação.

— Senhorita Morgan, preciso que você fique calma — ela disse, olhando fixamente para o relógio. — Ross, liga para o pronto-socorro e pergunta sobre esse rapaz.

Olhei para o tal do Ross como se a minha vida estivesse nas mãos dele.

Enquanto ele perguntava sobre o Nick para outra pessoa, uma dor horrível me obrigou a agarrar a minha barriga com força.

— O que está acontecendo?

A médica se virou para mim, preocupada.

— Você está tendo contrações — respondeu. — Você precisa ficar calma, é por causa do estresse.

Antes que eu pudesse dizer qualquer coisa, o tal do Ross se aproximou de nós duas.

— Nicholas Leister está no centro cirúrgico por causa de duas feridas de bala, no pulmão e no braço esquerdo. Está relativamente estável, mas vai ter que ser operado.

— Meu Deus! — exclamei, tapando a boca com a mão. — O que vão fazer com ele? O que significa estar relativamente estável? Liga de novo para explicarem o que está acontecendo!

A médica voltou a prestar atenção na minha ficha.

— Você é casada com o senhor Leister?

— O quê? Não. O que isso importa?

Ross respondeu por ela.

— Não podemos passar mais informações para você, senhorita Morgan. Só um familiar pode...

— Ele é pai do meu filho! — gritei desesperada.

Não adiantou. Eles não me falaram mais nada. Steve ligou para o William e para a minha mãe, e os dois foram direto para o aeroporto para pegar o primeiro voo que conseguissem.

Eu tive que ficar ali, sem notícias. Só podia fazer uma coisa: rezar.

Uma hora depois, a hora mais longa da minha vida, as contrações cessaram e tudo pareceu voltar ao normal em relação ao bebê.

Minha mãe me ligou no meu celular, estavam supernervosos. William conseguira falar com um dos médicos. Fiquei sabendo, graças a ele, que o Nick estava com um pneumotórax traumático e uma perfuração no braço esquerdo. O estado dele era grave, e temiam que ele entrasse em choque hipovolêmico por causa de todo sangue que perdera antes da chegada da ambulância.

Recebi a informação, desliguei o telefone e fiquei ali, sentada, sem me mexer.

Nick não podia morrer… não podia. Precisávamos começar uma vida juntos, precisávamos terminar o que havíamos começado. Depois de tudo o que superamos, não podiam tirá-lo de mim.

A notícia não demorou para sair na imprensa. Steve fez menção de desligar a televisão, mas pedi para que ele a deixasse ligada. O atirador se chamava Dawson J. Lincoln, tinha quarenta e cinco anos e era um antigo funcionário da Leister Enterprises. Ele tinha sido demitido, não conseguiu arranjar outro emprego e isso o levou a tentar assassinar o Nick.

"Nicholas Leister está passando por uma operação de urgência por causa dos dois tiros que levou, enquanto o autor do ataque está sendo interrogado pela polícia de Nova York. Tudo indica que foi um ato premeditado, já que o atirador sabia exatamente onde Leister estaria no momento do atentado.

"Nos últimos meses, o jovem advogado, herdeiro de uma das empresas mais conhecidas do país, foi duramente criticado pela imprensa e por seus ex-funcionários por conta de uma demissão em massa realizada no ano passado. Já se sabe que as duas empresas fechadas por ele estavam à beira da falência…"

Parei de ouvir quando pararam de falar sobre o atirador. De novo estavam contando aquelas mentiras sobre o Nicholas. Eu não queria ouvir nada daquilo. Tentaram matá-lo! Matar o Nick! Passei as mãos pelo rosto, precisava saber que ele estava bem, precisava falar com o médico.

Não saí da sala de espera durante as três horas seguintes, só saindo para ir ao banheiro e para beber água. Aquele lugar era horrível, havia pessoas chorando, outras pessoas que, assim como nós, esperavam notícias de seus entes queridos. Sempre achei o cheiro de hospital muito desagradável, e naquele momento parecia pior do que nunca.

A única coisa que aconteceu de diferente durante essas três horas foi a aparição de dois homens engravatados, altos e fortes como o Steve, que conversaram por alguns minutos com ele e depois atravessaram a sala, sérios, posicionando-se perto das portas de saída. Não lhes dei muita atenção, mas quase dei um pulo quando dois cirurgiões passaram por aquela mesma porta e se aproximaram de mim.

— Você é parente do Nicholas Leister?

— Sou a namorada dele — respondi, controlando o tremor na minha voz.

O cirurgião que tinha o cabelo curto e cacheado foi quem decidiu falar.

— Só posso te dizer que ele está estável, mas as próximas horas vão ser cruciais. Ele perdeu muito sangue, e tivemos que reparar muitas lesões internas causadas pela bala que perfurou o pulmão.

Assenti, mordendo o lábio com força e tentando permanecer firme.

— Ele vai ficar bem? — perguntei, com a voz trêmula.

— Ele é jovem e forte, e estamos observando-o de perto.

Aquilo não respondia à minha pergunta.

— Posso vê-lo? — indaguei, suplicando com o olhar.

Os dois negaram com a cabeça, apesar de me olharem com pena.

— Só familiares, sinto muito.

Então o Steve passou o braço por cima dos meus ombros, me puxando para ele.

— Ele vai ficar bem, Noah — sussurrou ao meu ouvido enquanto eu me agarrava à camisa dele com força sem conseguir segurar um choro silencioso.

Meu celular começou a tocar, eu sequei minhas lágrimas e atendi. Era a minha mãe, dizendo que tinham conseguido um voo, um amigo do William emprestara o jatinho, e os dois estariam em Nova York em cerca de cinco horas. Senti um alívio imenso no peito ao saber que teria minha família ali comigo, e que o William poderia obter mais informações sobre o estado do Nick... Mas então me lembrei que se eles estavam indo para lá, se eles me vissem...

Tinha chegado a hora de contar tudo... e, como eu temia, teria que fazer isso sozinha.

Como não quis sair de lá durante a noite, o Steve conseguiu que trouxessem minha maleta e um jantar para mim. Não estava com fome, mas comi uma sopa de macarrão simplesmente para não ter que continuar ouvindo o Steve insistir. De posse das minhas coisas, fui ao banheiro e troquei de roupa. Voltaram as roupas bem grandes e largas, roupas que escondessem minha barriga pelo menos para minha mãe não ter um enfarte logo que me visse. Era óbvio que eu precisava contar tudo, mas tinha que ser no momento certo. Não queria desviar a atenção do que realmente importava naquele momento: o Nick.

Então, seis horas depois, seis horas nas quais mal consegui pregar os olhos, e minhas costas, meu pescoço e minha barriga começaram a doer como se eu tivesse levado uma surra, minha mãe e o William entraram pela porta da sala de espera.

Não consegui evitar, fui correndo até os braços da minha mãe, precisava dela tanto ou mais do que em qualquer outro momento da minha vida. Ela me abraçou com força e fez carinho no meu cabelo com seus longos dedos. Minha incipiente barriga ficou entre nós, mas ela pareceu não perceber nada. Devia estar muito assustada, como todos os envolvidos, o que a deixava notar apenas o imprescindível.

Expliquei-lhes o ocorrido, e o Will foi logo falar com os médicos. Não o deixaram vê-lo, mas falaram que pela manhã haveria um horário de visitas. O estado dele não tinha mudado, nem para melhor nem para pior. Ele continuava estável e, segundo os médicos, aquilo era um bom sinal.

Não tivemos muito tempo para conversar, pois logo depois da chegada deles dois policiais apareceram para o coletar meu depoimento e o do Steve. Contei tudo o que vira toda arrepiada e sentindo o medo na pele. Nunca ia esquecer o som daqueles disparos. Jamais.

No horário de visitas, só o William foi autorizado a entrar. Quis invadir o local e sair correndo na direção da UTI, quis gritar porque não me deixavam entrar, mas me controlei. Precisava me manter tranquila, bem calma se eu quisesse passar pelo que estava vivendo, relaxada para não prejudicar o bebê... o bebê...

Olhei para a minha mãe, preocupada, sentada do meu lado e de dedos entrelaçados comigo.

Minha mãe... Não estávamos em uma boa fase, nosso relacionamento havia se transformado por completo. Aonde fora parar aquela relação que tínhamos no Canadá? Quando foi que parei de confiar nela e de lhe contar tudo?

Respirei fundo e me virei na direção dela.

— Mãe... — eu disse, engolindo saliva —, preciso te contar uma coisa...

Minha mãe me deu atenção, me olhando preocupada, mas achei que havia empatia em seu semblante.

— Já sei o que você vai me contar, Noah — ela me disse, apertando meus dedos. — E tudo bem, filha, acho ótimo que você tenha voltado com o Nicholas, fico muito feliz de saber que vocês estão juntos de novo.

Arregalei os olhos, surpresa com as palavras dela, e também aliviada por ela não fazer nem ideia da gravidez.

— Eu não devia ter impedido o relacionamento de vocês... Ver vocês separados, tão destroçados nesse último ano... — ela prosseguiu, com os olhos cravados nos meus — estava me matando por dentro. Se o Nick é quem te faz feliz, não vou me intrometer. É só isso que eu quero, Noah: ver você feliz.

Assenti em silêncio, com os olhos marejados e tentando escolher as palavras para confessar para minha mãe que eu estava grávida de seis meses. Grávida daquele cara que ela nunca quis junto de mim, pelo menos até o momento, do rapaz que era o enteado dela.

Como é que se conta algo assim? Como contar para a mãe que em três meses ela vai ser avó? Percebi o olhar do Steve cravado no meu. Quando olhei para ele, eu o vi fazer um gesto para que eu fosse corajosa e contasse logo.

Que merda...

— Mãe... — comecei, aproveitando que o Will tinha saído para tomar um café. — Preciso te contar uma coisa... É algo que não estava nos planos, mas aconteceu do nada...

Bom... não foi exatamente do nada, mas eu não ia entrar em detalhes.

Minha mãe me olhou preocupada, sem entender nada. Como não me atrevi a dizer mais nada, peguei a mão dela e a coloquei sobre a minha barriga. Os olhos dela se arregalaram de imediato, e ela afastou a mão em seguida, assustada.

— Noah... Não me diga que... Não me diga que você está...

Era hora de contar a verdade.

— Grávida? — completei a frase por ela, quase sussurrando.

Minha mãe negou com a cabeça a princípio, depois percorreu meu corpo com o olhar até se concentrar na minha barriga, ou, bom, na barriga que havia debaixo daquele moletom gigante do Nick.

— De quantos...?

Engoli em seco tentando não engasgar.

— De seis meses, mas descobri faz dois meses e meio... Não queria esconder isso de você, mãe, mas fiquei sem ação, que nem você... precisei de um tempo para assimilar tudo, de tempo para contar para o Nick, tempo para pensar no que fazer com a minha vida...

— O Nicholas já sabe?

O tom da voz dela era algo novo, um tom recém-criado, um tom que, imagino, todas as mulheres usam quando as filhas soltam uma bomba daquelas do nada.

— Sim, ele já sabe.

Minha mãe negou com a cabeça e fixou os olhos no meu ventre. Por mais que tivesse tido medo de contar, já me sentia preparada para lidar com a reação dela. Agora que o Nicholas estava lutando pela vida, o bebê que havia dentro de mim era a única coisa que me mantinha de pé. Era a única coisa que eu tinha dele, era uma parte do Nick, uma parte de nós dois. Naquele momento, e até que eu não existisse mais, aquele bebê seria a coisa mais importante da vida de nós dois, nossa âncora em meio a tempestades, nossa conexão eterna.

Peguei a mão da minha mãe e a levei até a minha barriga.

Ela ficou de olhos marejados, mas eu a conhecia o suficiente para saber tudo que se passava pela cabeça dela: o quanto eu era jovem... o quanto tudo seria difícil... os milhares de vezes que ela me falou para esperar para ter filhos, para estudar, me preparar, me formar, crescer...

Mas a vida é assim: imprevisível. Ninguém controla o que está por vir, não dá para controlar com quem vamos esbarrar ao dobrar uma esquina. Ninguém sabe qual é o caminho certo, nem mesmo se é um caminho conhecido. O destino me levara até ali, e eu só podia encarar tudo da melhor maneira possível... e minha mãe teria que fazer o mesmo.

— É um menino — anunciei um momento depois.

Imaginei meu bebê nos meus braços, o meu bebê, com suas bochechas gordinhas e olhos lindos... Meu bebê, que talvez nem chegasse a conhecer o pai.

Minha mãe negou com a cabeça, sem acreditar.

— Se o Nick não sair desse quarto, não sei o que vou fazer — confessei, morrendo de medo. Minha mãe me abraçou com força e choramos juntas, não sei por quanto tempo, só sei que falamos coisas bonitas. Ela também me repreendeu por ser tão irresponsável e por não ter contado antes. Conversamos durante o tempo que ficamos lá sentadas, conversamos até conseguir contar tudo para o William.

Will também quase desmaiou de susto. Eu nunca o vira tão devastado, tão preocupado, tão tremendamente destroçado.

Cada um ama os filhos à sua própria maneira, e, para o Will, o Nick sempre seria aquele menino de cabelo castanho e olhos azuis que colocava rãs nos bolsos das calças.

Nick tinha que ficar bem... não só por mim e por nosso bebê, mas por todos. Ninguém aguentaria perdê-lo. Ninguém.

49

NOAH

Graças a Deus, depois de dois dias o Nick começou a responder bem ao tratamento e saiu da UTI. Por conta disso, o hospital ficou mais permissivo em relação às visitas e, depois de quatro dias sem conseguir vê-lo, finalmente me deixaram entrar. Ele estava sedado e com o torso completamente enfaixado. O braço esquerdo repousava imobilizado em uma tipoia. Uma sombra escura de pelos da barba por fazer cobria seu rosto, dando-lhe um aspecto desalinhado que eu nunca vira até então.

Eles me deixaram entrar sozinha, e fiquei grata por isso, porque vê-lo ali deitado, tão fraco e frágil, me partiu o coração. Senti um ódio profundo pelo homem que atacara o Nick. Eu me aproximei e passei a mão por seus cabelos escuros, um gesto que queria provocar uma reação, que não veio.

Eu não chorei, não sei por que, apenas o fiquei olhando, memorizando seus traços, querendo abraçá-lo com força mesmo sabendo que não poderia, para não o machucar mais.

Meu abraço ia machucá-lo... A situação chegava a ser irônica.

Eu me sentei em uma cadeira junto à cama, segurando na mão dele.

— Nick — falei, com um nó na garganta —, preciso que você fique bem... Eu tinha tanta coisa para falar, mas agora...

Mordi o lábio com força e observei em busca de algum tipo de reação, algum tipo de milagre como às vezes acontecia nos filmes. Os olhos dele permaneceram fechados, e eu continuei falando para não enlouquecer diante do silêncio sepulcral apenas interrompido pelos apitos dos aparelhos.

— Nossos pais já estão sabendo do Mini Eu... Minha mãe quase teve um ataque, mas acho que o fato de você estar aqui acamado fez com que ela não me matasse por ter engravidado...

Contei da reação do pai dele à notícia, falei que o telefone não parava de tocar com perguntas sobre como ele estava, informei sobre o autor do ataque e também o tranquilizei dizendo que o Steve tinha colocado dois seguranças no hospital para que algo parecido não voltasse a acontecer. Falei de mim, sobre como ele ia se surpreender ao abrir os olhos, contei que nosso bebê continuava dando chutes como se estivesse jogando futebol... Falei sobre muitas coisas, mas o Nick continuou com os olhos fechados, e, enquanto isso, fui me fechando pouco a pouco, me fechando até me tornar uma sombra do que já fora, alguém irreconhecível.

— Noah, você tem que descansar, filha — minha mãe me advertiu enquanto passava a mão pelo meu cabelo. Eu estava deitada em um dos sofás do quarto do Nick, com a cabeça apoiada no colo dela. — Todos nós deixamos o hospital em algum momento para dormir e tomar banho, você tem que dormir em uma cama, meu amor, isso não é bom nem para você nem para o bebê.

— Não quero deixar o Nick sozinho — eu disse, olhando-o.

"Acorda, por favor, preciso ver seus olhos azuis, preciso voltar a escutar a sua voz."

Os médicos temiam que a hemorragia e a privação de oxigênio que ele sofrera depois dos disparos pudessem deixar alguma sequela neurológica que o impedisse de acordar. Disseram que a recuperação só dependia dele e que só podíamos acompanhar e esperar.

— Ele não vai ficar sozinho, Noah: eu e o Will não vamos sair do lado dele. Lion disse que vai chegar em meia hora e a Jenna se ofereceu para ir com você para o apartamento. Por favor, vai descansar por algumas horas...

Lion e a Jenna chegaram um dia depois do acidente e não tinham se desgrudado da gente.

Minha mãe tinha razão, eu estava esgotada, quase sem dormir havia quatro dias. Estava com medo de fechar os olhos, acordar e ver que o Nick já não estava conosco.

— E se ele acordar e eu não estiver aqui...?

— Noah, se ele acordar, eu vou ligar para você na mesma hora. Por favor, se o Nick pudesse falar agora, estaria furioso ao ver como você não está se cuidando...

Finalmente, um pouco a contragosto, resolvi aceitar. Eu me despedi do Nick com um beijo na bochecha e saí do quarto indo atrás da Jenna.

Steve nos levou para o imenso apartamento. A última vez que estivera ali tinha sido depois do casamento da Jenna. Ao entrar, foi impossível não lembrar tudo o que fizemos, tudo o que falamos... Aquelas paredes impressionantes não guardavam boas lembranças e, de repente, quis voltar ao momento em que não conseguíamos nos desgrudar, quando o Nick me deu tudo o que eu precisava e muito mais. Eu não queria estar ali, muito menos sem ele.

— Vai tomar banho, enquanto isso eu vou preparando algo para a gente jantar — a Jenna falou com um sorriso cabisbaixo.

Nick era como um irmão mais velho para ela. Eu a vi chorando abraçada no Lion quando chegaram no hospital, sabia que eles também estavam sofrendo muito. Assenti e fui para o quarto. No banheiro, comecei a tirar a roupa lentamente. Meus olhos se fixaram no espelho diante de mim. Não havia mais dúvida de que eu estava grávida. Abri o chuveiro, lavei o cabelo e escovei os dentes. Quando saí, vesti uma calça legging preta e peguei um moletom do armário do Nick. A peça estava com o cheiro dele, o que me tranquilizou e me deu um pouco de esperança. Jantamos em silêncio, sentadas no sofá, com a televisão ligada ao fundo. Eu não estava com muita fome, mas me obriguei a comer tudo o que havia no prato. Depois disso, fui para o quarto do Nick, me agarrei ao travesseiro e à fragrância dele e fechei os olhos para tentar descansar.

Horas depois, a Jenna me acordou com um sorriso no rosto.

— Ele acordou, Noah!

Levantei tão rápido que quase caí da cama.

"Meu Deus, meu Deus! O Nick acordou!"

50

NICK

Abri os olhos sem nem perceber. Estivera mergulhado em uma escuridão profunda, e nela eu só ouvia sons distantes e frases desconexas que eu queria muito que fizessem sentido e entender, e de repente me vi olhando com total clareza para o quarto do hospital. Os apitos dos aparelhos que me cercavam tinham se transformado na trilha sonora dos últimos dias, os apitos e a doce voz de uma garota cujas palavras tinham me confortado como uma canção de ninar.

Abri os olhos em busca daquela voz, precisando daquela voz, mas me deparei com uma pessoa completamente diferente.

— Ah, meu Deus, Nick! — a Sophia gritou ao meu lado, e não consegui evitar fazer uma careta de dor. Sentia como se minha cabeça fosse explodir. — Vou chamar um médico — ela disse e saiu correndo do quarto.

Pestanejei várias vezes tentando me habituar à luz vespertina que entrava pela janela. O quarto em que eu estava era pequeno, mal tinha espaço para um sofá minúsculo, a cama e uma televisão. Tentei me erguer, mas senti uma pontada de dor no braço que me fez desistir.

Um segundo depois, a Sophia voltou acompanhada de um médico. Deixei o médico me examinar e me informar sobre meu estado. Estava tentando prestar atenção ao que era dito, mas só consegui formular uma pergunta, uma dúvida que de repente me deixou tenso, inquieto, nervoso...

— Onde está a Noah? — falei, tentando me levantar da cama e me arrependendo no mesmo instante. Uma dor insuportável percorreu minhas costelas, parecia que estavam me queimando vivo por dentro.

Que merda.

Sophia me empurrou com cuidado até que eu me recostasse nos travesseiros.

O que a Sophia estava fazendo ali?

— A Noah está no seu apartamento, descansando, eu imagino.

Respirei fundo, tentando conter a ansiedade. Olhei para baixo, para minhas costelas enfaixadas, e logo me dei conta de que meu braço estava enfaixado e imobilizado contra o meu peito, me impedindo de fazer qualquer movimento.

— Filho da puta — soltei, pensando em quem quer que tivesse atirado em mim. — Onde está o Steve? Que merda, preciso levantar, preciso...

— Você não pode, Nicholas — a Sophia disse, e dessa vez, ao prestar mais atenção nela, vi que seus olhos estavam inchados e vermelhos. Tinha o cabelo preso em um coque alto e vestia uma calça jeans e uma simples camiseta branca. — Você tem que descansar. Por favor, fica quieto.

Eu me recostei outa vez, tentando manter a calma. Se a Noah estava descansando, significava que ela estava bem, não? Com certeza o Steve estaria com ela...

Voltei a prestar atenção na mulher que me observava com uma mistura de alívio, alegria e saudade. Lembrei do momento em que lhe dissera que nosso relacionamento tinha acabado. De todas as garotas com quem já tinha estado, a Sophia fora a única que eu não quis machucar. À sua maneira, ela tinha me ajudado muito naquele último ano, e mesmo tendo compartilhado muito mais do que uma amizade, sempre soube que nós não conseguiríamos ser nada mais do que isso: amigos.

Nada nem ninguém conseguia fazer que o meu corpo e meu coração reagissem como a Noah conseguia com um simples olhar, e a Sophia sempre soube disso.

— O que está fazendo aqui, Soph? — perguntei, olhando-a nos olhos.

Ela deu de ombros e secou uma lágrima que deslizava por sua bochecha esquerda.

— Eu precisava te ver e saber que você está bem... Quando fiquei sabendo do ocorrido pelo noticiário... — ela respondeu, se aproximando até pegar na minha mão com cuidado. — Sabe quando você percebe que o relacionamento que teve com um rapaz nem chegou a ser um relacionamento?

Fiquei calado olhando para ela.

— Quando absolutamente ninguém da família dele pega o celular para me contar que ele foi vítima de um ataque.

— Sophia, eu e você...

— Eu sei, já terminamos faz um mês, Nicholas, eu não esqueci disso, mas simplesmente achei…

Queria que as coisas acabassem bem com a Sophia, de verdade, mas reconhecia uma certa expectativa nos olhos dela, e precisava acabar com aquelas esperanças. Sophia continuava esperando que o ocorrido com a Noah voltasse a me afetar a ponto de deixá-la uma vez mais, mas aquele capítulo havia terminado, não estávamos mais no mesmo ponto, tínhamos avançado, amadurecido…

— Sophia, a Noah está esperando um filho meu — eu a informei com o máximo de gentileza que consegui.

Senti a mão que estava sobre a minha ficar gelada e se afastar um instante depois. Imagino que ela tenha levado alguns segundos para assimilar a notícia, segundos nos quais aquele resquício de esperança acabou desaparecendo.

— É por isso que você voltou pra ela?

— Nós voltamos porque eu a amo — respondi com calma. Eu não simplesmente a amava, eu a amava mais do que tudo e todos, mas não disse aquilo para não a machucar mais.

Sophia assentiu, e a notei aturdida, como se o que eu tinha acabado de falar fosse a última coisa que ela esperava ouvir.

— Sabe que, por um momento, eu achei… que você tinha aberto os olhos porque ouviu a minha voz, por um instante achei que…

Eu tinha aberto os olhos justamente porque a voz que eu queria ouvir não estava mais ali. Abri os olhos desesperado procurando a Noah.

— Nunca foi a minha intenção te machucar, Sophia. Esse último ano com você… Você foi o pouco de luz que iluminou as minhas noites.

Sophia assentiu e respirou fundo. Quando voltou a olhar para mim, soube que a mensagem fora clara. Sophia não era nenhuma menina para quem eu teria que explicar demais as coisas, era uma mulher feita, a única mulher por quem eu poderia ter me apaixonado se a Noah não tivesse entrado na minha vida e me arrebatado por completo.

Não fiquei tenso quando ela se inclinou para me dar um beijo singelo no canto dos meus lábios.

— Fico feliz de saber que você está melhor.

Assenti e a observei pegar as coisas dela e sair do quarto. Outra janela estava se fechando para deixar a entrada livre para a vida que eu queria começar com a Noah.

51

NOAH

A entrada do hospital estava repleta de jornalistas e o Steve se negava veementemente a me deixar sair do carro e me expor no meio daquela multidão. Não fazia ideia de que informações a imprensa tinha a meu respeito, mas aparecer no estado em que eu estava na frente deles era a última coisa que queríamos naquele momento.

Steve precisou falar com o diretor do hospital para que nos deixassem entrar pelos fundos, por um acesso restrito para ambulâncias. Quando consegui subir para o quarto do Nick, mais de uma hora já havia se passado desde que ele supostamente acordara.

Entrei no quarto dele com o coração na mão e quando o vi de olhos abertos, sorrindo para mim da cama, machucado, mas com a felicidade aparente em seus olhos celestes, senti que finalmente conseguiria voltar a respirar.

— Onde você se meteu, sardenta? — ele perguntou abrindo um dos braços, me convidando para ir até ele, abraçá-lo e não o soltar jamais.

E foi exatamente o que fiz.

Eu me enterrei no vão de seu pescoço e deixei ele me envolver com cuidado. Subi na cama quando ele me puxou e me mantive em silêncio, simplesmente ouvindo os rápidos batimentos do coração dele.

Não conseguia falar, as palavras tinham ficado presas na garganta.

Nick também não disse nada, sabíamos que o ocorrido nos deixou totalmente horrorizados, eu por experimentar pela primeira vez a sensação de achar que o perderia de verdade, e o Nick por ter passado pelo pior, se vendo privado de sua liberdade, de sua força e de sua vontade inegável de viver.

Sentia medo de abrir a boca, receio de verbalizar o que poderia ter acontecido.

Não me deixaram ficar muito mais tempo com ele, e, mesmo que pareça incoerente, me senti aliviada quando saí do quarto. A pressão que senti no peito ao vê-lo se esvaeceu quando ele não estava mais diante de mim. Sabia que estava me comportando como uma doida, sabia que o Nick estava sofrendo mais do que eu, mais do que qualquer um, por mais que tentasse mostrar que a dor física era suportável.

Nos três dias seguintes, fiquei com ele o mínimo de tempo possível. Encontrava mil e uma desculpas para me manter ocupada. Comecei a organizar o retorno dele a Los Angeles, pois os médicos falaram que poderíamos levá-lo no jatinho que o Will dividia com os sócios. Eu me certifiquei de que uma enfermeira viajasse com a gente no avião, também deixei o apartamento dele trancado, com tudo em ordem, limpo e pronto, perfeito para quando o Nick precisasse vendê-lo ou usá-lo de novo.

Eu o visitava enquanto ele estava dormindo, e quando abria os olhos ele me abraçava contra o peito sem falar nada, e eu sabia que estava fazendo isso por mim. Ele poderia não me entender, mas se era algo que eu precisava, ele me oferecia sem hesitar.

E eu... eu simplesmente voltei a ser a garota cuja cabeça funciona ao contrário da de todo mundo. Já sabia que experiências traumáticas me deixavam em um estado de confusão mental do qual era difícil sair, mas, que droga, eu não podia simplesmente agir naturalmente? Não podia simplesmente ser eu mesma, ser a pessoa de quem o Nick precisava em momentos como aquele?

Mas não foi assim que me comportei, e o Nick não reclamou. Nem sequer falamos sobre o bebê. Na verdade, ele só tocou no assunto uma vez.

— Me disseram que no dia do acidente você teve contrações... — ele comentou em um desses poucos instantes nos quais o deixei enterrar a boca no meu pescoço e me beijar lentamente enquanto ele acariciava a minha barriga com uma ternura que me provocava um nó na garganta.

Eu não respondi porque fiquei pensando na palavra que ele usou... "Acidente". Tinha sido um acidente? "Acidente" é uma palavra que se usa para descrever um acontecimento que ninguém consegue controlar, um ato não premeditado, um instante em que as coisas se alinham de uma maneira "acidental" causando efeitos indesejados. Por que estava usando a palavra "acidente" para se referir a quando tinham tentado matá-lo?

— Noah, em que mundo você está? — ele sussurrou no meu ouvido. — Volta para esse mundo, meu amor, porque está sendo difícil te ver assim.

Não entendi a pergunta dele, mas fiquei grata quando a enfermeira nos interrompeu e me obrigou a ir embora.

Não queria estar com ele, não conseguia, mas ao mesmo tempo não entendia por quê, só sabia que, quando entrava naquele quarto, um nó horrível se formava no meu peito, eu me sentia presa, encurralada, e essa sensação só desaparecia quando ia embora.

No dia da viagem, tudo estava devidamente organizado. Nossos pais já tinham voltado para Los Angeles, o Nick estava um pouco melhor, só teria que ir para o hospital a cada três dias para trocarem as bandagens e começar a fazer fisioterapia para recuperar o movimento do braço aos poucos. Falaram que seria um processo longo, mas que ele tinha que dar graças a Deus por estar vivo, já que não era todo mundo que passava por uma experiência daquelas e sobrevivia para contar a história. Eu nunca tinha estado em um jatinho, nem nunca tive vontade. Já não era muito fã de aviões, e um pequeno só me dava o triplo de medo.

Levaram o Nick em uma cadeira de rodas e o colocaram em seu assento de couro bege, de frente para mim e perto de uma grande janela que não tinha nada a ver com as de um avião comercial. Íamos viajar sozinhos, acompanhados só pela enfermeira que havia contratado, a Judith.

Durante o voo, o Nick pareceu mais cansado do que o habitual. Acho que viajar depois de todo o trajeto desde o hospital exauriu a pouca energia que ele ainda tinha.

Fiquei aliviada quando ele adormeceu, assim eu não teria que conversar com ele nem explicar o que diabos estava acontecendo comigo, mas, quando voltei de uma viagem ao banheiro, me deparei com ele de olhos abertos, fixos em mim.

Parei perto da porta do banheiro, devolvendo o olhar e percebendo que a Judith parecia ter desaparecido.

— Falei para ela ir dormir umas horinhas lá nos fundos — o Nick disse, entendendo perfeitamente o que se passava pela minha cabeça.

Detive os olhos nele, analisando o queixo barbeado, os cabelos limpos e bagunçados, a camiseta e escura e a calça jeans clara. Estava com olheiras, e o cansaço se refletia em cada um de seus lindos traços.

Aquela viagem poderia ter sido completamente diferente, eu poderia estar levando um caixão naquele avião... poderia ter passado a semana planejando um funeral, e não uma mudança...

Mordi o lábio com tanta força que quase me machuquei.

— Noah, vem cá — o Nick me pediu, me oferecendo a mão e me olhando preocupado, nervoso e angustiado.

— Eu quase te perdi, Nick — comentei, olhando fixamente para ele.

— Eu sei... mas eu estou aqui, Noah — ele disse, remexendo-se no assento, querendo vir até mim, mas sem conseguir se levantar.

Comecei a chorar em silêncio, cravada no lugar. Fazia duas semanas que eu estava segurando as lágrimas, tentando ser forte por ele, por mim, pelo bebê... mas eu não era forte, pelo contrário, era fraca, pior do que isso...

— Noah... — ele pronunciou meu nome com a voz estrangulada pela pena. Seguia com o braço esticado na minha direção enquanto eu chorava, estática, observando-o como se estivesse paralisada.

— Você não pode morrer — falei, secando as lágrimas com a mão. — Você me ouviu?! — gritei, de repente furiosa com ele, comigo, com o mundo... Eu não fazia ideia.

Nick respirou fundo e assentiu. Mas eu ainda não tinha acabado.

— Você prometeu que não ia sair do meu lado, jurou que nada ia conseguir nos separar! E quase me abandonou de novo!

Nick me observou sem falar nada... mas os olhos dele ficaram marejados.

— Íamos nos resolver, íamos criar esse bebê juntos!

Os soluços ficaram presos na minha garganta.

— Noah...

— O que eu ia fazer se você morresse, Nicholas?! — gritei, chorando copiosamente. Cobri o rosto com a mão, não conseguia aguentar...

Acordar de manhã sabendo que o Nicholas não estava comigo... Não poder beijá-lo de novo, nem o abraçar, não poder sentir a pele dele na minha, nem me perder no olhar dele, não voltar a saber o que era me sentir segura...

Abri os olhos logo depois, secando as lágrimas do rosto e levantando o olhar para ele.

Quando uma lágrima escorreu pela bochecha dele, senti um calafrio, uma maldita descarga que me fez reagir. Fui até ele e deixei que me abraçasse. Sentei no colo dele com muito cuidado e enterrei o rosto em seu pescoço, chorando de maneira inconsolável, sem saber como parar.

— Nunca tive tanto medo na minha vida — confessei, molhando a camiseta dele com minhas lágrimas e o sentindo tremer sob mim.

— Eu sei — ele disse, fazendo carinho no meu cabelo e me apertando com força. — Eu sei porque senti o mesmo medo que você... Mas eu não vou embora, Noah, não vou a lugar nenhum...

Deixei que ele continuasse falando coisas bonitas ao meu ouvido. Enquanto isso, me embriaguei com o cheiro dele, com aquele calor, a proximidade, o coração dele batendo loucamente contra o meu.

— Desculpa por ter dito para você ir embora... Se eu não tivesse pedido, nada disso teria acontecido, foi tudo minha culpa, Nick, de novo estou sentindo a culpa de quase ter te perdido...

Nicholas pegou o meu queixo com força.

— Você não tem culpa de nada, está ouvindo? — replicou furioso.

— Se eu tivesse simplesmente aceitado o que você estava me oferecendo... Se não tivesse tido tanto medo de reatarmos...

— Noah... Chega, tá bom? — ele me cortou e depois me deu um beijo que me fez estremecer. Ele me beijou como só ele sabia, me beijou como eu desejava desde que ele tinha ido embora... como tive vontade de fazer na noite em que terminamos, como eu quis que ele me beijasse no dia em que falou que não ia conseguir voltar a me amar...

— Te amo, Nick — declarei quando ele se afastou para me deixar respirar. Os olhos dele percorreram meu rosto como se quisessem memorizar cada um dos meus traços. Coloquei a mão na bochecha já barbeada dele e fiz carinho, nunca mais querendo me afastar dele. Ele beijou minhas bochechas, minha mandíbula e meu nariz. Depois levantou minha camiseta e colocou a mão na minha barriga avantajada.

— Nada vai conseguir nos separar de novo, Noah, eu juro pelo nosso filho.

Eu o abracei com força e enterrei minha cabeça no pescoço dele. Não queria me mexer, não queria me separar dele. Fiquei ali até que nós dois acabamos dormindo.

Abri os olhos não sei quanto tempo depois, mas não deve ter sido muito, porque continuávamos voando. Já estava escuro lá fora e éramos iluminados apenas pelas luzinhas que havia dos dois lados da cabine.

Nick estava olhando para mim, acordado, usando os dedos para brincar distraidamente com uma mecha do meu cabelo.

— Acho que nunca falei o quanto gosto das suas sardas — ele comentou, então, fazendo carinho na minha bochecha, na minha orelha e no meu pescoço com seus longos dedos.

— Sim, você já falou — eu o contrariei, sem afastar o olhar do dele.

— Posso ter deixado subentendido... mas não expressei com todas as letras. Sei onde fica cada uma delas, e também percebo quando aparecem novas... elas me deixam maluco.

Sorri, me divertindo com a intensidade com que ele falava daquelas marquinhas que eu sempre odiei, pelo menos até o conhecer.

— Você acha que o bebê vai ter sardinhas como as suas? — ele me perguntou, então, alegre.

— Acho que bebês não têm sardas, Nick — eu afirmei com um sorriso. Os dedos dele continuaram brincando com a minha barriga enorme.

— Está muito maior do que da última vez que eu te vi — ele disse, fazendo círculos com o polegar na região do meu umbigo.

Estremeci da cabeça aos pés.

— Uma forma sutil de falar que eu estou gorda — repliquei, fazendo uma careta.

— Você é perfeita. Nunca te vi tão linda igual agora, meu amor.

Senti vertigem pela maneira como ele me olhou e me perdi naqueles incríveis olhos azuis.

Então, de repente, me lembrei de algo.

— Você me disse que já tinha pensado em um nome... — comentei, curiosa para saber a sugestão dele.

Nick pôs uma mecha de cabelo atrás da minha orelha e acariciou minha bochecha com seu polegar, lentamente.

— Sim, eu pensei em um nome... — ele anunciou, repentinamente nervoso.

— Prometo que não vou dar risada se o nome for muito feio — eu o interrompi, sorrindo. O Nick retribuiu o sorriso.

— Queria que ele se chamasse Andrew — disse, olhando nos meus olhos. Ele parecia animado, esperando a minha reação.

— Andrew? Por causa do seu avô? — perguntei.

Nick pareceu relaxar ao ver a minha reação.

— Sim. Por causa do meu avô — ele disse, sem tirar os olhos dos meus. — Ele era uma pessoa com quem sempre pude contar. Ele me amava e me deu a maior oportunidade da minha vida. Confiou cegamente em mim, me deixando o legado dele, e sei que se ele estivesse vivo ia ficar muito feliz se déssemos esse nome ao nosso filho.

— Andrew Leister — pronunciei em voz alta. — Gostei.

Nick me beijou na boca com um sorriso contido. Estava feliz.

— Andrew Morgan Leister — ele me corrigiu, se afastando para dar um beijo no meu nariz. — Ele também merece ter o nome do seu avô, não acha?

Senti o meu coração parar.

Meu pai me veio à cabeça e senti meus olhos se encherem de lágrimas. Nick nunca chegou a entender como eu me sentia a respeito disso, nem como uma parte de mim o continuava amando, apesar do que havia feito. Nem eu mesma entendia, simplesmente era assim. As pessoas não controlam os sentimentos. Eu amava o meu pai apesar de tudo o que ele tinha feito, a menina que existia em mim ainda chorava pela morte dele.

— Não precisamos fazer isso — respondi, mordendo o lábio. Nick voltou a me beijar, dessa vez no pescoço.

— Ele era o seu pai. Se não fosse por ele, você não estaria aqui, na minha frente, com meu primeiro filho dentro de você. É claro que precisamos.

Eu o puxei para beijar os lábios dele e ele me abraçou, me apertando forte contra si.

— Achei que você ia querer chamá-lo de Nicholas — eu disse, contra o peito dele. Ele se afastou para observar o meu rosto, se divertindo.

— Só vai existir um Nick na sua vida, Noah, e serei eu.

Dei risada diante daquela maneira possessiva de pensar. Mas o Nick era assim, e estava certo: só haveria um Nicholas Leister na minha vida.

Eu me afastei e olhei para minha barriga.

— Andrew... — pronunciei o nome em voz baixa e no mesmo instante senti um chute forte dentro de mim.

Arregalei os olhos surpresa. Era como se ele estivesse me dando uma aprovação.

Mais um chute veio na sequência.

— Me dá a sua mão! — pedi, emocionada. O bebê pareceu se contagiar com meu entusiasmo, já que voltou a me chutar com força.

Nick esticou o braço e colocou a mão bem onde eu estava sentindo os chutes.

— Está sentindo? — perguntei, feliz por ele enfim viver a experiência que eu já estava sentindo nas semanas anteriores.

Nick assentiu, completamente abobado.

— Nossa... — ele exclamou ao sentir um chute mais forte que o outro. Era uma sensação incrível, a melhor de todas. Meu bebê estava bem e dando chutes.

Nick levantou os olhos e os fixou em mim.

— Obrigado, Noah… Obrigado por isso.

Fiquei sem palavras, simplesmente o deixei me abraçar enquanto uma sensação incrível me percorria por inteiro: felicidade.

52

NICK

Eu estava detonado. Sentia tanta raiva por tudo o que acontecera, e foi muito difícil escondê-la e não falar nada na frente da Noah. Não queria que ela ficasse preocupada, não queria nem que ela voltasse a pensar no ocorrido, mas a minha mente não parava de pensar naquilo, vinte e quatro horas por dia.

Tentaram me matar.

Fiquei paranoico achando que algo assim poderia voltar a acontecer, não comigo da próxima vez, mas com a linda mulher que vivia para lá e para cá como se nada tivesse acontecido. Noah havia retomado a rotina de sempre: estava indo para a aula, depois ia trabalhar e depois vinha me ver. Ainda não estávamos morando juntos, e perdê-la de vista estava me deixando completamente doido.

Steve era responsável por levá-la e buscá-la, além de esperá-la na saída da faculdade para que nada acontecesse, mas, se fosse por mim, eu a manteria naquele quarto comigo e não a deixaria sair. Eu mal conseguia sair da cama, a recuperação estava sendo muito lenta, e só saía do apartamento para ir ao hospital. A enfermeira que a Noah havia contratado me ajudava em casa, mas eu odiava me sentir inútil daquele jeito. Eu precisava ficar com a Noah e garantir que ela estaria bem em todos os momentos.

Quando ela ia me visitar era uma tortura completa. Chegava sorridente e me contava como tinha sido o dia dela. O sorriso dela enchia o quarto de alegria e eu ficava morrendo de vontade de agarrá-la, tirar a roupa dela e fazer com que ela fosse minha de uma vez.

A última vez que havíamos dormido juntos foi quando concebemos o Andrew. Eram seis meses sem senti-la da melhor maneira imaginável, seis meses sem entrar nela e fazê-la gritar. O pior de tudo é que meu corpo estava todo machucado, sim, mas a minha mente conseguiria até escalar o Everest.

Um dia, duas semanas depois da nossa volta a Los Angeles, ela apareceu com um vestido cinza colado ao corpo, um vestido que marcava absolutamente tudo, inclusive sua barriga, cada vez mais redonda e bonita. Deixara o cabelo solto, e seus olhos estavam brilhando como nunca.

Fazia calor e a pele dela tinha começado a ganhar um bronzeado que a favorecia bastante. Percebi como tinha ficado duro e tive que me controlar para não jogar todas as recomendações médicas para o alto e fazer amor com ela sem demora, sem pausa, ir até o fundo e me lembrar de tudo que estávamos perdendo.

— Nick, está me ouvindo?

Apaguei meus pensamentos luxuriosos e prestei atenção nela.

— Desculpa, o que você me perguntou?

Noah revirou os olhos.

— Não te perguntei nada, estava dizendo que logo minhas aulas vão terminar e que logo você vai estar recuperado por completo, então queria que fôssemos juntos comprar as coisas do bebê. Não fazemos nem ideia do que é necessário ter, nem de quanto espaço um bebê precisa. Estava pensando que, se encostarmos minha cama na parede do banheiro, vai sobrar muito mais espaço para o berço e para aquele negócio para trocar as fraldas...

"Fraldas... Minha nossa, eu pensando em tirar a roupa dela e fazê-la ter muitos orgasmos."

— E você já me incluiu nessa equação? — perguntei, olhando-a incrédulo. É sério que ela achava que ia continuar morando naquele *loft* com nosso bebê recém-nascido?

— Claro que sim... — ela respondeu, ficando vermelha por algum motivo desconhecido. — Não voltamos a conversar sobre isso, mas... vamos morar juntos?

Ela ainda estava perguntando?

Não consegui segurar o riso.

— Acho que é muito difícil algo me impedir de deitar na mesma cama que você todas as noites, sardenta. Claro que vamos morar juntos, mas, desculpa, não vamos fazer isso naquele lugar que você chama de apartamento — respondi, sem nenhuma intenção de ceder.

— Mas...

— Mas nada, Noah — eu a cortei, puxando-a para um beijo. — Não vou criar o meu filho em uma caixa de fósforos.

Noah se calou e ficou me encarando por alguns instantes.

— Eu não quero morar aqui — ela declarou, se referindo ao meu apartamento, onde eu estivera com a Sophia, e que a Noah apenas tolerava porque eu estava me recuperando.

— Vamos pensar em algo — falei, mesmo já tendo pensado naquilo.

Fui me sentindo cada vez melhor à medida que os dias passavam. Um mês depois, consegui voltar a trabalhar. A Noah entrou no terceiro trimestre da gravidez, que se tornou impossível de esconder. De pé, na minha cozinha, com uma xícara de café nos lábios, ouvi a primeira vez que viramos notícia.

Praguejei entre dentes ao ver uma foto da Noah andando na rua, com a barriga mais que evidente, deixando claro que a notícia era verdadeira.

Durante as duas primeiras semanas depois do atentado, os noticiários dedicavam pelo menos dez minutos para falar sobre mim, sobre a empresa e as demissões da Leister Enterprises. No entanto, com o passar dos dias, fui deixando de ser importante e relaxei ao perceber que mal falavam de mim. Mas, agora, com a divulgação de que a Noah estava esperando um filho meu, com certeza nossa presença na mídia ganharia um novo fôlego.

Quase me engasguei ao ver Noah tentando entrar no *loft*, desviando de jornalistas sem responder a nenhuma pergunta. Vi o Steve com cara de bravo ajudando a minha namorada grávida a entrar em sua própria casa e fui completamente tomado pela raiva.

"Maldição."

53

NOAH

Eu sabia que aquilo ia acabar acontecendo, mas nunca achei que viriam atrás de mim. Era do Nick que eles queriam falar, mas quando souberam que eu estava esperando um bebê, os jornalistas começaram a me perseguir sem trégua.

Nicholas estava furioso, tanto que insistiu de maneira ferrenha para eu deixar o meu apartamento e me levou para o dele, por precaução. Todo mundo já sabia que eu estava grávida, não foi tão traumático contar para meus amigos e professores, mas não gostava de estar aparecendo nas notícias.

No início, tudo girava ao redor do Nick, no fato de que éramos irmãos postiços, na história dos nossos pais... Nossa vida virou um circo com milhares de espectadores. Depois de esgotarem o assunto Nick, começaram a falar sobre mim, a minha aparência, as roupas que eu vestia... Era uma loucura completa. Quase caí para trás quando nos vi na capa de uma revista de fofocas. A manchete dizia: "O solteiro mais cobiçado, Nicholas Leister, finalmente sossegou e será pai com apenas vinte e cinco anos. Será que um casamento se aproxima?".

Inacreditável.

Cheguei ao apartamento mais irritada do que nunca. Não queria virar uma pessoa pública, muito menos que vendessem a minha vida como se fosse uma maldita novela.

Saí do elevador procurando pelo Nick até encontrá-lo em sua pequena academia. Toda a minha irritação se dissipou quando o vi sentado, sem camisa, suando e levantando um peso com o braço esquerdo, fazendo os exercícios de recuperação que o médico havia indicado.

Maldição... Como não seríamos notícia sendo que aquele homem parecia ter saído de um maldito filme de Hollywood?

Fiquei olhando-o boquiaberta até que ele se deu conta da minha presença. Ele sorriu ao me ver e deixou o peso no chão, entre as pernas.

— Oi, sardenta — ele me cumprimentou, pegando uma toalha que havia ao seu lado e secando o rosto e os braços.

Eu teria dito para ele não fazer aquilo, já que o suor escorrendo por seu abdome definido era uma visão espetacular, mas permaneci onde estava até que ele se levantou e foi até mim.

— Tudo bem? — ele me perguntou, me dando um leve beijo na bochecha.

Aquilo era outra coisa que me deixava de muito mau humor: nossos toques não passavam de alguns beijos ternos. Eu estava com medo de ele não querer fazer nada por ainda estar com dor, mas se já dava para levantar aqueles pesos, o que o impedia de fazer comigo tudo o que eu ficava imaginando durante as noites que passava deitava ao lado dele?

Talvez ele não gostasse mais de mim como antes: estava gorda, a barriga ficava entre nós... Talvez ele não me achasse mais atraente, um pensamento que me deixava horrorizada.

Nick colocou uma mecha de cabelo atrás da minha orelha e me observou com a testa franzida.

— O que está te preocupando? — ele me perguntou, me analisando com aqueles olhos que me deixavam doida.

Tive vontade de beijá-lo inteiro, de tocar aquele tanquinho, de me apoiar naquela parede para ele finalmente fazer amor comigo. Mas decidi ficar de bico fechado. Não ia pedir algo que ele claramente não queria me dar.

— Nada... Estou cansada, vou tomar um banho. — Eu me virei para sair, mas o Nick me segurou pelo braço, analisando meu rosto em busca de algum sinal, de alguma pista que explicasse o que diabos estava acontecendo comigo.

— É por causa dos jornalistas? — ele perguntou, me dando um beijo suave abaixo da orelha.

Fechei os olhos e me apoiei na parede que havia atrás da gente.

— Não... Eu só quero tomar um banho e ir para a cama.

A boca dele, então, passou a beijar a minha testa. Com suavidade e ternura.

— Vão cansar da gente, Noah... É questão de tempo até eles acharem outro casal, estamos falando de Hollywood, é só questão de tempo.

Ele ficou fazendo carinho no meu braço.

Fiquei com raiva e parei o carinho dele, o segurando pelo pulso.

— Para de me tocar como se eu fosse uma maldita boneca, Nicholas.

Vi os olhos dele se arregalando de surpresa antes que eu escapasse e saísse para o corredor em direção ao quarto.

Olhei para a cama... Aquela maldita cama na qual com certeza ele fez de tudo com a maldita da Sophia Aiken, e fiquei ainda mais brava.

Tudo bem que eu não fosse mais atraente para ele, mas ele poderia pelo menos fingir.

Enquanto pegava meu pijama na gaveta, o Nick parou na porta do quarto e se apoiou no batente, me observando com a testa franzida.

— De onde veio esse último comentário?

— De lugar nenhum — respondi, querendo tirar a roupa, mas sentindo vergonha de que ele me visse pelada naquele estado. Notei as lágrimas brotando em meus olhos e empreguei todo o meu autocontrole para evitar que elas caíssem, me delatando e fazendo eu me sentir ainda mais patética.

— Noah... — ele começou a falar, afastando-se do batente com a intenção de se aproximar.

— Olha, eu sei que não estou atraente para você, tá bom? Mas se não quiser fazer nada comigo, também não fica me tratando como se eu fosse uma maldita irmã mais nova, Nicholas.

Fui na direção do banheiro, mas ele me agarrou e me empurrou contra a parede do quarto. Mantinha as mãos dos dois lados da minha cabeça e se inclinou para me olhar nos olhos.

— Do que diabos você está falando? — Percebi que o último comentário o afetara tanto quanto para mim fora difícil confessar.

Respirei fundo, tentando manter meus hormônios sob controle ao tê-lo tão perto, seminu e tão incrivelmente lindo. Voltei a falar.

— Estou falando que você não encosta o dedo em mim há meses. Sei perfeitamente que estou enorme e que você não me acha mais atraente, mas eu não sou de pedra, sabia? Você fica aí levantando esses pesos, me esperando seminu como se eu não tivesse olhos, como se eu tivesse me transformado simplesmente em uma grávida que só pensa em fraldas, berços e choro de bebês! Mas eu também tenho as minhas necessidades! Você já pensou nisso? Meus hormônios estão descontrolados e você não...!

A boca dele me calou com um beijo intenso. Fechei os olhos e tudo o que estava falando me fugiu enquanto a língua dele buscava minha. Eu o senti duro contra mim e quase derreti nos braços dele. Ele se afastou, um minuto depois, ofegante e soltando faíscas pelos olhos.

— Ainda continuo me surpreendendo com o funcionamento dessa sua cabecinha, sardenta, mas insinuar que não me sinto atraído por você é um insulto inadmissível — ele afirmou, se separando de mim. — Se eu não encostei em você desde que voltamos foi porque achei que era você quem não queria, e não o contrário.

Meu coração se acelerou no meu peito.

— Por que eu não iria querer? — rebati, ainda tremendo contra a parede. — Esperei você se recuperar, mas você não fez nada que demonstrasse que estava com vontade, e isso nunca tinha acontecido, Nicholas.

— Meu Deus, Noah... Você não poderia estar mais enganada.

E assim, sem esperar por resposta, ele colocou as mãos no meu vestido e o tirou pela minha cabeça. Tremi por antecipação e com medo de que ele não gostasse das mudanças pelas quais o meu corpo passou.

Ele me olhou de cima a baixo, percorrendo minhas novas curvas com os olhos.

— Fala... O que você quer que eu faça?

— O quê?! — exclamei com a voz abafada.

— Aparentemente, não estou satisfazendo as necessidades da minha namorada... É só falar o que você quer que eu faça, e vou te obedecer.

Se ele não estivesse me comendo com os olhos, e se o volume na calça dele não fosse tão visível, imaginaria que ele só tinha dito aquilo por obrigação, mas porra, eu conhecia aquele olhar melhor do que ninguém.

— Quero que você me toque — pedi tremendo, antecipando seus carinhos.

— Onde, sardenta...? Posso tocá-la em muitos lugares, e não quero voltar a te tratar como se você fosse minha irmã mais nova.

Os dedos dele acariciaram minha bochecha com cuidado. Não queria carinhos insossos, então peguei a mão dele e a abaixei, até colocá-la na minha calcinha. Senti seus dedos fazendo carinho naquela parte que tanto sentia saudades dele.

Ele sorriu.

— Aqui? Você gosta? — ele me perguntou, sussurrando antes de morder minha orelha, com força.

Fechei os olhos, aproveitando o prazer que os dedos dele estavam me dando.

— Sim... — respondi, jogando a cabeça para trás.

Nick segurou meu queixo com força e colocou a língua na minha boca novamente, me saboreando, me acariciando, me mordendo como se nunca tivesse precisado tanto do meu contato como naquele momento.

Eu o afastei e beijei sua mandíbula, percorrendo o queixo dele com a ponta da língua até enterrar minha boca em seu pescoço e beijar aquela região onde a veia dele pulsava enlouquecida, enlouquecida por mim. Ele voltou a apoiar uma das mãos na parede e gemeu enquanto eu me deleitava com seu pescoço, desenhando um rastro de beijos que desembocava em seu ombro. Os dedos dele me penetraram com força e eu respondi com uma mordida...

Nicholas gemeu e me levantou com o outro braço, de uma maneira que ficamos com o rosto na mesma altura.

— Quero fazer amor com você, Noah... Posso? Me diz se eu posso, não quero fazer nada que...

Neguei com a cabeça.

— Não vai acontecer nada com o bebê... — respondi, com a respiração acelerada e reclamando quando ele tirou os dedos de dentro de mim. — Não pare agora... — ordenei, baixando a minha mão e fazendo carinho nele por cima da calça esportiva.

Nicholas se sobressaltou com o meu contato e me levou para a cama. Comigo deitada, ele passou a tirar a calça. Pelo visto eu estava mesmo errada...

— É só você que me deixa assim, Noah.

Ele se inclinou sobre mim, colocando os dedos no elástico da minha calcinha e a tirando sem demora.

— Fica de barriga para baixo — ele pediu, me observando extasiado. — Quero que você fique confortável e não quero te esmagar, é só você se virar.

Fiz o que ele pediu e ele se apoiou nas minhas costas. Ele abriu meu sutiã e passou a beijar minha coluna de cima a baixo. Naquela posição, a minha barriga não ficava entre nós dois. Ele foi entrando em mim aos poucos e quase enlouqueci ao senti-lo dentro de mim. Fechei os olhos com força, controlando a vontade de gritar.

Nick pegou um travesseiro e o colocou debaixo da minha barriga para que eu ficasse mais confortável, e depois começou a se mover... a se mover de verdade...

— Não pare — exigi, sentindo um prazer dez vezes mais intenso do que jamais havia sentido em qualquer uma das vezes que tínhamos transado.

Sem poder aguentar mais, gritei quando nossos corpos começaram a se mover em sintonia, cada vez mais rápido, até que terminei gritando de prazer contido, me livrando da pressão dos últimos meses, com vontade de continuar até perder as forças. E o Nick me obedeceu, não parou, continuou se mexendo e beijando as minhas costas.

Finalmente gozamos ao mesmo tempo, eu gemendo contra o travesseiro, ele mordendo meu ombro esquerdo com força.

Adormeci quase no mesmo instante.

Não sei quanto tempo se passou até eu voltar a abrir os olhos, mas eu estava coberta e aconchegada junto ao Nick, que subia e descia a mão pelas minhas costas despidas, me acariciando com ternura.

Ao notar que eu estava acordada, ele baixou o olhar para encontrar os meus olhos. Um sorriso apareceu em seus lindos lábios.

— Perdi sua companhia por um bom tempo, sardenta...

Dei risada.

— Acho que fiquei inconsciente de tanto prazer.

— Ah, é? — ele disse, se movimentando para ficar em cima de mim, com muito cuidado para não me esmagar.

— Estava com saudade de você, Nick — confessei, levantando a mão para afastar uma mecha rebelde do meu cabelo.

— Percebi — ele afirmou, me beijando na boca. — Mas não tanto quanto eu estava com saudade de você, sardenta...

Andrew me deu um chute naquele momento, como se estivesse me lembrando de que ele continuava por ali. Fiz uma careta, e o Nick me olhou preocupado.

— Foi só um chute — informei para tranquilizá-lo. Nick apoiou a cabeça em um dos braços e me observou, fascinado.

— O que você está sentindo? — ele perguntou, fazendo carinho de cima a baixo na minha barriga avantajada.

Fiquei olhando para o movimento da mão dele enquanto refletia sobre a pergunta.

— É uma sensação muito estranha... principalmente quando ele chuta com força.

Nick me ouviu com atenção sem parar de me fazer carinho. Os lábios dele não demoraram para repousar sobre minha pele, o que me provocou uma grande calidez por dentro.

— Mal vejo a hora de conhecê-lo — ele declarou, me puxando contra seu peito.

"Eu também", pensei.

Um dia, o Nick foi me buscar no carro dele logo depois de eu ter feito uma prova na faculdade. Parecia animado, contente por algo que eu não sabia o que era. Eu também estava feliz por ter me livrado de mais uma das provas.

Dentro de quinze minutos estávamos em uma região da cidade que eu nunca havia visitado. Os prédios eram altos, mas não o bastante para ser considerados arranha-céus. Era um bairro bonito, com palmeiras adornando as ruas e jardins bem cuidados. Nick parou o carro na frente de uma casinha branca. Havia um alpendre que a rodeava por completo e uma escada de madeira levava até a porta. A casa tinha dois andares e parecia ter saído de um conto de fadas.

— Gostou?

Olhei ao redor e depois cravei os olhos nele.

— Não faz muito o seu estilo — respondi, um pouco confusa. Nicholas gostava de grandes apartamentos da cidade grande com cristaleiras do chão ao teto e de mansões à beira-mar.

— Não, não faz mesmo. Eu a comprei pensando em você.

Arregalei os olhos e o encarei, sem acreditar.

— Você fez o quê?

Nick saiu do carro e foi até a minha porta para me ajudar a sair também.

Quando ficamos frente a frente, ele pegou umas chaves do bolso de trás e as segurou diante do meu rosto.

— Faltam dois anos para você terminar a faculdade, Noah. Não quero que você precise abandonar nada, e se, para isso, preciso deixar Nova York para vir morar com você e esperar que descubra o que quer fazer da vida, é isso mesmo que vou fazer. Eu já sei o que eu quero, meu futuro está encaminhado, e é porque tive tempo de fazer tudo com calma. Você é o que faltava na minha vida e vou me adaptar ao que você precisa até que se sinta preparada para fazer mais mudanças. Não quero te levar para um apartamento de luxo, nem para uma mansão na praia, porque isso não tem nada a ver com você. Sempre achei que ia querer morar em um lugar parecido com a casa onde fui criado, mas não quero metros quadrados entre nós, meu amor, quero ter você ao alcance da vista sempre que me der na telha. Essa casa é sua, é um presente meu para você.

Mordi o lábio e neguei com a cabeça, confusa. Não sabia nem o que dizer. A casa era linda, pequena, perfeita: a casa que eu teria escolhido para começar uma família.

Nick se aproximou e segurou meu rosto entre as mãos.

— Falta pouco para você ter o Andrew, e sei que você não quer continuar morando no meu apartamento. Então aceita esse presente, Noah, por favor.

Ele não me deu tempo para responder. Me puxou pela mão e nos aproximamos da porta, que abriu sem demora, e entramos na casa que, a partir daquele momento, ia se tornar o nosso lar.

Alguns raios de luz alaranjada do entardecer iluminavam de maneira cálida a sala, mobiliada com sofás brancos sobre um piso de madeira reluzente. A casa de conceito aberto, sem paredes, estava bem organizada e contava com grandes janelas com vista para as montanhas. Nick me mostrou tudo, e quanto mais eu via, mais me apaixonava pelo lugar. Subimos para o andar de cima e ele me mostrou onde seria o nosso quarto. Era grande, e uma cama imensa ocupava o centro do cômodo. As janelas tinham lindas cortinas brancas que permitiam a entrada da luz e o teto era composto de grandes vigas de madeira. O banheiro era lindo, todo de mármore preto, com uma imensa banheira e um chuveiro separado. Podia não ser uma mansão, mas a casa era completa, não faltava nada ali.

Ele me puxou para o pequeno corredor. Andamos até chegar a uma parte que eu ainda não tinha visto. Havia duas portas lado a lado em um pequeno *hall* com uma janela que dava para o quintal dos fundos. Nick abriu a porta da direita e me convidou a entrar.

— Esse vai ser o quarto do bebê... Espero que você goste.

Era lindo. Estava todo pintado de branco e não havia móveis, mas o piso de madeira reluzia como o do restante da casa. Diante da porta havia uma grande janela sobre um daqueles bancos que dá para abrir e guardar coisas dentro.

Abri um sorriso. Eu o vi. Eu nos vi. Vi o nosso bebê naquele quarto, dormindo tranquilamente, brincando, chorando, rindo. Vi nós três juntos vivendo momentos incríveis. Aquela seria nossa casa, nosso cantinho, nosso lugar.

— Eu adorei! — exclamei, me virando para Nick com um sorriso enorme.

Nick se afastou da porta e se aproximou de mim para me dar um beijo. Ele me olhou nos olhos, e nos dele havia algum tipo de emoção contida.

— Quero dar tudo para você, Noah... Quero que você seja feliz comigo e que criemos esse menino incrível do jeito que nossos pais não conseguiram.

Entrelacei meus dedos atrás da nuca dele e sorri, completamente feliz.

— Uma bela maneira de se livrar do *loft* — falei, dando risada.

— A casa está no seu nome — ele adicionou, me abraçando e beijando meus lábios. — Não quero que você se preocupe com nada que não seja o bebê e as coisas que queria fazer antes de engravidar. Andei pesquisando, e parece que há um programa muito bom para estudantes universitárias que têm filhos durante a faculdade. A universidade vai lhe oferecer concessões, deixar você se organizar como conseguir e...

Eu o beijei, interrompendo-o.

— Obrigada, Nick — agradeci, emocionada com tudo o que ele estava fazendo. — Você me faz muito feliz, eu te amo.

Voltamos a nos beijar e passamos o restante da tarde planejando como queríamos decorar a casa e quando nos mudaríamos em definitivo.

Minha nova vida estava começando, e adorava aquela sensação.

Passei a primeira semana do meu oitavo mês praticamente enfurnada na faculdade. Tinha superado o fato de as pessoas ficarem me olhando sempre que eu entrava ou saía da biblioteca, chegando à conclusão de que o melhor a se fazer quando você virava o assunto principal era simplesmente não se importar.

No fim das contas, meus colegas e até os professores se acostumaram, e as pessoas se dispunham a me ajudar sempre que podiam: carregavam minha mochila, meu notebook e até me ofereciam comida. Minha barriga se tornou a principal atração da faculdade. De repente, todo mundo queria saber do bebê, todos queriam pegar na minha barriga... Enquanto isso, eu me sentia cada vez mais desconfortável: o Andrew tinha quase triplicado de tamanho, e estava me sentindo um dúplex ambulante.

Nick não gostava que eu ficasse tanto tempo fora de casa, mas aquela seria minha última semana antes das férias de verão. Precisava deixar tudo em ordem. Quando voltasse, eu teria um recém-nascido em casa, e aí, sim, as coisas ficariam mais complicadas.

Em uma das minhas escapadas da biblioteca, que dava principalmente para ir ao banheiro, aconteceu algo que não ocorria havia meses: voltei a encontrar o Michael.

Ficamos nos encarando por alguns segundos enquanto eu continuava caminhando, com a intenção de desviar dele e dar o fora dali. Michael, porém, bloqueou o caminho e me olhou com uma expressão que até então não havia visto no semblante dele: nojo.

— Então você deu o golpe da barriga... Que maneira mais patética de consegui-lo de volta, não acha?

As palavras dele me machucaram.

— Me deixa em paz — retruquei, furiosa.

Estava prestes a voltar a caminhar quando ele me pegou pelo braço.

— Seu namorado te contou que nos encontramos um tempo atrás? — ele perguntou, olhando fixamente nos meus olhos. Tentei me desvencilhar dele, mas não consegui. — Ele não gostou nada de me ver de volta depois de me pagar uma fortuna para me fazer jurar que não ia te levar para a cama de novo. — Fiquei paralisada ao ouvir aquilo. — Mas acho que me arrependi...

Bem naquele momento, quando estava a ponto de pegar o celular e ligar para o Steve vir me buscar, o Charlie, o irmão do Michael, apareceu.

— Noah! — exclamou, alheio à tensão que havia entre mim e o irmão dele. Forcei um sorriso e não fugi do forte abraço que ele me deu. — Nossa, você tá enorme! — ele comentou, dando risada.

Eu só queria sair dali, era insuportável ver como o Michael não tirava os olhos de mim, e por mais que me alegrasse voltar a ver o Charlie, eu fizera uma promessa para o Nicholas e queria honrar a minha palavra.

— Charlie, que bom te ver, mas preciso ir... — declarei, me obrigando a sorrir.

Ele olhou para o irmão, que tinha se afastado um pouco, antes de voltar para mim. Assentiu, suspirando.

— Me liga quando puder, esse é o meu novo número — disse, me oferecendo um cartãozinho. — Temos muito o que conversar — falou ao meu ouvido com cumplicidade.

Assenti, tentando manter a calma, e fui embora.

Algo me dizia que não seria a última vez que o Michael ia me incomodar.

54

NICK

Noah estava enorme. Às vezes eu ficava com medo de ela perder o equilíbrio e tombar para a frente. A coitada era bem mirrada, sempre fora magra e parecia que só engordava na barriga.

Ainda faltava um mês para ela dar à luz, e eu temia que o bebê continuasse crescendo. O humor dela também tinha se transformado em uma montanha-russa de emoções. Em determinado momento, parecia feliz e alegre, mas logo em seguida começava a chorar copiosamente por qualquer besteira.

No aniversário dela, nos reunimos na casa dos nossos pais. Foi a Jenna que convidou todo mundo. Noah estava sentada no jardim, em uma cadeira que coloquei lá fora para ela, abrindo os presentes com um sorriso de felicidade no rosto.

Minha irmãzinha não parava de gritar animada ao ver tantos presentes de uma vez só, e se transformou na ajudante especial da Noah. Na verdade, as duas não se desgrudaram desde que havíamos chegado.

Jenna organizara uma festa linda, com balões azuis por todos os lados, um bolo enorme com um adorno de bebê e muitas brincadeiras e presentes. Vários dos meus amigos também foram, e fiquei grato por conseguir escapar por um momento para jogar videogame com eles. Aquele monte de mulheres reunidas conversando sobre bebês acabou me deixando um pouco aflito.

Algumas horas depois, fui até a cozinha para perguntar para a Prett se o bolo de chocolate da Noah estava pronto. Estava contente que a Jenna fizera o bebê ser o foco da comemoração, mas a Noah merecia um bolo que tivesse um 20 bem grande. Quando saí para o jardim, segurando o bolo, todos se surpreenderam e começaram a cantar parabéns. Noah me olhou emocionada e assoprou as velinhas, como tinha que ser.

Um pouco mais tarde, aproveitando a distração dos convidados, eu a peguei pela mão e a levei para a casa da piscina.

Ela deu risada, divertindo-se com a lembrança dos velhos tempos.

— Você me trouxe aqui para aprontarmos alguma coisa, Nick?

Dei risada.

— Não seria seu aniversário se eu não tentasse aprontar alguma, sardenta — falei, beijando a boca dela, desfrutando de seus lábios carnudos e da calidez de senti-la nos meus braços. Eu me afastei depois de algum tempo e tirei uma caixinha do meu bolso.

— O seu presente — anunciei, oferecendo-lhe a caixinha.

Noah me olhou animada, e, ao abrir a caixa, seus olhos se arregalaram, surpresos, antes de ficarem marejados, quase deixando lágrimas escaparem.

— Você guardou... achei... achei que tivesse jogado fora, achei...

Eu a calei com um beijo e sequei as lágrimas dela.

— Eu nunca teria jogado essa correntinha fora, Noah. Eu te dei o meu coração há dois anos, e agora o estou te entregando outra vez...

Noah acariciou o coração de prata que dera de presente para ela em seu aniversário de dezoito anos.

— Eu a mandei para uma joalheria e pedi para incrustarem um pequeno diamante azul... Sabe como é, o Andrew também vai fazer parte disso... O que achou?

Noah abriu um sorriso de orelha a orelha, feliz e ainda comovida.

— É o melhor presente que eu poderia ter ganhado. Senti muita falta dessa correntinha, falta de tudo o que ela significava para mim e para você.

— Eu sei... Ela nunca devia ter saído do seu pescoço, Noah, eu não deveria tê-la tirado de você.

Noah negou com a cabeça.

— Você fez o que sentiu que deveria naquele momento, Nick... Eu te machuquei, não merecia usá-la.

Peguei a correntinha, tirando-a do pequeno estojo.

— Agora não vai ter nada nem ninguém que a tire daqui — sentenciei enquanto a fechava com todo o carinho. Beijei o ombro despido da Noah. — Se estiver cansada e quiser voltar para casa, é só me falar que nós vamos embora.

Noah negou com a cabeça, parecendo feliz.

— Quero aproveitar esse dia. Ele está sendo perfeito em todos os sentidos.

55

NOAH

Depois da festa, trabalhamos a todo o vapor para terminar o quarto do Andrew. Nick me acompanhou e juntos compramos tudo o que faltava: o trocador, um carrinho lindo que mais parecia um robô mutante... e milhares de outras coisas que até então eu nem sabia que existiam e que minha mãe nos ajudou a escolher.

Nós ganhamos de tudo na festa, coisas muito caras, aliás; uma vantagem de ter tantos amigos milionários... Ainda ia levar um tempo para o bebê nascer, mas eu sentia que precisava deixar tudo pronto, só assim conseguiria relaxar como tanto me pediam.

Eu já não me reconhecia mais. Passava por variações emocionais que deixavam o Nick maluco, mas ele as aguentava com bastante paciência.

Acabei decidindo ligar para o Charlie. Precisava falar que, apesar de ser difícil para mim, não podíamos continuar sendo amigos: o meu relacionamento com o Nick era mais importante, e eu não o colocaria em risco. Considerava que aquela não era uma conversa para se ter por telefone, então propus nos encontrarmos em uma tarde para tomar um café e ele ofereceu a casa dele. Ele jurou que o Michael não estaria presente e acabei aceitando.

Senti uma alegria infinita quando o Charlie abriu a porta para mim e em um segundo nos fundimos em um forte abraço — algo um pouco complicado, levando em consideração o meu estado.

— Você está mais linda do que nunca — ele comentou, pegando no meu cabelo. Revirei os olhos e entrei na casa dele. As lembranças daquela noite me tomaram de repente, e tive que respirar fundo várias vezes para me acalmar e me concentrar na minha tarefa.

Charlie não merecia aquilo, eu não deveria ter parado de falar com ele, mas, ao mesmo tempo, não dava para fingir que nada tinha acontecido.

Depois do término com o Nicholas, eu mudei para pior e me fechei em mim mesma. Não teria sido uma boa amiga para ele.

Ele me contou que tinha largado a faculdade e passado cinco meses em uma clínica de reabilitação. Charlie era alcoólatra, e me senti mal por não saber daquela recaída. Ele me falou que estava se sentindo melhor do que nunca e que, depois daqueles meses, transformara-se em uma nova pessoa.

Tudo estava ótimo, mas não poderíamos evitar tocar naquele assunto.

— Sei que você não quer nem ouvir falar do meu irmão, mas juro que ele se arrependeu de tudo o que fez com você, Noah — ele disse, com olhar suplicante. Parecia que Charlie achava mais importante que eu perdoasse o Michael e esquecesse tudo do que para o próprio. — A faculdade o recontratou, e ele trabalha com vários alunos com transtornos psicológicos... Ele os ajuda muito, sabia?

— Eu sei que ele é seu irmão, Charlie, mas é alguém que quero esquecer... Você compreende? Lamento que isso acabe incluindo você, mas não posso correr o risco de ficar perto do Michael. Espero que você entenda.

Charlie assentiu, um pouco decepcionado.

— Fico feliz por você ter voltado com o Nicholas, dá para ver que você está bem feliz.

— Obrigada — eu disse, dando um abraço forte nele. — Obrigada por ter sido um bom amigo.

Saí da casa dele com o coração na mão. Odiava despedidas, mas agora ia começar uma nova vida e, se o Nick conseguiu começar do zero, eu precisava fazer o mesmo.

Estava me sentindo um pouco enjoada, quando cheguei em casa, então fui direto para a cama. Nick chegou do trabalho algumas horas depois, e notei que ele estava mais calado que o normal.

— Tudo bem se desligarmos o ar-condicionado? — indaguei, deitada em nossa cama enquanto o observava tirando a gravata e o terno.

Nick franziu a testa, mas fez o que eu sugeri. Depois pareceu titubear antes de se dirigir a mim.

— Eu sei que você foi vê-lo, Noah — ele disse, então, me deixando completamente perdida.

Senti um suor frio escorrendo pelas costas.

— Como...?

— Steve.

"Claro... Merda, o Steve."

— Eu só fui ver o Charlie, nada mais.

Nick contraiu a mandíbula.

— Você foi ver o Charlie e chegou em casa indisposta... Será que um certo alguém não estava por lá para te deixar nesse estado?

— O quê? Não! — neguei veementemente, sentando na cama. Naquele exato momento, uma dor aguda atravessou minhas costas, me deixando sem ar.

— Noah? — Nicholas me chamou, preocupado, aproximando-se da cama de imediato.

Respirei fundo e a dor passou tão rápido quanto tinha aparecido.

— Fica calmo, estou bem — afirmei, me recostando novamente nos travesseiros.

— Você não está com a cara boa — ele observou. — Meu Deus, você está pálida.

Os dedos dele afastaram uma mecha úmida de cabelo da minha testa.

— Você está com febre, Noah — ele anunciou alarmado.

— Não... Eu estou bem, de verdade... Só um pouco cansada.

Reparei em sua confusão, dividido entre sua irritação por eu ter ido ver o Charlie e sua preocupação comigo. Não queria desagradá-lo, não queria que pensasse que eu não cumpri com a minha palavra.

— Nick... Eu não vi o Michael, de verdade.

— A questão não é se você o viu ou não, o que me deixa mais bravo é que tenha ido para aquela casa sem nem me contar. Eu podia ter te acompanhado na visita, não é a cara do seu amigo que eu quero quebrar, sabe?

Forcei um sorriso, torcendo para ele se acalmar.

— Esse assunto já está resolvido... Por isso eu fui vê-lo, ele merecia uma explicação. — Nicholas observou meus olhos por um instante e depois se inclinou para dar um beijo na minha testa. Um beijo que durou alguns segundos a mais porque ele estava sentindo a minha temperatura. — Estou beeeeem...

E então, como se para provar que ele estava certo, fui atravessada por outra pontada de dor muito intensa. Fechei os olhos com força.

— Nick... — disse assustada, segurando na mão dele.

— Estou aqui — ele afirmou em um tom que nunca tinha ouvido antes. Quando a dor passou, me deixei cair sobre a cama.

— Vamos para o hospital.

— Não! Não precisa, são contrações de Braxton Hicks, de verdade, é norm... — Antes que eu pudesse concluir a frase, a dor voltou a me tomar e me obrigou a me dobrar ao meio.

Cerrei os dentes com força, contendo as lágrimas que, traiçoeiras, contradiziam minhas palavras.

— Não sei o que está acontecendo...

— Acho que você está entrando em trabalho de parto, Noah — ele disse, levantando-se da cama. Segurei a mão dele com força.

— Não, isso é impossível... — eu o contrariei, mantendo-o perto de mim. — Ainda falta muito tempo pra...

E, naquele momento, como se fosse uma piada de mau gosto, notei as minhas coxas ficando úmidas, assim como os lençóis sobre os quais eu estava.

Arregalei os olhos assustada.

— Noah, pelo amor de Deus, o que está acontecendo?! Você tá me assustando.

Prendi o fôlego.

— Acho que a bolsa estourou.

Ao levantar o lençol e ver que estava encharcado, minha respiração se acelerou até eu começar a hiperventilar.

Ainda não estava preparada... Não estava preparada para aquilo.

Nick me levantou prontamente e me levou para o banheiro. Estava tão assustada que fiquei grata ao ver que ele mantinha pelo menos um pouco de calma. Ele me sentou sobre a pia e pegou meu rosto entre as mãos.

— Respira, Noah — aconselhou, tirando o vestido que eu tinha acabado de arruinar.

— Estou um nojo — reclamei, tremendo. Nick me olhou, sem entender.

— Quer tomar um banho?

Assenti enquanto ele ligava o chuveiro e garantia que a água não estava muito quente.

— Fica aqui — pediu, saindo do banheiro e voltando, um segundo depois, com roupas limpas.

Nick me ajudou a tirar o restante da roupa e me deixou debaixo da água morna da ducha. Levei apenas alguns minutos no banho. Quando saí, ele me envolveu em uma toalha e me secou de cima a baixo.

Quando já estava completamente vestida, uma nova contração me obrigou a ficar em posição fetal: era uma sensação horrível, e eu só queria que aquela dor passasse.

— Vamos para o hospital, sardenta — ele disse, me beijando na testa quando voltei a respirar normalmente.

Assenti, com medo.

O bebê ainda não estava pronto…

56

NOAH

As horas seguintes à chegada ao hospital foram as mais dolorosas e angustiantes da minha vida.

Como tinha imaginado, o bebê ainda precisava de um tempo para nascer, mas, como minha bolsa estourou, o Andrew entrou no canal vaginal, e agora não havia mais volta. Minha dilatação foi muito rápida e, logo que cheguei, me levaram diretamente para a sala de partos. Como eu fora ingênua! Achei que na hora de fazer força, tudo iria fluir tão bem quanto na dilatação, mas como eu estava enganada: fiquei oito horas fazendo força. Oito horas ao longo das quais todas as minhas energias se dissiparam e achei que não seria capaz de continuar.

— Noah... Você tem que continuar, tem que fazer força, sardenta, mais uma vez... só mais uma vez. — Nicholas falava ao meu ouvido. Ele segurava as minhas mãos com força, e havia grandes chances de que eu acabasse quebrando todos os dedos dele.

— Estou muito cansada... — confessei, relaxando depois de uma das muitas contrações. Meu corpo todo doía, parecia que o efeito da anestesia epidural estava passando, e já fazia um tempo que rezava para que tudo acabasse logo.

Ouvi os médicos conversando em voz baixa, falando algo sobre a minha pelve, e que o bebê não tinha espaço suficiente para sair. Eu sempre soube: o meu útero não era adequado para ter bebês.

— Nick... Me tira daqui... Me leva pra longe, não aguento mais essa dor — implorei, chorando enquanto via os olhos dele marejarem como os meus.

— Quando isso acabar nós vamos embora, meu amor, vou te levar para onde você quiser, mas agora você precisa fazer força.

Outra contração fez que o meu ventre ficasse duro como uma pedra, então cerrei os dentes de maneira férrea e voltei a fazer força. As enfermeiras me incentivavam e o médico continuou falando para eu fazer força. Alguém colocou um pano úmido na minha testa e, quando notei que a contração estava passando e que o bebê não tinha saído, fiquei com vontade de morrer.

— Não está dando certo... — lamentei.

— Doutor, ela está esgotada! Faz alguma coisa, porra!

— Fazer uma cesárea agora seria perigoso para a mãe — o obstetra respondeu.

Vi o Nick ficando pálido.

— Noah... quero que na próxima contração você faça o máximo de força possível, tá? Vou usar o fórceps para tirar o bebê. Ele precisa sair: há sofrimento fetal.

Meu bebê estava sofrendo, sofrendo por minha culpa, sofrendo porque eu não conseguia ajudá-lo a sair.

— Tenta se erguer um pouco — o médico pediu, e mal tive forças para levantar a cabeça. — Senhor Leister, sente-se atrás dela para ela poder apoiar as costas no seu peito.

Nicholas fez o que pediram, e saber que estava entre os braços dele me deu forças para continuar.

— Você consegue, meu amor... Vamos, só mais uma vez.

A contração seguinte veio alguns segundos depois. Não sei de onde tirei forças, mas continuei. Apertando muito as mãos do Nick, fiz o máximo de força que consegui, até praticamente perdi a noção do que acontecia.

— Está saindo! — o médico anunciou, e um minuto depois ouvimos o choro histérico de um bebê muito irritado.

Eu me deixei cair sobre o Nicholas, não era capaz nem de manter os olhos abertos.

— Noah... Ele é lindo... Olha só pra ele, meu amor.

Abri os olhos, e a enfermeira se aproximou com algo muito pequeno enrolado em uma mantinha azul.

— É um menino muito bonito — a enfermeira comentou enquanto me entregava o bebê.

Meus braços tremiam, e, atrás de mim, o Nick me ajudou a segurá-lo contra o meu peito.

— Meu Deus...! — exclamei, emocionada.

Andy parou de chorar quando ouviu a minha voz. Chorando, me inclinei para dar um beijo naquela cabecinha coberta por alguns fiozinhos de cabelo preto.

— Ele é perfeito... — Ouvi a voz do Nick falando ao meu ouvido. — Obrigado por isso, Noah. Eu te amo muito, você foi incrível.

E então o Andrew abriu os olhos e nos encarou com curiosidade. Dois faróis azuis como o céu nos deixaram sem ar: ele era a cara do Nick.

Não pude continuar olhando abobada para ele porque o tiraram de mim.

— Ele vai ter que ficar na incubadora até garantirmos que está tudo bem. Esse menininho estava com muita vontade de nascer.

Mordi o lábio com força quando ouvi ele voltando a chorar, furioso porque o estavam incomodando de novo. Ele parecia tão tranquilo nos meus braços...

Andrew Morgan Leister nasceu em um sábado de julho, pesando exatamente dois quilos. Passou duas noites na incubadora até finalmente poder voltar para mim. Eu recebi alta algumas horas depois disso, e o Nick nos levou para casa para que pudéssemos descansar. Eu ainda me sentia fraca e esgotada. Tinha dormido só algumas horas, preocupada com meu lindo bebê, o bebê que naquele momento dormia tranquilamente na cadeirinha que colocamos no banco de trás do carro.

Nick não saíra do meu lado nem por um minuto, estava tão cansado quanto eu, porém parecia mais feliz do que nunca.

Nossos pais também nos visitaram no hospital, estavam apaixonados pelo Andrew, todos queriam pegá-lo no colo, colocá-lo para dormir e vesti-lo, mas o meu filhinho só se sentia em paz nos meus braços.

Quando chegamos em casa, me deparei com um monte de balões e cestas de presentes com cartões nos parabenizando. Havíamos sido abordados por jornalistas na saída do hospital, e nunca imaginei que eles fossem se dar ao trabalho de nos presentear.

Nick se encarregou de tirar a cadeirinha com o Andy. Eu estava feliz de voltar para casa. Os dias anteriores tinham sido uma loucura.

Peguei meu bebê no colo e subi as escadas para ficar na nossa cama. Nick foi atrás de mim. Eu deveria colocar o bebê no berço, o berço maravilhoso que montamos em seu quarto, mas ficava angustiada só de pensar em deixá-lo por lá sozinho. Deitamos juntos, com o Andy entre nós dois.

— Nem acredito que ele está aqui com a gente — o Nick confessou enquanto passava um dedo pelas bochechas rosadas do Andrew.

— É o bebê mais lindo que eu já vi — declarei, me inclinando para cheirar a cabecinha dele. Ele tinha um cheiro tão gostoso...

E não era só por eu ser a mãe, ele era mesmo um bebê lindo, com olhinhos azuis e bochechas gordinhas. Jenna dera de presente a roupinha que ele estava usando, um conjunto azul-turquesa com a frase "Sou o número 1" bordada no centro.

Sorri, feliz por estar em casa, por estar com o Nick, porque o pior já havia passado... Pelo menos era o que eu achava.

Por mais estranho que pareça, não foi tão complicado nos adaptarmos ao Andy. Ele não era um bebê que chorava o tempo inteiro; pelo contrário, às vezes nós é que precisávamos acordá-lo para alimentá-lo.

Por alguma razão desconhecida, só consegui dar o peito para ele nas primeiras duas semanas. Comecei a notar que ele tinha dificuldade ao fazer a sucção e que, na verdade, eu não poderia continuar o amamentando. Fiquei triste por perder aquele vínculo especial entre nós, não há nada mais mágico do que alimentar o seu bebê, senti-lo contra si, mas não havia nada que pudéssemos fazer.

— Olha pelo lado positivo — a Jenna falou, embalando o Andy e o olhando abobada. — Seus peitos não vão cair. — Revirei os olhos. Se um dia ela chegasse a ter um bebê, entenderia por que eu estava tão decepcionada. — Eu quero ter um — ela falou, então, me pegando desprevenida.

Dei risada enquanto continuei dobrando e guardando as roupinhas do Andy no armário do quarto dele. Tinha tanta roupa que ele acabaria não usando nem a metade. Andrew crescia a passos largos, já não tinha nada a ver com o bebê minúsculo que era quando nasceu. Já estava pesando quase quatro quilos e meio.

— Você tem que falar isso para o Lion — falei, me sentando diante dela e observando o vai e vem da chupeta nos lábios gordinhos do Andy. Já que tinha parado de amamentá-lo, acabamos cedendo nesse ponto. Andrew não se separava da chupeta nem à força.

— Eu falei... Mas ele disse que quer esperar — ela explicou, fazendo uma careta. — Vou ter que aprontar alguma para acontecer por acidente.

— Jenna! — exclamei, arregalando os olhos.

Minha amiga deu risada e suas gargalhadas acordaram o bebê. Eu o tirei das mãos dela e comecei a embalá-lo para que ele voltasse a dormir.

— Estou brincando! — a Jenna falou, se divertindo às minhas custas.

Um pouco depois, ela e o Lion foram embora e o Nick apareceu. Ele me encontrou sentada no sofá com o Andy acordado, mas calmo, nos meus braços. Os olhinhos dele não se separavam dos meus, parecia que ele queria me falar alguma coisa.

Nick beijou a minha cabeça e se sentou no apoio de pés à minha frente.

— Você parece bem — ele comentou sorrindo, ficando de joelhos e fixando os olhos em nós dois.

— Nem parece que já se passaram três semanas desde o dia em que tive que fazer força sem parar até esse pequenininho nascer — falei, fazendo carinho em seus cabelinhos escuros com os dedos. Ele tinha a pele tão macia que poderia ficar horas o acariciando.

— Queria te falar uma coisa, Noah — o Nick anunciou, repentinamente sério. Levantei os olhos para encará-lo.

— Aconteceu alguma coisa?

Eu sabia que ele andava nervoso porque o julgamento do homem que atirara nele aconteceria dentro de duas semanas. Estávamos todos ansiosos pelo momento em que colocariam aquele desgraçado atrás das grades.

— Não aconteceu nada... ou aconteceu tudo — ele falou, pegando na minha mão e beijando meus dedos. — Queria falar que você me fez o homem mais feliz do mundo, sardenta — disse, se inclinando e beijando a cabeça do Andy, que já estava com os olhos fechados, dormindo profundamente. — Tudo o que vivemos, todas as situações que tivemos que enfrentar juntos... Já passou um tempão desde o nosso primeiro beijo, encostados naquele carro, em uma noite de verão como essa, sob as estrelas. Lembro que estava morrendo de vontade de inventar uma desculpa para saborear a sua boca, tocar a sua pele e fazer carinho em você inteira. Você me transformou em uma pessoa melhor, Noah, me salvou de uma vida solitária e vazia, uma vida que não dava espaço para o amor e que era tomada pelo ódio. Você sempre consegue encontrar uma maneira de justificar os erros das pessoas, sempre olha para o lado positivo de quem aparece na sua vida... E um dos meus maiores erros foi não ter feito isso antes...

Com o coração na mão, vi Nick tirar uma caixinha de veludo preto do bolso. Quando ele a abriu, fiquei sem ar ao ver um anel deslumbrante.

— Quero que você se case comigo, Noah. Quero que compartilhe a sua vida comigo de uma vez por todas. Que você seja minha, e eu vou ser para sempre seu.

Levei a mão à boca, ficando momentaneamente sem palavras.

— Eu… — Continuava com um nó na garganta. Olhei para o Andrew, dormindo entre nós dois. De repente, minhas mãos começaram a tremer. Nick pegou o bebê e o colocou no berço com cuidado.

Depois foi até mim, se ajoelhou na minha frente e cravou os olhos nos meus.

— O que me diz, sardenta?

Um sorriso se desenhou nos meus lábios, e não pude fazer nada para contê-lo.

Eu o puxei pela gola da camisa e o beijei na boca com afinco.

— Isso é um sim? — ele perguntou, sorrindo contra os meus lábios.

— Claro que sim — afirmei emocionada, com os olhos marejados de felicidade.

Nick pegou minha mão esquerda e colocou o anel no dedo anelar.

— Eu te amo tanto… — disse, me beijando de novo.

Ele me pegou no colo e me levou até o quarto. Nós dois nos amamos com loucura, nos acariciamos, nos beijamos e fizemos todo o tipo de promessas. Quis que ele me enchesse de beijos e foi isso que ele fez, quis senti-lo perto de mim e ele me satisfez da melhor maneira…

Quando o Andrew completou um mês, o Nick teve que voltar a trabalhar. Na verdade, ele nunca parou, mas estava trabalhando de casa, sentado no sofá com o notebook no colo. Eu adorava entrar na sala e vê-lo com o Andy adormecido sobre seu peito enquanto ele digitava compenetrado, com os olhos cravados na tela. Eu me derretia ao vê-los juntos. Os dois com cabelos pretos e olhos celestes… eram tão parecidos que às vezes aquilo até me incomodava.

— Você deve estar feliz… — reclamei um dia enquanto brincávamos com o Andrew em nossa cama de casal. — Ele não puxou nem o branco dos meus olhos…

Nick sorriu orgulhoso, mas negou com a cabeça.

— Ele vai ter as suas sardas… eu sei que vai.

— E vai me odiar por isso.

Nicholas deu risada.

— Nosso bebê vai arrasar corações por aí, Noah. Não tenho dúvidas disso.

E então o Andy riu pela primeira vez, e nós dois ficamos o olhando, abobados. Aquele menino tinha nos cativado por completo, e agora estávamos à mercê dele.

Um mês depois do nascimento do Andy, a Jenna foi me buscar em uma segunda-feira para darmos uma volta no centro. Eu mal saíra de casa desde o nascimento dele e ainda ficava nervosa ao tirá-lo de casa, mas minha amiga insistira tanto que acabei pegando o carrinho robô, que tinha aprendido a usar pouco tempo atrás, e fomos andando até o centro comercial que ficava a umas poucas quadras de casa. Estava fazendo muito calor, e não queria que o Andy pegasse sol, então entramos em uma cafeteria para conversar sobre o meu casamento e todos os preparativos que já ocupavam a cabeça da Jenna.

— Eu já te falei, Jenn — adverti em um tom cansado. — Estamos noivos, mas só vamos nos casar quando o menino estiver maiorzinho.

— Que bobagem!

— Não, não é bobagem, eu não consigo organizar um casamento e cuidar de um recém-nascido ao mesmo tempo!

— Eu organizo tudo para você, tonta!

Neguei com a cabeça, exasperada, e continuei ouvindo a conversinha dela. Nossos pais tinham ficado muito felizes quando contamos que íamos nos casar. Eles não gostavam do fato de termos feito tudo ao contrário. Os dois nos criaram para que seguíssemos as convenções, inclusive quando o assunto era relacionamentos: queriam que a gente namorasse, casasse e morasse juntos antes de ter filhos. Mas eu e o Nick acabamos deixando muito claro que não éramos nada convencionais.

Sendo sincera, em nenhum momento eu tinha parado para pensar em casamento, estava tão concentrada no bebê e no Nick que aquilo me pegou completamente de surpresa. Éramos muito jovens para assumir um compromisso para a vida inteira, mas éramos igualmente jovens para ter um filho, assim como para viver tantas experiências que eram impensáveis para a maioria das pessoas.

Eu estava feliz e o Nick também, e era isso que importava.

Algumas horas depois decidimos voltar para casa. Steve não estava mais me acompanhando para cima e para baixo. Depois de insistir muito com o Nick, e percebendo que tudo tinha voltado mais ou menos a ser como era antes, eu o fiz entender que era um exagero manter um guarda-costas comigo o tempo todo. Já o Nicholas, por outro lado, se encontrava com pessoas importantes, o julgamento era um assunto midiático que estava sempre em destaque, e era ele quem tinha sido atacado e quase nos deixou.

Eu ficava preocupada com ele, o Steve era o melhor do ramo e, francamente, o coitado morria de tédio me acompanhando nas minhas idas ao parque ou nas minhas saídas para comprar fraldas.

Nick acabou aceitando minha sugestão e, naquela mesma noite, eles viajariam juntos para San Francisco. Ele disse que ia tentar voltar à noite, mas eu sabia que as reuniões sempre se alongavam mais do que o previsto. Ia ser a minha primeira noite sozinha com o Andrew e o Nick estava nervoso. Eu não estava preocupada, sabia lidar muito bem com o bebê e recusei a oferta de acompanhá-lo. Não queria entrar em um avião com um bebê de um mês, muito menos atrapalhar a rotina dele.

Nick parou de insistir quando expliquei minhas razões.

— Não quer mesmo que eu fique com você? — minha amiga perguntou quando eu disse que precisava passar na farmácia. Andrew estava sofrendo com as assaduras provocadas pelas fraldas.

— Não precisa se preocupar — respondi e me despedi dela com um abraço. Jenna se agachou para dar um beijo na cabeça do Andy.

— As roupas que eu dei são as melhores — ela sentenciou, e eu revirei os olhos.

Naquele dia ele estava usando um shortinho branco e uma camiseta com outra mensagem:

“DEMOREI SÓ OITO HORAS PARA SAIR.”

— Cuida do meu afilhado! — ela gritou, se afastando.

Fui até a farmácia comprar a pomada. No caminho de volta, enquanto empurrava o carrinho pela mesma rua em que eu passava praticamente todos os dias, fiquei com uma sensação estranha.

Senti um frio na espinha. Virei a cabeça para olhar por cima do ombro e não vi ninguém. Estranhei não ter o Steve ao meu lado, com certeza tinha esquecido como era andar sozinha por aí. Continuei andando, torcendo para chegar logo em casa, e a sensação estranha caiu no esquecimento.

Andy não parou de chorar desde que chegamos em casa. As assaduras o incomodavam, e qualquer movimento em falso o fazia berrar histericamente. Ele só se acalmava quando eu o pegava no colo de barriga para baixo, com o bumbum para cima e a cabeça apoiada no meu braço. Ele enfim dormiu quando o apoiei no meu peito, igual o Nick sempre fazia. Coloquei-o no berço e fiquei olhando admirada para ele.

Como era possível amar tanto alguém e de uma maneira quase automática? Meu rapazinho... Com sua chupeta e bochechas tão fofinhas, ele era a pessoa mais linda do universo. Eu sofria quando o via chorar e ficava nas nuvens quando o via sorrir. E pensar que vivera uma vida inteira sem ele... Agora eu só pensava em tê-lo comigo até o fim dos tempos.

Fui para a cama depois de conversar um pouco com o Nick, que, como eu tinha imaginado, precisou pernoitar em um quarto de hotel. Ao desligar, adormeci quase no mesmo instante. Estava esgotada.

Abri os olhos e todos os pelos do meu corpo se arrepiaram. Não sei bem por quê, simplesmente aconteceu. Tudo parecia calmo, mas um pressentimento me levou a sentar no colchão. Minha respiração se acelerou e eu me levantei, colocando os pés no chão sem fazer nenhum barulho.

Tentei ficar calma. O mais provável era que eu tivesse acordado por causa de algum pesadelo. Eles não eram mais recorrentes como antes, mas, como o Nick não estava comigo, a probabilidade de eu ter sonhos ruins era maior.

Daquela vez eu não me lembrava de nenhum sonho, mas tentei me acalmar antes de ir ver o bebê. Andy conseguia perceber minhas emoções no mesmo instante, e, se eu ficasse alterada ou nervosa, ele só chorava irritado como resposta.

Quando me vi mais tranquila, saí do cômodo e percorri o corredor em direção ao quarto do Andrew.

Meu coração parou.

Havia alguém por lá.

Meu bebê não estava sozinho.

57

NOAH

A tensão tomou conta do meu corpo, fiquei petrificada de medo ao entrar no quarto do meu filho. Não passei do batente. A mulher de costas para mim me ouviu e se virou quase que por reflexo. Fiquei sem ar. Eu a conhecia, e aquilo só me deixou ainda mais aterrorizada.

— Briar.

A garota ruiva que estava diante de mim não tinha nada a ver com a mulher deslumbrante que convivera comigo durante meses. Tinha o cabelo mais curto, quase na altura dos ombros. Havia olheiras sob seus olhos verdes e nenhum pingo de maquiagem disfarçando suas pequenas imperfeições. Vestia uma calça preta simples e um moletom cinza. Repito: não tinha nada a ver com a moça deslumbrante com quem morei durante meses.

— Parada aí, Morgan.

Aquele jeito ridículo de me chamar, destacando meu sobrenome, me fez apertar os dentes com força.

— Que merda você tá fazendo aqui? — indaguei sem elevar a voz. Andy continuava dormindo, perto demais da Briar, que o observava de pé, ao lado do berço, até que eu a flagrei.

Vi a Briar tirar a mão do bolso, e notei o metal brilhante de uma faca... Meu coração estava a ponto de sair pela boca.

Engoli em seco e fiquei cravada no lugar.

— Queria conhecer o filho do Nick — ela comentou, virando-se para o berço e sorrindo completamente encantada.

Não me passou batido que ela se referiu ao Andy apenas como filho do Nicholas.

Tentei manter a calma, mesmo quando a única coisa que eu queria fazer era afastá-la do meu bebê e sair correndo daquele quarto.

— Ele é lindo… A cara do pai — ela disse, inclinando-se e fazendo carinho na cabeça do bebê.

Automaticamente, dei um passo à frente, mas a outra mão dela, segurando a faca, se ergueu. A ponta afiada apontada para mim me deteve no mesmo instante.

— Falei para você não se mexer — ela resmungou, furiosa.

— Briar, por favor… — supliquei quando ela colocou as duas mãos no berço e pegou o Andy nos braços. Ele acordou no mesmo instante.

Meu bebê pestanejou várias vezes, confuso, e, vendo a maneira como ela o segurava, eu já sabia o que ia acontecer. Andrew começou a chorar, rompendo o tenso silêncio que tomara conta do quarto. Fechei as mãos com força, querendo pegá-lo, querendo acalmá-lo. Um ódio terrível percorreu o meu corpo. Nada mais me importava, eu a mataria, a mataria se ela machucasse o meu bebê.

Briar o embalou para que ele parasse de chorar, e me doeu na alma ver como a faca que ela segurava na mão direita estava perto do corpo do Andy.

— Você não está segurando-o direito — eu a recriminei ao vê-lo chorar, desesperada para que ela o devolvesse e para que afastasse aquela maldita arma do meu recém-nascido.

Briar ergueu o olhar para mim e pareceu um pouco assustada.

— Ponha ele de barriga para baixo — indiquei, controlando meu tom de voz. — Assim… — Assenti quando ela fez o que eu pedi. Naquela posição, ela conseguia segurar o bebê com um braço e a maldita faca com a outra mão.

Andy ainda resmungou, mas enfim se acalmou. Briar pareceu satisfeita enquanto o embalava, cantarolando uma música que eu nunca tinha ouvido na vida.

— Sabe? — ela disse, cravando os olhos nos meus. — Meu bebê também tinha os olhos azuis…

Engoli em seco sem entender.

— Eu não abortei — ela me contou, com um olhar desafiador. — O pai do Nicholas me deu o dinheiro… Mas eu não abortei.

Mas então…

— Eu o perdi — ela afirmou, ficando com os olhos marejados, o que ressaltava o bonito verde-esmeralda de seus olhos. — A minha família inteira me abandonou quando eu contei que estava grávida de seis meses. Tentei esconder, mas, diferentemente de você, não consegui deixar de engordar. Já era óbvio com praticamente oito semanas.

Meu Deus.

— Ele era ruivo como eu e tinha os olhos do Nicholas. — Ouvi-la contando aquilo partiu o meu coração. Não só porque o bebê dela havia morrido, mas porque aquele bebê também era do Nicholas. Olhando meu filho nos braços dela, me senti em pânico diante da ideia de que algo poderia lhe acontecer. — Só consegui segurá-lo no meu colo uma vez.

— Briar... Eu sinto muito...

Briar levantou o braço que segurava o Andy para cheirar a cabeça dele.

— Eu te avisei sobre o Nicholas... mas você não me ouviu.

Os olhos dela me observaram com ódio dessa vez. Andy se remexeu inquieto.

— Briar, por favor... por favor, dá o meu bebê — supliquei, notando as lágrimas saindo dos meus olhos.

Briar negou com a cabeça.

— Eu cheguei primeiro, Noah... — ela rebateu, falando meu nome pela primeira vez. — Você não merece ser mãe antes de mim... e o Nicholas não merece esse bebê.

Eu não sabia o que fazer... Desesperada, olhei para os lados atrás de algo que pudesse me servir de arma. A Briar estava doida, sempre soube que aquela garota tinha algum problema, ela tentara me fazer acreditar que o Nick ficara com ela enquanto estava comigo e também mentiu dizendo que foi o Nick que a obrigara a abortar...

— Eu sou uma mãe melhor do que você — ela declarou, pegando a bolsa que estava em cima do trocador. Eu não a deixara ali, a Briar devia tê-la preparado enquanto eu estava dormindo. Eu me senti a pior mãe do mundo. Como é que eu não tinha ouvido nada?

Meus olhos procuraram a babá eletrônica que ficava perto do berço. Estava desligada.

— Briar, você não pode levá-lo! — implorei gritando enquanto ela me ameaçava com a faca e pedia para que eu me afastasse da porta.

Andrew acordou e começou a chorar de novo.

— Olha o que você fez! — ela gritou, me olhando furiosa.

— Por favor, me dá o bebê, Briar, eu sou a mãe dele!

Ela começou a embalá-lo de qualquer jeito, e o Andy se contorceu nos braços dela. Ele estava assustado, ela o segurava justo onde estavam as assaduras.

— Me dá o bebê, que maldição, vai machucá-lo!

O choro do bebê ecoou, interrompendo o silêncio da noite. Briar deixou a bolsa no chão para segurar melhor o Andrew e apontou a faca para mim. Então os olhos dela, que até aquele momento não se desgrudaram dos meus, se desviaram para um ponto na altura do meu ombro. Ouvi um barulho e, antes que conseguisse me virar, alguém me agarrou por trás, minhas costas se choraram contra um peitoral rígido e uma mão cobriu a minha boca, abafando o grito que ficou engasgado na minha garganta.

— Estava morrendo de vontade de te abraçar — uma voz conhecida sussurrou ao meu ouvido.

Meu coração parou de bater para disparar como nunca.

Era o Michael.

Tentei me livrar dele, mas ele não deixou. Estava exalando um cheiro de álcool asqueroso.

Os olhos da Briar se iluminaram ao observar meu agressor e tentei com todas as minhas forças encontrar algum tipo de conexão entre os dois. Como diabos as duas pessoas que mais me machucaram na vida terminaram ali, no mesmo quarto, ameaçando a mim e o meu bebê?

— Pegou tudo de que precisa, querida? — o Michael perguntou para a Briar, e ela assentiu, voltando a pegar a bolsa com as coisas do bebê.

Senti um medo terrível tomar conta de mim: medo e raiva.

— Me solta!

— Vou levar ele embora, e você não vai me impedir — ela me ameaçou, sem nem olhar para mim.

Michael me puxou para abrir o caminho para a Briar.

— Me espera lá embaixo — ele disse com um tom autoritário que nunca o vira usar.

Meu coração quase parou quando ela começou a andar até a porta.

— Briar... Briar, por favor... me devolve o bebê, por favor. — Eu chorava, tentando me soltar dos braços do Michael. Briar parou por alguns instantes. Os olhos dela me fitaram, depois recaíram no Michael e, por último, no Andy.

— Desculpa, Noah — ela falou, desaparecendo ao descer a escada.

— Não! — gritei com todas as minhas forças. Andrew chorava histérico, e o Michael me girou, me jogando de costas contra a parede.

— Você achou que ia continuar com a sua maldita vida como se nada tivesse acontecido? Achou que eu ia ficar de braços cruzados e deixar esse babaca ficar com você?

Comecei a chorar desconsolada. Não era possível que aquilo estivesse acontecendo comigo.

Nicholas estava longe, o Steve também…

Então me lembrei de uma conversa que tivera com o Nick algumas semanas atrás. Não tinha prestado muita atenção, ele era sempre muito obcecado pela minha segurança, sempre preocupado achando que alguém poderia tentar nos machucar de novo… Até entendi melhor porque ele aceitara levar o Steve com ele naquela viagem…

— Instalei um alarme em casa, Noah — o Nick me contou enquanto eu dava mamadeira para o Andrew, encantada, sem conseguir tirar os olhos do meu bebê. — Considerando o seu histórico com alarmes, e para que você não precise colocar a senha sempre que for entrar ou sair, pedi para instalarem um botão do pânico. É só apertar o botão que um alerta é enviado para a central. Está me ouvindo?

Tirei os olhos do bebê e sorri para o Nick, distraída.

— Sim, sim, o alarme do pânico, claro que estou ouvindo.

Nicholas veio até mim, suspirando.

— Botão do pânico, Noah. Fica debaixo do balcão da cozinha.

Naquele momento, o Andy fez uns barulhinhos adoráveis, e minha atenção voltou a se desviar. Nicholas o tirou das minhas mãos, me olhando irritado.

— Porra, Noah, isso é importante!

Eu o fulminei com o olhar e levantei os braços.

— Eu já ouvi, você é um exagerado, mas eu já entendi. Agora me devolve o Andrew.

Nick respirou fundo, balançou a cabeça e me deu o bebê.

— Depois me lembra de te mostrar onde ele fica exatamente…

Mas eu já não ouvia mais nada… e não o lembrei de nada…

— Os dez mil dólares que ele me deu para eu dar o fora me serviram por um tempo… mas seu namoradinho tem muito mais do que dez mil dólares, não é, querida? — o Michael me perguntou, me arrancando das minhas lembranças.

Ele queria dinheiro… Por que será que aquilo não me surpreendia?

— Você é um filho da puta — soltei, odiando-o como nunca odiara ninguém.

Michael contraiu o maxilar e, antes que eu conseguisse desviar, me deu uma bofetada no rosto.

— Nunca mais insulte a minha mãe, está ouvindo?! — Eu estava tremendo de medo, mas tentei demonstrar força. Não acreditava que ele chegara a me agredir… — Agora me diz onde fica a porra do cofre.

Sabia que havia um no nosso quarto. A senha escolhida pelo Nick era a data de quando nos conhecemos.

Falei onde o cofre ficava e ele me empurrou até o quarto. Os olhos dele analisaram a cama bagunçada, os bonitos móveis e a foto que tínhamos emoldurado e pendurado acima da cama. Uma foto tirada pela Jenna com a família reunida: o Nick, o Andy e eu.

— O que o seu namorado faria se eu te comesse de novo, dessa vez nessa linda cama de vocês? Acha que ele ia te perdoar de novo? Ou te largaria como não hesitou em fazer há dois anos?

— Você é doente — falei entre dentes, mas tentando manter a calma.

Michael deu risada e tirou o quadro que eu indiquei. Atrás dele ficava o cofre prateado.

— Coloca a senha.

Ele me puxou para a frente do cofre. Fiz o que ele pediu e, quando o mecanismo se abriu, os olhos dele se iluminaram.

— Porra, esse seu namorado… — ele exclamou, pegando os bolos de notas que estavam amontoados perto de alguns documentos. — Se ele guarda isso tudo na porra da casa dele, não quero nem imaginar quanto tem no banco.

Fechei os punhos com força.

— Pega a merda do dinheiro e dá o fora daqui.

Michael sorriu, enfiou os bolos de notas de quinhentos na mochila que estava usando e depois me levou para o andar de baixo. Briar estava sentada no sofá, com o Andy dormindo em seus braços.

Quando vi que o bebê estava bem, senti meu coração voltar a bater. Eu não me importava com o dinheiro… Se fosse por mim, entregava até a roupa que tinha no corpo, tudo para que não machucassem o Andy de maneira nenhuma.

— Então vamos indo? — a Briar perguntou, nervosa.

— Só um minuto, querida — o Michael respondeu, percorrendo o restante da sala com o olhar.

Quando ele me levou em direção à cozinha, senti a adrenalina aflorar por todos os meus poros.

"Onde está o maldito botão, Nicholas?"

Briar se levantou com o Andy nos braços e nos seguiu. Odiava ver como ela o segurava, como se o meu bebê fosse dela, como se pertencesse a ela. Michael deixou a mochila cheia de dinheiro em cima da mesa e me fez sentar em uma das cadeiras. Briar alternava entre olhar para mim e para ele. Parecia uma criança esperando que lhe dissessem o que tinha que fazer.

— Qual é o seu plano, Michael? — perguntei, tentando fazê-lo ficar naquele cômodo por mais tempo. Se eles fossem embora antes que eu conseguisse ativar o alarme, o mais provável era que eu nunca mais visse o meu bebê. — Levar o dinheiro e o meu filho para se vingar do Nicholas?

— É exatamente isso que eu vou fazer — ele respondeu, sorrindo e abrindo a geladeira. Pegou uma cerveja e olhou fundo nos meus olhos. — Adoro ver você assim, tão assustada... Eu fico maluco por poder andar por essa casa, beber da cerveja dele e saber que tenho a família dele nas minhas mãos.

Eu tremia sentada na cadeira, me perguntando como tinha sido tão idiota para não enxergar o verdadeiro Michael O'Neil.

"Você sempre consegue encontrar uma maneira de justificar os erros das pessoas..."

As palavras do Nicholas bateram forte em mim, quase com a mesma intensidade da bofetada que o Michael me dera, uns minutos antes. Havia tentado ver o lado bom dele, com certeza, tentado justificar por que ele se aproveitara da minha vulnerabilidade, e agora entendia que não havia bondade em todas as pessoas. Pessoas más existem, simples assim.

Andy começou a choramingar de novo, e o Michael desviou os olhos de mim para cravá-los no meu filho.

— Estava com muita vontade de conhecer o pequeno Leister... — ele confessou, se aproximando da Briar e tirando o menino dos braços dela.

Eu fiquei de pé num pulo.

— Não encosta nele! — gritei, fazendo o bebê chorar, como eu pretendia. Michael ignorou minha advertência e fez carinho na cabeça do pequeno.

— Parece tanto com o pai que me dá nojo — comentou, devolvendo o bebê para a Briar.

Andrew continuou chorando.

— Ele está com fome — anunciei, olhando nos olhos do Michael. — Deixe-me preparar a mamadeira dele.

Michael sorriu, se divertindo.

— Tenho certeza de que você consegue pedir com mais delicadeza — ele disse, se aproximando de mim. O bafo embriagado dele me deu ânsia.

— Por favor — pedi, tentando controlar o nojo e o ódio que sentia por ele.

Michael me agarrou pela cintura e enterrou a boca no meu pescoço. Fiquei imóvel como um tronco, segurando as lágrimas.

— Faz ele calar a boca — ele ordenou ao meu ouvido, me soltando um segundo depois.

Eu me afastei quase que de imediato e rodeei a ilha da cozinha para pegar a mamadeira, os cereais em pó e o leite. Enquanto isso, meus dedos tateavam embaixo do balcão à procura do maldito botão do alarme.

Nesse meio-tempo, o Michael terminou sua cerveja com um sorriso estúpido nos lábios. Não entendia o que ele continuava fazendo ali: se eu fosse ele, teria pegado o dinheiro e ido embora. Vendo como ele parecia à vontade, porém, entendi que aquilo tinha mais a ver com me fazer sofrer do que com a grana. Ele estava desfrutando, como tinha dito, de ocupar o lugar do Nicholas naquela casa.

Quase tive um troço quando meus dedos enfim se depararam com algo diferente embaixo do balcão. Era o botão do pânico!

Eu o apertei, rezando para que a polícia não demorasse.

Esquentei o leite em banho-maria. Quando a mamadeira ficou pronta, me aproximei da Briar.

— Deixa que eu dou — pedi com olhos suplicantes.

— Não — ela negou, arrancando a mamadeira da minha mão. Michael ficou me observando.

— Sabe, Noah? — disse, trocando o tom de voz jovial por um outro, muito mais sombrio. — Eu podia ter te dado isso... — ele afirmou, apontando para o ambiente. — Teríamos sido felizes se você não estivesse tão apegada a alguém como o Leister... O que acontece? Por acaso você gosta de ser tratada como lixo? Me fala... Eu também posso te tratar assim, se é o que você quer.

— Me deixa em paz! — gritei, encarando-o. — Você é tão idiota que vai passar o resto da sua maldita vida na cadeia! E você também! — gritei para a Briar. — Você não percebe que ele está te manipulando? Ele fez a mesma coisa comigo!

— Cala a boca! — a Briar me ordenou com raiva. — O Michael me ajudou mais do que qualquer pessoa... E nós vamos embora juntos... Não é? — ela disse, encarando o Michael com os olhos brilhando de emoção.

Eu neguei com a cabeça sem entender nada.

— Que merda você fez com ela? — perguntei, virando-me para ele.

Michael ia responder, mas ao longe era possível ouvir o barulho das sirenes da polícia.

Eu teria ficado aliviada ao ouvi-las, mas o que mais queria naquele momento era que a Briar me devolvesse o Andy. Não queria nem imaginar o que poderia acontecer se a polícia entrasse e o bebê estivesse nas mãos daquela psicopata.

Michael se virou para mim, golpeando sua cerveja na mesa e agarrando o meu braço com força.

— Que merda você fez? — ele indagou, me sacudindo. Meus dentes rangeram, mas eu sorri.

— Alarme silencioso. Você tem meio segundo para dar o fora daqui.

Briar olhou assustada para o Michael antes de voltar para mim. Andy começou a berrar e se retorcer, talvez porque o volume das sirenes estava ficando mais alto.

Michael me soltou, pegou a mochila que estava sobre a mesa e se virou para a Briar.

— Vamos! — ele gritou, abrindo a porta que dava para o jardim.

Briar estava morrendo de medo, dava para ver nos olhos dela. Andy estava chorando, e ela só parecia querer que ele se acalmasse.

— Briar, me devolve ele... — implorei.

Michael não esperou nem mais um segundo. Saiu pela porta com a mochila nas costas e sem olhar para trás.

Torci para que a polícia o pegasse, torci com todas as minhas forças, ainda que naquele momento meus olhos só conseguissem ver a mulher que estava na minha frente, a mulher que segurava meu filho nos braços. Ela recuou quando me aproximei dela e a obriguei a se aproximar da porta principal, que dava para a rua.

Ela parou, me olhando assustada.

— Desculpa, Noah...

Achei que fosse morrer quando ela abriu a porta para sair. O choro do Andrew se cravou na minha alma. Meu bebê estava sofrendo e eu não podia fazer nada, estavam o levando embora, tomando-o de mim. Meus piores medos estavam se tornando realidade e eu estava de mãos atadas.

Então duas viaturas da polícia dobraram a esquina. Quando as viu, a Briar parou, com os olhos bem arregalados.

— Eu é que tenho que cuidar dele — ela disse, olhando para mim com ódio e apertando meu bebê com força.

Os gritos dele ficaram mais agudos, partindo o meu coração.

Ela saiu correndo para o lado de fora, mas uma viatura parou bem na frente da casa.

— Solta essa arma! — um policial ordenou, apontando para ela com um revólver.

Tapei a boca com a mão. Não! Iam acabar machucando o meu bebê!

Briar olhou para o outro lado da rua, porém mais uma viatura da polícia chegou naquele exato instante, acabando com qualquer possibilidade de fuga.

— Solta essa arma! — gritaram novamente.

Briar me olhou com os olhos cheios de lágrimas. Um segundo, depois a faca caiu sobre o asfalto.

— Agora coloca o bebê no chão com cuidado, dê dois passos para trás e se ajoelhe!

Prendi a respiração e cravei os olhos na Briar, que parecia completamente transtornada. Ela levantou o Andy, deu um beijo na cabeça dele e, aos poucos, se agachou até colocá-lo no chão. O pequeno se contorcia e chorava como nunca.

Um soluço escapou da minha garganta enquanto a Briar se afastava do Andy e fazia o que os policiais tinham mandado. Saí correndo até o meu filho e o peguei no colo: nunca senti tanto medo na vida, nunca tinha ficado com vontade de matar alguém. Fiquei com as pernas bambas e me ajoelhei no chão, com medo de cair. Andy estava chorando contra o meu peito enquanto eu tentava fazê-lo se acalmar.

Não sabia nem o que estava acontecendo ao meu redor, nada mais importava além de saber que o meu bebê estava de volta comigo.

— Senhora, deixe-me te ajudar — um policial se ofereceu para me auxiliar a me levantar. Meu corpo inteiro tremia, eu mal conseguia controlar os soluços que queriam escapar da minha garganta.

— O Michael... fugiu pela porta do jardim... — informei, tremendo como vara verde.

Os policiais me pediram para descrever o agressor e enviaram reforços atrás dele.

Eles me levaram para dentro de casa, quiseram me fazer perguntas, sugeriram que eu e o Andy recebêssemos a visita de um médico, mas eu recusei, pedi para nos deixarem em paz e me tranquei com o Andy no quarto dele.

O body branco com abelhinhas que ele estava usando ficou todo manchado por causa da sujeira da rua. Troquei a roupa dele enquanto ele continuava chorando. Eu me sentei com ele no sofá e não parei de embalá-lo até ele enfim parar de chorar. Seus olhinhos não se afastaram do meu rosto em nenhum momento.

— Calma... — sussurrei, abraçando-o contra o meu peito. — Já passou, minha vida...

Só quando vi que o Andy estava dormindo profundamente é que me permiti descer para a sala com ele nos braços.

— Senhora Leister, precisamos te fazer algumas perguntas — o policial anunciou. — O seu marido está a caminho, tomamos a liberdade de avisá-lo sobre o ocorrido...

"Nicholas..." Eu não tinha pensado nele em nenhum momento. Meus pensamentos e minha atenção ficaram voltados somente para o bebê que estava dormindo tranquilamente nos meus braços.

— Conseguimos pegar o Michael O'Neil, senhora — anunciou um dos policiais. — Ele tentou fugir, mas conseguimos pegá-lo com facilidade. Ele não estava armado.

Assenti, apesar de não sentir nenhum tipo de alívio. Ainda não acreditava no que tinha acontecido, estava em estado de choque e só queria me trancar no meu quarto com o Andy e não ver mais ninguém.

— Aparentemente, o senhor O'Neil tratava a senhorita Palvin em um programa de tratamento de pessoas com transtornos psicológicos.

O quê?

— A Briar...? — perguntei, sem acreditar no que ouvi.

— A senhorita Palvin foi internada nesse centro há quatro meses e meio. Pelo que sabemos, houve uma tentativa de suicídio por parte dela e os pais decidiram que ela precisava do tratamento. O senhor O'Neil deve ter tirado ela do centro sem ninguém perceber.

Era inacreditável... mesmo sabendo que se aproveitar dos pacientes parecia ser o passatempo favorito daquele desgraçado. Eu conseguia imaginar a satisfação do Michael quando ficou sabendo que estava tratando alguém do meu passado, do passado do Nicholas. Dava até para tentar imaginar como eram as conversas dos dois: a Briar, traumatizada pelo que viveu com o Nick, e o Michael se alimentando de sua dor para chantageá-la e incentivá-la a fazer o que tinham feito.

Segurei o choro e, pelas horas seguintes, fiquei prestando depoimento. Aceitaram me ouvir em casa depois que falei que não queria sair de lá.

Liguei para a Jenna depois que os policiais foram embora: não queria ficar sozinha. Ela e o Lion apareceram de imediato, assombrados e assustados com todo o ocorrido.

— Estou cansada — admiti depois de tomarmos um chá na cozinha. Continuava com o Andy dormindo junto ao meu peito e não queria soltá-lo. — Vou deitar um pouco.

Jenna assentiu e disse para eu não me preocupar. Não consegui falar com o Nick porque ele pegou o primeiro voo que conseguiu para Los Angeles, e naquele exato momento estava a caminho.

Fui para a cama com o Andy e tentei descansar um pouco com ele ao meu lado. Ainda estava assustada e não sabia quanto tempo levaria para me recuperar.

Abri os olhos algumas horas depois. Meu coração parou quando vi que o Andy não estava comigo na cama. Eu me levantei em pânico, mas parei ao ver o Nick sentado diante da nossa cama com o Andrew dormindo em seu colo. O nariz do Nick acariciava a cabeça do nosso bebê, e seus olhos se desviaram para mim ao perceber que eu tinha acordado.

Respirei fundo, aliviada, e comecei a chorar.

Nicholas se levantou com nosso filho nos braços e veio até mim, que me mantinha imóvel, sem conseguir parar de chorar, me sentindo tão culpada que mal consegui abrir a boca. Fora tudo minha culpa… O Nicholas tentara me alertar sobre o Michael, mas eu não dera importância. Com certeza fora o Charlie que passou o endereço da minha casa para o irmão dele… Meu filho poderia ter morrido, e seria por minha culpa…

— Nick… — falei, soluçando descontroladamente. — Me desculpa…

Ele me puxou e me apertou contra o peito dele, com nosso bebê ainda dormindo entre nós dois.

Enterrei a cabeça no pescoço dele e deixei que ele me abraçasse com força.

— Psiu... Noah — ele me silenciou com a voz entrecortada enquanto erguia a mão e a colocava no meu cabelo. — Você não tem por que se desculpar... Nem eu achava que aquele filho da puta fosse fazer algo assim...

Eu me afastei dele para poder olhá-lo nos olhos. Seus bonitos olhos azuis estavam avermelhados e me olhavam de um jeito novo.

— O Andy está bem... — eu disse, tentando nos consolar.

— Se alguma coisa tivesse acontecido com vocês... Não sei nem o que eu faria, Noah.

Eu o abracei e o beijei na bochecha.

— Ainda bem que você já está de volta — comentei, aproximando meus lábios dos dele. Ele me beijou com força, me segurando contra ele pelo que pareceram ser alguns minutos.

— Ele fez algo com você, Noah...? — ele perguntou, tocando suavemente a marca que a bofetada devia ter deixado em mim.

Nick parecia estar prendendo o fôlego, esperando a minha resposta com medo.

— Estou bem... Ele me ameaçou, mas não encostou em mim — respondi, tentando falar com calma e demonstrar que não tinha sido tão horrível assim, apesar de eu ter vivido um inferno.

Nick voltou a fazer carinho no meu queixo com suavidade usando o polegar.

— Tenho vontade de matá-lo — ele confessou, um segundo depois, e deu para ver o ódio em seu semblante.

— Ele vai passar bastante tempo na cadeia... Vai ser castigo suficiente.

Nick me puxou até a boca dele, e nossos lábios se uniram em um beijo desesperado e cheio de angústia. Ao nos separar, ouvimos o Andrew fazer um barulhinho enquanto movia a cabeça. Estava acordado e nos olhando fixamente. Sorri, penteando o pouco cabelo que ele tinha.

— Amo tanto vocês que nem sei como pôr em palavras — o Nick falou, nos abraçando com cuidado.

Nós três ficamos deitados na cama. Nick me abraçando pelas costas e o Andy dormindo perto de mim.

Nunca mais iriam machucar a minha família.

58

NICK

Foi uma verdadeira tortura ficar sabendo de tudo o que aconteceu com o Michael e a Briar estando em outra cidade, sem poder fazer nada exceto pegar um avião. Só me tranquilizei quando, horas mais tarde, entrei na nossa casa.

A Jenna e o Lion estavam acordados, bebendo café e conversando em voz baixa quando abri a porta. Tudo parecia calmo, não havia policiais nem sangue... Nada do que eu tinha imaginado no meu trajeto até chegar lá.

— Onde está a Noah? — eu perguntei à guisa de cumprimento. Não podia perder tempo com eles, precisava ver com meus próprios olhos que as pessoas que eu mais amava no mundo estavam bem.

Fui para o andar de cima, entrando primeiro no quarto do bebê. Ao ver que estava vazio, fui direto para o nosso quarto com os nervos à flor da pele. Ao entrar, soltei todo o ar que estava segurando: a Noah estava dormindo e, ao lado dela, nosso lindo bebê mexia as perninhas e os braços, acordado.

Eu me aproximei com o coração na mão. Andy ficou olhando para o alto, com a chupeta na boca e os olhinhos inchados de tanto chorar. Eu o peguei nos braços e o apertei contra mim.

Tinham tentado levar o nosso filho.

Andy fez um barulhinho que pareceu uma reclamação, e o levei comigo até o sofá que ficava em frente à cama.

— E aí, campeão? — eu o cumprimentei e o deixei pegar um dos meus dedos com sua mãozinha minúscula. — Você foi muito corajoso, filho — falei, beijando as bochechas dele e mergulhando em seu aroma de recém-nascido.

Andy sorriu como se tivesse me entendido. Eu o apertei contra mim e não consegui segurar as lágrimas que rolaram pelas minhas bochechas.

Como era possível tentarem fazer algo assim?

A Briar… O Michael… Eu ia fazer de tudo para aquele filho da puta apodrecer na cadeia.

Fiquei olhando para a Noah, deve ter sido horrível para ela, que merda, aquilo não devia ter acontecido. O Steve tinha que ter ficado… Eu tinha que ter ficado.

Me senti imensamente grato por ter instalado o alarme e por a Noah ter conseguido ativá-lo. Não queria nem pensar no que poderia ter acontecido…

No dia seguinte, depois que a poeira baixou, a Noah me contou tudo nos mínimos detalhes. Senti a veia do meu pescoço pulsando enlouquecida ao ouvir como tudo aconteceu.

Também senti dor quando fiquei sabendo que a Briar perdera o bebê quando estava grávida de seis meses. Eu nem imaginava, se tivesse ficado sabendo… Deve ter sido horrível passar por tudo aquilo sozinha. Aquele filho também era meu, e, ao admirar o Andrew, entendi que aquela notícia me machucava tanto ou mais do que qualquer outra coisa.

Senti a necessidade de visitá-la. Michael podia apodrecer na cadeia, mas a Briar estava doente. Duas semanas depois do ocorrido, fui até o centro onde ela estava internada, recebendo um tratamento contra depressão e transtorno bipolar. Sempre achei que a Briar tinha algum problema ignorado por todos que a conheciam.

A vida dela se parecia com a minha no sentido de que cresceu cercada por babás que não a amavam. Os pais só pareceram prestar atenção nela quando voltou para casa grávida, e tudo o que fizeram foi lhe dar as costas. Eu torcia, de coração, que ela se recuperasse depois de tudo o que tinha sofrido. Mas nunca a perdoaria por ter tentado sequestrar o meu filho.

Quando cheguei no centro, me informaram que ela estava bem melhor. Estava tomando as medicações e parecendo muito mais alegre. Ao entrar no quarto dela, a encontrei sentada na cama, lendo um livro. Pelo que a Noah me contou, no dia da invasão a Briar estava com uma aparência descuidada e desalinhada, mas a Briar que estava na minha frente não era uma coisa nem outra. Vestia uma calça jeans e uma camiseta de algodão limpa de cor azul-celeste. Seu cabelo curto estava preso em um bonito coque no alto da cabeça, e seus lindos olhos me observaram com expectativa quando ela me viu entrar.

Já lhe haviam informado sobre a minha visita. Ela estava me esperando.

— Oi, Nicholas — ela me cumprimentou, fechando o livro e o deixando na mesinha de cabeceira.

Eu me aproximei dela e perguntei se podia me sentar.

— Não vou tomar muito do seu tempo — expliquei, sem saber como expressar meus sentimentos incongruentes. — Só queria falar que sinto muito pelo que aconteceu com o nosso filho. Eu não sabia de nada, caso contrário teria apoiado você no que quer que você decidisse.

Briar me ouviu com o semblante tranquilo.

— Não estava nos planos do destino que esse bebê fizesse parte das nossas vidas — ela afirmou, e vi os olhos dela ficando marejados —, mas ele era lindo...

Coloquei a mão dela entre as minhas. Aquelas palavras me machucavam.

— Sinto muito — eu disse, e era verdade. Eu adorava o meu bebê e estava contando os segundos para voltar para casa e ficar com ele e com a Noah. Mas isso não anulava minha tristeza por saber que um filho meu não teve a oportunidade de viver.

— Desculpa pelo que eu fiz — ela se lamentou, interrompendo o silêncio. — Não sei o que deu em mim... Eu... O Michael... Eu achava que ele me amava, sabe? Ele me disse tantas coisas... sobre a Noah e sobre você... Eu achei que...

— Agora é melhor se concentrar na sua recuperação, Briar — eu aconselhei, ficando de pé.

Ela me olhou com os olhos arregalados.

— Será que algum dia eu vou conseguir ser igual a vocês? Será que algum dia alguém vai me amar igual você ama a Noah...?

Escolhi minhas palavras com muito cuidado:

— Acho que cada um tem a sua alma gêmea — declarei, olhando nos olhos dela. — Nunca achei que eu fosse amar alguém tanto quanto eu amo a Noah, você sabe muito bem quanto eu estava destroçado. Então, sim, acho que um futuro muito promissor te aguarda, Briar. Quando você menos esperar, vai aparecer alguém para virar o seu mundo de pernas para o ar... Você só precisa esperar.

Fui até a porta, mas parei quando ela me chamou.

— Coloquei o seu nome nele — ela falou, antes de eu me virar. — Precisava te contar isso.

Respirei fundo e saí do quarto.

59

NOAH

Dois anos depois...

Finalmente tinha me formado. Dava para sentir a felicidade correndo pelas minhas veias, e eu não conseguia parar de sorrir. Voltar para a faculdade depois de ter o Andrew foi muito difícil. Odiava ficar longe dele, mas aos poucos fomos nos adaptando. O medo que desenvolvi depois de tentarem tirar o meu bebê de mim foi se curando com o tempo, e com a ajuda do Nick eu voltei a me sentir capaz de deixá-lo sob os cuidados de outra pessoa enquanto eu assistia às aulas e terminava meus estudos.

Nicholas fora tudo o que tinha me prometido e muito mais. Ele jurou proteger meus sonhos e ambições e me ajudar a não precisar renunciar a nada, e foi isso que aconteceu. Nick... o meu lindo namorado que em um dia ia se tornar o meu marido.

Fomos adiando o casamento e, no fim das contas, decidimos realizar esse sonho quando pudéssemos organizar tudo sem nenhuma angústia. O Andrew já era um rapazinho de dois anos que nos deixava maluco, mas, como já estava maior, podíamos deixá-lo com os avós e ter duas semanas livres para aproveitar a nossa lua de mel.

Sorri com alegria quando recebi o diploma do reitor e procurei meus meninos favoritos com o olhar.

Nick se levantou quando me virei, contente, em cima do palco. Andy estava aplaudindo, sentado sobre os ombros do Nick, com o cabelo indomável despenteado igual ao do pai e contente por algo que ele nem entendia. A minha mãe e o Will aplaudiram felizes enquanto a Anabel e a Maddie sorriram na minha direção.

Anabel conseguiu superar o câncer e reatou sua relação com o Nick. Maddie continuava morando com o Will, mas sempre passava os fins de semana com a mãe. Elas viviam na nossa casa. A mãe do Nick e a Maddie adoravam o Andy. A menina tinha se transformado em uma garota linda de cabelo loiro e cara de anjo. Já chamava atenção por sua beleza mesmo tendo apenas dez anos.

Todos nos reunimos em nossa casa para comemorar minha formatura. A família e os amigos marcaram presença. Em um determinado momento, aproveitando que fiquei sozinha na cozinha, o Nicholas pegou na minha mão e me arrastou até o nosso quarto.

Minhas costas se chocaram contra a porta e os lábios dele se apoderaram dos meus com infinita paixão e ternura.

— Amanhã você vai ser finalmente minha, e não tem para onde fugir, sardenta — ele disse, enchendo o meu pescoço de beijos com devoção.

— Ainda dá tempo de te deixar plantado no altar — adverti, dando risada. Ele me respondeu com uma forte mordida no ombro que me causou dor e prazer ao mesmo tempo.

As mãos dele abraçaram minha saia larga e ele me levantou, me obrigando a rodear os quadris dele com minhas pernas enquanto ele me apertava contra a parede. Ele me segurou com força, sem deixar eu me mexer.

— Explica de novo aquela bobagem sobre não transarmos até o dia do casamento.

Tinha sido ideia da Jenna. Ela nos desafiou a passar duas semanas sem sexo para que tudo fosse mais intenso e romântico na lua de mel, segundo ela.

— Não sei do que você está falando — respondi, puxando-o para mim e deixando-o beijar a minha boca. Nossas línguas se entrelaçaram e gemi baixinho quando a mão dele percorreu lugares proibidos, me torturando sem dó nem piedade.

— Isso aqui vai contra alguma regra? — ele perguntou. Joguei a cabeça para trás, suspirando pesadamente e fechando os olhos para aproveitar os carinhos dele.

— Você sempre foi ótimo em quebrar as regras, não sei por que se preocupa agora... — falei, me retorcendo sob o toque dele, procurando o que o meu corpo tanto desejava.

Nick beijou o topo dos meus seios, enquanto seus dedos continuavam brincando com o meu corpo.

— Vem cá, meu amor... Me dá o que eu quero — ele disse, sussurrando ao meu ouvido. Então alguém bateu na porta.

Nicholas parou.

Arregalei os olhos. Tinha a respiração agitada e o corpo trêmulo.

— Que diabos vocês estão fazendo? — a voz da Jenna indagou, do outro lado da porta.

Ah, que merda.

— Dá o fora, Jenna — o Nick ordenou, me dando um selinho e me colocando no chão.

— Se vocês não saírem agora mesmo...!

Xinguei com os dentes cerrados, odiando minha amiga com todas as forças.

— Vamos voltar para a festa? — o Nick me perguntou, tirando uma comigo.

— Você é um idiota. Vou te devolver na mesma moeda.

Nick me encurralou contra a porta e olhou fixamente nos meus olhos.

— O que te faz pensar que eu não estou sofrendo do mesmo jeito ou até mais do que você?

Uma olhada para o volume entre as pernas dele foi o suficiente para saber que ele estava sendo sincero.

— Nada de sexo até a gente se casar...

— Nossos pais ficariam orgulhosos se soubessem.

Dei risada daquele comentário, e abrimos a porta para enfrentar a chata da nossa amiga.

— Mamãe! — o Andy falou, esticando os bracinhos para que eu o pegasse. A Jenna estava o apoiando no próprio quadril. A barriga dela de seis meses era bem aparente debaixo do vestido amarelo que usava.

Peguei meu lindo bebê nos braços e descemos juntos para o jardim da nossa casinha. Lion se encarregava do churrasco e o William estava do lado dele. Os dois usando aventais com uma frase bordada: "Amo o churrasqueiro". Presente da Jenna, obviamente.

Andy se sacudiu nos meus braços e o coloquei no chão. Ele saiu correndo na direção dos balanços, onde a Mad o esperava de braços abertos, pronta para brincar com o sobrinho.

Nicholas se aproximou deles. Adorava aqueles rapazes mais do que tudo no mundo... Olhei ao redor, toda a minha família estava ali, e todos sorriam.

O dia seguinte ia ser incrível.

60

NICK

Olhei fixamente para a linda mulher na minha frente. Estava tão deslumbrante que fiquei sem ar, ela me deixou sem palavras… Minha nossa, fiquei completamente desnorteado ao vê-la entrar na igreja.

Todos os nossos parentes e amigos estavam ali, todas as pessoas importantes para nós foram testemunhar a nossa união em sagrado matrimônio.

Noah estava emocionada. Os olhos dela brilhavam tentando conter as lágrimas.

— Sim — eu disse, pronunciando com clareza.

— Noah, você aceita Nicholas Leister como seu marido, e promete amá-lo e respeitá-lo na alegria e na tristeza, na saúde e na doença, até que a morte os separe?

Minha linda namorada sorriu e cravou os olhos nos meus.

— Sim — ela respondeu, com a voz trêmula.

— Em nome de Deus e pelo poder que me foi concedido pela Santa Igreja, eu os declaro marido e mulher. Pode beijar a noiva.

Meu Deus, não precisava nem pedir. Aconcheguei as bochechas dela entre as minhas mãos e nos fundimos em um beijo que nos deixou sem ar. Nossas famílias aplaudiram e me obriguei a me afastar dela.

— Agora você é toda minha, senhora Leister — eu disse, mais feliz do que em toda a minha vida.

Noah sorriu, derramando uma lágrima que sequei com meus lábios.

A festa rolou à beira-mar. Era um dia de calor ameno, perfeito, e a Noah estava deslumbrante, usando um vestido tão lindo que ia até sentir pena de tirá-lo do corpo dela. As rendas brancas caíam perfeitamente nela, e abaixo se transformavam em uma saia de tule com pregas que abria a partir da cintura. Os ombros dela estavam à mostra, com apenas duas tiras finas de cetim branco que se cruzavam nas costas e realçavam sua beleza. As sardas dela se destacavam mais do que nunca... e ela ostentava um bronzeado espetacular graças ao sol que tinha tomado dias antes do casamento: estava me deixando doido.

— Tudo pronto para irmos? — perguntei para ela, horas depois, enquanto dançávamos no meio da pista. Pedi para tocarem "Young at Heart", e a Noah chorou emocionada, lembrando-se daquela bonita noite de alguns anos antes, quando eu lhe mostrara como dançava bem. Tinha sido a última noite que passamos juntos antes do término, e queria relembrá-la para ressaltar um momento que nunca devia ter acabado. Agora, quatro anos mais tarde, voltávamos a dançar aquela música, dessa vez depois de jurarmos nos amar para sempre.

Noah olhou ao redor procurando a mãe, que segurava nosso pequeno nos braços. Ele tinha ficado acordado por mais tempo do que imaginávamos. Correu, brincou, dançou e, finalmente, se rendeu para o cansaço.

— Ele vai ficar bem, Noah — eu a tranquilizei, dando um beijo na testa dela.

— O Andy nunca ficou tanto tempo longe de nós dois...

— Ele vai adorar ficar brincando com a Maddie e comendo os biscoitos da sua mãe.

Noah voltou a fixar os olhos em mim e deu um sorriso sincero.

— Eu te amo muito — declarou, fazendo carinho na minha nuca.

Eu me inclinei para me apoderar dos lábios dela. Precisava ficar a sós com a minha esposa. E bem rápido.

Nós dois nos despedimos dos convidados e dos nossos parentes. Então, quando tivemos que dar tchau para o Andrew, a cena ganhou requintes de emoção.

O pequeno acordou quando a Noah o pegou nos braços. Ele estava vestindo um terno minúsculo e parecia doido para tirá-lo.

— Meu príncipe — a Noah falou, beijando as bochechas do pequeno. — Se comporta, hein?

Eu o tirei das mãos da minha recente esposa quando vi que os olhos dela estavam marejados. Se o Andy a visse chorar, aquilo ia se transformar em uma choradeira sem fim.

Peguei meu bebê e o levantei no ar, fazendo-o rir. Quando o apertei contra mim, ele me abraçou e apoiou sua pequena cabeça no meu ombro.

— Nick, você não acha que...?

Lancei um olhar de advertência para ela. Eu precisava ficar sozinho com a minha mulher. Não íamos levar o nosso filho, já estava decidido.

Minha mãe se aproximou e estendeu os braços para que eu entregasse o Andrew.

— Podem ir... Esse nanico está em boas mãos.

Minha mãe me deu um beijo na bochecha para se despedir e foi embora com o Andrew.

Os choros logo desapareceram em meio ao barulho das pessoas e da música. Eu me aproximei da Noah, que estava olhando na direção em que minha mãe tinha levado nosso bebê.

— Vamos — falei, envolvendo-a. — Temos que ir, sardenta.

Noah se virou para mim e forçou um sorriso.

— Sim, é melhor irmos logo.

As pessoas se aglomeraram na porta, esperando para se despedirem. Corremos até entrar na limusine branca que nos levaria ao hotel onde eu havia reservado uma suíte nupcial. Ficava perto do aeroporto, porque no dia seguintes iríamos para a ilha de Mykonos, na Grécia. Tinha alugado uma linda casa à beira-mar para nós dois. Íamos passar uma semana por lá e depois mais uma na Croácia, em um hotel cinco estrelas.

Não queria que a Noah tivesse que se preocupar com nada. Ela passara os dois últimos anos só estudando e cuidando do nosso filho. Ela merecia aquelas férias mais do que ninguém, e eu ia lhe proporcionar esse descanso em grande estilo.

Quando chegamos ao hotel, fomos recebidos com toda a pompa de recém-casados. O quarto era enorme, e pedi que nos recebessem com champanhe, bombons e morangos frescos.

Noah ficou boquiaberta quando entramos.

— Foi você que organizou isso?

— Dá para fazer muitas coisas com algumas ligações, não acha? — eu disse, fazendo carinho no cabelo dela e a puxando para perto de mim.

— Está pronta para fazermos amor até a hora de irmos para o aeroporto?

Noah me olhou com os olhos brilhando de desejo.

— Você disse que o voo era amanhã ao meio-dia.

Sorri de maneira perversa.

— Exatamente.

Passamos a noite nos amando sem descanso. Ela enfim era minha, em todos os sentidos da palavra. Tiramos as roupas um do outro com veemência e nos enchemos de beijos sem trégua. O vestido dela caiu no esquecimento, fizemos amor com cuidado, com paixão, com ternura e com selvageria. Nós dois nos entregamos ao prazer de uma maneira que só quem está perdidamente apaixonado consegue fazer.

Afinal, se amar loucamente fosse um crime... já podíamos ser considerados culpados.

EPÍLOGO

NOAH

Oito anos depois...

Fechei a porta da garagem com um sorriso nos lábios.

— O papai vai ficar encantado, Julie — eu disse para a minha filha de dois anos enquanto passávamos pelo jardim para entrar em nossa casa espetacular.

Não fazia muito tempo que tínhamos nos mudado. Na verdade, naquele dia completava exatamente dois anos. Quando descobrimos que seríamos pais pela segunda vez, chegamos à conclusão de que a nossa casinha na cidade ficaria pequena e decidimos que o melhor a fazer era nos mudarmos para um lugar maior, perto da praia, para que as crianças pudessem aproveitar o mar e tudo o que ele oferecia.

Quem mais queria essa mudança era o Nick. Ele me deu aquela casinha no centro de presente para que eu pudesse continuar estudando depois do nascimento do Andrew. No fim das contas, por diversos motivos, não quisemos sair de lá até a mudança se tornar inevitável. Nick estava feliz por voltar a morar de frente para o mar, e eu me alegrava por ele. Andrew tinha virado um surfista de primeira: com apenas dez anos, ele já havia competido na liga nacional e ganhado vários troféus. Por isso, para ele, a mudança também tinha sido motivo de alegria. Andrew era uma cópia do Nick, era impossível negar que eram pai e filho e, como afirmei logo depois que ele nasceu, de mim ele não puxou nem o branco dos olhos. Ainda bem que agora havia uma pessoinha que era a minha cara: a Julie, minha filha, era loira como o sol e tinha o rosto salpicado por centenas de sardas que me davam vontade de enchê-la de beijos. Os olhos eram a única coisa que ela tinha herdado do Nick, de um azul-celeste igual aos do Andrew.

Julie não veio de maneira inesperada. Na verdade, passamos longos seis anos tentando ter mais um filho. Como eu tinha imaginado, minha primeira gravidez fora um verdadeiro milagre e, agora, em retrospecto, tinha certeza de que Deus nos presenteara com o Andy pois aquela seria a única maneira de nos fazer voltar a ficar juntos.

Ficamos muito felizes quando descobrimos que era uma menina. Nicholas amava de paixão a filha, mas ela, fiel à mãe, não queria saber de entrar no mar, muito menos de tentar se equilibrar em uma prancha. Minha filha era feliz nos meus braços, e eu aproveitava aquilo dedicando todo o meu tempo a ela.

Andy entrou em casa todo molhado e com os pés cheios de areia.

— Já podemos comer o bolo? — ele perguntou, sentando-se à mesa e beliscando as bochechas da irmã. Julie gritou como uma doida e o Andrew deu risada com a mesma expressão travessa que eu via no pai dele tantas vezes ao dia, principalmente quando estávamos sozinhos.

— Quando o papai chegar — eu respondi.

Naquele dia, o Nick completava trinta e cinco anos. Era difícil acreditar como o tempo tinha passado rápido. Lembrava como se fosse ontem de nós dois caminhando pelas praias de Mykonos, extasiados um com o outro, nos enchendo de beijos todas as noites e fazendo o mesmo durante os dias. Eu tinha completado trinta anos em junho e também estava achando difícil me acostumar com aquilo.

Nick me pedira para não fazermos nada espetacular no aniversário dele, queria uma noite tranquila em família, e eu respeitei a vontade dele... mais ou menos.

Sorri enquanto terminava de colocar o glacê no bolo que tinha preparado para ele. As crianças estavam na sala vendo desenhos animados, apesar de que os gritos histéricos da Julie indicavam que com certeza estavam brigando.

Eu me assustei quando duas mãos me agarraram pela cintura e um corpo incrivelmente musculoso grudou nas minhas costas.

— Está cozinhando pra mim, sardenta? — o Nick sussurrou ao meu ouvido, mordendo minha orelha de uma maneira muito sensual.

— Não vai se acostumando — soltei, deixando a espátula sobre a mesa e me virando para recebê-lo como ele merecia. — Feliz aniversário — falei, erguendo os braços e o puxando para que ele me beijasse nos lábios.

Nick sorriu sobre a minha boca.

— Nada de festa surpresa? — ele me perguntou, subindo a mão por minhas costas e me fazendo carinho com ternura e desejo.

Neguei com a cabeça.

— Só a gente — respondi contundente. O Nicholas sorriu satisfeito e me espremeu contra o corpo dele.

Uma pessoinha apareceu para nos interromper, junto aos nossos pés, nos distraindo da nossa brincadeirinha.

— Papai! — a Julie chamou o Nicholas, levantando os braços para que o pai a pegasse no colo. Nick se separou de mim a contragosto e levantou sua segunda garota favorita no mundo.

Ao contrário do Andy, que sempre adorou que o Nick o jogasse para o alto e o fizesse girar sem parar, a Julie odiava. Minha menina era, nesse sentido, muito delicada. Nick beijou os cabelos loiros dela e a abraçou enquanto abria a geladeira e pegava uma garrafa de vinho. Ao fundo, dava para ouvir o barulho do videogame na televisão.

— Como está a menina mais linda do mundo? — o Nick perguntou para a Julie, fazendo cócegas nela. Nossa filha deu risada, mostrando seus dois únicos dentes e balançando as perninhas com força para que o Nick a colocasse no chão. Ela saiu correndo para chamar o irmão.

Nick se aproximou de mim e voltou a beijar a minha boca.

— Hoje a noite vai ser longa... — ele me advertiu de maneira sensual.

Senti um frio na barriga de ansiedade e me obriguei a terminar o bolo.

Passamos uma bela noite em família, jantamos todos juntos e cantamos parabéns. A Julie bateu palmas como uma doida, era uma das poucas músicas que ela sabia cantar sem errar a letra, e o Andrew se deliciou ao comer o bolo que tanto queria experimentar.

Quando colocamos as crianças para dormir, peguei o Nick pela mão e descemos para o primeiro andar.

— Tenho uma surpresa pra você — anunciei, nervosa e sem conseguir evitar um sorriso bobo.

Nick me olhou com desconfiança.

— O que você aprontou, sardenta? Não vão aparecer palhaços nem nada assim, né?

Revirei os olhos. Aquilo só tinha acontecido uma vez.

— Vem cá... Você vai adorar — eu disse, abrindo a porta de casa e parando diante da garagem.

Nick colocou as mãos nos bolsos, olhando para mim de modo alegre e curioso.

— Está pronto? — perguntei, mordendo o lábio.

— Vamos lá! — ele respondeu, zombando de mim.

Eu o ignorei e apertei o botão para que o portão da garagem se abrisse. Era uma garagem enorme, onde tínhamos uma academia e guardávamos vários brinquedos das crianças. Quando o portão terminou de abrir, os olhos do Nicholas ficaram vidrados no que havia diante dele.

— Feliz aniversário! — gritei animada.

— Nossa... — ele soltou como único comentário. — Você ficou louca? — ele disse, dando quatro passos adiante.

— Eu disse que estava te devendo uma Ferrari, não esqueço das minhas promessas.

Nicholas me olhou incrédulo e deu uma gargalhada que encheu o meu coração de alegria. Ele se aproximou e me levantou no ar, me fazendo girar.

— Não estou acreditando... — ele admitiu, olhando fixamente para mim. Então, um segundo depois, franziu a testa. — Espera aí...

Ele me deixou no chão e previ uma tempestade se aproximando.

— Você por acaso...? — ele começou a falar enquanto eu me afastava, disfarçando. — Não me diga que você gastou o dinheiro que depositei na sua conta comprando um presente para mim.

Dei de ombros.

— Eu falei que não queria aquele dinheiro.

— Você é a minha esposa!

— E você é o meu marido! — rebati, sem conseguir conter minha alegria.

— Não sei se quero te matar ou te encher de beijos... Me diga, espertinha, o que você quer que eu faça?

Eu sorri orgulhosa.

— Quero correr.

AGRADECIMENTOS

Passei cinco anos escrevendo esta trilogia. Comecei a escrever o *Minha culpa* porque era uma dessas narrativas que exigem uma dedicação completa e muito trabalho. A Noah e o Nick apareceram em um momento importante da minha vida, e, agora, depois de tanto tempo, finalmente consegui colocar um ponto-final nessa história.

Dá medo parar de escrever sobre personagens que conheço melhor do que a mim mesma. Eles se tornaram tão reais que dizer tchau a eles é tão difícil quanto dizer adeus a uma pessoa de verdade.

Ainda sigo sem acreditar que essa história tenha sido publicada e que pessoas do mundo inteiro tenham se conectado com algo que saiu diretamente da minha cabeça.

Agradeço a todos que contribuíram com seu grãozinho de areia para que esse livro esteja hoje nas livrarias. A minhas editoras, Aina e Rosa, sem as quais este livro não seria o que é agora. Obrigada por fazerem dar o melhor de mim e por me ensinarem o que é trabalhar profissionalmente no mundo editorial.

Agradeço ao Wattpad, por me oferecer a melhor maneira de mostrar o meu trabalho e por ter ajudado a me conectar com meus leitores de uma forma tão direta. Para todos que escrevem por lá e têm o mesmo sonho que eu, peço que continuem. Nunca se sabe quem pode estar lendo.

Agradeço a minha agente, Nuria, por me acalmar em situações inesperadas e me apoiar desde o início.

Agradeço imensamente aos meus pais por me ensinarem que é preciso lutar pelo que queremos, mesmo quando tudo parece estar contra a gente. Aprendi com eles que não importa quantas vezes a gente caia: temos que levantar e seguir em frente.

Bar, nunca vou me cansar de agradecer por sua empolgação com esse livro, e por tê-lo lido até mais vezes do que eu. Você é minha leitora número um, e espero que continue comigo em qualquer outro projeto que eu inicie. Os seus conselhos valem ouro!

Eva, obrigada por ter se transformado em uma das minhas melhores amigas quase sem que eu percebesse. Obrigada por aguentar todas as minhas inseguranças, me acalmar melhor do que ninguém e me fazer rir como nunca. Espero poder ver você realizar os seus sonhos assim como você me viu realizar os meus. Você vai conseguir tudo o que você quiser.

E, por último, agradeço a todas as pessoas que aguardaram meses por esse final. Espero, de coração, ter estado à altura das expectativas de vocês e ter dado para o Nick e para a Noah o final que eles merecem. Não há nada como escrever para si mesmo, mas, quando você sabe que há tantas pessoas empolgadas e esperando por algo que você está criando, a experiência se transforma em algo maravilhoso.

Espero que continuem comigo por muito tempo, assim como eu pretendo compartilhar com vocês todas as histórias que estão por vir.

Esse livro é para vocês! Amo vocês, *culpados*!